AS MULHERES WEYWARD

EMILIA HART

AS MULHERES WEYWARD

A Magia e o Poder Feminino em uma Saga de Cinco Séculos

Tradução
Denise de Carvalho Rocha

JANGADA

Título do original: *Weyward – A Novel.*

2ª edição 2025.

On Lies, Secrets, and Silence: Selected Prose 1966-1978, de Adrienne Rich, W.W. Norton & Company, Inc.

The Collected Poems, de Sylvia Plath, HarperCollins Publishers.

Obs.: Este livro não pode ser exportado para Portugal.

Publicado anteriormente com o título: *O Clã das Mulheres Weyward.*

Editor: Adilson Silva Ramachandra
Gerente editorial: Roseli de S. Ferraz
Gerente de produção editorial: Indiara Faria Kayo
Editoração eletrônica: Join Bureau
Revisão: Vivian Miwa Matsushita

Dados Internacionais de Catalogação na Publicação (CIP)
(Câmara Brasileira do Livro, SP, Brasil)

Hart, Emilia
As mulheres Weyward: a magia e o poder feminino em uma saga de cinco séculos / Emilia Hart; tradução Denise de Carvalho Rocha. – 2. ed. – São Paulo: Editora Jangada, 2025.

Título original: Weyward: a novel.
ISBN 978-65-5622-114-4

1. Ficção australiana I. Título.

25-285644 CDD-A823

Índices para catálogo sistemático:

1. Ficção: Literatura australiana A823
Eliane de Freitas Leite – Bibliotecária – CRB 8/8415

Jangada é um selo editorial da Pensamento-Cultrix Ltda.
Direitos de tradução para o Brasil adquiridos com exclusividade pela
EDITORA PENSAMENTO-CULTRIX LTDA., que se reserva a
propriedade literária desta tradução.
Rua Dr. Mário Vicente, 368 — 04270-000 — São Paulo, SP — Fone: (11) 2066-9000
http://www.editorajangada.com.br
E-mail: atendimento@editorajangada.com.br
Foi feito o depósito legal.

Para a minha família

As Irmãs Weyward, mãos unidas,
Viajam por terra e por mar
Giram e giram assim:
Três para ti, três para mim,
E outras três para nove.
O encanto se encerra, por fim.

– MACBETH

A palavra *Weyward* (com o sentido de "rebeldes", "incontroláveis") é usada no Primeiro Fólio de *Macbeth*. Em versões posteriores, essa palavra foi substituída por *Weird* ("Estranhas").

Parte Um

Prólogo

Altha
1619

Durante dez dias eles me mantiveram presa ali. Dez dias com o fedor da minha própria carne como única companhia. Nem sequer um rato me agraciou com a sua presença. Não havia nada que pudesse atraí-lo; não me trouxeram comida. Apenas cerveja.

Passos. Depois, o rangido de metal contra metal quando o ferrolho foi puxado para trás. A luz ofuscou meus olhos. Por um instante, os homens no umbral da porta tremeluziram como se não fossem deste mundo e estivessem ali para me levar dele.

Os homens do promotor.

Tinham vindo para me levar ao julgamento.

Capítulo Um

KATE
2019

Kate está olhando no espelho quando ouve.

A chave, entrando na fechadura.

Os dedos tremem quando se apressa para retocar a maquiagem, fios pretos de rímel como pernas de aranha sobre as pálpebras inferiores.

Sob a luz amarelada, ela observa a própria pulsação disparar na garganta, debaixo do colar que ele lhe deu no último aniversário. A corrente é prateada e grossa, fria contra a sua pele. Ela não o usa durante o dia, quando ele está no trabalho.

A porta da frente se fecha. Os sapatos dele golpeando as tábuas do assoalho. O vinho gorgolejando numa taça.

O pânico se agita dentro dela como um pássaro. Ela respira fundo e toca a cicatriz no braço esquerdo. Sorri uma última vez para o espelho do banheiro. Não pode deixá-lo perceber que algo mudou. Que alguma coisa não vai bem.

Simon está apoiado no balcão da cozinha, com a taça de vinho na mão. O coração dela acelera com a visão. A silhueta de linhas longas e escuras no terno, as maçãs do rosto angulosas, o cabelo dourado.

Ele a observa caminhar em sua direção usando o vestido que ela sabe que ele gosta.

O tecido esticado, justo nos quadris. Vermelho. Da mesma cor que a calcinha. Renda com lacinhos. Como se a própria Kate fosse algo para ser desembrulhado, rasgado.

Ela procura algum sinal. A gravata não está mais no pescoço, três botões da camisa estão abertos, revelando os pelos finos e encaracolados. O branco dos olhos com um tom avermelhado. Ele lhe estende uma taça de vinho e ela sente o álcool no hálito dele, doce e pungente. O suor escorre pelas costas dela, debaixo dos braços.

O vinho é Chardonnay, o favorito dela. Mas agora o cheiro revira seu estômago e a faz pensar em podridão. Ela leva a taça aos lábios, sem beber.

– Oi, gato! – cumprimenta com a voz animada, modulada apenas para ele. – Como foi o trabalho?

Mas as palavras ficam presas na garganta.

Os olhos dele se estreitam. Apesar do álcool, Simon se move rápido; enterra os dedos na carne macia do braço dela.

– Por onde andou hoje?

Kate sabe que não deve tentar se desvencilhar, embora seja esse o anseio de todas as células do seu corpo. Em vez disso, ela pousa a mão no peito dele.

– Lugar nenhum – Kate diz, tentando manter a voz firme. – Fiquei em casa o dia todo. – Ela tivera o cuidado de deixar o iPhone em casa ao ir à farmácia e de levar apenas dinheiro. Ela sorri e se inclina para beijá-lo.

O rosto de Simon está áspero com a barba por fazer. Um outro cheiro se mistura ao álcool, algo inebriante e floral. Perfume, talvez. Não seria a primeira vez. Uma pequena chama de esperança surge em seu íntimo. Poderia ser uma vantagem para ela, se houvesse outra mulher.

Mas Kate calculou mal. Ele se afasta dela e de repente...

– Mentirosa!

Ela mal ouve a palavra quando a mão de Simon estala em sua bochecha, a dor atordoante como uma luz intensa. De canto de olho, ela vê as cores da sala deslizando juntas: as tábuas caramelo do assoalho, o sofá de couro branco, o caleidoscópio do horizonte londrino na janela.

Um estouro distante de algo se estilhaçando: ela deixou cair a taça de vinho.

Kate agarra o balcão, a respiração sai em rajadas irregulares, o sangue pulsando na bochecha. Simon já está vestindo o casaco, pegando as chaves na mesa de jantar.

– Fique aqui! Eu vou saber se você não ficar.

Os sapatos dele ecoam pelas tábuas do assoalho. A porta bate. Ela não se mexe até ouvir o elevador descendo.

Ele se foi.

O chão brilha com os cacos de vidro. O cheiro do vinho paira rançoso no ar.

Um gosto metálico na boca a faz voltar a si. O lábio está sangrando, pressionado contra os dentes pela força da mão dele.

Uma frase se acende em seu cérebro. *Eu vou saber se você não ficar.*

Não havia bastado deixar o celular em casa. Simon tinha encontrado outra maneira. Outro jeito de localizá-la. Ela se lembra do porteiro olhando para ela no saguão; Simon teria lhe oferecido um maço de notas para espioná-la? Seu sangue congela com a ideia.

Se ele descobrir aonde ela foi hoje cedo e o que fez, quem sabe o que mais seria capaz de fazer. Instalar câmeras, tirar dela as chaves do apartamento.

E todos os planos dela seriam em vão. Ela nunca conseguiria sair dali.

Mas não. Ela já está preparada, não está?

Se sair agora, deve chegar lá pela manhã. A viagem de carro demora cerca de sete horas. Ela tinha planejado tudo cuidadosamente, usando seu outro celular, aquele do qual Simon não tem conhecimento. Ela traça com o dedo a linha azul na tela, que atravessa o país em zigue-zague como uma fita. Ela praticamente memorizou o trajeto.

Sim, ela vai agora. *Tem* que ir agora. Antes que ele volte, antes que ela perca a coragem.

Kate tira o Motorola do esconderijo, um envelope colado à parte de trás da sua mesa de cabeceira. Pega uma mochila na prateleira superior do guarda-roupa e a enche de roupas. No banheiro, recolhe os artigos de higiene pessoal e a caixa que escondeu nesse mesmo dia.

Depressa, troca o vestido vermelho por um jeans escuro e uma camiseta rosa justa. Os dedos tremem quando ela abre o colar. Ela o deixa sobre a cama, enrolado como uma corda, ao lado do iPhone de capinha dourada: aquele que Simon paga, sabe a senha de acesso e pode localizá-la.

Ela vasculha a caixa de joias na mesa de cabeceira, pega o broche dourado em forma de abelha que tem desde a infância. Guarda-o no bolso e faz uma pausa, olhando ao redor: o edredom e as cortinas de cor marfim, os ângulos retos dos móveis em estilo escandinavo. Deveria haver outras coisas para ela pôr na bagagem, não deveria? Ela tinha uma infinidade de coisas, ou costumava ter: pilhas e pilhas de livros lidos e relidos, gravuras de arte, canecas. Agora, tudo pertence a ele.

No elevador, a adrenalina crepita em seu sangue. E se ele voltar e interceptá-la quando ela estiver saindo? Ela aperta o botão para a garagem no subsolo, mas o elevador para no térreo e as portas se abrem. Seu coração bate forte. O porteiro está de costas para ela, conversando com outro morador. Com a respiração presa, Kate se encolhe no fundo do elevador e só volta a respirar quando ninguém mais aparece e as portas se fecham.

Na garagem, ela destranca a porta do Honda, que comprou antes de se conhecerem e está registrado no nome dela. Ele certamente não pode pedir à polícia que emita um alerta se ela estiver dirigindo seu próprio carro, pode? Ela já assistiu a séries policiais suficientes.

Ela partiu por vontade própria, dirá a polícia.

Vontade é uma palavra bonita. Faz com que ela pense em voar.

Ela vira a chave na ignição e digita o endereço da tia-avó no Google Maps. Há meses Kate repete as palavras mentalmente como se fossem um mantra.

Chalé Weyward, Crows Beck. Cumbria.

Capítulo Dois

Violet
1942

Violet odiava Graham. Ela o odiava com todas as forças. Por que ele podia passar o dia estudando coisas interessantes, como Ciências, Latim e alguém chamado Pitágoras, enquanto ela tinha que se contentar em espetar agulhas numa tela? O pior de tudo, ela refletiu enquanto sentia a saia de lã lhe causando uma comichão nas pernas, é que ele podia fazer tudo isso usando *calças*.

Ela desceu correndo a escada principal procurando fazer o mínimo de barulho para evitar a ira do Pai, que via com total desaprovação o exercício físico feminino (e, como parecia muitas vezes, a própria Violet). Abafou uma risadinha ao ouvir Graham arfando atrás dela. Mesmo com suas roupas sufocantes, ela conseguia, sem dificuldade, correr mais rápido do que o irmão.

E pensar que ainda na noite anterior ele tinha se gabado de querer ir para a guerra! Era mais fácil um porco voar. De qualquer modo, ele só tinha 15 anos (um ano a menos que Violet) e, portanto, era jovem demais. Com certeza era melhor assim. Quase todos os homens da aldeia tinham ido para a guerra e metade deles havia morrido (ou pelo menos era o que Violet ouvira dizer), tal como o mordomo, o criado e o aprendiz de jardineiro. Além disso, Graham era irmão dela. Ela não queria que ele morresse. Pelo menos achava que não.

– Me devolva isso! – sibilou Graham.

Ao se virar, ela viu que o rosto redondo do irmão estava vermelho de esforço e fúria. Ele estava zangado porque ela tinha roubado seu livro de exercícios de Latim e o acusado de declinar todos os substantivos femininos de maneira incorreta.

– Não devolvo! – ela sibilou de volta, apertando o livro contra o peito. – Você não merece. Você escreveu *amor* em vez de *arbor*, pelo amor de Deus!

Nos últimos degraus da escada, ela fez uma careta para um dos muitos retratos do Pai pendurados no corredor, depois virou à esquerda, serpenteando pelos corredores revestidos de painéis de madeira, até irromper na cozinha.

– Que andam tramando vocês dois? – bradou a sra. Kirkby, com um cutelo numa mão e a carcaça perolada de um coelho na outra. – Podiam ter me feito cortar o dedo!

– Desculpe! – Violet gritou enquanto abria as portas francesas, com Graham ofegante atrás dela.

Os dois correram pela horta da cozinha, inebriados com o cheiro de hortelã e alecrim, e chegaram ao lugar que ela mais adorava no mundo: o campo aberto. Violet se virou e sorriu para Graham. Agora que estavam ao ar livre, o irmão não tinha nenhuma chance de alcançá-la se ela não quisesse. Ele abriu a boca e espirrou. Tinha alergia a pólen.

– Pobrezinho... Precisa de um lenço?

– Cala a *boca*! – disse ele, estendendo o braço para pegar o livro. Ela desviou sem dificuldade. Graham ficou ali parado por alguns segundos, ofegante. O dia estava muito quente: uma camada diáfana de nuvens impedia o calor de se dispersar e deixava o clima abafado. O suor escorria das axilas de Violet e a saia pinicava como nunca, mas ela já não se importava.

Tinha chegado à sua árvore especial: uma faia prateada que Dinsdale, o jardineiro, dizia ter centenas de anos. Violet podia ouvir a vida zumbido debaixo dela: os gorgulhos em busca de seiva fresca; as joaninhas tremulando sobre as folhas; as libélulas, mariposas e tentilhões esvoaçando por entre os galhos. Ela estendeu a mão e uma donzelinha veio descansar em sua palma, as asas brilhando ao sol. Um calor dourado se espalhou dentro dela.

– Credo! – exclamou Graham, depois de finalmente alcançá-la. – Como pode deixar essa *coisa* tocar em você assim? Esmague!

– Não vou *esmagá-la*, Graham – respondeu Violet. – Ela tem tanto direito de existir quanto você e eu. E olhe que bonita ela é! As asas parecem cristais, não acha?

– Você não é... normal – disse Graham, se afastando. – Com essa sua obsessão por insetos. Nosso Pai também acha que não é.

– Não me importo nem um pouco com o que nosso Pai acha – mentiu Violet. – E com certeza não me importo com o que *você* acha, embora, a julgar pelo seu livro de exercícios, você devesse passar menos tempo pensando na minha obsessão por insetos e mais tempo pensando nos seus exercícios de Latim.

Ele se precipitou na direção da irmã, com as narinas dilatadas. Antes que chegasse a cinco passos dela, Violet atirou o livro nele, com um pouco mais de força do que pretendia, e içou-se para cima da árvore.

Graham soltou um palavrão e voltou para a mansão, resmungando.

Ela sentiu uma pontada de culpa enquanto observava a retirada furiosa do irmão. As coisas nem sempre tinham sido assim entre eles. Um tempo atrás, Graham costumava andar atrás dela como uma sombra. Violet se lembrava da época em que ele costumava se esgueirar até a cama dela, no quarto das crianças, para fugir de um pesadelo ou de uma trovoada, espremendo-se contra a irmã até que sua respiração ficasse ruidosa nos ouvidos dela. Os dois tinham feito todo tipo de estripulia: corriam pelas campinas até que os joelhos estivessem pretos de lama, maravilhando-se com os peixinhos prateados minúsculos do riacho, o palpitar do peito-vermelho de um tordo.

Até aquele dia terrível de verão, não muito diferente do atual, aliás, com a mesma luminosidade cor de mel banhando as colinas e árvores. Ela se lembrou dos dois deitados na relva atrás da faia, sentindo o aroma dos cardos e dos dentes-de-leão. Ela tinha 8 anos, Graham apenas 7. Havia abelhas em algum lugar, chamando por ela, quase acenando. Ela tinha perambulado até a árvore e encontrado a colmeia, pendurada num galho como uma pepita de ouro. As abelhas cintilavam, voando em círculos. Ela se aproximou mais, estendeu os braços e sorriu ao senti-las pousar, as cócegas das suas perninhas contra a pele.

Ela tinha se virado para Graham, rindo da expressão de perplexidade no rosto do irmão.

– Posso tentar também? – ele perguntou, com os olhos arregalados.

Ela não sabia o que iria acontecer, Violet confessou entre soluços ao Pai depois, quando a bengala dele voou na direção dela. Ela não ouviu o que ele disse, não viu a fúria sombria em seu rosto. Via apenas Graham chorando, com os braços cheios de picadas vermelhas, enquanto a babá Metcalfe o levava para dentro. A bengala do Pai fez um corte na palma da mão dela, mas Violet sentiu que era menos do que ela merecia.

Depois daquilo, o Pai mandou Graham para um colégio interno. Agora ele só vinha para casa nas férias e, para ela, o irmão parecia cada vez menos familiar. Lá no fundo, Violet sabia que não devia provocá-lo tanto. Só fazia isso porque, por mais que não conseguisse perdoar a si mesma pelo dia das abelhas, não conseguia perdoar Graham também.

Ele a tornara diferente.

Violet afastou a lembrança e olhou para o relógio de pulso. Eram apenas três horas da tarde. Ela havia terminado as lições do dia – ou melhor, a srta. Poole, a governanta que lhe servia de professora particular, havia admitido a derrota. Esperando que não sentissem a falta dela por pelo menos mais uma hora, Violet subiu num galho mais alto, desfrutando da calidez áspera do tronco sob as palmas das mãos.

Numa fenda entre dois galhos, ela encontrou a semente peluda de uma noz de faia. Era perfeita para a sua coleção; o parapeito da janela do quarto dela estava coberto de tesouros parecidos: a espiral dourada da concha de um caracol, os restos de seda do casulo de uma borboleta. Sorrindo, ela guardou a noz no bolso da saia e continuou escalando a árvore.

Logo já tinha subido o suficiente para ver toda a propriedade de Orton Hall, que com seus extensos edifícios de pedra lembravam uma aranha majestosa, à espreita na encosta da colina. Subindo um pouco mais, poderia ver Crows Beck, a aldeia do outro lado das colinas. Era bonita, mas algo nela a deixava triste. Era como contemplar uma prisão. Uma prisão verde e bela, com o canto dos pássaros, as libélulas e as águas cintilantes cor de âmbar do riacho, mas uma prisão mesmo assim.

Pois Violet nunca tinha saído de Orton Hall. Nunca tinha visitado Crows Beck.

– Mas *por que* não posso ir? – ela costumava perguntar à babá Metcalfe quando era mais nova e a babá saía para seus passeios de domingo com a sra. Kirkby.

– Você conhece as regras – murmurava a babá, com um lampejo de pena nos olhos. – São ordens do seu Pai.

Mas, refletia Violet, conhecer uma regra não era o mesmo que compreendê-la. Durante anos, ela presumiu que a aldeia fosse um lugar repleto de perigos; imaginava que lá havia ladrões e assassinos à espreita atrás das cabanas de palha (o que só aumentava o seu fascínio pelo lugar).

No ano anterior, ela insistira para que Graham lhe contasse os detalhes.

– Não sei por que você está tão interessada – ele fez uma careta. – A aldeia é monótona que só ela. Não tem nem um *pub* lá!

Às vezes, Violet se perguntava se o Pai estaria mesmo tentando protegê-la da aldeia. Se, na verdade, não seria o contrário.

Em todo caso, a sua reclusão logo chegaria ao fim... ou quase isso. Dali a dois anos, quando ela completasse 18 anos, o Pai planejava dar uma grande festa para celebrar a maioridade da filha. Ele esperava que na ocasião ela chamasse a atenção de algum jovem solteiro, talvez um futuro lorde, e trocasse a prisão atual por outra.

– Em breve você vai conhecer um cavalheiro vistoso e se enamorar – a babá Metcalfe sempre dizia.

Violet não queria se enamorar. O que ela queria era ver o mundo, como o Pai tinha visto quando era jovem. Ela tinha encontrado todo tipo de atlas e livro de Geografia na biblioteca; livros sobre o Oriente, com suas florestas tropicais úmidas e abafadas, e mariposas do tamanho de pratos ("seres medonhos", segundo o Pai), e sobre a África, onde os escorpiões reluziam como joias na areia.

Sim, um dia ela deixaria Orton Hall e viajaria pelo mundo como uma cientista.

Como bióloga, ela esperava, ou quem sabe uma entomologista? Enfim, algo relacionado com animais, que, pela experiência dela, lhe pareciam, de longe, preferíveis aos seres humanos. A babá Metcalfe sempre comentava do grande susto que Violet tinha lhe dado quando era pequena: uma noite, ela tinha entrado no quarto da menina e encontrado, onde já se viu, uma doninha no berço de Violet.

– Eu gritei feito louca! – contava a babá Metcalfe –, mas ali estava você, bela e formosa, com aquela doninha enrodilhada ao seu lado, ronronando como um gatinho.

Ainda bem que o Pai nunca soube daquele acontecimento. Para ele, os animais só tinham serventia no prato ou empalhados na parede. A única exceção àquela regra era Cecil, o cão da raça Leão da Rodésia, uma fera que ele tinha espancado brutalmente ao longo dos anos. Violet vivia resgatando todo tipo de criaturinha das mandíbulas babosas do cachorro. O resgate mais recente tinha sido uma aranha saltadora que agora residia embaixo da cama dela, numa caixa de chapéu forrada com uma anágua velha. Ela tinha dado a ela (ou a ele, era difícil saber) o nome de Goldie, por causa das listras douradas nas patas.

A babá Metcalfe tinha jurado manter segredo.

Porém, havia muitas coisas que a babá Metcalfe também não tinha contado a *ela*, Violet refletiu mais tarde, enquanto se vestia para o jantar. Depois que tinha trocado a roupa rústica por um vestido de linho macio (a ultrajante saia de lã atirada no chão), ela se virou para o espelho. Seus olhos eram negros e profundos, muito diferentes dos olhos azul-claros do Pai e de Graham. Violet achava seu rosto um tanto estranho, ainda mais com aquela feia verruga vermelha na testa, mas ela se orgulhava daqueles olhos. E do cabelo, que também eram negros, com um brilho opalino não muito diferente das penas dos corvos que viviam nas árvores ao redor da mansão.

– Eu me pareço com a minha mãe? – Violet perguntava desde que se conhecia por gente. Não havia nenhuma fotografia da mãe. Tudo o que a garota tinha dela era um colar antigo com um pingente oval amassado. O pingente tinha um *W* gravado e Violet perguntava a qualquer um que a escutasse se o nome da mãe era Winifred ou Wilhelmina. ("Ela se chamava Wallis?", tinha perguntado uma vez ao Pai, depois de ter visto esse nome na primeira página do jornal. Ele mandara Violet, aturdida, para o quarto sem jantar.)

A babá Metcalfe também foi de pouca ajuda.

– Não me lembro bem da sua mãe – ela dizia. – Eu tinha chegado havia pouco tempo quando ela morreu.

– Eles se conheceram no Festival do Dia de Maio, em 1925 – contou a sra. Kirkby, com ares de quem sabia muito bem. – Era tão bonita que foi eleita a Rainha de Maio. Eles estavam muito apaixonados. Mas não volte a fazer perguntas ao seu Pai sobre ela de novo ou você vai ganhar uma chinelada na certa.

Aquelas migalhas de informação dificilmente a contentavam. Quando criança, Violet queria saber muito mais: onde os pais tinham se casado? A mãe usara um véu ou uma guirlanda de flores? Ela imaginava estrelas brancas de espinheiro, que combinavam com um delicado vestido de renda. E os olhos do Pai tinham se enchido de lágrimas quando ele prometera amá-la e respeitá-la até que a morte os separasse?

Na ausência de fatos reais, Violet se agarrou àquela imagem até que se convenceu de que aquilo realmente acontecera. Sim, o Pai *de fato* amava a mãe com devoção e a morte tinha separado os dois. Ela acreditava que a mãe havia morrido ao dar à luz Graham. Era por *isso* que o Pai não suportava falar sobre o assunto.

Mas, de vez em quando, algo borrava as imagens na cabeça de Violet, como uma pedra lançada perturba a superfície de um lago.

Uma noite, quando ela tinha 12 anos, estava escondida na despensa, procurando geleia e pão, quando a babá Metcalfe e a sra. Kirkby entraram na cozinha com a srta. Poole, recém-contratada.

Ela ouviu o arrastar de cadeiras no chão de pedra e o forte rangido da mesa antiga da cozinha quando se sentaram; e logo em seguida a sra. Kirkby abrindo uma garrafa de xerez e enchendo as taças. Violet tinha ficado paralisada no meio da mastigação.

– O que está achando até o momento, querida? – havia perguntado a babá Metcalfe à srta. Poole.

– Bem, Deus sabe que estou me esforçando, mas ela parece uma criança bem difícil... – respondeu a srta. Poole. – Passo boa parte do dia procurando por ela enquanto ela corre pelas campinas, com folhas de grama agarradas à roupa. E ela... ela... – Nesse momento, a srta. Poole respirou fundo de forma audível. – Ela *fala* com os animais! Até com os insetos! – Fez uma pausa. – Vocês devem me achar ridícula – disse a srta. Poole.

– Oh, não, querida – disse a sra. Kirkby. – Bem, nós seríamos as primeiras a dizer que existe algo de diferente nessa criança. Ela é bem... como você disse, Ruth?

– Inquietante – disse a babá Metcalfe.

– Não é de se estranhar – continuou a sra. Kirkby. – Com a mãe que tinha...

– A mãe? – perguntou a srta. Poole. – Ela morreu, não foi?

– Sim. Uma fatalidade! – disse a babá Metcalfe. – Logo depois que cheguei. Nem tive muita chance de conhecê-la.

– Ela era uma moça da região – contou a sra. Kirkby. – Morava na estrada para Crows Beck. Os pais do patrão teriam ficado furiosos, mas morreram apenas um mês antes do casamento. O irmão mais velho dele também. Um acidente de carruagem. Tudo muito repentino.

Violet ouviu a srta. Poole arquejando.

– O quê? E ainda assim eles não desmarcaram o casamento? Por acaso a sra. Ayres... Estava esperando um filho?

A sra. Kirkby fez um ruído evasivo antes de continuar.

– Ele estava muito encantado com ela, é o que posso dizer. Pelo menos, no início. Ela era uma beleza rara. E muito parecida com a menina, não apenas na aparência.

– Como assim?

Outra pausa.

– Bem, ela era... o que Ruth disse. Inquietante. Estranha.

Capítulo Três

Altha

Os homens me levaram da prisão e atravessamos a praça da aldeia. Eu tentei me virar para esconder o rosto, mas um deles prendeu meus braços atrás das costas e me empurrou para a frente. Meu cabelo caía sobre o rosto, solto e sujo como o de uma prostituta.

Fixei os olhos no chão para evitar os olhares dos aldeões. Sentia seus olhos em meu corpo como se fossem mãos. A vergonha ardia em minhas faces.

Meu estômago se contraiu com o cheiro de pão e me dei conta de que estávamos passando pela banca dos padeiros. Eu me perguntei se os Dinsdale, os padeiros, estariam assistindo ao espetáculo. No inverno anterior, eu havia cuidado da filha deles até a menina se recuperar de uma febre. Eu me perguntei quem mais seria testemunha, quem mais estaria feliz ao me ver seguir esse destino. Será que Grace estaria ali ou já se encontraria em Lancaster?

Eles me atiraram na carroça sem esforço, como se eu não pesasse nada. A mula inspirava pena; parecia quase tão esfomeada quanto eu, as costelas aparecendo por debaixo do pelo opaco. Eu queria estender a mão e acariciá-la, sentir seu sangue pulsando sob a pele, mas não me atrevi.

Quando partimos, um dos homens me deu um gole de água e um naco de pão bolorento. Eu o esfarelei com os dedos antes de levar à boca e logo em seguida me debrucei sobre a lateral da carroça e vomitei. O homem mais baixo riu, o hálito rançoso no meu rosto. Eu me recostei no fundo da carroça e virei a cabeça para poder contemplar a paisagem rural ao longe.

Estávamos na estrada que se estendia ao longo do riacho. Meus olhos ainda estavam fracos e o riacho era apenas um borrão de água e luz ao sol. Mas eu podia ouvir o murmúrio das águas e sentir seu aroma ferroso e limpo.

Era o mesmo riacho que descrevia uma curva junto à minha casa. Onde minha mãe costumava apontar os peixinhos, saindo em disparada de debaixo das pedras, os botões miudinhos de angélica crescendo ao longo das margens.

Uma sombra escura passou sobre mim e tive a sensação de ter ouvido a batida de asas. O som me lembrou do corvo de minha mãe. Daquela noite sob o carvalho.

A lembrança revirou em mim como uma faca.

Meu último pensamento, antes de mergulhar na escuridão, foi que eu estava feliz por Jennet Weyward não ter vivido para ver a filha assim.

PERDI A CONTA DE quantas vezes o sol nasceu e desapareceu no horizonte antes de chegarmos a Lancaster. Eu nunca tinha visitado um lugar como aquele, nunca tinha sequer saído do vale. O odor de milhares de pessoas e animais era tão forte que estreitei os olhos para olhar, como se pudesse vê-lo pairando no ar. E o barulho... Era tão alto que eu não conseguia ouvir uma única nota do canto dos pássaros.

Sentei-me na carroça para olhar à minha volta. Era tanta gente... homens, mulheres e crianças abarrotando as ruas, as mulheres recolhendo as saias ao passar por cima de montes de estrume de cavalo. Um homem assava castanhas numa fogueira; o aroma da polpa dourada me deixando zonza. Era uma tarde ensolarada, mas eu tremia. Olhei para as minhas unhas, elas estavam roxas.

Paramos em frente a um grande edifício de pedra. E sabia, sem precisar perguntar, que era o castelo onde funcionavam os tribunais. Ele parecia o tipo de lugar onde vidas eram postas na balança.

Eles me tiraram da carroça e me levaram para dentro, fechando as portas atrás de mim para que o castelo me engolisse inteira.

O tribunal era diferente de tudo o que eu já tinha visto. O sol brilhava através das janelas, iluminando as colunas de pedra que lembravam árvores estendendo-se em direção ao céu. Mas tanta beleza não ajudou a aquietar o meu medo.

Os dois juízes estavam sentados num banco alto, como se fossem seres celestiais, não de carne e osso como o resto de nós. Eles me lembravam dois besouros gordos, com suas vestes pretas, mantos com golas de pele e os curiosos chapéus escuros. De um lado sentava-se o júri. Doze homens. Nenhum deles me olhou nos olhos, com exceção de um homem de queixo quadrado e nariz torto. Seu olhar era afável, por sentir pena, talvez. Eu não conseguia suportar aquele olhar. Virei o rosto.

O promotor público entrou na sala. Era um homem alto e, acima da sua toga sóbria, seu rosto tinha marcas feias e inequívocas de varíola. Agarrei o assento da cadeira para não perder o equilíbrio enquanto ele tomava seu lugar à minha frente. Seus olhos eram azul-claros, como os de uma gralha, mas frios.

Um dos juízes olhou para mim.

– Altha Weyward – começou, franzindo a testa como se meu nome pudesse conspurcar a sua boca. – Você é acusada de praticar artes perversas e diabólicas chamadas de bruxaria e, por meio dessa bruxaria, ter causado a morte de John Milburn. Como você se declara?

Umedeci os lábios. Minha língua parecia inchada e me preocupei com o risco de engasgar com as palavras antes de pronunciá-las. Mas, quando falei, minha voz saiu clara.

– Inocente.

Capítulo Quatro

Kate

O estômago de Kate ainda está revirado de medo, embora já esteja na estrada A66, bem perto de Crows Beck, a mais de trezentos quilômetros de Londres. A mais de trezentos quilômetros dele.

Ela tinha dirigido a noite toda. Havia se habituado a não dormir muito, mas, mesmo assim, ficou surpresa ao ver como ainda estava atenta, o cansaço apenas começando a se manifestar agora, como uma sensação de peso atrás dos globos oculares, um latejar nas têmporas. Ela liga o rádio para ouvir vozes, ter um pouco de companhia.

Uma canção *pop* alegre preenche o silêncio e ela faz uma careta antes de desligar.

Abre o vidro do carro. O ar matinal inunda o carro, limpo e terroso, com um leve cheiro de estrume. Muito diferente do cheiro úmido e sulfúrico da cidade. Desconhecido.

Já haviam se passado mais de vinte anos desde a última vez que ela estivera em Crows Beck, onde morava a tia-avó. A irmã do avô (Kate mal se lembra dela) tinha falecido em agosto e deixado de herança para Kate a sua propriedade. Embora "propriedade" pareça uma palavra inadequada para descrever uma casa tão pequena. Tem pouco mais que dois cômodos, se ela bem se lembra.

Lá fora, o sol nascente tinge as colinas de cor-de-rosa. O GPS informa que ela está a cinco minutos de Crows Beck. *A cinco minutos de dormir*, ela pensa. *A cinco minutos de um lugar seguro.*

Ela sai da estrada principal e pega um caminho ladeado por árvores. Ao longe, vê torres fulgurando à luz da manhã. Poderia ser a mansão, ela se pergunta, onde sua família morava tempos atrás? O avô e a irmã dele tinham crescido ali, até o dia em que foram deserdados. Ela não sabe por quê. E agora não há ninguém a quem perguntar.

As torres desaparecem e, em seguida, ela vislumbra outra coisa. Algo que faz seu coração bater forte no peito.

Uma fileira de animais (ratos, ela pensa, ou talvez toupeiras), suspensos pela cauda numa cerca. O carro segue em frente e eles saem de vista, graças a Deus. Apenas um costume inofensivo da Cumbria. Ela estremece e balança a cabeça, mas não consegue esquecer a imagem. Os corpinhos girando com a brisa.

O CHALÉ PARECE FINCADO no chão, como um animal em posição de alerta. As paredes de pedra estão desbotadas pelo tempo e cobertas de hera. Acima da porta ela vê letras ornamentadas, esculpidas na madeira com o nome do chalé: *Weyward*. Um nome estranho para uma casa. A palavra familiar tem uma grafia estranha, como se tivesse sido torcida para longe de si mesma.

A porta da frente parece muito gasta, a tinta verde-escura descascando perto do chão. A fechadura antiquada é enorme e está coberta de teias de aranha. Ela procura as chaves na bolsa. O tilintar atravessa a manhã calma e algo farfalha nos arbustos ao lado da casa, fazendo-a se sobressaltar. Kate não põe os pés ali desde que era criança, quando o pai ainda era vivo. As lembranças que tem do chalé e da tia-avó são vagas, enevoadas. Ainda assim, ela fica surpresa ao sentir o medo em suas entranhas. Afinal, é só uma casa. E ela não tem outro lugar para ir.

Respira fundo e entra.

O corredor de entrada é estreito e o teto é baixo. Uma nuvem de poeira sobe do chão cada vez que ela dá um passo, como para lhe oferecer as boas-vindas. As paredes são forradas de papel de parede verde-claro, que quase não dá para ver por causa dos desenhos emoldurados de insetos e animais. Ela se encolhe ao ver uma imagem muito realista de uma vespa gigante. A tia-avó era entomologista. Kate não consegue ver a graça de se estudar insetos, ela nem gosta muito de insetos ou de nada que voe. Pelo menos, não gosta mais.

Nos fundos da casa, ela encontra um cômodo com sinais de muito uso e a cozinha ocupando uma das paredes. Acima de um fogão que parece ter séculos, estão penduradas panelas de cobre enegrecidas e feixes de ervas secas. Os móveis são bonitos, mas estão desgastados: um sofá verde meio deformado, uma mesa de carvalho rodeada por cadeiras desparelhadas. Acima de uma lareira em ruínas, uma cornija repleta de artefatos estranhos: a casca murcha de um favo de mel; asas de uma borboleta com aparência de joias e conservadas num vidro. Um canto do teto está coberto de teias de aranha tão espessas que parecem armadas ali de propósito.

Ela enche a chaleira enferrujada com água e a coloca no fogão, enquanto procura mantimentos nos armários. Atrás de latas de feijão e potes de ingredientes pálidos e misteriosos em conserva, ela encontra saquinhos de chá e um pacote intacto de bolacha recheada de chocolate. Ela come ao lado da pia, olhando pela janela para o fundo do jardim, onde o riacho cintila em tons dourados à luz da aurora. A chaleira apita. Com a caneca de chá na mão, ela volta pelo corredor e vai até o quarto, as tábuas do assoalho rangendo sob os pés.

O teto é ainda mais baixo ali do que no resto da casa e Kate precisa se abaixar. Pela janela ela pode ver as colinas que cercam o vale, salpicadas de nuvens. O cômodo está abarrotado de estantes e outros móveis. Uma cama de dossel, cheia de almofadas velhas. Provavelmente a cama onde a tia-avó morreu, ocorre a ela. Segundo o advogado, a tia faleceu durante o sono e foi encontrada por uma garota da região no dia seguinte. Ela logo se pergunta se a roupa de cama teria sido trocada e pensa na possibilidade de dormir no sofá afundado do outro cômodo, mas é vencida pelo cansaço e desaba em cima das cobertas.

QUANDO ACORDA, FICA CONFUSA ao ver as formas desconhecidas do quarto. Por um instante, pensa que está de volta ao quarto estéril do seu apartamento em Londres e que a qualquer minuto Simon estará em cima dela, dentro dela... mas então ela se lembra. A pulsação se acalma. As janelas estão azuis com o entardecer. Ela verifica a hora no Motorola: 18h33.

Com uma onda ácida de medo, ela pensa no iPhone que deixou para trás. Agora mesmo ele poderia estar vasculhando o aparelho... mas ela não tivera escolha. E, de todo jeito, ele não encontrará nada que já não tivesse visto.

Kate não sabe muito bem quando ele começou a monitorar seu celular. Talvez fizesse isso há anos, sem que ela percebesse. Simon sempre tivera a senha e ela deixava que ele o inspecionasse sempre que ele pedia. Mesmo assim, no último ano, Simon se convenceu de que ela estava tendo um caso.

– Você está se encontrando com alguém, não está? – ele rosnou ao mesmo tempo que a possuía por trás, os dedos puxando com força seu cabelo. – Na merda da *biblioteca*.

No início, ela pensava que ele havia contratado um detetive particular para segui-la, mas não fazia sentido. Porque, se tivesse contratado, ele saberia que ela não estava encontrando ninguém; apenas ia à biblioteca para ler e fugir para a imaginação de outras pessoas. Muitas vezes, relia os livros que a encantavam quando criança; a sua familiaridade servia como um bálsamo: *Os Contos de Grimm*, *As Crônicas de Nárnia*, seu favorito, *O Jardim Secreto*. Às vezes, ela fechava os olhos e se via não na cama com Simon, mas entre as plantas emaranhadas do "jardim secreto", contemplando as rosas ondulando com a brisa.

Talvez fosse justamente isso que ele não conseguisse aceitar. Poder controlar o corpo dela, mas não a mente.

Mas havia outros sinais – como a briga que tiveram antes do Natal. Ele tinha descoberto, de alguma maneira, que ela estava pesquisando voos para Toronto, com a intenção de visitar a mãe. Ela percebeu que Simon havia instalado um aplicativo para espioná-la em seu iPhone, algo que lhe permitia rastrear não apenas o paradeiro dela, mas também o histórico de busca, seus e-mails e mensagens. Assim, quando o advogado ligou para ela em agosto, para falar sobre o chalé (a herança dela), ela apagou o registro de chamadas do seu histórico e resolveu arranjar outro celular. Um telefone secreto de cuja existência Simon nunca suspeitaria.

Levou semanas para ela juntar dinheiro suficiente a fim de comprar o Motorola. Simon lhe dava uma mesada, mas ela só devia gastá-la com maquiagem e *lingerie*. Só depois disso ela conseguiu começar a planejar. Pediu ao advogado que entregasse as chaves do chalé numa caixa postal em Islington. Começou a esconder a mesada no forro da bolsa, depositando-a semanalmente na conta bancária que ela abrira em segredo.

Mesmo assim, não tinha certeza se ia conseguir, se ela merecia. A liberdade.

Até que Simon anunciou que queria ter um filho. Ele estava esperando uma boa promoção no trabalho e constituir uma família era o próximo passo natural.

– Você não é mais tão jovem – ele disse. E depois, com desdém: – Além disso, não é como se você tivesse algo melhor para fazer.

Um arrepio se espalhou pelo corpo de Kate ao ouvi-lo falar. Uma coisa era *ela* ter que suportar aquilo – suportá-lo. Saliva voando em seu rosto, a mão dele queimando contra a pele dela, as noites brutais e incessantes.

Mas uma criança?

Ela não podia e, não seria responsável por isso.

Por um tempo, ela continuou tomando o anticoncepcional, escondendo a cartela de comprimidos cor-de-rosa dentro de uma meia enrolada em sua mesa de cabeceira. Até que Simon a encontrou. Ele a obrigou a assistir enquanto ele tirava cada comprimido da cartela, um por um, e os jogava no vaso sanitário.

Depois disso, as coisas ficaram mais complicadas. Ela esperava Simon adormecer para se esgueirar da cama e, agachada em silêncio no banheiro, diante do brilho azul do seu celular secreto, pesquisava os métodos antigos, aqueles de que ele não suspeitaria. Sumo de limão, que ela guardava num frasco de perfume vazio. O ardor que o limão provocava em sua pele era quase agradável e a deixava com uma sensação de limpeza. Pureza.

Enquanto ela planejava a fuga, recebendo com alívio as pétalas mensais de sangue em sua calcinha, as regras dele ficavam cada vez mais rigorosas. Ele a interrogava sem parar sobre todos os seus movimentos e atividades diárias: ela tinha se desviado do seu trajeto? Falado com mais alguém ao ir pegar as camisas dele na lavanderia? Tinha flertado com o homem que entregava as compras? Ele monitorava até o que ela comia, abastecendo a cozinha com couve e suplementos, como se ela fosse uma ovelha premiada passando por uma engorda para parir.

Mas isso não o impedia de machucá-la – de torcer o cabelo dela, de morder seus seios. Ela duvidava que ele quisesse apenas ser pai. A necessidade que tinha de possuí-la tornara-se tão insaciável que já não bastava marcar o corpo dela externamente.

Ver o ventre dela inchado com sua semente seria a forma suprema de domínio. O controle absoluto.

Depois disso, ela passou a encontrar uma satisfação sombria ao ver o redemoinho verde de couve desaparecer no vaso sanitário, tal como tinha acontecido com as pílulas anticoncepcionais. No sorriso insinuante que abria para o homem das entregas. Mas esses pequenos atos de rebeldia eram perigosos. Ele tentava pegá-la numa mentira, com armadilhas verbais tão ardilosas quanto as de um advogado interrogando uma testemunha no tribunal.

– Você disse que ia buscar a roupa na lavanderia às duas da tarde – dizia ele, com o hálito quente em seu rosto. – Mas o recibo tem um carimbo que diz três horas. Por que você mentiu para mim?

Às vezes os interrogatórios duravam uma hora, às vezes até mais.

Ultimamente, ele andava ameaçando confiscar as chaves dela, dizendo que não podia confiar nela durante as longas horas que passava sozinha na prisão reluzente do apartamento.

O cerco estava se fechando e um bebê iria prendê-la a ele para sempre.

E foi por isso que, no dia anterior, o futuro, com sua promessa distante de liberdade, pareceu se esvair quando ela se trancou no banheiro e viu o corante se espalhar no teste de gravidez. Os ladrilhos eram frios contra sua pele. O zumbido de uma mosca batendo contra a janela se misturava à sua própria respiração entrecortada, formando uma melodia irreal.

– Não pode ser... – ela disse em voz alta. Não havia ninguém ali que pudesse responder.

Vinte minutos depois, ela tirou outro teste da embalagem, mas o resultado foi o mesmo.

Positivo.

NÃO PENSE NISSO AGORA, ela diz a si mesma. Mas ainda não consegue acreditar. Durante toda a viagem, tinha sentido vontade de parar o carro no acostamento e abrir a caixinha que guardava na bolsa, só para verificar se não tinha imaginado aquelas duas linhas borradas.

Ela tinha se esforçado tanto... Mas, no final, fora em vão. Simon tinha conseguido o que queria.

A náusea se agita dentro dela, arranhando o céu da boca. Ela estremece, engole a bile. Tenta se concentrar no aqui e agora. Ela está a salvo. Essa é a única coisa que importa. A salvo, mas congelando. Ela vai para o outro cômodo, imaginando se a lareira ali vai acender. Há uma pilha de lenha ao lado dela e uma caixa de fósforos. O primeiro fósforo se recusa a acender. O segundo também. Mesmo estando a centenas de quilômetros de Simon, a voz dele é alta na cabeça dela: *Você é patética. Não sabe fazer nada direito.* Seus dedos tremem, mas ela tenta outra vez. E sorri ao ver a pequena chama azul e as faíscas alaranjadas.

As faíscas se transformam em chamas e Kate estende as mãos para aquecê-las, antes que uma fumaça espessa invada a sala. Com o peito arfando, ela tira a chaleira do fogão e joga água no fogo. Assim que ele apaga, o corpo dela começa a ficar gelado. Talvez a voz tenha razão. Talvez ela seja *de fato* patética.

Mas ela chegou até ali, não chegou? Ela há de conseguir.

Racionalmente, ela sabe, agora que sua respiração voltou quase ao ritmo normal, que algo deve estar bloqueando a chaminé. Um atiçador está encostado contra a lareira. Perfeito. De quatro, os olhos ardendo por causa da fumaça, ela enfia o atiçador na chaminé e sente que ele encosta em algo, algo macio...

Ela grita quando um volume escuro cai da chaminé e grita de novo quando vê que é o corpo de um pássaro. As cinzas recobrem as penas cor de ônix. Um corvo. Os olhos brilhantes a seguem quando ela recua. Ela não gosta de pássaros, com suas asas esvoaçantes e bicos afiados. Ela os evita desde a infância. Por um instante, fica ressentida com a tia-avó por ter escolhido morar em Crows Beck, entre todos os lugares do planeta.

Mas esse corvo está morto. Não pode feri-la. Ela precisa de um saco, um jornal ou algo assim, para poder colocar o pássaro no lixo. Ela está quase saindo pela porta quando sente um leve movimento na sala. Ao se virar, fica horrorizada ao ver o pássaro levantar voo, renascido dos mortos como algum tipo de Lázaro em pele de corvo. Kate abre a janela e sacode freneticamente o atiçador em direção ao corvo até que ele voa para fora. Ela bate a janela e sai correndo da sala. O barulho do bico batendo na vidraça a segue pelo corredor.

Capítulo Cinco
Violet

Violet alisou o vestido verde enquanto seguia o Pai e Cecil para fora da sala de jantar. Ela mal tinha tocado na comida e não era só porque a sra. Kirkby tinha feito torta de coelho (enquanto mastigava, ela tentou não pensar nas orelhas sedosas e no delicado nariz cor-de-rosa). O Pai tinha pedido que ela o acompanhasse até a sala de visitas depois do jantar. A sala de visitas (decorada com tons escuros e opressivos de xadrez escocês) era o lugar onde o Pai gostava de apreciar o silêncio e sua taça de vinho do Porto depois das refeições, observado pela cabeça empalhada de um íbex, pendurada sobre a cornija da lareira. As mulheres eram proibidas ali (com exceção da sra. Kirkby, que havia acendido o fogo na lareira, mesmo não sendo a época certa).

– Feche a porta – disse o Pai, assim que eles entraram. Ao fechar a porta, Violet viu Graham olhar carrancudo para ela do corredor. *Ele* nunca tinha sido convidado a entrar na sala de visitas, embora talvez isso fosse bom.

Violet se virou para o Pai e viu que o rosto dele tinha adquirido o tom cinzento que normalmente sinalizava um grande descontentamento. Ela sentiu o estômago revirar.

O Pai foi até o carrinho de bebidas, onde garrafas de cristal brilhavam à luz das chamas. Serviu-se de um generoso cálice de vinho do Porto antes de afundar numa poltrona de couro, que rangeu quando ele cruzou as pernas. Ele não a convidou para se sentar (embora a única outra cadeira do cômodo, austera e de encosto alto, estivesse perto demais da lareira – e de Cecil – para ser convidativa).

– Violet – disse o Pai, franzindo o nariz como se o mero nome dela o ofendesse.

– Sim, Pai – Violet detestou o modo como sua voz soou esganiçada. Ela engoliu em seco, se perguntando o que teria feito de errado. Ele normalmente só se preocupava em discipliná-la quando Graham estava por perto. Caso contrário, ele mal percebia sua presença. Pela segunda vez naquele dia, ela pensou no incidente com as abelhas e se encolheu.

O Pai se inclinou e atiçou o fogo com violência, fazendo as chamas cuspirem cinzas pálidas sobre o tapete turco de padrões rebuscados. Cecil ganiu, depois começou a rosnar na direção de Violet, deduzindo que ela deveria ser a causa do desagrado do dono. Uma veia pulsava na têmpora do Pai. Ele ficou tanto tempo em silêncio que Violet começou a se perguntar se ela poderia simplesmente sair da sala sem que ele percebesse.

– Precisamos conversar sobre o seu comportamento – disse ele, por fim.

As bochechas dela arderam de pânico.

– Meu comportamento?

– Sim – disse o Pai. – A srta. Poole me disse que você tem andado... “trepando em árvores”. – Ele pronunciou as três últimas palavras de forma clara e pausada, como se custasse a crer no que estava dizendo. – Ao que parece, rasgou sua saia. Me disseram que ela está... aos pedaços.

Ele olhou para o fogo, franzindo a testa.

Violet torceu as mãos, que a essa altura já estavam escorregadias de suor. Ela nem tinha reparado no rasgão (que serpenteava a saia de fora a fora) até a babá Metcalfe a recolher para lavar. De todo modo, a saia era velha e comprida demais, com pregas horríveis e puritanas. Por dentro, ela tinha ficado feliz por se ver livre da peça.

– Eu... eu sinto muito, Pai.

A carranca dele se aprofundou, formando um vinco na testa. Violet olhou para a janela, esquecendo que as cortinas pesadas estavam fechadas. Uma mosca pressionava seu corpinho minúsculo contra o tecido, numa busca desesperada pelo mundo exterior. O bater das suas asas encheu os ouvidos de Violet e ela não ouviu o que o Pai disse em seguida.

– O quê? – ela perguntou.

O que disse, Pai?

– O que disse, Pai? – ela repetiu em voz alta, ainda observando a mosca.

– Eu estava dizendo que você tem uma última oportunidade para se comportar da maneira apropriada, como convém a uma filha minha. O seu primo Frederick vem passar alguns dias conosco o mês que vem, porque está de licença do *front*. – Ele fez uma pausa e Violet se preparou para receber um sermão.

O Pai sempre falava do tempo em que lutou na Grande Guerra. Sempre que chegava novembro, ele fazia Graham polir suas medalhas em preparação ao Dia do Armistício, quando reunia todas as pessoas da casa na sala principal para um minuto de silêncio. Depois, fazia um discurso repetitivo sobre bravura e sacrifício, que parecia se prolongar um pouco mais a cada ano.

– Não sabe nada sobre o que é lutar de verdade – Violet tinha ouvido Dinsdale, o jardineiro, murmurar para a sra. Kirkby uma vez, depois de um discurso particularmente longo. – Aposto que passava quase o tempo todo no refeitório dos oficiais, com uma garrafa de vinho do Porto.

O Pai pareceu quase alegre quando voltaram a declarar guerra em 1939. Ele imediatamente mandou que Graham e Violet começassem a coletar castanhas-da-Índia das árvores que ladeavam a estrada. Aparentemente, as sementes redondas, lustrosas como rubis, seriam indispensáveis na produção das bombas que explodiriam por toda a Alemanha e “mandariam os boches para o Além”. Graham coletou centenas, mas Violet não suportava pensar nas belas castanhas sendo usadas para um fim tão terrível. Ela as enterrava secretamente no jardim, na esperança de que crescessem.

Por sorte, o Pai logo perdeu o entusiasmo pela guerra (impedido de se alistar por causa de um joelho machucado e dos "deveres de um senhor de terras") e esqueceu tudo sobre a ordem que dera aos filhos.

Mas não houve nenhum sermão marcial naquela noite.

– Espero que você demonstre um ótimo comportamento quando Frederick estiver por perto – o Pai continuou, em vez disso.

Violet achou aquilo tudo muito estranho. Ela não se lembrava de já ter ouvido falar de um primo chamado Frederick (ou de qualquer primo, aliás). O Pai nunca falava de nenhum parente, nem mesmo dos pais e do irmão mais velho, que tinham morrido num acidente antes de ela nascer. Esse assunto também estava proibido (uma vez ela tinha recebido três golpes fortes na mão por ter indagado a respeito).

– Considere isso... um teste. Se deixar de se comportar adequadamente durante a visita, então... não terei outra escolha a não ser mandá-la embora. Para o seu próprio bem.

– Me mandar embora?

– Para terminar os estudos. Terá que aprender a se comportar direito se quiser ter alguma chance de fazer um bom casamento. Se não consegue me mostrar que é capaz de se comportar como uma jovem dama, há várias instituições que vão poder lhe ensinar. E nenhuma delas vai deixar que você fique perambulando por aí ao ar livre, com folhas e galhos nas roupas como se fosse uma *selvagem*. – Ele baixou a voz. – Talvez eles consigam evitar que você acabe ficando como... *ela*.

– Ela? – O coração de Violet deu um salto. Ele estava se referindo à sua mãe? Mas o Pai ignorou a pergunta.

– Isso é tudo – disse ele, encarando-a pela primeira vez. – Boa noite.

Havia uma expressão estranha no rosto dele. Como se estivesse olhando para ela, mas vendo outra pessoa.

VIOLET ESPEROU ATÉ QUE estivesse sozinha e em segurança no seu quarto para se desfazer em lágrimas. Chorou baixinho enquanto vestia a camisola e se deitava. Passado algum tempo, tentou acalmar a respiração, mas não adiantou. O ar do seu quartinho parecia opressivo e ela teve a impressão (e não era a primeira vez) de que estava mais deslocada naquela casa do que um peixe estaria entre as nuvens. Ela ansiava pelo abraço robusto da faia, pela brisa noturna em sua pele.

O trecho de conversa que ela tinha ouvido quando era mais jovem ressoou em seus ouvidos.

Muito parecida com a menina, não apenas na aparência.

A mãe também teria sido assim? Será que a natureza tocava o coração dela assim como tocava o de Violet?

E o que poderia haver de tão errado nisso?

Suspirando, ela afastou a coberta com os pés. Depois de ter apagado o abajur, foi na ponta dos pés até a janela, afastou a horrível cortina opaca e abriu uma fresta.

A lua brilhava como uma pérola no céu escuro, iluminando as colinas escarpadas. Soprava um vento suave e Violet ouviu as árvores se moverem e murmurarem. Ela fechou os olhos e ouviu o piado de uma coruja, o bater das asas de um morcego, um texugo apressado a caminho da toca.

Esse era o seu lar. Não Orton Hall, com seus corredores sombrios e axadrezados sem fim, e a ameaça do Pai espreitando em cada canto. Mas se ele a mandasse embora... ela poderia nunca mais ver nada daquilo. As corujas, os morcegos, os texugos. A faia antiga que ela amava e sua aldeia de insetos.

Em vez disso, ela seria enclausurada dentro de casa e forçada a aprender todo tipo de técnicas de conversação e regras de etiqueta inúteis. Tudo para que o Pai pudesse oferecê-la a algum velho barão grisalho, como se ela fosse um objeto para ser trocado por favores. Ou algo de que ele precisasse se livrar.

Mas não, ele *não* a mandaria embora. Ela não deixaria. Quando fosse embora de Orton Hall (ela se imaginava andando furtivamente através de uma selva, roçando em samambaias carregada de besouros), seria em seus próprios termos. Não nos termos do Pai nem de mais ninguém.

Ela jurou a si mesma que, quando o inverno chegasse para levar as folhas das árvores, ela estaria ali, não num internato deplorável. Poderia até permanecer dentro de casa, se necessário. Pelo menos até que a visita do parente idiota acabasse. Assim mostraria ao Pai que ela sabia se comportar muito bem.

Capítulo Seis

Kate

Kate se esconde embaixo do edredom para abafar o barulho do bico na vidraça, com esperança de que o corvo desistisse de atacar a janela. Ela faz algumas respirações profundas e trêmulas, engasgando com o cheiro de mofo da roupa de cama. Por fim, o barulho desaparece e ela imagina ouvir asas cortando o ar, enquanto o corvo voa para longe. Sua respiração se acalma, a pulsação desacelera.

Ela levanta a cabeça e olha ao redor: o teto inclinado, as paredes verdes quase convexas com o tempo se fechando sobre ela. Fotografias emolduradas a encaram, ao lado dos esboços (todos de animais, insetos e pássaros). Uma imagem parece tridimensional, quase uma escultura: uma cobra de tom fulvo, brilhando sob a moldura de vidro. Impressionada com o brilho avermelhado, ela dá uma olhada mais de perto. Não é uma cobra, ela percebe, mas o corpo preservado de uma centopeia: grossos segmentos de um brilho úmido, presos para sempre no vidro.

Ela estremece ao ler em voz alta a inscrição escrita à mão na moldura, palavras estranhas como as de um encantamento.

– *Scolopendra gigantea.*

O silêncio pesado lhe provoca um mal-estar. Ela se sente quase enferma, com a sensação desconhecida de liberdade. Sente um desconforto, como se um tecido áspero raspasse a sua pele. Precisa de tempo para se acostumar.

Desde que tinham se conhecido há seis anos, quando ela tinha 23 anos, Kate nunca passara tanto tempo sem falar com Simon. Ao pensar naquela primeira noite, seu estômago dói. Ela consegue se ver nitidamente: tão jovem e tímida, com as amigas num *pub* em Londres. Ela se pergunta agora se "amigas" era a palavra correta para nomear as garotas que conhecia da universidade. Ela nunca conseguia falar no mesmo ritmo que elas, nunca sincronizava corretamente uma piada ou uma risada. É um sentimento que ela tem desde a infância: o de que ela está, de algum modo, separada, isolada das outras pessoas.

O sentimento de separação estava particularmente intenso naquela noite, porque a mãe tinha acabado de se mudar para o Canadá com seu novo marido, deixando Kate sozinha. Não era mais do que ela merecia, mas ainda assim doía. Ela se lembra de estar olhando para seu copo, cheio de uma cerveja forte e amarga da qual fingia gostar, tentando pensar numa desculpa para ir embora mais cedo.

Kate olhou para a frente, pensando em ir ao banheiro para poder relaxar um pouco, quando o viu. Foi a postura dele que ela admirou primeiro. O charme fácil e leonino com que ele se recostava no balcão e examinava o ambiente. Corando de surpresa e prazer, Kate percebeu que ele estava olhando para ela. Uma parte profunda e primitiva dela reconheceu algo no sorriso lento e sedutor quando seus olhos se encontraram. Ela já sabia o que iria acontecer, mesmo então.

Kate sente uma pressão dentro do crânio e fecha os olhos.

Ela respira fundo e apura os ouvidos. Se estivesse no apartamento, poderia ouvir o trânsito, as gargalhadas das pessoas bebendo no *pub* da esquina depois do trabalho, um avião sobrevoando o edifício. O vidro duplo do seu moderno arranha-céu em Hoxton não era páreo para a paisagem sonora de Londres, para o zum-zum-zum de 8 milhões de vidas.

Mas ali não há carros, nem aviões rugindo no céu, nem o som monótono e distante da televisão de um vizinho. Ali só há... silêncio. Ela não sabe dizer se gosta ou se acha sinistro. Se prestar atenção, acredita que pode ouvir o murmúrio distante do riacho, a vegetação farfalhando com a vida noturna da região. Lagartas, arminhos, corujas. Embora, claro, isso não seja possível. Ela volta a fechar as cortinas desbotadas da janela e verifica se está bem fechada. Não há como ela ter uma audição tão boa. Está imaginando coisas, como costumava fazer quando criança.

– Desça das nuvens – seus pais costumavam dizer, surpreendendo-a num dos seus devaneios. – E, quando descer, faça a lição de casa!

Mas ela nunca ouvia.

Não importava onde eles estivessem, ela estava sempre deixando alguma coisa distraí-la... Uma minhoca brilhando na areia do parquinho; um esquilo subindo numa árvore em Hampstead Heath; os pássaros aninhando-se nos beirais da casa deles.

Se ao menos ela tivesse escutado.

Kate tinha 9 anos no dia em que aconteceu. Estava indo para a escola com o pai, numa manhã quente e enevoada de verão. Eles seguiam pelo seu caminho habitual, uma rua sombreada por carvalhos frondosos, com folhas salpicadas de verde-claro. O pai pegou a mão dela quando se aproximaram da faixa de pedestres, lembrando-a de olhar para os dois lados e prestar muita atenção à esquina à esquerda, onde a estrada fazia uma curva fechada.

Eles estavam no meio da rua quando o canto de um pássaro atraiu a sua atenção, tocando alguma parte estranha e secreta dentro dela. Um corvo, ela pensou, ao ouvir o grasnido rouco (ela já tinha aprendido a reconhecer a maioria das aves que cantava no jardim da casa dos pais e os corvos eram seus favoritos). Havia algo de inteligente, quase humano, nos olhos luminosos, nos trinados astutos e sombrios.

Kate se virou e examinou as árvores que margeavam a rua atrás deles. E lá estava: uma silhueta preta e aveludada, sacudindo-se contra o verde e azul intensos do mês de junho. Um corvo, exatamente como ela havia pensado. Soltando a mão do pai, ela correu em direção ao pássaro, observando enquanto ele voava.

Uma sombra se assomou na rua. Ouviu-se um rugido distante e então um monstro, do tipo em que ela fingia não acreditar porque já era crescida, com escamas vermelhas e dentes prateados, apareceu na curva da esquina, vindo na direção dela.

O pai a alcançou bem a tempo. Ele a empurrou com força para a grama da calçada. Houve um som como papel rasgando, como o ar se partindo em dois. Ela assistiu, atordoada, quando o monstro se chocou contra ele.

Primeiro devagar, depois rápido, o pai caiu.

Mais tarde, quando o resgate chegou (duas ambulâncias e uma viatura da polícia, o comboio da morte), Kate viu algo dourado no asfalto.

Era seu broche em forma de abelha, aquele que ela sempre carregava no bolso. A joia devia ter caído quando o pai a empurrou para longe, salvando-a do monstro; um monstro que ela agora sabia que era apenas um carro com a pintura vermelha lascada e a grade do radiador enferrujada. Ela olhou em volta e viu o motorista, um homem de ombros caídos, soluçando na parte traseira de uma das ambulâncias.

Uma maca carregando algo preto e brilhante estava sendo carregada para a outra ambulância. Ela levou um instante para se dar conta de que a coisa na maca era seu pai e que ela nunca mais veria seu sorriso, as rugas ao redor dos olhos. Ele tinha partido.

Eu matei meu pai, ela pensou. *O monstro sou eu.*

Ela pegou o broche e o revirou nos dedos. Havia lacunas feias como dentes faltando onde ele havia perdido alguns dos cristais. Uma asa estava amassada.

Ela o colocou de volta no bolso como um lembrete do que havia feito.

Daquele dia em diante, ela se afastou dos esquilos e das minhocas, da floresta e dos jardins. Devia evitar os pássaros, principalmente. A natureza, assim como o brilho de fascínio que sempre despertava nela, era perigosa demais.

Ela própria era muito perigosa.

Quando seu fascínio se transformou em medo, ela passou a ficar dentro de casa, sempre atrás da vidraça. Assim como a centopeia emoldurada da tia-avó. E ela não deixava ninguém entrar em seu mundo.

Até que conheceu Simon.

No chalé, ela sufoca as lágrimas. A garganta está seca e contraída. Ela não consegue se lembrar de quando bebeu água pela última vez; ela precisa de água, algo que mate a sede. Vodca seria melhor, mas a coleção de bebidas da tia, guardadas no armário da cozinha com potes de café solúvel e achocolatado, não tinha nada tão prosaico, apenas palavras desconhecidas escritas à mão em rótulos amarelados: *arak*, *slivovitz*, *soju*. Idiomas que Kate nem mesmo reconhecia. E, de qualquer maneira, ela nem tinha certeza de que seria uma boa ideia. Ela se lembra do Chardonnay, com seu fedor de podridão. A decisão que precisa tomar, sobre o bebê, pesa dentro dela.

Os contornos escuros da cozinha se assomam sobre ela até um segundo antes de ela acender a luz. Kate desvia os olhos da pálida rede de teias de aranha penduradas no teto e se vira para a pia de esmalte lascado.

Ao pegar uma caneca da prateleira no parapeito da janela, os nós dos dedos roçam num objeto: um pote de geleia cheio de penas. Brancas e delicadas, algumas de um tom vermelho-alaranjado. A maior é preta e brilhante, quase azul em sua iridescência. Olhando mais de perto, ela vê que está salpicada de branco, como se tivesse sido mergulhada na neve. Assim como o corvo da lareira, que, ela percebe agora, estava salpicado não com cinzas, mas com marcas brancas parecidas. Seria algum tipo de doença que afligia os corvos por ali? O pensamento lhe arrepia os pelos da nuca. Ela abre a torneira e engole a água como se o líquido pudesse limpá-la, de dentro para fora.

Mais tarde, ela faz uma pequena pausa para olhar pela janela. Pode ver a lua com clareza, tão cheia que é possível distinguir os vales e cumes das suas crateras. O satélite lança sua luz amarela sobre o jardim abandonado, pousando nas folhas das plantas, nos ramos dos carvalhos e dos plátanos. Ela observa as árvores, imaginando quantos anos devem ter, quando os vê... se movendo.

Ela pode sentir o coração batendo nos ouvidos. Sua respiração fica superficial, o pânico a inunda como uma maré. Então, enquanto observa, formas escuras, centenas delas ao que parece, elevam-se das árvores ao mesmo tempo, como se puxadas pelos fios de um marionetista. Ela vê a silhueta deles contra a lua.

Pássaros.

Capítulo Sete

Altha

Os guardas me conduziram até a masmorra por uma escada de pedra estreita. Se o castelo havia me engolido, agora ele me aprisionava, pois ali estava ainda mais escuro do que na cela em que me prenderam na aldeia.

Minhas entranhas se contraíam com a fome e a náusea, a sede raspando minha garganta. Meu coração disparou ao ver a pesada porta de madeira. Eu já estava muito fraca. Não sabia quanto tempo mais iria resistir.

Mas dessa vez eles me deram provisões antes de me trancar: um cobertor fino, um penico e uma jarra com água. E também um pedaço de pão velho que comi devagar, mordiscando e mastigando até que a saliva inundasse a minha boca.

Só me dei conta do que havia ao meu redor depois de comer um pouco, sentindo as cólicas estomacais em espasmos. Eles não tinham me dado nenhuma vela, mas havia uma pequena grade no alto da parede por onde entravam as últimas brasas do dia.

As paredes eram frias ao toque e, quando afastei os dedos da pedra, reparei que estavam úmidos. Um som de gotejamento vinha de algum lugar, ecoando como um aviso.

A palha sob os meus pés estava molhada e apodrecida; o cheiro doce de podridão se misturava com o fedor de urina velha. Havia outro cheiro também. Pensei em todos que tinham passado por ali antes de mim, pálidos como cogumelos no escuro, aguardando seu destino. Era o medo dessas pessoas que eu percebia, como se tivesse se espalhado no ar e impregnado a pedra.

O medo retumbava dentro de mim e me dava forças para o que eu tinha que fazer.

Ergui a roupa até sentir o ar frio na barriga. Então, cerrando os dentes, comecei a me arranhar, rasgando com as unhas a minúscula intumescência de carne abaixo das costelas. Abaixo do coração.

Quando tive certeza de que não aguentaria mais a dor, senti a carne se romper, depois a espessa umidade do sangue, o cheiro doce enchendo o ar. Desejei ter mel ou um pouco de tomilho para fazer uma cataplasma para a ferida; em vez disso, me conformei com um pouco da água da jarra. Depois de limpá-la o melhor que pude, me deitei e puxei o cobertor sobre mim. Mal dava para perceber a palha que cobria o chão e meus ossos doíam com o frio.

Só nesse momento deixei que meus pensamentos vagassem até o meu lar: os pequenos cômodos, limpos e repletos de frascos e garrafinhas; as mariposas esvoaçando ao redor das velas à noite. E do lado de fora, meu jardim. Meu coração doeu ao pensar nas minhas plantas e flores, minha querida cabra, que me dava leite e consolo; o plátano que me abrigava sob seus galhos. Pela primeira vez desde que tinham me arrancado do meu catre, dei vazão às lágrimas. Eu me perguntava se morreria de solidão antes que tivessem tempo de me enforcar. Mas naquele momento algo roçou a minha pele com a delicadeza de um beijo. Era uma aranha, as perninhas e pinças azuis ao luar. Minha nova amiga rastejou pelo vão entre meu pescoço e meu ombro e se agarrou ao meu cabelo. Eu agradeci pela sua presença, que ajudou a levantar meu ânimo mais do que o pão e a água.

Enquanto observava um raio de luar dançando através da grade, eu me perguntei quem testemunharia contra mim no dia seguinte. E logo pensei em Grace.

EU TINHA CERTEZA DE que não conseguiria dormir. Mas parecia que o pensamento mal tinha se desvanecido na minha mente quando fui acordada pelo rangido da porta se abrindo. A aranha fugiu ao ver o fogo da tocha e o meu coração disparou ao ver um homem com a farda de Lancaster. O julgamento começaria em breve, disse ele. Eu deveria aparecer apresentável.

Ele me deu um vestido feito de um tecido áspero e cheirando a suor. Eu não queria pensar em quem o usara antes de mim, onde ela estaria agora. Estremeci ao sentir o tecido contra a minha ferida, mas, quando o homem voltou, fiquei feliz por estar usando um vestido decente, mesmo que tão grosseiro. Eu gostaria de ter uma touca, ou algo assim, para esconder o cabelo, pois ele caía ao redor do meu rosto, imundo. Só para aumentar minha vergonha.

Minha mãe sempre me dizia que a limpeza impunha respeito e esse respeito valia mais do que todo o ouro do rei; para nós, principalmente, visto que muitas vezes tínhamos bem pouco de ambos. Nós nos lavávamos toda semana. As mulheres Weyward nunca fediam a suor, nem em pleno verão. Rescendíamos à lavanda, para proteção. Eu gostaria de ter um pouco de lavanda agora. Mas tudo o que eu tinha era o meu juízo, por mais entorpecido que estivesse, por falta de comida e sono adequado.

O homem me algemou para o curto trajeto entre a masmorra e a sala do tribunal. Eu não deixei que meu corpo vacilasse ao sentir o choque do metal frio contra a minha pele e mantive a cabeça erguida, enquanto subíamos as escadas até o tribunal.

O promotor se levantou da cadeira e se dirigiu ao banco onde estavam sentados os juízes. Seus passos sobre as tábuas do assoalho encheram meu coração de medo e eu tremi em meio ao inquietante silêncio que precedeu o seu discurso.

Ainda assim, eu não estava preparada para o horror das palavras dele. Seus olhos claros ardiam quando me descreveu como uma bruxa malvada e perigosa, escrava do próprio Satanás. Segundo ele, eu tinha empreendido as práticas de bruxaria e feitiçaria mais infernais para tirar a vida do sr. John Milburn, um pequeno proprietário rural inocente e temente a Deus. A voz do promotor foi ganhando força à medida que ele falava, até soar como uma sentença de morte em meu crânio.

Ele se virou e vociferou as palavras finais para mim.

– Eu tenho plena confiança de que os cavalheiros deste júri de vida e morte verão você pelo que é. Culpada.

E se dirigindo ao tribunal:

– Eu chamo a primeira testemunha para depor contra a acusada.

Senti o sangue bombear nos meus ouvidos quando vi quem os guardas escoltavam até a cadeira das testemunhas.

Grace Milburn.

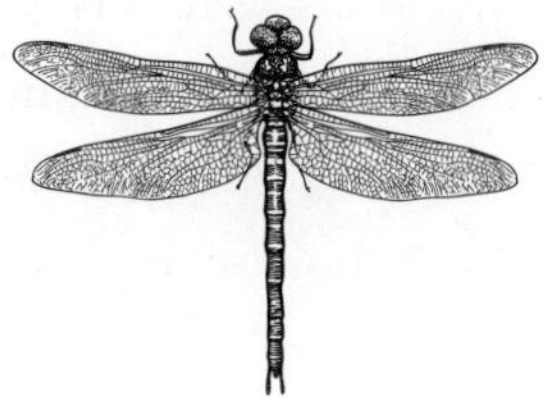

Capítulo Oito

Violet

Violet demonstrou o seu melhor comportamento.

Durante toda a semana, ela se concentrou e estudou com atenção suas lições. A srta. Poole ficou emocionada ao ver que a aluna tinha finalmente entendido a forma verbal do mais que perfeito em francês e disse que seu desenho de um vaso com íris estava "primoroso". Violet achava que as flores azuis pareciam cadáveres, com suas pétalas murchas e folhas caídas. A srta. Poole as colhera no jardim. Violet não gostava de colher flores, de quebrar suas hastes sem motivo, só para contemplá-las. Mas manteve a boca fechada e as desenhou o melhor que pôde.

Ela até fez alguns progressos tortuosos com a anágua de seda que a srta. Poole insistiu para que ela costurasse para seu "enxoval". Mas não conseguia pensar para que carga-d'água aquela coisa poderia ser necessária. A babá Metcalfe era a única pessoa que ela já tinha visto com suas "combinações" (como a babá chamava, de um jeito um tanto arcaico, a peça que se usava por baixo do vestido) e Violet pretendia que as coisas continuassem assim.

Determinada a evitar o purgatório que seria o internato, ela tinha ficado dentro de casa durante duas semanas. Quinze dias tinham se passado desde que sentira o beijo das asas de um inseto contra a sua pele. Quinze dias desde que escalara sua amada faia e retirara seus tesouros (a concha do caracol, o casulo da borboleta, a noz de faia com suas folhas pontiagudas) do parapeito da janela para escondê-los debaixo da cama. Ela começou a pedir à srta. Poole que fechasse as janelas, embora o ambiente ficasse tão quente que o suor brilhava sobre o lábio superior, porque ela não podia suportar os sons do vale. O zumbido de uma abelha era um tormento; um esquilo tagarelando perfurava seu coração.

Mas, aos poucos, os sons foram se dissipando. Ela deu graças a Deus.

Até Goldie pareceu perder o interesse nela. Normalmente, Violet podia ouvir o barulhinho das suas pernas quando saía da caixa de chapéu e corria pelo quarto à noite (às vezes ela até acordava e encontrava a aranha aninhada em seus cabelos), mas agora havia apenas silêncio. Ela se preocupava com a possibilidade de a aranha ter morrido, mas não tinha coragem de olhar.

Na maioria dos dias, quando não estava providenciando o que a srta. Poole chamava de "melhorias", Violet ficava deitada na cama com as cortinas fechadas, suando na cálida escuridão. A sra. Kirkby começou a trazer bandejas para o seu quarto: primeiro, tortas elaboradas e bolos de frutas recheados de creme, e, quando esses pratos voltavam intocados, tigelas de um mingau insípido. A babá Metcalfe tinha até entrado uma tarde no quarto e perguntado se Violet não gostaria que ela lesse uma história em voz alta, algo que a babá não fazia desde que Violet era pequena.

– Lembro-me daquele livro de contos que você adorava – disse ela. – Os Irmãos Grimos ou algo assim.

– Grimm. Os irmãos Grimm – disse Violet. Ela adorava os contos, era verdade, mesmo que a babá Metcalfe pronunciasse metade das palavras erradas. – Já estou muito crescida para isso agora, babá. – Ela se virou para a parede. Podia ver uma pequena faixa de luz dourada no papel de parede floral.

Violet ouviu o farfalhar do vestido da babá Metcalfe ao se inclinar sobre a sua cama.

– Você quer que...

– Você pode fechar as cortinas um pouco mais, por favor, babá? – ela perguntou, interrompendo as perguntas da mulher.

– Tudo bem, srta. Violet – disse ela. – Se é o que deseja...

Violet mordeu o lábio. Ela só tinha que aguentar até que a visita do parente do Pai acabasse. Ela tinha que mostrar que o Pai não precisava mandá-la embora para alguma escola antiquada. Depois disso, ela poderia sair de novo. Até então, tudo o que ela precisava era que a deixassem em paz.

AQUELA NOITE, ENQUANTO VIOLET oscilava entre o sono e a vigília, ela ouviu a babá Metcalfe e a sra. Kirkby conversando baixinho do lado de fora da porta. A sra. Kirkby tinha vindo buscar outra bandeja de comida intocada.

– Nunca vi uma pessoa passar tanto tempo na cama sem estar doente – disse a babá Metcalfe. – Mas não há nada de errado com ela, pelo que vejo. Nem febre, nem brotoejas...

– Eu já vi – disse a sra. Kirkby. – A falecida patroa ficava na cama assim, pouco antes de morrer.

– Por quê? Crise de nervos?

– Isso é o que o dr. Radcliffe disse. O patrão pediu, da primeira vez que o médico veio aqui, que prometesse sigilo.

– Ele soube dizer o que desencadeou a crise?

– Não precisou. Todos sabíamos o motivo. Principalmente depois do que aconteceu.

Talvez eles consigam evitar que você fique como... ela.

NA TARDE SEGUINTE, ENQUANTO Violet estava sentada, cheia de tédio, bordando com a srta. Poole, a babá Metcalfe irrompeu pela porta.

– O patrão quer que a srta. Violet saia para tomar ar – disse ela.

A srta. Poole consultou o relógio, uma carranca acentuando suas feições reptilianas.

– Mas acabamos de começar nossa aula de bordado – disse ela.

– Ordens do patrão – disse a babá Metcalfe.

– Prefiro ficar dentro de casa – disse Violet, olhando para os dedos na tela. Suas mãos, como o resto dela, estavam pálidas por falta de sol. As unhas, manchadas e finas, como se fossem descascar. *Será que uma pessoa pode morrer de saudade?*, pensou Violet.

– Bem, Violet, se o seu pai quer que você vá, é melhor você ir – disse a srta. Poole. – Você pode continuar seu bordado depois do jantar. Estou muito satisfeita com o seu entusiasmo. Onde *essa* Violet estava se escondendo?

A babá Metcalfe ofereceu o braço a Violet enquanto as duas davam uma volta pelos campos. Os jardins estavam cheios de flores, as espigas azuis dos jacintos, as espirais carnudas dos rododendros, tudo tão luminoso que ela desviou os olhos e fitou os pés dentro dos sapatos de couro.

– Não é uma delícia andar ao ar livre e ouvir os pássaros? – perguntou a babá Metcalfe.

– Sim – Violet disse. – Uma delícia.

Mas ela não conseguia ouvir os pássaros. Na verdade, mal conseguia ouvir alguma coisa que não fosse a voz da babá Metcalfe. Era como se seus ouvidos estivessem cobertos com um cachecol de lã.

Uma borboleta passou por elas. Por hábito, Violet ergueu a mão, mas, em vez de pousar na palma da mão dela, a borboleta voou como se ela nem estivesse ali.

– Seu pai gostaria que você tomasse o chá na sala de jantar esta noite, com ele e Graham – disse a babá Metcalfe.

– Que seja – disse Violet com a voz fraca, observando a borboleta até que ela se tornou só um borrão branco no canto do olho. – Babá – disse ela, fazendo uma pausa enquanto tentava formular a pergunta que a preocupava havia dias. – Tinha algo de errado com a minha mãe?

– Com a sua mãe? Não sei de onde tirou isso. Violet, eu já disse isso antes e volto a dizer: eu mal a conheci, deixe que a alma dela descanse em paz.

Mas Violet viu que as bochechas da babá Metcalfe tinham ficado vermelhas.

– E... quanto a mim? Há algo de errado comigo?

– Meu anjo – disse a babá Metcalfe, virando-se para fitá-la. – De onde você tirou essa ideia?

– Foi uma coisa que meu Pai disse. E eu não tenho permissão para entrar na aldeia, mas Graham tem. E, até ele falar desse primo, ninguém nunca veio nos visitar.

Como Violet tinha aprendido com os romances, as pessoas estavam sempre visitando umas às outras. E não era porque nos arredores não houvesse famílias de *status* semelhante ao deles com as quais não pudessem fazer amizade. Por exemplo, o barão de Seymour morava a uns cinquenta quilômetros de Orton Hall *e* tinha um filho e uma filha quase da mesma idade de Graham e Violet. Uma vez ela chegou até a procurar o sobrenome deles na cópia gasta que o Pai tinha do *Burke's Peerage*, um guia com a genealogia e heráldica de famílias históricas do mundo todo.

– Ah, seu pai é superprotetor, só isso. Não ligue para isso. Bem, é melhor voltarmos para que você possa tomar seu banho. – As palavras da babá fizeram Violet se sentir muito pequena, como se ela tivesse 6 anos em vez de 16.

ANTES DO JANTAR, VIOLET não penteou o cabelo e escolheu o vestido de que menos gostava, uma peça cor de laranja que não se ajustava bem ao seu corpo. Ela sabia que a cor a fazia parecer pálida e apática, mas não se importava.

A sra. Kirkby colocou uma perna de carneiro assada sobre a mesa. Violet detestava carne de carneiro, embora soubesse pelos sermões do Pai que eles eram afortunados por ter carne à mesa. Ainda assim, ela tentou não imaginar a dócil ovelhinha, fofa como uma nuvem, que tinha dado a vida para lhes servir de comida.

Ela olhou para o prato. A carne era cinzenta e grumosa, o tipo de coisa que o Pai jamais teria comido antes da guerra. Um sangue aquoso vazava da carne, manchando as batatas de rosa. Ela sentiu vontade de vomitar.

Largou a faca e o garfo, antes de perceber que o Pai a observava. Uma mancha de molho estremeceu no canto da sua boca franzida.

– Coma, menina! – ele mandou. – Siga o exemplo do seu irmão.

Graham, cujo prato já estava quase vazio, corou. O Pai se serviu de um pouco mais de molho.

– Você deve se lembrar – ele começou –, que seu primo Frederick chegará amanhã para ficar conosco. Ele é um oficial do Oitavo Exército, de licença dos combates em Tobruk. Você sabe onde fica Tobruk, Graham?

– Não, Pai – respondeu Graham.

– É na Líbia – disse o Pai entre duas garfadas. Violet podia ver fiapos de carne entre os dentes dele enquanto falava. A vontade de vomitar voltou. Ela fixou os olhos no quadro pendurado atrás dele, retratando algum visconde morto que os vigiava com ar imperioso desde o século XVIII.

– Um lugar esquecido por Deus – continuou o Pai. – Cheio de selvagens. – Ele balançou a cabeça. Violet se encolheu ao sentir algo roçando em sua perna. Fingindo deixar cair o guardanapo, ela olhou debaixo da mesa a tempo de ver o Pai dando um chute rápido no traseiro de Cecil. – Aqueles carcamanos não têm a menor ideia do que estão fazendo. Não são capazes de governar nem um banco de areia.

A criada, Penny, começou a tirar os pratos para dar lugar à "Eton Mess", uma das sobremesas favoritas do Pai, que nunca perdia uma oportunidade de lembrar Graham de que esperava que ele tivesse seguido seus passos e ingressado também na tradicional escola britânica de Eton. (Graham não tinha entrado. Ele estava estudando em Harrow.)

– O primo de vocês – explicou o Pai – está arriscando a vida todos os dias, lutando pelo seu país. Espero que o tratem com muito respeito quando ele chegar. Ficou claro, crianças?

– Sim, Pai – disse Graham.

– Sim – ela disse.

– Violet, você não vai ficar o dia inteiro enfiada no quarto. Tamanha ociosidade é um desrespeito aos soldados que combatem com ardor pelo rei e pelo país e é impróprio para uma mulher. Espero que seja uma presença alegre e agradável na casa e que seja gentil com seu primo. Entendido?

– Sim – ela repetiu.

– Você deve se lembrar do que conversamos – disse ele.

– Sim, Pai.

DEPOIS DO JANTAR, VIOLET retomou sua aula de bordado com a srta. Poole. Quando terminaram, a menina ficou sentada por um tempo, olhando com nostalgia pela janela. Ainda era dia claro, embora já fossem sete horas da noite. Normalmente, ela passaria uma noite como aquela ao ar livre, sentada sob a sua faia com um livro talvez, ou junto ao riacho, desenhando as branquíssimas pétalas de angélica que cresciam nas margens.

Mas com seu confinamento voluntário ainda em vigor, não havia muito que Violet pudesse fazer além de ir para a cama. Ao se dirigir para as escadas, ela passou pela biblioteca. Talvez pudesse ler um pouco em seu quarto. Ela entrou e pegou do canto de uma prateleira, um livro com capa de couro vermelha onde estava gravado com letras douradas: *Contos de Fadas dos Irmãos Grimm*.

Ela o enfiou debaixo do braço e continuou escada acima até seu quarto. Ao entrar, viu que havia um frasquinho de vidro sobre a colcha, brilhando ao sol da tarde. Algo se movia dentro dele.

Era uma donzelinha. Quem a colocara ali tinha feito furinhos na tampa do vidro. Um bilhete estava preso à tampa com uma fita verde amarrada num laço desajeitado. Violet abriu o bilhete e viu que era de Graham.

Querida Violet, ele escrevera com a caligrafia bem-feita de um estudante de Harrow. *Fique boa logo. Meus melhores votos, seu irmão Graham.* Ela sorriu para si mesma. Era como se um pouco do antigo Graham tivesse voltado.

Ela abriu o frasco, esperando que o inseto viesse pousar na sua mão. Em vez disso, ele voou rápido em direção à janela, como se tivesse medo dela. Aos ouvidos de Violet, aquilo mal produziu algum som. Ela abriu a janela para deixar a donzelinha sair, fechando-a em seguida. A felicidade passageira trazida pelo presente de Graham tinha evaporado.

Ela fechou as cortinas, bloqueando a visão do pôr do sol rosado, acendeu o abajur da mesinha de cabeceira e foi para a cama.

A poeira se soltou das páginas quando ela abriu o livro ao acaso, na história "O Noivo Ladrão".

Era uma narrativa sinistra, muito pior do que ela se lembrava. Um homem estava tão desesperado para casar a filha que a havia prometido em casamento a um assassino. A garota, no entanto, tinha conseguido se salvar, enganando-o com a ajuda de uma velha bruxa. No final, o noivo foi condenado à morte junto com seu bando de ladrões. *Bem feito para eles*, Violet pensou.

Deixando o livro de lado, ela tirou seu colar e estendeu a mão para colocá-lo na mesa de cabeceira. Suspirou ao ouvi-lo deslizar para o chão. Violet espiou por cima da beirada da cama, mas não conseguiu ver o brilho dourado; talvez ele tivesse caído debaixo do estrado. Praguejando, ela afastou as cobertas e se agachou no chão, tateando em busca do colar. Os dedos saíram vazios, mas sujos de poeira. E se ele tivesse caído atrás da mesinha de cabeceira? Ela deveria ter prestado mais atenção. Um calafrio apertou seu coração ao pensar em perder o colar. Era verdade, como a babá Metcalfe havia comentado mais de uma vez, que ele estava feio, disforme e escurecido pelo tempo. Mas era tudo o que lhe restava da mãe.

Violet grunhiu com o esforço enquanto movia a mesa de cabeceira, estremecendo ao ouvi-la raspando nas tábuas do assoalho. Ficou aliviada quando avistou o colar, os elos da corrente emaranhados a grandes bolas de poeira. Ela não conseguia se lembrar da última vez que seu quarto tinha passado por uma boa faxina; Penny, a criada, só dava uma varrida superficial uma vez por semana. A culpa apertou seu estômago. Violet sabia que Penny estava com um pouco de medo dela, desde que a convencera a dar uma espiada na caixa de chapéu de Goldie. Ela só queria mostrar à criada as lindas listras douradas das perninhas da aranha. Como iria saber que a moça tinha horror a aranhas, algo que ficou evidente depois, e iria desabar no chão, desacordada?

Violet se abaixou para pegar o colar e estava prestes a pôr a mesa de cabeceira de volta no lugar quando notou algo. Havia uma letra riscada na tinta branca do lambril, meio encoberta pelo pó. Era um *W*, a mesma letra gravada no pingente que ela segurava. Limpando com a mão a poeira, ela descobriu mais letras, que pareciam ter sido meticulosamente gravadas com uma agulha ou – ela estremeceu – com a unha. Juntas, as letras formavam uma palavra que eram de alguma forma familiar, como uma amiga havia muito tempo perdida, embora ela não tivesse lembrança de já tê-la visto antes.

Weyward.

Capítulo Nove

Kate

Kate pega a bolsa e corre para o carro. Pelo retrovisor, ela vê que os pássaros (corvos, ela acha) ainda estão levantando voo, agora mais alto do que a lua cor de osso, a noite cintilando com seus grasnados.

– Não olhe, não olhe! – diz para si mesma, a respiração embaçando o para-brisas, no ambiente frio do carro. Suas palmas estão escorregadias de suor e ela as seca no jeans para conseguir girar a chave na ignição. O motor ronca, ganha vida e ela dá marcha a ré até a estrada, com o coração batendo na boca.

Não há postes de luz e ela liga os faróis altos enquanto acelera pela pista sinuosa. Sua respiração é superficial e seus dedos tensos são como garras no volante. Ela quase espera que os faróis iluminem algo ameaçador e sobrenatural à espreita a cada curva.

Chega à estrada principal. Se continuar dirigindo, vai chegar a Londres pela manhã. Mas, depois, para onde iria? De volta ao apartamento? Olhando para a estrada à frente, ela se lembra do que aconteceu da primeira vez.

A primeira vez que ela tentou ir embora.

FOI LOGO DEPOIS QUE passaram a morar juntos. Mais uma briga por causa do trabalho dela na editora de livros infantis. Simon queria que a namorada pedisse demissão, dizia que ela não conseguia lidar com a pressão. Kate tinha sofrido um ataque de pânico no trabalho, durante a reunião semanal de aquisições. Ele a pegara na editora e a levara para casa, depois sentou-se diante dela na sala de estar com sua vista exuberante, aureolado pelo sol como um anjo terrível. As palavras dele a atingiram com força: ela não aguentaria a pressão e ele não tinha tempo para lidar com aquilo, portanto não havia por que ela continuar no emprego se ele ganhava tão bem. De todo modo, era um trabalho inútil, afinal que valor tinha um monte de mulheres tagarelando sobre histórias inventadas para crianças? Além disso, ela obviamente não era muito boa no que fazia, afinal o que ganhava não chegava a um quarto do salário dele.

Foi esse último comentário que a atingiu em cheio e acendeu alguma chama esquecida dentro ela. Kate olhou nos olhos dele e disse o que não tinha sido capaz de dizer às amáveis colegas que lhe trouxeram lenços de papel e uma xícara de chá, enquanto se recuperava em sua escrivaninha.

Não era o trabalho o problema, o problema era ele. O rosto de Simon escureceu. Por um instante, ele ficou parado ali e a respiração de Kate ficou presa na garganta. Sem uma palavra, ele atirou a xícara de café no rosto dela. Kate virou a cabeça bem a tempo, mas o líquido fervente espirrou em seu braço esquerdo, deixando uma linha rosada de pele escaldada.

Foi a primeira vez que ele a machucou. Mais tarde, a queimadura deixaria uma cicatriz.

Naquela noite, Simon implorou para Kate não ir embora, enquanto ela fazia as malas. Disse que sentia muito, que aquilo nunca voltaria a acontecer, que ele não podia viver sem ela. Kate vacilou, mesmo então.

Mas, quando o táxi chegou, ela entrou. Era a coisa certa a fazer, não era? Ela era, supostamente, uma mulher culta e respeitável. Não poderia ficar de jeito nenhum.

O hotel, perto do mercado de artesanato de Camden, tinha sido o único que ela conseguira encontrar (e pagar) em tão pouco tempo. O lugar era frio, mofado e cheirava a ratos. O quarto dava para a rua e a janela tremia a cada carro que passava. Kate passou a noite em claro, observando os faróis dos carros iluminando o teto, o celular vibrando com mensagens de súplica, a queimadura em seu braço latejando.

Na manhã seguinte, ela ligou para o trabalho dizendo que estava doente e passou o dia passeando pelo mercado e contemplando as profundezas oleosas do canal. Em busca de uma solução.

Na segunda noite, ela decidiu deixá-lo. Mas então chegou a mensagem de áudio.

"Kate", ele dizia com a voz lacrimosa. "Eu sinto muito, muito mesmo, pela briga que tivemos. Por favor, volte. Eu não posso viver sem você. Eu não posso... Eu preciso de você, Kate. Por favor. Eu... eu tomei uns comprimidos..."

E, num piscar de olhos, a determinação dela evaporou. Kate não poderia fazer aquilo. Não podia deixar que uma pessoa morresse.

Ela ligou para o serviço de emergência. Assim que soube que a ambulância estava a caminho, chamou um táxi. No caminho de volta, olhou fixamente pela janela enquanto as casas geminadas, brilhando escuras na chuva, cediam às imagens dos seus pesadelos de infância. Asas negras batendo no ar. A rua lustrosa de sangue.

O monstro sou eu.

E se ela chegasse tarde demais?

Quando ela chegou, a ambulância amarela estava estacionada na rua. Ela mal conseguia respirar no elevador, odiando-o por atrasá-la, enquanto subia lentamente pelos andares.

A porta da frente do apartamento estava aberta. Simon estava sentado no sofá de pijama, flanqueado por dois paramédicos, frascos de comprimidos espalhados na mesa de centro na frente deles. Lacrados. Ela sentiu um gelo se formando em suas entranhas.

Ele não havia tomado os comprimidos. Tinha mentido.

Ela olhou para ele. Simon devolveu o olhar, deixando que as lágrimas rolassem pelas faces.

– Sinto muito, Kate – disse ele, sacudindo os ombros. – Eu só estava... estava com tanto medo que você nunca mais voltasse...

Os paramédicos não notaram as bolhas na pele do braço de Kate. Ela os levou até a porta da frente e prometeu que ligaria novamente caso Simon apresentasse sinais de pensamentos suicidas, concordando em não deixá-lo sozinho e levá-lo a um terapeuta. Então ela fechou a porta atrás deles sem fazer barulho.

Simon se levantou do sofá e andou em sua direção, até que Kate sentiu a respiração dele na nuca. Juntos, eles ouviram o elevador descendo pelo poço.

– Sinto muito por ter ido embora – disse Kate, sem se virar. – Por favor, prometa que nunca vai se ferir ou fazer qualquer coisa idiota outra vez.

Idiota.

Assim que a palavra saiu da sua boca, ela soube que havia cometido um erro.

– "Idiota"? – Simon perguntou, mantendo a voz baixa. Ele a agarrou pela nuca com força, antes de empurrá-la contra a parede.

Ela pediu demissão da editora no dia seguinte. Abrindo mão não apenas do seu salário e do seu senso de identidade, mas do seu elo mais forte com o mundo exterior. Com as mulheres que a faziam se sentir valorizada, inteligente, muito mais do que apenas a namorada dele, seu brinquedinho.

Kate desliga a seta do carro. Pensa nas células do bebê se reproduzindo dentro dela e é atingida por uma onda de náusea. Se ela voltar... se Simon descobrir sobre o bebê... nunca vai deixá-la ir embora.

Ela manobra o carro e dá meia-volta.

NA MANHÃ SEGUINTE, KATE resolve ir caminhando até a aldeia para comprar mantimentos.

O ar do início de primavera é fresco contra sua pele, com um aroma de folhas úmidas e brotos crescendo. Ela fecha a porta da frente do chalé e um bando de andorinhas sai voando do velho carvalho no jardim da frente. Ela se encolhe, então observa os pássaros dando voltas no céu azul, enquanto ela se recompõe. A aldeia fica a apenas três quilômetros. A caminhada será revigorante, ela diz a si mesma. Talvez até aprecie o passeio.

Ela anda até a estrada, que é margeada por cercas vivas com flores brancas desconhecidas que lembram a espuma do mar. Ouve o grasnido de um corvo e seu coração acelera. Olha para cima e estica o pescoço até sentir uma vertigem. Nada. Apenas galhos emoldurando um céu vazio, suas minúsculas folhas verdes tremulando com a brisa. Ela segue em frente, passando por uma antiga casa de fazenda, com um telhado baixo. Ovelhas balem nos pastos ao redor.

Crows Beck não parece ter mudado quase nada por séculos: os únicos sinais de modernização são uma cabine telefônica e um ponto de ônibus. Ela passa por um parque, com seu poço antigo e uma outra estrutura de pedra, uma casinha com uma pesada porta de ferro. Talvez tenha sido a prisão da aldeia, antigamente. Ela estremece ao pensar em ficar confinada num espaço tão pequeno, condenada a morrer ali.

Além do parque há uma praça calçada, cercada por prédios, uma mescla de pedra e madeira, alguns com beirais de estilo Tudor. Alguns deles são lojas: uma quitanda e um açougue, uma agência de correio. Uma clínica médica também. A distância, ela vê o pináculo da igreja, que resplandece sob o brilho fulgurante do sol.

Ela hesita diante da quitanda. Seu estômago se agita de nervoso: ela não faz compras sozinha desde... não consegue se lembrar de quando foi a última vez. Simon providenciava para que a comida fosse entregue em domicílio aos domingos à noite, por um empório sofisticado. Ela tenta acalmar a respiração rápida com o pensamento de que agora pode comprar o que quiser.

As bancas na frente da quitanda estão repletas de produtos frescos. Fileiras e fileiras de maçãs, o ar espesso com seu aroma amadeirado. Cenouras, meio escondidas entre as grandes folhas verdes, pálidos amontoados de repolhos.

Lá dentro, a única cliente é uma mulher de meia-idade com cabelos cor de fogo e um suéter cor-de-rosa, num contraste chocante. Kate sorri quando passa por ela e abafa a tosse provocada pelo forte aroma de *patchuli*. Ela retribui o sorriso e Kate se vira rapidamente para examinar uma caixa de cereal. Fica aliviada quando a cliente sai da loja, entoando uma despedida alegre à mulher do caixa.

Kate tira coisas das prateleiras: pão, manteiga, café. Ela observa a sua cesta. Sem pensar, tinha escolhido a marca de café preferida de Simon. Ela coloca o pacote de volta na prateleira e troca por outro.

Ela murmura um olá para a mulher esquálida do caixa. Ela sabe que essa é uma interação que não pode evitar.

– Nunca vi você por aqui antes – diz a mulher enquanto examina o preço do café instantâneo. Kate vê um pelo no queixo dela e de repente não sabe para onde olhar. Sua pele formiga. Ela se sente muito constrangida ao se lembrar do que está vestindo: uma camiseta e uma calça muito justas e reveladoras. Simon gostava que ela mostrasse o corpo assim. Que se exibisse.

– Sim... acabei de me mudar – diz Kate. – De Londres.

A mulher franze a testa e Kate explica que herdou um chalé de uma parente.

– Ah, está se referindo ao chalé Weyward? A casa de Violet Ayres?

– Sim, sou a sobrinha-neta dela.

– Não sabia que ela ainda tinha parentes vivos – diz a caixa. – Pensei que não restasse ninguém das famílias Ayres e Weyward. Com exceção do velho visconde, é claro, que ficou biruta na mansão.

– Não eu – diz Kate, oferecendo um sorriso tenso. – Eu sou uma Ayres. Desculpe, Weyward, você disse? Eu não sabia que era um sobrenome de família. Achei que era apenas o nome do chalé.

– Era, e bem antigo – diz ela, inspecionando a caixa de leite. – Já tem séculos esse sobrenome.

Pelo visto, a caixa acredita que os Ayres e os Weyward são parentes. Ela deve ter entendido mal. Tia Violet era uma Ayres também e tinha nascido em Orton Hall. Ela devia ter comprado o chalé Weyward depois que saiu de casa. Depois que foi deserdada.

– Cartão ou dinheiro?

– Dinheiro. – Kate sente os olhos da mulher sobre ela enquanto tira as notas de um buraco no forro da bolsa. Mais uma vez, ela tem a sensação de estar exposta. Sente o rosto corar, imaginando se é óbvio que ela está fugindo de algo. Ou alguém.

– Você vai ficar bem, querida – diz a caixa agora, como se tivesse lido os pensamentos de Kate. Entrega o troco. – Afinal de contas, está no seu sangue.

Caminhando de volta para o chalé, Kate se pergunta o que a mulher quis dizer.

KATE PROCURA EM TODOS os lugares os documentos de Violet, alguma ligação com a família Weyward. Nas gavetas da mesinha de cabeceira, dentro do guarda-roupa cavernoso. Ali, ela faz uma pausa por um instante, inalando o cheiro de naftalina e lavanda. As roupas da tia-avó são estranhas, o tipo de coisa que se encontra em brechós: caftans, túnicas de linho, uma capa bordada com contas e o brilho metálico da carapaça de um besouro. Do lado de dentro da porta, estão pendurados colares pesados, que tilintam contra um espelho manchado pelo tempo.

Ela não consegue parar de olhar para a capa, que reflete a luz de um modo peculiar. Com cuidado, Kate passa a ponta dos dedos pela capa, as contas de vidro frias contra a pele. Ela a tira do cabide e a coloca sobre os ombros. No espelho, sua aparência é diferente: o brilho escuro da capa muda a cor dos seus olhos e lhes confere uma firmeza que ela não reconhece.

A vergonha faz corar suas bochechas. Ela está se comportando como uma criança brincando de se fantasiar. Tira a capa e volta a pendurá-la no cabide. Fecha as portas do guarda-roupa e vê um novo reflexo de si mesma no espelho. Ali está ela: vestida com as roupas que ele escolheu. O cabelo descolorido e cortado em camadas, do jeito que Simon gosta. A mulher com firmeza nos olhos desapareceu.

Ela olha debaixo da cama da tia Violet. Caixas de chapéu surradas competem por espaço com cadernos de desenho, as páginas manchadas repletas de desenhos de borboletas, besouros e – ela faz uma careta – tarântulas. Um objeto quadrado e pesado, envolto em musselina, acaba se revelando ser não um álbum de fotos, como ela suspeitava, mas um pedaço de pedra já esfarelando. Ao virá-lo, ela vê a marca vermelha estriada de um escorpião.

Uma pasta se sobressai de debaixo de uma das caixas. Com um grunhido, ela a puxa.

A capa está desbotada e coberta de poeira, mas os papéis dentro estão organizados: extratos bancários, contas de serviços públicos. Há vários passaportes antigos, as páginas amareladas e repletas de carimbos. Ela folheia um da década de 1960, que registra visitas à Costa Rica, Nepal e Marrocos.

Há algo de familiar na fotografia cor de sépia da primeira página, retratando a jovem de cabelos negros ondulados e olhos grandes, a mancha de uma marca de nascença na testa. Ela nunca tinha visto nenhuma foto da tia-avó na juventude e estremece ao sentir o reconhecimento. Na foto, a tia Violet parece... ela mesma. Kate.

Capítulo Dez

Altha

Grace parecia muito jovem e pequena no banco das testemunhas. Sua pele estava muito pálida sob a touca, os olhos castanhos arregalados. Naquele momento, era difícil acreditar que ela era uma mulher adulta de 21 anos.

Parecia que o tempo não havia passado desde que éramos meninas e brincávamos de correr uma atrás da outra sob a luz do sol. Quando olhei para ela, o verão em que tínhamos 13 anos ficou nítido na minha memória.

Tinha sido um verão quente, o mais quente em décadas, segundo a minha mãe. Tínhamos perambulado por toda a aldeia e chapinhado no riacho e, depois que nos cansamos disso, fomos às escondidas tomar o ar mais fresco das colinas. Lá encontramos encostas e penhascos cobertos de urze e névoa. Subimos tão alto que Grace disse que podia ver todo o caminho até a França. Lembro-me de rir, dizendo a Grace que a França era muito longe e, além disso, do outro lado do mar. Um dia, iríamos até lá, eu disse. Nós duas juntas.

Naquele momento, uma águia-pescadora soltou um grito no céu. Eu olhei para cima e a observei voar, o sol batendo nas asas e deixando-as prateadas. Grace pegou minha mão na dela e uma sensação de leveza se espalhou por mim, como se eu também estivesse voando por entre as nuvens.

Mesmo na ocasião, alguns aldeões temiam o nosso toque, como se mamãe e eu carregássemos alguma pestilência, alguma praga. Mas Grace nunca tinha medo. Ela sabia, na época ao menos, que eu nunca faria mal a ela.

Na descida, perdi minha bota no pântano. Eu me lembro de que fiquei tão nervosa por ter de dar a notícia à minha mãe que mal dirigi uma palavra a Grace enquanto fazíamos o caminho de volta. Minha amiga não entenderia. Sendo filha de um fazendeiro, ela ganhava botas novas todo ano. Minha mãe tinha vendido queijo e geleia de ameixa de sol a sol e cuidado de todos os aldeões doentes que batiam à nossa porta para pagar o sapateiro que consertara as minhas.

Mas Grace tinha me acompanhado até em casa e, quando chegamos ao chalé, disse à minha mãe que por culpa dela eu tinha perdido a bota na lama. E insistiu em me dar o outro par que ela tinha.

Eu usei as botas de Grace durante muitos anos, até que começaram a apertar e deixar meus dedos roxos. Guardei as botas, pensando em dá-las para minha própria filha um dia.

Havia outra razão para que esse verão, do nosso décimo terceiro aniversário, estivesse tão forte em minha memória quando olhei para ela no tribunal. Foi o último ano da nossa amizade.

E o último da minha inocência.

No outono, quando as folhas caíam das faias, a mãe de Grace adoeceu.

Minha mãe me acordou bem antes do amanhecer, a luz das velas projetando sombras no seu rosto.

– Grace está vindo aqui. Aconteceu alguma coisa – ela me disse.

– Como você sabe? – perguntei.

Ela não disse nada, mas acariciou o corvo pousado em seu ombro, as penas brilhando com as gotas de chuva.

Era escarlatina, nos contou Grace não muito tempo depois, sentada à nossa mesa, ainda recuperando o fôlego. Ela tinha corrido os três quilômetros, desde a fazenda Metcalfe. A mãe estava de cama, com as bochechas vermelhas e suando muito, fazia três dias e duas noites, ela contou. Quando estava acordada, o que era raro, a mãe chorava a morte dos seus bebês, falecidos tempos atrás.

Grace nos contou que o pai havia chamado o médico e ele dissera que a paciente tinha muito sangue no corpo. Todo aquele sangue estava fervendo dentro dela. Observei o rosto da minha mãe, os lábios apertados numa linha fina, enquanto Grace prosseguia. O médico tinha colocado sanguessugas no corpo da mãe, disse Grace, só que não estava adiantando. As sanguessugas engordavam enquanto a mãe enfraquecia.

Minha mãe se levantou. Observei enquanto ela enchia sua cesta com panos limpos, potes de mel e tintura de sabugueiro.

– Altha, pegue as capas – ela disse. – Precisamos nos apressar, meninas. Se o médico continuar sangrando sua mãe, temo que ela não passe desta noite.

A lua estava oculta atrás das nuvens e da garoa, e mal conseguíamos ver o chão enquanto caminhávamos. Minha mãe avançava com determinação, segurando a minha mão com força. Eu podia ouvir Grace com a respiração ofegante ao meu lado.

Com a escuridão e a chuva, eu não consegui ver o corvo da minha mãe, mas sabia que ele voava à frente por entre as árvores e que isso dava forças à minha mãe.

Estávamos no meio do caminho quando a chuva engrossou. A água gotejava do meu capuz e embaçava minha visão. Na pressa de sair, eu tinha esquecido as luvas e minhas mãos estavam dormentes de frio. Parecia que fazia séculos que tínhamos saído quando vi ao longe a silhueta atarracada da casa de fazenda dos Metcalfe, as janelas amareladas com a luz das velas.

Encontramos William Metcalfe debruçado sobre o leito da esposa doente. Não havia nem sinal do médico. O quarto estava cheio de velas, pelo menos vinte delas; mais do que minha mãe e eu usávamos durante um mês.

– Minha mãe não gosta do escuro – Grace sussurrou.

Na cama, a mãe de Grace parecia estar dormindo. Mas era um tipo de sono que eu nunca tinha visto. O peito de Anna Metcalfe subia e descia, ofegante sob a camisola. À luz das velas bruxuleantes, eu podia ver suas pálpebras trêmulas. Então os olhos dela se abriram e ela meio que se levantou da cama, gritando e chorando com uma sanguessuga na têmpora, antes de afundar novamente no colchão.

– Santa Maria, Mãe de Deus – murmurou William Metcalfe ao lado da forma debilitada da esposa –, rogai por nós, pecadores...

De repente, ao nos ouvir entrar, ele se virou. Eu vi que segurava junto aos lábios um colar de contas carmesim, que guardou rapidamente no bolso da calça.

– Que diabos estão fazendo aqui? – ele perguntou. Parecia morto de exaustão, o rosto quase tão pálido quanto o da esposa.

– Fui eu quem trouxe as duas, papai – disse Grace. – A sra. Weyward pode ajudar. Ela sabe muitas coisas...

– Criança ingênua! – ele falou com desprezo. – Essas coisas que ela sabe não vão salvar sua mãe. Vão condenar a alma dela. É isso que você quer?

– Por favor, William. Seja razoável – disse minha mãe com a voz tensa. – Você pode ver que as sanguessugas só estão piorando o estado da sua esposa. Ela está apavorada e sofrendo. Precisa de panos frios, mel e sabugueiro para acalmá-la.

Enquanto minha mãe falava, Anna soltou um gemido. Grace começou a chorar.

– Por favor, papai, por favor! – implorou ela.

William Metcalfe olhou para a esposa e depois para a filha. Uma veia latejava em sua têmpora.

– Está bem – disse ele. – Mas você vai parar se eu mandar. E se ela morrer, a responsabilidade será sua.

Minha mãe assentiu. Ela começou a remover as sanguessugas da pele de Anna e pediu a Grace que trouxesse uma jarra de água e um copo. Quando Grace entregou o que lhe foi pedido, ela se ajoelhou ao lado da cama e tentou fazer com que Anna bebesse, mas o líquido apenas escorria pelo queixo da mulher. Minha mãe colocou um pano úmido sobre a testa da enferma. Anna murmurou alguma coisa e eu vi seus punhos cerrados se abrindo sob os lençóis.

Sentei-me ao lado da minha mãe.

– Você vai tentar dar a ela a tintura de sabugueiro? – perguntei.

– A doença já está num estágio avançado – disse minha mãe, mantendo a voz baixa. – Eu não tenho certeza se ela conseguirá tomar. Já pode ser tarde.

Ela pegou o frasquinho com o líquido roxo da sua cesta e tirou a rolha. Segurou o conta-gotas sobre a boca de Anna e destilou o líquido. Uma mancha escura caiu nos lábios dela, manchando-os.

Enquanto eu observava, todo o corpo de Anna começou a sacudir. Os olhos dela se abriram, as órbitas brancas. Espuma se acumulou nos cantos da boca.

– Anna! – William correu para a cama, nos empurrando ao passar. Ele tentou manter o corpo da esposa imóvel. Eu me virei e vi Grace de pé no canto mais distante do quarto, com as mãos sobre a boca.

– Grace, não olhe! – eu disse, atravessando o cômodo. Coloquei minhas mãos sobre os olhos dela. – Não olhe – eu disse novamente, meus lábios tão perto do rosto dela que eu pude sentir o aroma doce que se desprendia de sua pele.

O quarto se encheu dos sons terríveis da estrutura da cama chacoalhando, a voz de William Metcalfe gritando o nome da esposa sem parar.

Então tudo ficou em silêncio.

Não precisei me virar para saber que Anna Metcalfe estava morta.

– POR QUE VOCÊ não a salvou? – perguntei à minha mãe enquanto caminhávamos para casa. Ainda estava chovendo. A lama fria se infiltrava em minhas botas. As botas que Grace tinha me dado.

– Eu tentei – disse minha mãe. – Ela estava muito fraca. Se Grace tivesse vindo nos procurar antes...

Não nos falamos durante o resto do trajeto de volta para casa. Quando chegamos, minha mãe acendeu o fogo. Então passamos horas contemplando as chamas, minha mãe com seu corvo no ombro, até que a chuva diminuiu e conseguimos ouvir os pássaros cantando lá fora.

Nos dias que se seguiram à morte de Anna, senti falta de Grace. Ansiava por abraçá-la e confortá-la por sua perda. Mas minha mãe não me deixou sair de casa, me manteve longe da praça, dos campos. Onde eu talvez pudesse ouvir os boatos que se espalhavam como um incêndio pela aldeia. Não importava: eu podia adivinhar o que diziam pela palidez do rosto da minha mãe, os círculos escuros sob os olhos. Mais tarde, soube que William Metcalfe havia proibido a filha de me ver.

Não nos falamos novamente por sete anos.

Capítulo Onze

Violet

No dia seguinte, Violet acordou exausta pela falta de sono. Mas ela saltou da cama, mesmo sendo um sábado e não tendo aulas.

Ela não conseguia tirar sua descoberta da cabeça. Aquela palavra estranha, arranhada no lambril atrás da mesinha de cabeceira. *Weyward*.

Ela tocou o pingente de ouro que pendia do pescoço, passando os dedos sobre o *W*. E se a inicial não representasse o primeiro nome da mãe, como ela tinha pensado por todos aqueles anos? E se representasse seu *sobrenome*, antes de se casar com o Pai e se tornar a sra. Ayres?

A saudade aumentou dentro de Violet. Ela foi atingida por um súbito desejo de empurrar a mesinha de cabeceira de novo e passar os dedos pelas letras, para sentir algo que a mãe pudesse ter tocado. Mas por que a mãe teria gravado seu próprio nome ali? Será que ela queria que Violet o descobrisse um dia?

Ela afastou as cobertas, mas logo as puxou novamente quando a sra. Kirkby bateu na porta com uma bandeja de chá e mingau.

A governanta tinha um olhar distraído nas feições largas e exalava um aroma fraco de carne assada. Os nós dos dedos estavam polvilhados de farinha branca e havia uma mancha escura do que parecia ser molho em seu avental.

Violet supôs que ela estivesse ocupada com os preparativos para a chegada iminente de Frederick, o primo misterioso. E imaginou que a sra. Kirkby preferia se encarregar ela mesma do trabalho mais difícil, já que nunca havia hóspedes em Orton Hall. Talvez Violet conseguisse pegá-la desprevenida.

– Sra. Kirkby – ela disse entre goles de chá, tomando cuidado para manter um tom de voz indiferente. – Qual era o sobrenome da minha mãe?

– Pergunta muito difícil para esta hora da manhã, querida – disse a sra. Kirkby, inclinando-se para inspecionar uma mancha na colcha. – Isso é chocolate? Vou ter que pedir a Penny para colocá-la de molho.

Violet franziu a testa. Tinha a nítida impressão de que a sra. Kirkby estava relutante em olhá-la nos olhos.

– Era Weyward?

A sra. Kirkby enrijeceu. Ficou imóvel por um instante, depois tirou rapidamente a bandeja do colo de Violet, embora ela ainda não tivesse terminado o mingau.

– Não me lembro – ela bufou. – Mas não adianta ficar remoendo o passado, Violet. Muitas crianças crescem sem mãe. Muitas outras crescem sem pai e sem mãe. Você deveria se considerar muito sortuda e deixar essa história de lado.

– Claro, sra. Kirkby – disse Violet, formulando rapidamente um plano. – Falando em pais, você sabe o que o meu planejou para o dia?

– Ele saiu cedo esta manhã para encontrar seu jovem primo na estação de trem em Lancaster.

Aquela era uma excelente notícia. Mas ela tinha que se apressar ou perderia a chance.

Violet se vestiu depressa. Ela tinha certeza de que a sra. Kirkby estava mentindo ao dizer que não conseguia se lembrar se Weyward era o sobrenome da sua mãe. O que ela não sabia ao certo era como ele havia sido riscado nos lambris do seu quarto.

Ela desceu as escadas até o andar de baixo. Estava um dia ensolarado lá fora e a luz multicolorida inundava os vitrais, dando à casa um ar etéreo.

Ao virar no corredor, ela passou por Graham carregando um caderno de álgebra com um olhar de desespero. Violet se lembrou do presente que ele tinha deixado para ela.

– Ei, obrigada pelo presente – ela disse em voz baixa. Ocorreu-lhe que deveria ter sido uma provação para o irmão persuadir a donzelinha a entrar no frasco de vidro, devido ao seu medo de insetos. O dia das abelhas voltou à sua memória.

– Não foi nada – disse ele. – Você se sente melhor agora? Parece um pouco mais... normal... Para você, pelo menos.

Graham fez uma careta e ela riu.

– Sim, obrigada.

– Isso é bom – disse ele. – Enfim... Melhor eu continuar com isso. Ele fez sinal para o caderno e suspirou.

– Graham, espere! – disse Violet. – Hmm... Você não seria bonzinho e me faria um favor?

Ela o viu hesitar. Fazia muito tempo que não pedia um favor a ele.

– Claro – disse o irmão.

– Nosso Pai foi buscar o tal primo de Lancaster – disse ela.

– Ah! – disse Graham, revirando os olhos. – O festejado Frederick.

– É que tenho que procurar algo no escritório dele – disse com a esperança de que pudesse confiar no irmão. – Você poderia me avisar se ele voltar?

As sobrancelhas ruivas de Graham se ergueram.

– No escritório dele? Por que diabos você quer entrar ali? Ele vai te esfolar viva se descobrir.

– Eu sei. É por isso que preciso que você seja meu vigia. Você pode ficar com a minha porção de sobremesa por uma semana se concordar.

Violet observou Graham refletir, esperando que a tentação da sobremesa extra fosse grande demais para ele resistir.

– Tudo bem – disse o irmão. – Vou bater na porta três vezes, como sinal. Mas, se você não cumprir a promessa da sobremesa, contarei ao nosso Pai.

– Combinado – disse Violet.

Ela se virou para ir ao escritório.

– Você vai me contar o que está procurando?

– Quanto menos pessoas souberem, melhor – disse Violet, em voz baixa.

Graham revirou os olhos novamente e continuou andando.

Violet sentiu uma onda de nervosismo ao entrar no escritório. Normalmente, Cecil estaria rosnando na porta, como Cérbero guardando a entrada para o mundo subterrâneo. Mas graças a Deus o cão tinha ido com o Pai para Lancaster.

Ela abriu a pesada porta. Violet costumava evitar o escritório... e não apenas por causa de Cecil. Era ali que o Pai tinha dado uma surra nela depois do acidente com as abelhas.

O cômodo não era menos perturbador agora que ela era mais velha. Parecia pertencer a uma época diferente. Uma *estação* diferente, até, pois o Pai mantinha as cortinas fechadas e o ar era frio e estagnado. Ela acendeu a luz e estremeceu quando fez contato visual com o quadro pendurado na parede atrás da mesa. Era outro retrato do Pai e tão realista (via-se até mesmo o brilho da careca) que por um instante Violet pensou que ele estava ali, esperando para surpreendê-la.

Com o pulso acelerado, ela se esgueirou para dentro, inalando o cheiro de tabaco para cachimbo. Devia haver algum registro da mãe dela ali. Como era possível que uma pessoa tivesse vivido e morrido numa casa e deixado apenas um colar e um maço de cartas? Era como se o Pai tivesse varrido a esposa da face da Terra.

Ela examinou as estantes de livros, com suas lombadas antigas inscritas numa tinta azul esmaecida. Livros contábeis. Dezenas deles. Ela pegou um, marcado com a inscrição 1925, e o folheou. Não poderia haver algo ali sobre o Festival de Primeiro de Maio, onde seus pais tinham se conhecido? Mas não – eram apenas páginas e mais páginas preenchidas com números, transcritos na caligrafia curta e concisa do Pai (era preciso habilidade, Violet pensou, para fazer até mesmo uma caligrafia parecer raivosa). Ela fechou o livro contábil, frustrada.

Então olhou ao redor do cômodo. A imponente escrivaninha de mogno do Pai ficava abaixo do retrato dele. Objetos estranhos cobriam a superfície. Alguns deles interessantes, como o globo desbotado que mostrava os países do Império Britânico num delicado tom de rosa, mas outros objetos lhe davam calafrios. Especialmente a presa de marfim amarelado, montada em latão, que se estendia por quase todo o comprimento da escrivaninha. Ela evocava imagens dos elefantes Babar e Celeste, heróis dos seus livros infantis favoritos (que, como todas as outras obras infantis da biblioteca, tinham sido originalmente dados de presente a Graham), sem presas e sangrando. Isso a deixava triste por outro motivo. Quando criança, Violet presumia que as "curiosidades" do Pai (como ele as chamava) eram sinais de que ele compartilhava o amor que ela mesma tinha pela natureza. Mas foi quando o Pai estava contando a ela e Graham a história de como ele adquiriu a presa (na mesma viagem de caça à Rodésia do Sul em que adquiriu Cecil, na época um filhote magro e encolhido de medo) que ela percebeu o quanto estava errada. O Pai não se importava que os elefantes formavam grupos matriarcais próximos e unidos, que eles lamentaram a morte de um dos seus como os seres humanos. Ele também não pensava que o elefante que havia matado (só para enfeitar a sua mesa) tinha ficado aturdido com o medo e a dor no momento de sua morte.

Para o Pai, a presa do elefante, e tudo o mais na casa, era apenas um troféu. Essas nobres criaturas não eram para ser estudadas ou reverenciadas, mas conquistadas.

Eles nunca se entenderiam.

Mas não havia tempo para pensar nessas coisas agora, ela disse a si mesma. Afinal, tinha uma missão a cumprir.

Violet tinha certeza de que a gaveta da escrivaninha estaria trancada, mas, para sua alegria, ela se abriu com facilidade.

Violet vasculhou o conteúdo rapidamente. O estojo de couro com acessórios de escrita do Pai, personalizado com o brasão dos Ayres (uma águia-pesqueira, gravada em ouro); um relógio de bolso antigo com o mostrador quebrado; cartas do banco, seu cachimbo... Ela estava começando a pensar que o Pai não havia se incomodado em trancar a gaveta porque ela não continha nada importante quando viu a pena.

Era grande o bastante para ter vindo de um corvo, pensou Violet. Ou quem sabe uma gralha?

Com todo o cuidado, ela a tirou da gaveta. Era negra como obsidiana, com matizes azuis quando a luz incidia nela. Violet viu que era riscada de branco – ou melhor, parecia que havia perdido a cor em algumas partes, como uma pintura inacabada. A pena parecia ter se soltado de um material macio. Ao olhar mais de perto, Violet viu que era um lenço de um linho delicado, que tinha sido comido pelas traças. Havia um monograma no canto do lenço, as letras *E. W.* bordadas com linha de seda verde-garrafa.

O coração de Violet palpitou no peito. *E. W.*

W de Weyward?

Sob a camada de poeira, Violet detectou um aroma leve e floral vindo do lenço. Lavanda. Era quase imperceptível, um leve traço de perfume, mas foi o suficiente. As lembranças instantaneamente inundaram seu cérebro, como se ela tivesse acessado uma fonte oculta. A sensação de braços cálidos ao seu redor, uma cortina espessa e perfumada de cabelos fazendo cócegas em seu rosto. A suave melodia de uma canção de ninar, o som de um coração batendo perto do seu ouvido.

A pena, o lenço.

Eles eram da mãe dela.

E o Pai os guardava na gaveta da escrivaninha, como se fossem algo importante. Especial.

A antiga fantasia do dia do casamento dos pais voltou à sua memória. O Pai estava quase bonito, num terno cinza-claro. A mãe (Violet imaginava uma mulher com um rosto em forma de coração, emoldurado por uma cascata negra de cabelos) sorrindo enquanto tomava a mão dele. Seus rostos dourados com a luz do sol, pétalas girando no céu.

Violet às vezes se perguntava se o Pai era capaz de amar alguma coisa, além da caça e do Império, mas ela também sabia que ele havia desafiado a tradição e a vontade dos pais já falecidos para se casar com a mãe dela. E ele guardava essas lembranças, coisas que o faziam se lembrar dela, depois de todos aqueles anos. Ela o imaginou sentado em sua escrivaninha, pressionando o lenço contra o nariz do jeito que Violet estava fazendo agora.

Ela poderia ter entendido mal, aquela noite no escritório? *Talvez eles consigam evitar que você fique como ela.* As próprias palavras pareciam destilar ódio.

Mas será que Violet estava errada, teria de algum modo se confundido? Seu coração deu um salto com o pensamento. Talvez ele tivesse *de fato* amado a mãe dela. E logo ela tivesse morrido.

Violet quase começou a sentir pena dele.

Ela não tinha certeza de quanto tempo ficou ali com o pequeno objeto na mão, mas depois de um tempo percebeu algo muito estranho.

Ela foi capaz de *ouvir*. Mais do que nunca, desta vez. Era como se as cortinas pesadas, o vidro espesso da janela e as antigas paredes de pedra tivessem desaparecido. Ela podia ouvir o bater das asas de um pardal enquanto voava de um plátano. O grito rouco de um gavião, chamando seu companheiro enquanto circulava no céu. Um rato-do-mato chiando enquanto buscava comida nos arbustos abaixo da janela.

Violet olhou maravilhada para os objetos em sua mão. Então ouviu três batidas na porta: o sinal de Graham. Como o Pai poderia já estar de volta? Violet olhou para o relógio: eram dez horas da manhã. Ele devia ter partido mais cedo do que ela imaginava.

Queria levar a pena e o lenço com ela, mas e se o Pai percebesse que os objetos tinham sumido? Ele saberia que ela tinha entrado no seu escritório. Talvez (seu coração bateu mais forte com o pensamento, com o que ela estava prestes a fazer) ele não sentisse falta da pena. Violet poderia apenas guardá-la por um tempo e devolvê-la mais tarde. Afinal, o Pai tinha ficado com tudo para si por tantos anos...

– Violet? – Graham sibilou do outro lado da porta. – Você está aí? Ele voltou! Depressa!

Com o sangue agitado devido à excitação, Violet colocou o lenço de volta na gaveta e enfiou a pena no bolso do vestido. Fechou a porta do escritório do Pai sem fazer barulho e subiu as escadas na ponta dos pés.

SÓ PARA SE CERTIFICAR, Violet se agachou no chão e puxou a caixa de chapéu de baixo da cama.

O interior da caixa estava coberto de teias de aranha. Goldie estava viva e bem, e a julgar pelas moscas e formigas mortas que pontilhavam a sua toca, continuava com o apetite de sempre. A aranha se ergueu sobre as pernas de trás e piscou seus oito olhos miúdos para ela, antes de saltar no ar num borrão acinzentado. Pousou no ombro de Violet e ela sorriu quando a aracnídea se aninhou contra ela. O calor se espalhou pelo seu peito, formigando em suas veias.

Era como tirar uma venda dos olhos. Ela não tinha percebido como havia ficado amortecida para o mundo lá fora; agora seus nervos pareciam eriçados de eletricidade. As cores pareciam mais intensas do que nunca (pela janela, o mundo exterior brilhava com a luz do sol) e o clique das pinças de Goldie era como um milagre aos seus ouvidos.

Violet era ela mesma novamente.

VIOLET ALISOU O CABELO e as roupas, verificando no espelho se estava apresentável antes de descer. Ela se lembrou do que o Pai dissera depois do jantar na outra noite. Ele esperava que ela fosse uma "presença alegre e agradável" perto do primo Frederick. Eca.

Enquanto descia as escadas, ouviu o Pai falando alto no saguão de entrada. Uma risada grosseira ecoou pela casa. Foi tão alta que Violet ouviu a família de chapins-azuis que vivia no telhado piar assustada. Ela já não gostava do primo Frederick.

Quando ela chegou ao salão, viu que o dono da risada tosca era um jovem de postura ereta que vestia um uniforme cor de areia. Ele sorriu quando ela se aproximou, revelando dentes brancos e uniformes. Abaixo do quepe de oficial, seus olhos eram verdes. A cor preferida dela. O Pai, que acabara de contar alguma história chata, deu um tapinha nas costas do primo. Graham parecia deslocado num canto, parecendo não saber o que fazer com as mãos.

– Frederick – disse o Pai – gostaria de apresentá-lo à minha filha, sua prima. A srta. Violet Elizabeth Ayres.

– Olá – disse Frederick, estendendo a mão para ela. – Como vai?

– Olá – disse Violet. A mão dele era quente e calejada. De perto, ele exalava uma espécie de colônia picante. Ela não sabia bem por quê, mas de repente sentiu uma leve vertigem. Violet se perguntou se aquela seria uma reação normal a um adulto do sexo masculino. Ela nunca tinha conhecido nenhum rapaz além de Graham e do aprendiz de jardineiro, Neil, um garoto de dentes salientes e rosto pálido que tinha perecido na Batalha de Boulogne.

– Violet – disse o Pai. – Você esqueceu seus bons modos?

– Desculpe – disse ela. – Como vai?

Frederick sorriu.

O Pai chamou Penny, que corou e quase se esqueceu de fazer uma mesura quando viu Frederick. O Pai pediu à criada que mostrasse a Frederick seu quarto. O jantar seria servido às oito, disse ele.

– Não se atrasem – disse o Pai, olhando para Violet.

NO JANTAR, VIOLET USOU seu vestido favorito: o de sarja verde com a saia rodada e uma gola tipo Peter Pan. Como não tinha bolsos, ela guardou a pena entre as páginas amareladas dos *Irmãos Grimm*. Se sentou em frente a Frederick e lançou alguns olhares para ele. Ficou inebriada ao reparar na linha angulosa da mandíbula do primo; as mãos quadradas e bronzeadas, com pelos escuros nos dedos. Ele se parecia tão pouco com o Pai, cujas próprias mãos lembravam presuntos, que o primo poderia ser até de uma espécie diferente. Ele a repelia e a fascinava em igual medida.

Ela estava tentando descobrir o tom exato dos olhos dele (viu que eram da mesma cor da erva-das-feiticeiras, que crescia sob a faia) quando ele olhou nos olhos dela. Ela se encolheu.

– Como estão seus pais, Frederick? – o Pai estava perguntando. Pelo visto, o pai de Frederick era Charles, o irmão mais novo do Pai dela, que Violet e Graham nunca tinham conhecido. Pela familiaridade com que falavam um com o outro, parecia que o Pai e Frederick tinham mantido uma incessante correspondência epistolar por muitos anos. Saber disso fez Violet se sentir um pouco menor em sua cadeira. Por que o Pai nunca fizera questão de que ela conhecesse seu único primo até agora? Ela pensou novamente na falta de visitas, na proibição de deixar a propriedade.

– Tão bem quanto se pode esperar, suponho – disse Frederick. – Depois do bombardeio alemão sobre Londres, minha mãe ficou com os nervos um pouco abalados. Eu continuo dizendo a eles para deixarem Londres, pois são muitas lembranças, mas eles não querem ouvir. Vou visitá-los antes de voltar. Mas queria respirar um pouco de ar puro do campo primeiro.

– Você cresceu em Londres? – Violet perguntou, quando encontrou sua voz. A mera perspectiva a horrorizava. Tudo o que ela sabia sobre Londres vinha de artigos de jornal e dos romances de Dickens. Na cabeça dela, era uma cidade sem sol e sufocada pela fuligem, sem animais, exceto pelas raposas raquíticas procurando comida nos becos. – Como é?

– Bem, eu passava a maior parte do tempo no internato – disse Frederick. – Eton, é claro. – Graham se enrijeceu e olhou para seu prato. – Mas é uma cidade maravilhosa. Cheia de vida e cor. Ou era, antes da guerra.

– Mas... ela tem árvores? – Violet perguntou. – Não consigo me imaginar vivendo num lugar sem árvores.

Frederick riu e tomou um gole de vinho. O brilho verde brilhante do seu olhar pousou nela novamente, como a luz do sol numa floresta

– Ah, sim – disse ele. – Na verdade, meus pais moram em Richmond, bem ao lado do parque. Você já ouviu falar?

– Não – disse Violet.

– É lindo. Quase mil hectares de floresta nos arredores de Londres. Dá até para ver cervos lá às vezes.

– Você já pensou no que gostaria de fazer depois que a guerra terminar, Frederick? – interrompeu o Pai.

– Bem, eu estava planejando voltar para Londres e alugar um lugar por um tempo; talvez em Kensington, se a minha mesada ainda estiver de pé, claro... Ela daria para isso. Achei que poderia escrever um livro sobre a guerra. Mas agora...

– Sim! Você já sabe que título ele teria? *Tormento em Tobruk*? Você mencionou isso na sua última carta. Parecia algo emocionante. Mudou de ideia?

– Bem, ainda não tenho certeza – começou Frederick. – Pensei em ir para a faculdade de Medicina, talvez. A gente vê cada coisa numa guerra... tantas mortes. – Ele estava observando Violet. – Mas milagres também. Soldados trazidos da beira do precipício. Num hospital de campanha, os médicos são como... Deus.

Houve uma pausa desconfortável. Meu Pai limpou a garganta.

– O que estou tentando dizer – Frederick acrescentou rapidamente – é que eu gostaria de contribuir de alguma forma, quando tudo isso acabar, para tornar a vida das pessoas melhor.

– Uma nobre aspiração – disse meu Pai, aprovando com a cabeça.

– Então, você poderia ver um corpo por dentro? – Violet perguntou. – Aprenderia como ele funciona? Se você for para a faculdade de Medicina, quero dizer.

– Violet – o Pai franziu a testa. – Uma conversa pouco apropriada para uma senhorita.

Frederick achou graça.

– Não me importo, tio – disse ele. – A senhorita está certa, de qualquer maneira. Para me tornar médico, primeiro eu precisaria me familiarizar com o funcionamento do corpo humano. Intimamente familiarizado.

Ele ainda a estava observando.

Capítulo Doze

Kate

Kate prende a respiração enquanto digita o número.

Raios de sol da tarde invadem o quarto, iluminando partículas de poeira em suspensão no ar. Pela janela, ela pode ver as montanhas que cercam o vale, roxas e distantes.

O telefone ainda está tocando. No Canadá, ela tenta pensar, são cinco horas a menos, então deve ser meio-dia lá. A mãe deve estar ocupada, em seu trabalho como recepcionista de uma clínica. Talvez ela não atenda. Kate quase implora por isso.

Não atenda.

– Alô?

O coração dela salta uma batida.

– Oi, mãe, sou eu.

– Kate? Ah, graças a Deus! – A voz da mãe soa urgente, preocupada. Ela pode ouvir os telefones do escritório tocando ao fundo, conversas distantes. – Espere um segundo.

Uma porta se abre e se fecha.

– Desculpe, tive que encontrar um lugar mais silencioso. De onde você está ligando? O que está acontecendo?

– Estou com um celular novo.

– Jesus, Kate, eu estava louca de preocupação. Simon me ligou há cerca de uma hora. Ele disse que você foi embora e deixou o celular.

A culpa se agita dentro dela.

– Desculpe, eu deveria ter ligado antes. Mas escute, eu estou bem. Eu só... precisei sair um pouco.

Kate faz uma pausa. O sangue corre em seus ouvidos. Parte dela queria contar a verdade para a mãe. Sobre Simon, sobre o bebê. Mas ela não consegue formar as palavras na boca, forçá-las a sair dos seus lábios. Quebrar o gelo.

Ele me machucou.

Ela já causou tanta dor à mãe... Até o som da voz dela traz de volta aqueles longos dias após o acidente, quando a mãe mal saía do quarto. Quando ela voltava da escola e a encontrava com o rosto pálido e soluçando, a cama coberta com as roupas do pai.

– Elas ainda têm o cheiro dele – dizia a mãe, antes de voltar a se entregar à dor. Naquele momento, Kate desejava nunca ter nascido.

Anos depois, quando a mãe se casou com Keith, um médico canadense, ela pediu à filha que se mudasse com os dois para Toronto. Eles poderiam começar de novo, a mãe disse. Juntos.

Kate disse que não, insistiu que queria ficar na Inglaterra para terminar a faculdade. Mas, na verdade, ela simplesmente não queria arruinar a segunda chance da mãe de ser feliz. As conversas esporádicas entre elas (que aos poucos passaram a ser mensais em vez de semanais), pareciam forçadas, pouco naturais. Era o melhor, Kate disse a si mesma. A mãe estava melhor sem ela.

– Sair um pouco por quê? – a mãe está perguntando agora. – Por favor, Kate, eu sou sua mãe. Apenas me diga o que está acontecendo.

Ele me machucou.

– É… complicado. É só que… não estava dando certo. Então eu quis sair de casa por um tempinho.

– Certo. Tudo bem, querida. – Kate percebe a resignação na voz dela. – Então, para onde você foi? Você está na casa de alguma amiga?

– Não, você se lembra de Violet, a tia do papai? Aquela que morava em Cumbria, perto de Orton Hall?

– Ah, sim, vagamente. Sempre me pareceu um pouco excêntrica… Eu não sabia que vocês tinham ficado amigas.

– Não ficamos – diz Kate. – Amigas, quero dizer. Ela morreu, na verdade. Ela morreu no ano passado e me deixou a casa dela de herança. Acho que não tinha outros parentes.

– Você nunca me contou. – Kate sentiu a mágoa na voz da mãe. – Eu deveria ter mantido contato com ela, seu pai teria gostado.

Kate sente o estômago se contrair de culpa. É por isso que é melhor não falar. Ela voltou a magoar a mãe, como sempre.

– Desculpe, mãe… Eu deveria ter contado.

– Tudo bem. De qualquer maneira, quanto tempo você pretende ficar aí? Você sempre pode vir para cá, você sabe. Ou… talvez eu possa ir até aí?

– Você não precisa vir – Kate se apressa a dizer. – Está tudo bem. Estou bem. De qualquer maneira, me desculpe novamente por não ter falado da tia Violet. Eu tenho que ir, mãe. Ligo para você em alguns dias, está bem?

– OK, querida.

– Espera… mãe?

– Sim?

– Não conte a ele. Simon. Não diga a ele onde estou. Por favor.

Ela desliga rápido, evitando as perguntas da mãe.

As lágrimas embaçam seus olhos. Ela tateia à procura da caixa de lenços na mesa de cabeceira, equilibrada precariamente em cima de uma pilha alta de revistas *New Scientist*, e a derruba. Vários objetos caem no chão.

– Droga! – Ela se abaixa para pegá-los. Precisa se recompor.

Também tinha caído no chão uma caixinha de joias esmaltada, com borboletas incrustradas. Seu conteúdo está espalhado pelas tábuas do assoalho, brilhando ao sol. Brincos sem par, um par de anéis enferrujados, um colar sujo com um pingente de aparência desgastada. Aflita, ela os coloca de volta na caixa e arruma a superfície da mesa de cabeceira.

Há uma fotografia de Graham, seu avô, atrás da pilha de revistas. Kate nunca o vira tão jovem: o cabelo ainda ruivo, algumas mechas esvoaçando com a brisa. O avô morreu quando Kate tinha 6 anos e as lembranças que ela tem dele são fugidias, fragmentadas. Ele costumava ler para ela *Os Contos de Grimm*, principalmente, com a rica ressonância da sua voz transportando-a para outro mundo.

Embora agora, ao olhar para a fotografia, outra lembrança tremule no canto do seu cérebro. O sepultamento dele, ali em Crows Beck.

Ela segurava a mão da mãe e olhava para as nuvens que pairavam baixas no céu. Pensava que ia chover. O cemitério era todo musgo, pedras e árvores, e estava cheio de pássaros e insetos; Kate se lembra de como era *barulhento*. Tão barulhento que ela mal conseguia ouvir o padre falando.

Depois, ela e os pais foram ao chalé Weyward, para o chá da tarde. A única outra vez que ela colocou os pés dentro da casa. A única vez que ela encontrou tia Violet.

Kate tem uma vaga lembrança da cor verde. A porta verde, o papel de parede verde dentro da casa, tia Violet usando uma roupa estranha e esvoaçante. Kate se lembra do cheiro do perfume dela: lavanda, o cheiro que ainda está impregnado no quarto. Ela tenta evocar mais detalhes, mas não consegue; a lembrança é muito nebulosa, como se suas bordas estivessem desgastadas.

Na verdade, ela quase havia esquecido que tinha uma tia-avó, até o telefonema do advogado.

Não pela primeira vez, ela se pergunta por que Violet deixou sua casa para uma sobrinha-neta que não via fazia mais de vinte anos.

– Você é a única parente viva – disse o advogado, com um forte sotaque do norte, quando ela fez a mesma pergunta ao telefone. Mas isso provocou mais perguntas do que respostas. Por exemplo: por que a tia-avó nunca entrou em contato com ela enquanto ainda estava viva?

MAIS TARDE, KATE DECIDE explorar o jardim enquanto ainda está claro.

O lugar está coberto de mato e exala um forte aroma de plantas que ela não conhece. Folhas verdes e peludas roçam seus sapatos, deixando linhas prateadas de seiva. Samambaias farfalham na brisa.

Kate vacila quando chega ao antigo plátano e se lembra dos corvos de sua primeira noite. Olha para o céu, para os galhos que se estendem vermelhos ao sol poente. A árvore deve ter centenas de anos. Ela a imagina como uma sentinela por gerações, mantendo o pequeno chalé seguro debaixo da sua sombra. Ela estende a mão e pressiona a palma contra a casca.

Está quente. Viva.

O ar muda. De repente, ela quer voltar para dentro. Há algo no jardim que o deixa apertado, opressivo. É como se não houvesse mais nenhuma barreira entre o mundo exterior e seus nervos.

Ela lembra a si mesma que está segura. Não vai voltar para dentro. Ainda não.

Kate se embrenha um pouco mais no jardim, ouvindo o zumbido dos insetos, a água correndo sobre as pedras. O riacho brilha mais abaixo. Ela desce até as margens, segurando nas raízes retorcidas do plátano para se equilibrar. A água é tão cristalina que ela consegue ver peixes minúsculos, seus corpinhos brilhando à luz do sol. Um inseto paira nas proximidades. Kate não lembra como se chama: menor que uma libélula, com delicadas asas madrepérola. Ele roça a superfície do riacho. Fica muito tempo assim, ouvindo os pássaros, a água, os insetos. Fecha os olhos, abrindo-os novamente quando sente algo acariciar a sua mão. A criatura parecida com uma libélula com asas iridescentes. A palavra surge das profundezas de seu cérebro: uma donzelinha.

Lágrimas brotam em seus olhos, surpreendendo-a.

Quando criança, os insetos a fascinavam. Ela se lembra de implorar à mãe para não matar as mariposas que esvoaçavam dos guarda-roupas nem as aranhas que teciam as teias transparentes que se agarravam ao teto. Ela colecionava livros com vívidas ilustrações sobre insetos. E sobre pássaros também. Ela se escondia debaixo das cobertas para lê-los, nas primeiras e silenciosas horas da manhã, enquanto os pais dormiam no quarto ao lado. Agora dói pensar naquela garotinha, seu assombro inocente: lanterna na mão, virando as páginas brilhantes e maravilhando-se com as criaturas selvagens e maravilhosas. Borboletas com olhos nas asas, papagaios de plumagem colorida.

Quando o pai morreu, Kate juntou os livros numa pilha brilhante e colorida e os colocou na calçada do lado de fora da casa. Ela acordou durante a noite com o coração inchado de arrependimento e correu para fora a fim de recuperá-los, mas já tinham sido levados.

Kate interpretou isso como um sinal, uma confirmação do que já sabia. Era muito perigoso ela ficar perto dos insetos, animais e pássaros que amava. Kate já havia causado a morte do pai. E se machucasse a mãe dela também?

Ela guardou seus outros livros – *Contos de Grimm*, *O Jardim Secreto* –, as histórias que se tornaram um bálsamo durante aquelas longas noites em que o único sinal de vida no quarto da mãe era o brilho neon da televisão sob a porta. A ficção tornou-se uma amiga e também um porto seguro; um casulo para protegê-la do mundo exterior e seus perigos. Ela poderia ler sobre as lendas do pintarroxo, mas deveria evitar a todo custo os tordos que piavam no jardim dos fundos.

E ela guardou o broche, seguro em seu bolso durante as partidas obrigatórias de basquete, as provas e até seu primeiro beijo. Como se fosse um amuleto da sorte em vez de um lembrete do que ela tinha feito, de quem ela era. Um monstro.

O broche está desgastado agora, o ouro opaco e enegrecido com o passar dos anos. Tinha sido bonito, um dia; ela se lembra de brincar com ele quando era bem pequena, os cristais brilhando ao sol de modo que as asas quase pareciam se mover. Ela não se lembra de quando o ganhou.

Talvez aquele momento terrível (segurando-o com força na mão enquanto o corpo sem vida do pai era levado embora) tenha apagado todas as outras associações, como uma luz forte.

Kate estremece. Está ficando mais frio, o calor vai embora com o sol. Ela se levanta, olha em volta. Então percebe uma coisa.

Uma cruz de madeira, desgastada e verde com líquen, está aninhada entre as raízes do plátano.

Ela não tem nome, nem data. Mas, inclinando-se até mais perto, Kate vê o contorno fraco de letras irregulares. *Descanse em paz*.

O sol desapareceu atrás de nuvens escuras e ela sente na pele as primeiras agulhadas da chuva.

Enquanto está diante da cruz, o jardim parece crescer com o som. Sua pele parece frágil e sensível, como a de um animal que acaba de nascer. No estômago e nas veias, ela tem a sensação de algo querendo entrar. Ou querendo sair.

Ela corre, então; as plantas estranhas que se agarram à barra da sua calça deixam manchas vermelhas e verdes em suas roupas. Ela fecha a porta atrás de si, puxando as cortinas das janelas para não ver o jardim, o plátano. A cruz. A madeira manchada de verde, o jeito como ela se projeta das raízes do plátano.

Não poderia ser o túmulo de uma pessoa, poderia? A casa é tão velha, afinal de contas... Ela se lembra do que disse a mulher do caixa. *Já tem séculos*. Poderia ser um dos Weyward?

Ela esperava descobrir mais nos documentos da tia Violet. Mas a pasta que havia encontrado debaixo da cama não continha nada anterior a 1942 e nada sobre a casa em si ou qualquer pessoa que pudesse ter morado lá antes da tia Violet.

Então ela se lembra de que a casa tem um sótão. Ela viu um alçapão, não viu? Ele fica no teto do corredor. Talvez haja algo lá em cima.

O ÚLTIMO DEGRAU DA escada range quando Kate pisa nele. Deus sabe quantos anos ela tem; Kate a encontrou enferrujada nos fundos da casa, meio coberta de trepadeiras. Ignorando o protesto da escada, ela abre o alçapão.

O sótão da tia Violet é enorme; grande o suficiente para que ela quase consiga ficar de pé. Kate liga a lanterna do celular e as silhuetas escuras tomam forma.

Prateleiras revestem as paredes, cintilando com inúmeros insetos, preservados em frascos. O espaço é dominado por uma pesada cômoda. Mesmo sob o feixe da lanterna, parece desgastado e muito antigo, talvez até mais antigo do que os outros móveis da casa. Ela tem duas gavetas.

Kate abre a primeira gaveta. Está vazia. Depois tenta a segunda, que está trancada.

Ela tateia as reentrâncias da primeira gaveta de novo, para o caso de ter deixado passar alguma coisa, alguma pista. Ela ofega quando seus dedos percebem um pacote. Puxando-o para fora, vê que está envolto num pano puído. Decide que não vai abrir ali, no escuro. Algo se move sobre o telhado e seu coração vai parar na garganta.

Ela anda abaixada até o quadrado de luz amarela do alçapão, o pacote apertado na mão, a poeira cobrindo sua pele.

Ela vai acender o fogo, preparar uma xícara de chá, acender todas as luzes possível. Só então vai olhar aquele pacote. Estranho que a outra gaveta estivesse trancada. Quase como se tia Violet estivesse escondendo alguma coisa.

Capítulo Treze

Altha

Eu observei enquanto Grace jurava sobre a Bíblia, prometendo dizer toda a verdade e nada além dela. O promotor se levantou da cadeira e se encaminhou lentamente em sua direção. Eu vi que os olhos de Grace procuravam os meus.

Eu queria desviar o olhar, esconder meu rosto nas mãos e me encolher na cadeira, mas não pude. Havia muitas pessoas olhando. Eu tinha me tornado a maior atração de Lancaster. Nos bancos, os homens me apontavam para as esposas; as mães mandavam seus filhos remelentos se calarem. Havia um burburinho baixo e constante. "Bruxa", eu os ouvia dizer. "Que enforquem a bruxa."

O promotor começou a falar.

– Por favor, diga seu nome completo para os membros do tribunal – disse ele.

– Grace Charlotte Milburn – ela respondeu, baixinho. Tão baixinho que o promotor precisou pedir que ela repetisse.

– E onde mora, sra. Milburn?

– Na fazenda Milburn, perto de Crows Beck.

– E com quem a senhora morava lá?

– Com meu marido. John Milburn.

– E a senhora tem filhos?

Ela fez uma pausa. Uma das mãos foi até a cintura: ela usava um vestido de lã cinza escura, grosso o suficiente para esconder suas formas. Eu desejei que ela não olhasse para mim.

– Não.

– A senhora poderia dizer ao tribunal o que se produz ou se cria na fazenda Milburn? Agricultura ou criação de gado?

– Gado – disse ela.

– Quais animais?

– Vacas – ela sussurrou. – Vacas leiteiras.

– E como seu marido adquiriu a fazenda Milburn?

– Ele herdou, senhor. Do pai.

– Então ele morou lá desde que nasceu.

– Sim.

Um dos juízes pigarreou. O promotor olhou para ele.

– Só um pouco de paciência, Meritíssimo, isso tem relevância para as acusações feitas contra a ré.

O juiz assentiu.

– Pode continuar.

O promotor voltou-se para Grace.

– Sra. Milburn, a senhora diria que seu marido estava familiarizado com as vacas? Com os costumes e hábitos desses animais?

– Sim, claro, senhor. A pecuária leiteira estava em seu sangue.

– E as vacas da fazenda estavam familiarizadas com ele?

– Todos os dias ele as levava do curral para o pasto e as trazia de volta, senhor.

– Entendo. Obrigado, sra. Milburn. Agora, a senhora poderia descrever para o tribunal os acontecimentos do dia de Ano-Novo, neste ano de nosso Senhor de 1619?

– Sim, senhor. Acordei ao amanhecer como sempre, senhor, para dar milho às galinhas e preparar o caldo no fogo. John já tinha se levantado para ordenhar as vacas e depois tirá-las do curral.

– E John fazia isso sozinho ou contava com alguma ajuda?

– Contava com ajuda, senhor. O rapaz dos Kirkby vem para ajudar, ou vinha, às terças e quintas-feiras.

– E isso foi numa quinta-feira?

– Sim.

– O que aconteceu depois?

– Eu estava me preparando para pegar água no poço para lavar roupa, senhor. Eu tinha pegado a bacia e estava olhando pela janela. Eu queria ver a espessura da neve, para ver se precisaria de luvas.

– E o que viu, sra. Milburn, quando estava olhando pela janela?

– Eu vi as vacas, senhor, saindo do curral e entrando no pasto, seguidas por John e o rapaz Kirkby.

– E como as vacas lhe pareceram? Elas pareciam... agitadas? Agressivas, de algum modo?

– Não, senhor – ela disse.

Eu sabia o que estava por vir. Senti-me tonta de pavor, como se fosse desmaiar. Fiquei grata por ninguém poder ver minhas mãos algemadas, como brilhavam de suor. Limpei-as na saia do vestido.

– Por favor, continue, sra. Milburn.

– Bem, eu estava olhando pela janela, mas então deixei cair a bacia, senhor. Ela fez um estrondo alto, tão forte que até mesmo Deus poderia ter ouvido, pensei. Abaixei-me para pegá-la. Enquanto estava agachada no chão, ouvi um som lá fora, como um trovão. Achei que talvez uma tempestade estivesse chegando. Então ouvi o garoto Kirkby gritando.

– Gritando? O que ele estava dizendo?

– A princípio, nada que fizesse muito sentido. Apenas gritos. Mas então ele começou a repetir o nome do meu marido, várias vezes.

– O que a senhora fez depois?

Meu coração batia nos ouvidos. Senti minha visão se toldando. Eu queria um pouco de água. Queria que nada daquilo jamais tivesse acontecido. Que eu estivesse segura na infância, subindo em árvores com Grace. Apontando os tentilhões, os besouros brilhantes; seu assombro risonho em meus ouvidos.

– Eu saí, senhor.

– E o que a senhora viu?

– As vacas estavam todas espalhadas no pasto. Algumas delas arfando, com os olhos desvairados, como se tivessem corrido. O rapaz Kirkby ainda estava gritando, inclinado sobre algo no chão. A princípio não consegui ver John. Mas então eu vi que ele... meu John... era ele caído no chão.

As lágrimas embargaram a voz de Grace. Ela pegou um lenço e enxugou os olhos. O público murmurou, solidário. Eu senti olhos cravados em mim; ouvi o burburinho novamente. *Bruxa. Prostituta.*

– E a senhora pode descrever ao tribunal em que condições estava seu marido naquele momento, sra. Milburn?

– Ele estava... irreconhecível, senhor. – Ela fez uma pausa e umedeceu os lábios, recompondo-se.

– De que maneira?

– Seus braços e pernas estavam retorcidos, senhor. E o rosto. Ele... não existia mais.

Uma lembrança surgiu, como vômito na minha garganta. Aquele rosto, machucado e desfigurado como geleia de ameixa. Sem dentes. Um olho vazado e escorrendo.

– Meu John estava morto, senhor. Ele se foi.

A voz dela falhou na última palavra. Ela chorou abertamente, a cabeça abaixada em seu gorro branco, os ombros magros curvados de dor.

Ela tinha cativado todo o tribunal. Nos bancos, homens consolavam as esposas, que enxugavam as lágrimas, consternadas. Aos jurados, ela apresentou uma imagem perfeita de luto. Até os juízes pareciam tocados.

O promotor, atento a isso sem dúvida, continuou com amabilidade.

– Poderia me dizer o que aconteceu em seguida, sra. Milburn?

– Foi então que eu a vi, correndo das árvores, na minha direção.

– Quem? – ele perguntou.

– Altha – ela disse em voz baixa.

– Por favor, sra. Milburn, poderia indicá-la para o tribunal.

Ela olhou para mim, levantando uma mão devagar. Mesmo de onde eu estava sentada, vi que os dedos delicados tremiam. Ela apontou para mim.

O público explodiu.

Um dos juízes pediu ordem. Aos poucos os gritos cessaram.

O promotor continuou.

– A senhora ficou surpresa ao ver Altha Weyward ali? – ele perguntou.

– Foi tudo muito rápido, senhor. Não consigo me lembrar do que senti quando a vi. Eu estava... em choque.

– Mas teria sido uma casualidade incomum, presumo, ver a acusada parada nos limites da sua fazenda, não muito tempo depois da aurora?

– Não tão incomum, senhor. Todo mundo sabe que ela faz seus passeios de manhã cedo.

– Então a senhora já a tinha visto antes? Passeando pela manhã, perto da sua fazenda?

– Sim, senhor.

– Com frequência?

– Eu não diria com frequência, senhor. – Eu vi Grace umedecendo os lábios. – Mas uma ou duas vezes eu a vi, sim.

O promotor franziu a testa.

– A senhora poderia prosseguir, sra. Milburn? O que aconteceu depois que viu a acusada perto da sua casa?

– Ela correu na minha direção, senhor. Me perguntou o que havia acontecido. Não consigo me lembrar muito bem do que eu disse. Eu estava tão... chocada, deve imaginar. Mas me recordo que ela tirou a capa e cobriu o corpo de John e depois pediu ao rapaz Kirkby que chamasse o médico, o dr. Smythson. Ela me levou para dentro para esperarmos.

– E quando o médico e o garoto Kirkby chegaram?

– Não muito tempo depois, senhor.

– O médico disse alguma coisa para a senhora?

– Apenas me disse o que eu já sabia, senhor. Meu John estava morto. Não havia como trazê-lo de volta.

A cabeça pequena de Grace curvou-se novamente. Os ombros estremeceram.

– Obrigado, sra. Milburn. Eu posso ver que ser obrigada a reviver essa grave tragédia está deixando-a muito abalada. Agradeço a sua coragem e ajuda neste assunto. Tenho apenas mais algumas perguntas a fazer antes que eu possa liberá-la.

Ele andou pela sala, de um lado para o outro, antes de falar novamente.

– Sra. Milburn, há quanto tempo a senhora conhece a acusada, Altha Weyward?

– Eu a conheço desde sempre, senhor. Como a maioria das pessoas na aldeia.

– E qual tem sido a natureza do seu relacionamento com ela durante todos esses anos?

– Éramos amigas, senhor. Quando criança, quero dizer.

– Mas não mais?

– Não, senhor. Não desde que tínhamos 13 anos, senhor.

– E o que aconteceu, quando a senhora e a acusada tinham 13 anos, que fez com que a amizade se rompesse, sra. Milburn?

– Que fez o quê, senhor?

– Que terminasse. O que causou o fim da amizade?

Grace olhou para as próprias mãos.

– Minha mãe adoeceu, senhor. Com escarlatina.

– E o que isso tem a ver com a acusada?

– Ela e a mãe dela...

– Jennet Weyward?

– Sim, ela e Jennet, elas foram cuidar da minha mãe.

– E a senhora poderia dizer ao tribunal, por favor, o resultado desse tratamento?

Grace olhou para mim antes de falar, tão baixinho que tive que fazer esforço para ouvi-la.

– Minha mãe morreu, senhor.

Capítulo Catorze
Violet

Violet estava procurando algo para vestir.

O Pai tinha dito que eles iam praticar tiro ao prato com Frederick depois do café da manhã. Violet não gostava de atirar. Ela nunca atiraria em nenhum animal, é claro (até o Pai sabia que não devia pedir isso a ela), mas ainda assim não lhe agradava a maneira como os tiros assustavam os pássaros nas árvores. Além disso, ela sempre se preocupava que uma bala destinada a um prato atingisse um pássaro de verdade. Ela adorava os pombos-torcazes, com sua bela plumagem e cantos suaves. Podia ouvi-los agora, celebrando a manhã.

Ela se perguntou se Frederick gostava de pássaros e animais tanto quanto ela. O pensamento em Frederick, o calor dos olhos dele sobre ela, lhe provocou um gelo na barriga. Ela temia e ansiava por vê-lo. No ano anterior, tinha lido sobre campos magnéticos num dos livros escolares de Graham, e parecia a Violet que Frederick tinha seu próprio campo, que a atraía como uma maré.

Ela poderia falar com ele hoje. Durante o café da manhã ou enquanto estivessem no tiro ao prato. Mas será que *ele* gostaria de falar com ela? Embora já tivesse 16 anos, Violet ainda se sentia – e, pior, parecia fisicamente – uma criança. Ela franziu a testa no espelho. Tinha vestido uma saia e uma jaqueta de lã áspera, com sapatos de couro rígido. A jaqueta e a saia eram grandes demais para ela (a babá Metcalfe encomendara tudo um tamanho maior, dizendo que Violet "cresceria" e a roupa acabaria lhe caindo bem), o que a fazia parecer ainda menor do que era.

Seu cabelo caía sobre os ombros em ondas escuras e brilhantes. Ela desejou que soubesse prendê-lo num coque elegante – ou mesmo fazer cachos, como as mulheres de aparência moderna que sorriam nos anúncios dos jornais do Pai –, mas o melhor que conseguiu foi fazer uma trança desajeitada. Ela poderia passar por uma menina de 12 anos.

Antes de desistir e descer as escadas, ela se certificou de que o colar da mãe estivesse debaixo da blusa. O Pai nem sabia que ela ainda tinha o colar. Ele mandara a babá Metcalfe confiscá-lo quando Violet tinha 6 anos (felizmente, a babá teve pena daquela criança aos soluços e o devolveu). Será que o Pai sofria ao ver o colar, ela se perguntava agora?

Ela quase colocou a pena no bolso, mas pensou melhor. E se o Pai visse? Era muito arriscado. Em vez disso, contentou-se em pressioná-la contra o nariz durante alguns instantes, inalando seu cheiro sutil e oleoso, o suave toque de lavanda, antes de voltar a guardá-la em seu esconderijo, dentro do livro dos Irmãos Grimm.

Violet ainda não tinha descoberto a razão por que aquela palavra, *Weyward*, tinha sido riscada nos lambris. Ela ficara acordada até quase uma da manhã, procurando mais pistas em seu quarto, mas não encontrou nada além de poeira e fezes de ratos. Se Weyward era o sobrenome da mãe e se tinha sido *realmente* ela que o escrevera no lambril, Violet não conseguia decifrar por quê. O quarto poderia ter pertencido à mãe? Violet achava que ela dormia no mesmo quarto que o Pai... Afinal, a ideia de uma mulher ocupando aquele espaço cheio de correntes de ar e drapeados de estampa xadrez parecia de alguma maneira inadequada, como um tordo cantando fora de estação.

Quando a mãe era viva, Violet dormia no quartinho das crianças, mas era muito pequena para se lembrar agora quem usava seu quarto atual naquela época. Ela ainda se lembrava da dor que sentiu quando foi transferida do quartinho, logo após o incidente com as abelhas. Ela sentia falta das enormes janelas de guilhotina e do ritmo suave da respiração de Graham ao dormir. Seu novo quarto era o menor da casa, com paredes pintadas de um amarelo gorduroso, que lembrava peixe defumado frito.

Com o tempo, porém, tornou-se tão familiar para ela quanto seu próprio corpo, com seu teto inclinado, o lavatório de esmalte lascado e as cortinas puídas (que também eram amarelas). Ela achava que conhecia cada centímetro dele. E mal conseguia acreditar que o cômodo estivera ocultando segredos dela durante todos aqueles anos. Parecia quase uma traição.

Talvez ela pudesse perguntar a uma das criadas sobre seu quarto. Mas então se lembrou de como a sra. Kirkby evitara sua pergunta a respeito do sobrenome da mãe. Eles estavam escondendo algo dela.

Violet tinha certeza disso.

A SRA. KIRKBY HAVIA se superado no café da manhã. A mesa estava abarrotada de uma quantidade de comida quase nos padrões do pré-guerra: baixelas de prata com feijão cozido, ovos mexidos, rins e até bacon. (Violet tinha o terrível pressentimento de que o bacon era de uma de suas porcas, um animal inteligente e de nariz carnudo que ela tinha ensinado a responder pelo nome de Jemima.)

Pela maneira como o *The Times* estava dobrado na cadeira habitual do Pai, Violet podia dizer que ele já havia tomado o café da manhã. Graham não estava à vista; ela nunca vira o irmão acordar antes das nove horas (para a grande consternação do Pai).

Frederick estava sentado à mesa. Ele não estava usando o uniforme hoje; em vez disso, vestia uma calça esportiva e uma camisa clara, que ressaltava seus cabelos castanhos e olhos verdes. Os três primeiros botões da camisa estavam abertos e Violet corou ao ver pequenos cachos de pelo em seu peito. Ela encheu o prato com feijão e ovos (ficando bem longe dos rins e do bacon) e sentou-se em frente a ele.

– Bom dia! – cumprimentou-o, olhando para o prato.

– Bom dia, Violet! – respondeu ele. Ela ouviu o sorriso na voz do primo e olhou para ele. Sorriu com timidez. – Dormiu bem?

– Hum... muito bem, obrigada – ela disse. Ela mal tinha dormido; passara a noite olhando para o teto, ouvindo o farfalhar dos morcegos no sótão e pensando na mãe.

Eles tomaram café em silêncio por um tempo e Violet teve o cuidado de comer com toda a educação. Por fim, Frederick pousou o garfo e a faca na mesa.

– Seu pai falou que você vai vir conosco praticar tiro ao prato hoje – disse ele. – Imagino que tenha uma boa pontaria com o rifle, já que é uma garota do campo.

Violet limpou o caldo de feijão da boca antes de responder.

– Ah, na verdade, não tenho, não – ela disse. – Não gosto muito da ideia de matar.

As bochechas dela se afoguearam quando percebeu o que acabara de dizer.

– Desculpe – disse ela. – Eu não quis dizer que você...

– Que eu mato? – Ele se recostou na cadeira. – Bem, faz parte da descrição do trabalho, na verdade. Para o que me alistei.

Violet baixou os olhos para as manchas de feijão e ovo em seu prato. As cores pareciam muito vívidas na louça branca de Wedgwood (Penny tinha escolhido a melhor louça de que dispunham em honra à presença de Frederick). Ela não tinha certeza se queria comer mais. Quando olhou para a frente, ele estava olhando para ela, aguardando.

– Sim, claro – ela disse, as palavras saindo rapidamente. – Você está defendendo o nosso país. – Ela abriu a boca outra vez, então mordeu o lábio.

– Prossiga – ele disse. – Pergunte o que quer perguntar. Eu não mordo.

– Bem, suponho que eu apenas gostaria de saber se você já.... se já matou alguém de fato.

Ele soltou uma risada.

– Sabe, você parece ter *muito* menos do que 16 anos – disse ele. – Mas, para responder à sua pergunta, sim, eu matei. Mais de um. – Ele parou. Havia um novo olhar sombrio em seu rosto quando continuou.

– Você não pode imaginar como é. O calor da Líbia gruda em você, dia após dia. Nada além de areia e rocha por quilômetros. Nem um pouco de verde. O dia todo rastejando na poeira, atirando e levando tiros. Homens morrendo ao seu redor. Quando vê uma pessoa morrer, você percebe que não há nada de *especial* nos seres humanos. Somos apenas carne, sangue e órgãos, não somos diferentes do porco que nos deu este bacon.

"Portanto, o dia todo, poeira, morte, em todos os lugares. Eu ia dormir todas as noites com poeira na boca e odor de sangue no nariz. Inclusive aqui, ainda encontro areia em mim. Debaixo das unhas, no cabelo, acumulada nas solas dos sapatos. E ainda posso sentir o cheiro do sangue. Tudo para que uma bela garota inglesa, sentada na mansão do pai, possa me perguntar se eu já *matei alguém*."

Ele parou de falar. O sol entrava pelas janelas e batia na nuca de Violet. Ela se sentia quente e irritada. Que burra ela era! O que a levara a fazer uma pergunta como aquela? Não é nenhuma surpresa que ele tenha ficado aborrecido. Ela não ousou olhar para ele. Manteve os olhos nas mãos, entrelaçadas no colo. Então, lutando contra as lágrimas, Violet olhou para o teto.

Ouviu um suspiro e depois o barulho da porcelana quando Frederick levantou a xícara de chá e a pousou novamente no pires.

– Ah, desculpe, Violet. Eu fui grosseiro. Acho que ainda me sinto cansado da viagem.

Ela abriu a boca para dizer alguma coisa quando o Pai entrou na sala de jantar, vestindo sua roupa de *tweed* e um boné; no ombro, carregava o suporte do rifle, com Cecil grunhindo atrás dele.

– Bom dia! – disse, sorrindo para os dois. – Maravilhoso ver que estão se dando tão bem!

ESTAVA UM LINDO DIA lá fora e Violet esperava que Frederick ficasse mais animado ao ver a paisagem. Enquanto Frederick e o Pai instruíam Graham sobre como lançar os pratos em arcos altos, ela se sentou no gramado e olhou para as suaves colinas verdes. Uma abelha zumbia ali perto, pousando de flor em flor. Ela pensou no pobre Frederick preso na Líbia, sem nem uma porção de verde ou qualquer coisa bonita para admirar. Vendo todas aquelas coisas horríveis. *Sendo obrigado* a fazer todas aquelas coisas horríveis.

Ela tentou imaginar como seria matar outra pessoa. Não tinha nem ideia de como era realmente um campo de batalha; será que os soldados conseguiam ver a pessoa em quem atiravam? Teriam que... vê-los morrer?

Violet tinha visto animais morrerem. A doninha que ela tinha como um animal de estimação quando pequena, um passarinho de peito rosa que tinha sido gravemente ferido por Cecil. Ela observou a luz desaparecer dos olhos deles, seus pequenos corpos relaxarem. Ela tinha pressentido como estavam assustados com o que quer que viesse depois: a escuridão desconhecida que se assomava à frente. Violet não conseguia se imaginar condenando outro ser humano a esse destino.

Mas o pobre Frederick não tivera alternativa.

Eles estavam prontos para começar a atirar agora, o Pai primeiro. Ela ficou para trás e observou Graham, que já estava suando e bufando, jogar os pratos para o alto. Melros voaram das árvores ao primeiro tiro. O Pai errou o alvo.

– Jogue-os mais alto, garoto! – ele gritou para Graham.

Frederick deu um passo à frente para atirar. Ele ergueu o rifle com tanta facilidade que era como se fosse uma extensão do seu corpo. O prato se despedaçou e os cacos caíram no chão como neve. O Pai deu um tapinha nas costas de Frederick. Eles conversaram por um tempo (Violet não conseguiu ouvir o que estavam dizendo), antes de Frederick se aproximar dela.

– Seu pai quer que você tente – disse ele. – Venha, vou te mostrar, é mais fácil do que parece.

Violet não disse nada. Ela nunca tinha disparado um rifle antes; normalmente o Pai deixava que ela apenas se sentasse na grama para assistir.

O primo lhe entregou o rifle e ficou atrás dela.

– Coloque no ombro, assim – disse ele.

O rifle era pesadíssimo, os braços de Violet tremeram com o esforço de erguê-lo. O metal era frio em suas mãos e ligeiramente úmido do suor de Frederick. Com o canto do olho, ela viu Graham observando.

– Eu ajudo você – Violet ouviu Frederick dizer atrás dela, tão perto que a respiração dele fazia cócegas em sua orelha. – Assim. Deste jeito.

Frederick pôs as mãos na cintura dela. Quando a arma disparou, Violet caiu para trás, nos braços dele.

Capítulo Quinze

Kate

Kate toma um longo gole de chá antes de abrir o pacote. Ao desembrulhar o tecido, que tem manchas brancas de mofo, ela sente um cheiro doce e enjoativo. Dentro, há um maço de cartas. A tinta está desbotada, transformada num marrom sem graça, e o papel está amassado e amarelado. A data na primeira carta é *20 de julho de 1925*.

Minha querida Lizzie,

Não dormi esta semana pensando em você.

Lá fora, o mundo está claro e verde com o verão, e até mesmo o jovem Rainham está cheio de energia. Mas eu não consigo suportar os longos dias. Na verdade, eu os odeio. Odeio cada dia que fica entre o agora e o momento em que a verei novamente.

Não consigo me aquietar com nada, nem mesmo a caça me traz consolo. Tudo o que faço é me lamentar, como um homem atormentado.

Anseio que você venha e se junte a mim, aqui no Hall. Eu realmente acredito, minha querida, que você será feliz aqui, muito mais do que nessa cabana tão pequena e úmida. Enquanto escrevo esta carta, contemplo os jardins pela janela do meu escritório. As rosas estão desabrochando e sua beleza delicada não tem paralelo neste mundo, exceto pelo seu rosto.

Acredite em mim quando digo isso, pois já andei pelo mundo. O mundo e todo tipo de mulher que existem. As orientais, com seus cabelos negros como carvão e olhos de obsidiana; princesas africanas, com seu pescoço de cisne envolvido em ouro. Tantos rostos vi e admirei.

Mas nenhum se compara ao seu.

Ah, seu rosto... Eu sonho com ele todas as noites. Com sua pele de marfim. Com seus lábios tão vermelhos quanto sangue fresco. Com esses olhos negros e intensos. Todas as noites mergulho fundo nos sonhos, como um homem se afogando.

Eu preciso ter você comigo.

Minha querida. Falei com o vigário e ele poderá realizar a cerimônia em duas semanas. Mas devemos garantir que tudo esteja em ordem antes de prosseguirmos, como conversamos. Meus pais e meu irmão devem voltar de Carlisle na quinta-feira. Eu espero que cheguem em casa ao entardecer.

Estamos mais perto do que nunca agora. Você não pode vacilar, precisa ser valente, pelo bem da nossa união. Pelo nosso futuro. É como disse Macbeth:

"Quem pode se conter tendo um coração que ama, e nesse coração coragem para tornar esse amor conhecido?"

Incluo, como símbolo de nossa promessa, um presente. É um lenço. Mandei buscá-lo em Lancaster, exigi apenas a melhor qualidade para o meu amor. Para minha futura esposa.

Eu conto os dias até você ser minha.

Seu para sempre
Rupert

Quem são Rupert e Elizabeth? Antigos moradores do chalé, possivelmente. Mas, não: Rupert havia escrito sobre "o Hall". Ele estaria se referindo a Orton Hall, a antiga residência da sua família?

Eles poderiam ser parentes dela?

Kate vasculha as outras cartas em busca de mais detalhes. Rupert escreve sobre a primeira vez que viu Elizabeth na aldeia, no Festival de Primeiro de Maio. Ele havia, em suas próprias palavras, ficado "deslumbrado com a sua pele de marfim e cabelos negros".

Algumas das cartas são sobre preparativos para encontros, sempre ao amanhecer ou anoitecer, quando os amantes não serão vistos. As palavras de Rupert têm um tom sombrio, como se o perigo espreitasse o casal, como se as estrelas conspirassem contra eles. O que Elizabeth precisava enfrentar com tanta valentia?

Ela não consegue imaginar. Também não pode confirmar as identidades dos correspondentes, pois Rupert não assina seu sobrenome e não há mais referências ao Hall.

A tristeza toma conta dela. Algo no tom de Rupert a faz se lembrar das primeiras mensagens de Simon.

Não consigo parar de pensar em você, ele escreveu numa mensagem, depois do terceiro encontro. *Sinto como se tivesse 16 anos novamente.*

Ele a levara a um pequeno restaurante japonês em Shoreditch. Ela tinha se sentido deslocada entre as outras mulheres presentes, com seus cabelos bem cuidados e joias caras. Tinha demorado para ela saber o que vestir e enviara fotos de diferentes opções de roupas para suas amigas da universidade. Ela queria usar algo simples, um vestido azul-marinho que tinha havia anos, mas uma das meninas, Becky, a convencera a pegar emprestada uma de suas blusas vermelhas justas. Era tão decotada que deixava à mostra uma verruga em seu osso esterno, uma mancha rosa escura que ela odiava desde a infância.

Ela se sentiu incrivelmente constrangida ao entrar no restaurante e passar os olhos pelas mesas, procurando Simon. Ele se levantou ao vê-la e sorriu com seus dentes perfeitos e deslumbrantes. Mais tarde, ela se convenceu de que tinha só imaginado, mas na hora achou que um silêncio caiu sobre o ambiente, enquanto os outros clientes olhavam alternadamente para ela e Simon e pensavam: *Ela? Sério?*

Mas Simon já havia lhe servido uma taça de vinho e estava sorrindo novamente, daquele jeito lento e sensual. Aos poucos, o nervosismo de Kate diminuiu, substituído por um sentimento de excitação. Eles conversaram sobre tudo, a conversa fluindo tão fácil quanto o vinho que Simon derramava em sua taça, até que rapidamente eles beberam uma garrafa, depois duas.

Eles conversaram sobre suas respectivas famílias; Simon era filho único, assim como ela. Ele, na realidade, admitiu que não tinha muito contato com os pais, pois havia ocorrido algum tipo de discussão quando ele era mais jovem. Mais tarde, ela perceberia que ele não mantinha contato com quase ninguém da sua infância ou universidade. Simon tinha talento para virar a página e recomeçar, desvencilhando-se do passado com tanta facilidade quanto uma cobra troca de pele.

Mas naquela noite ela não sabia nada disso, enquanto olhava nos olhos (tão azuis!) de Simon e se abria para ele de uma maneira que não conseguia se lembrar de ter feito com ninguém antes. A parede de vidro que ela tinha erigido ao seu redor estava se desintegrando, ela quase podia ver isso acontecendo; os fragmentos refletindo a luz como pequenos espelhos.

Na verdade, a parede de vidro estava sendo substituída por outro tipo de gaiola. Uma gaiola que Simon construía com charme e adulação, tão envolvente e delicada quanto o fio de seda de uma teia.

Agora ela se pergunta se sabia disso naquela época. Talvez tivesse sido parte do fascínio, a ideia de que, depois de todos aqueles anos exaustivos trancando a si mesma dentro de uma gaiola, ali estava alguém que poderia fazer isso por ela.

Eles não poderiam ter trabalhos mais diferentes: Simon parecia se deliciar com o desafio que representava o capital privado, ao contar a ela sobre a emoção que sentia quando adquiria uma empresa à beira da falência. Era como caçar, disse ele, mas em vez de atirar em veados ou raposas, ele se apoderava de bens e balanços, despojando uma empresa de seu peso morto como a carne de uma carcaça.

O mundo dele, com seu próprio conjunto de regras e jargões desconcertantes, não poderia parecer mais estranho aos olhos dela. E, no entanto, Simon ouviu atentamente enquanto ela falava sobre seu trabalho numa editora de livros infantis. Sobre a emoção de ler manuscritos, de mergulhar numa história que ninguém mais conhecia. Kate até confessou a ele que a leitura tinha sido um grande conforto para ela (uma boia salva-vidas, na verdade), após a morte do pai.

– Eu adoro a sua paixão! – ele disse, colocando a mão sobre a dela, os pelos finos do braço adquirindo matizes dourados à luz das velas. E depois, com uma ternura que trouxe lágrimas aos olhos dela: – Seu pai ficaria muito orgulhoso de você.

Outras imagens daquela noite também a assombram. Simon ajudando-a a entrar num táxi, convidando-a para um drinque em seu apartamento. Ela afundando no sofá de couro macio da casa dele, o cérebro confuso com o excesso de vinho...

– Você fica muito mais bonita quando sorri – ele disse, enquanto Kate ria de uma de suas piadas. Ele se inclinou, afastou o cabelo do rosto dela e a beijou pela primeira vez. A princípio, Simon a tocou com amabilidade, como se ela fosse um animal selvagem que ele pudesse afugentar. Então o beijo se aprofundou e seus dedos agarraram a mandíbula dela.

Eu preciso ter você.

Foi romântico, ela disse a si mesma na manhã seguinte, o jeito como ele desabotoou a calça dela, baixou a calcinha e afundou seu corpo dentro dela. A força do desejo dele.

Nos primeiros dias do relacionamento, Kate voltou a essa lembrança algumas vezes, suavizando as arestas numa mentira em que quase acreditou. Levaria anos até que ela se lembrasse da palavra que ele havia sussurrado, com a mente e o corpo entorpecidos pelo álcool, o rosto de Simon desfocado sobre o dela.

Espere.

De repente, não suporta mais ver as cartas. Ela dobra os papéis e os coloca de lado.

Kate segura a caneca de chá com força, deixando-a aquecer suas mãos. Lá fora, está chovendo forte agora; as gotas são como joias nas vidraças. Ela não consegue ver o jardim, mas acha que pode ouvir os galhos do plátano raspando no telhado ao vento.

A náusea aperta seu estômago. Esse é o único indício da gravidez, além de sentir os seios mais pesados. Ela se pergunta se é normal essa sensação de que suas entranhas estão subindo pela garganta, se isso indica o quanto a gravidez já está adiantada. Quase dois meses desde sua última menstruação, desde a conhecida pontada de dor em seu útero, a mancha de sangue na calcinha. No primeiro dia, sempre da cor de lodo, de barro. Parecendo mais algo da terra do que de seu próprio corpo.

Simon não gostava de sangue, a não ser o que ele próprio arrancava. Ele colecionava os hematomas que brotavam na pele dela como se fossem troféus e os acariciava com orgulho. Mas o sangue menstrual fluía do corpo de Kate no seu próprio ritmo, um ritmo que o desagradava e ele não podia controlar. Simon detestava senti-lo, viscoso e fibroso. O cheiro. Era como se fosse um animal, disse ele. Ou algo que estivesse morto. Por isso, Kate tinha uma semana de folga por mês, quando seu corpo era somente dela.

E agora ele está sendo compartilhado.

Ela imagina o aglomerado de células agarradas às suas entranhas. Mesmo agora, se dividindo e se alterando, crescendo. Transformando-se no filho deles.

Será um menino?, ela se pergunta. E será como Simon quando crescer? Ou uma menina parecida com ela?

Kate não sabe o que seria pior.

Capítulo Dezesseis

Altha

Tinha sido estranho ver Grace novamente. Estranho pensar em como tínhamos começado a vida juntas, lado a lado, e terminado com um tribunal entre nós. Ela em seu vestido limpo e eu com as minhas algemas. Uma prisioneira.

As masmorras estavam silenciosas, exceto por um gemido distante que poderia ser o vento ou a alma dos já condenados. Eu procurei a aranha, olhei debaixo da palha emaranhada, e meu coração doeu ao pensar que ela tinha ido embora, me abandonando à minha própria sorte. Mas assim que perdi as esperanças e me enrodilhei no chão, senti um roçar no lóbulo da minha orelha. Eu gostaria de poder enxergar o brilho dos seus olhos e suas pinças, mas a noite estava muito escura e nem sequer uma lasca de lua entrava pela grade na parede. Tão escura que senti como se eu já estivesse em meu túmulo.

Se é que eu iria ter um túmulo. Eu não sabia o que acontecia às bruxas depois de serem enforcadas. Eu me perguntei se alguém as enterrava. Se alguém iria me enterrar.

Eu queria que me enterrassem. Se devia partir deste mundo, pensei, que eu pudesse viver debaixo da terra. Que me deixassem alimentar as minhocas, nutrir as raízes das árvores, como minha mãe e a minha avó antes de mim.

Na verdade, não era a morte que eu temia. Era morrer. O processo, a dor. A morte sempre parecia tão pacífica quando falavam dela na igreja: uma reunião de cordeiros ao rebanho, um retorno ao reino. Mas eu já tinha visto a morte muitas vezes para acreditar nisso. O movimento da sombra do ceifeiro sobre um velho, uma mulher, uma criança. O rosto se contorcendo, os membros se debatendo, o esgar desesperado para respirar. Não havia paz em nenhuma morte que eu tivesse visto. E eu não encontraria paz na minha também.

Quando dormi, vi o laço apertado em volta do meu pescoço. Vi a respiração sufocada saindo de mim num vapor branco. Vi meu corpo girando na brisa.

AO QUE PARECIA, ELES já haviam terminado com Grace. Mas na manhã seguinte, quando me levaram para o banco dos réus, eu a vi sentada num banco. Era de se esperar, é claro. Que mulher não gostaria de saber qual seria o destino da assassina do marido?

Todos ficamos de pé quando os juízes entraram no tribunal. Eu vi um deles me observando, olhos semicerrados, como se eu fosse a podridão que corrompe o miolo da maçã, um tumor a ser extirpado.

O promotor chamou o médico, o dr. Smythson, para depor. Como eu sabia que ele faria.

Eles o haviam levado para me examinar na prisão da aldeia. Antes de me levarem para Lancaster. Embora eu estivesse fraca de fome e exaustão, não tinha cedido às suas perguntas. Perguntaram-me se eu já havia participado de um sabá das bruxas, se eu já tinha amamentado um animal familiar ou me deitado com uma fera. Se eu tinha me entregado a Satanás, como sua noiva.

Se eu tinha matado John Milburn.

Não, eu disse, embora minha garganta estivesse endurecida pela sede e meu estômago gemesse de fome. *Não*. Precisei de todas as minhas forças para forçar a palavra a sair pela boca. Para defender a minha inocência.

Até o momento, eu tinha me agarrado à esperança como se fosse uma pedra na minha mão. Mas, quando levaram o dr. Smythson à minha cela, eu temi que tudo estivesse acabado.

Agora eu o via fazer seu juramento sobre a Bíblia. Ele era um homem de certa idade e as veias formavam padrões avermelhados em suas bochechas. Deve ser a bebida, diria minha mãe, se estivesse ali. Ele se entregava a ela na mesma proporção que a prescrevia. Embora esse fosse de longe seu método de tratamento menos perigoso. Ao olhar para ele, eu me lembrei de Anna Metcalfe, a mãe de Grace: seu rosto branco como leite, a cor drenada pelas sanguessugas.

O promotor começou seu interrogatório.

– Dr. Smythson, o senhor se recorda dos acontecimentos do dia de Ano-Novo deste ano do nosso Senhor de 1619?

– Sim.

– Pode relatá-los para o tribunal?

O médico falou com confiança. Afinal de contas, ele era um homem. Não tinha motivos para pensar que não acreditariam nele.

– Comecei o dia logo ao amanhecer, como de costume. Na noite anterior, eu tinha ficado até tarde tratando um paciente. A família tinha me dado alguns ovos. Eu me lembro de que eles foram o meu café da manhã e o da minha esposa naquele dia. Mal tínhamos terminado o desjejum quando ouvi uma batida na porta.

– Quem era?

– Daniel Kirkby.

– E o que Daniel Kirkby queria?

– Lembro-me de pensar que o rapaz estava muito pálido. No começo achei que ele talvez estivesse doente, mas logo ele me disse que tinha ocorrido algum tipo de acidente na fazenda Milburn. Envolvendo John Milburn. Pela expressão dele, eu sabia que era grave. Peguei o casaco e a minha maleta e me dirigi à fazenda com o rapaz.

– E o que o senhor encontrou ao chegar lá?

– Milburn estava caído no chão. Seus ferimentos eram muito graves. Eu soube no mesmo instante que ele estava morto.

– O senhor poderia descrever esses ferimentos ao tribunal, por favor, doutor?

– Uma grande parte do crânio tinha sido esmagada. Um olho estava ensanguentado. Os ossos do pescoço estavam quebrados, assim como os dos braços e pernas.

– E o que, na sua opinião, teria causado os ferimentos, doutor?

– Pisoteamento por animais. Daniel Kirkby me disse que o patrão tinha sido pisoteado pelas suas vacas.

– Obrigado. E o senhor já tinha presenciado lesões assim alguma vez na sua carreira de médico?

– Sim, eu já vi. Sou sempre chamado para atender as consequências de acidentes em fazendas, que são comuns por aqui.

O promotor franziu a testa, como se o médico não tivesse lhe dado a resposta que ele queria.

– O senhor poderia dizer ao tribunal o que aconteceu depois que viu o corpo do sr. Milburn?

– Entrei na casa da fazenda para falar com a viúva.

– E ela estava sozinha?

– Não. Ela estava com a acusada, Altha Weyward.

– O senhor pode descrever para o tribunal o comportamento da viúva, Grace Milburn, e o da acusada, Altha Weyward?

– A sra. Milburn estava muito pálida e abalada, como era de se esperar.

O promotor assentiu e fez uma pausa.

– O senhor poderia dizer ao tribunal sua opinião sobre Altha Weyward?

– Minha opinião? Com respeito a quê?

– Vou perguntar de outra maneira. O senhor poderia dizer ao tribunal qual a natureza da sua relação com ela, ao longo dos anos?

– Eu diria que ela, assim como a mãe antes dela, tem sido um incômodo.

– Um incômodo?

– Em várias ocasiões, tive relatos de que ela atendeu moradores de vilarejos, pacientes que já estavam sob meus cuidados.

– O senhor pode nos dar um exemplo, doutor?

O médico fez uma pausa.

– Não faz dois meses, eu estava tratando uma paciente com febre. A filha do padeiro, uma menina de 10 anos. Ela tinha um desequilíbrio de humores: era muito sanguínea. Isso levava a um excesso de calor no corpo, daí a febre. Como consequência, precisou ser sangrada.

– Continue.

– Eu administrei o tratamento. Recomendei que deixassem as sanguessugas por uma noite e um dia. Quando voltei no dia seguinte, os pais tinham removido as sanguessugas antes do tempo.

– Eles disseram por quê?

– Receberam a visita de Altha Weyward durante a noite. Ela recomendou que a garota tomasse alguns pratos de caldo.

– E o que aconteceu com a criança?

– Ela sobreviveu. Felizmente, as sanguessugas foram deixadas por tempo suficiente no corpo dela para que eliminassem a maior parte do excesso de humor.

– E esse tipo de coisa já tinha acontecido antes?

– Várias vezes. Houve um caso muito semelhante quando a acusada ainda era criança. Ela e a mãe trataram uma paciente minha que sofria de escarlatina. A falecida sogra de John Milburn, na verdade. Anna Metcalfe. Infelizmente, a sra. Metcalfe faleceu.

– Na sua opinião, o que causou a morte dela?

– A culpa foi da mãe da acusada. Se ela fez por mal ou não, não posso dizer.

– E, na sua opinião – disse o promotor –, que papel desempenhou a acusada na morte da sra. Metcalfe?

– Não posso dizer com certeza – respondeu o médico. – Ela era só uma criança na época.

Eu podia ouvir o burburinho novamente. Olhei para Grace, sentada num banco no fundo da sala. Eu estava muito longe para ver a expressão dela.

– Dr. Smythson – continuou o promotor –, o senhor está familiarizado com as características das bruxas, conforme apresentado por Sua Alteza Real, o rei James, em sua obra *Daemonologie*?

– Claro, senhor. Conheço bem essa obra.

– O senhor saberia dizer se Altha e Jennet Weyward possuíam espíritos familiares? Os familiares – ele explicou, voltando-se para o tribunal – são evidências do pacto de uma bruxa com o Diabo. Elas convidam essas criaturas monstruosas, que se utilizam da imagem das próprias criaturas de Deus, para mamar no seio das bruxas. Assim elas sustentam o próprio Satanás com o leite delas.

Com essa pergunta, meu coração começou a martelar no peito, tão alto que eu me perguntei se o próprio promotor não poderia ouvi-lo. O dr. Smythson nunca estivera dentro do chalé.

Mas muitas pessoas já. Muitas tinham visto o corvo que se empoleirava, negro e lustroso no ombro de minha mãe, e as abelhas e donzelinhas que enfeitavam meu cabelo quando eu era pequena.

Alguém teria contado a ele?

A sala do tribunal estava em silêncio, todos os olhos fixos no dr. Smythson, aguardando sua resposta. O médico se remexeu na cadeira e enxugou a testa com um lenço branco.

– Não, senhor – ele disse, por fim. – Eu não vi tal coisa.

Uma sensação de alívio inundou minhas veias, doce e inebriante. Mas, no instante seguinte, um pavor frio tomou seu lugar, pois eu sabia que pergunta viria a seguir.

O promotor fez uma pausa.

– Muito bem – disse ele. – E o senhor, durante esse tempo em que conhece a acusada, teve a oportunidade de examiná-la, para se certificar da existência de uma marca de bruxa? Uma característica não natural, com a qual ela pudesse alimentar o Diabo e seus servos?

– Sim, senhor. Fiz o exame na prisão de Crows Beck, na presença dos seus homens. A marca está em sua caixa torácica, abaixo do coração.

– Meritíssimos – disse o promotor. – Gostaria de pedir ao tribunal permissão para fazer uma exibição do corpo da acusada, para demonstrar a marca da bruxa.

O juiz mais robusto falou:

– Permissão concedida.

Um dos guardas andou na minha direção e me empurrou, ainda algemada, até a frente do júri. Fiquei enjoada de medo, até sentir dedos ásperos puxando as amarras do meu vestido antes de arrancá-lo pela minha cabeça.

Estremeci em meu vestido imundo, envergonhada por todos poderem me ver assim. Então os dedos estavam de volta e o vestido se foi. Minha pele encontrou o ar úmido. O público rugiu e eu fechei os olhos. O promotor rodeou meu corpo, olhando para minha carne exposta como um fazendeiro olha para o seu gado.

Eu teria rezado se acreditasse em Deus.

– Doutor – pediu o promotor –, o senhor pode indicar a marca?

– Não consigo mais ver – disse o dr. Smythson, com as feições franzidas. – Infelizmente, o que eu considerei uma marca de bruxa na penumbra da cela parece ser apenas uma ferida. Uma picada de pulga, talvez. Ou algum tipo de peste.

O promotor ficou imóvel por um instante, seus olhos frios brilhando com fúria. A raiva conferiu às suas bochechas cheias de cicatrizes um tom arroxeado.

– Muito bem – disse ele, depois de um tempo. – Podem vesti-la.

Capítulo Dezessete

Violet

Violet parecia ainda sentir o cheiro da colônia de Frederick em seus cabelos depois que ele a pegara nos braços.

O Pai lhes lançou um olhar estranho, como se tivesse flagrado Frederick pegando algo emprestado sem permissão. Mas logo o olhar passou, como uma nuvem cobrindo momentaneamente o sol, e ele apenas assentiu na direção deles. Os tiros cessaram logo depois disso, com Frederick declarando que seu ombro doía ("graças a Jerry") e sugerindo uma soneca à tarde antes de uma caminhada pela propriedade.

Violet decidiu que caminharia ao lado de Frederick. Ela mostraria a ele todos os seus lugares favoritos, inclusive a faia. Será que ele não gostaria de subir na árvore com ela? Violet se conteve. Estava sendo ridícula. Precisava parecer uma dama. O Pai teria um ataque se ela subisse numa árvore na frente de um hóspede. De qualquer maneira, ela não queria que Frederick pensasse que ela era... enfim, uma criança.

À tarde, quando o sol mergulhou no céu e lançou longas sombras sobre o vale, ela desceu as escadas para se reunir aos outros. O Pai e Graham ainda não tinham descido, mas Frederick estava esperando no saguão de entrada. Ele olhou para cima enquanto Violet descia as escadas e a sensação dos olhos do primo no corpo dela a deixou zonza. Uma onda de calor subiu pelo seu pescoço. Frederick estendeu a mão quando ela se aproximou do último degrau, como se a ajudasse a descer de uma carruagem puxada por cavalos, como nos romances.

– *Milady* – disse, beijando-lhe a mão. O roçar dos lábios dele contra a sua pele foi como um choque elétrico. Ela não sabia dizer se gostava ou não.

– A-há! – a voz do Pai ecoou escada abaixo. Violet olhou para cima e viu Graham, relutante, seguindo o Pai. – Estão prontos para ir, pelo que vejo.

Lá fora, o vale coberto de névoa estava iluminado pelo sol da tarde. Mosquitinhos brilhavam no ar de aroma adocicado.

– Ugh! – exclamou Frederick, batendo no rosto. – Preciso confessar que não gosto muito de mosquitos. Não tenho certeza se há uma razão para eles existirem, essas criaturas insuportáveis.

– Ah, existe, sim! – disse Violet, animada. – Uma razão para os mosquitos existirem, quero dizer. Eles são uma fonte de alimento muito importante para sapos e andorinhas, na verdade. Pode-se dizer que todo o vale depende deles no verão. E eu acho que são bem bonitos; sob essa luz, parecem um pouco com pó de fada, não acha?

Pó de fada? Ela se repreendeu. Se estava tentando parecer adulta na frente de Frederick, não tinha começado muito bem.

– Hmm. Não tenho certeza se iria tão longe – disse ele, franzindo a testa. – Embora sejam muito melhores do que os mosquitos da Líbia. Se eu tivesse que morrer de picada de insetos, preferiria que fosse dos *malditos* insetos ingleses.

Violet corou com o palavrão. O Pai não tinha ouvido, estava andando na frente com Graham, Cecil trotando ao lado. O som ocasional da conversa entre pai e filho flutuou até Violet e Frederick, e ela teve a impressão de que Graham estava ouvindo um sermão sobre sua prática de tiro.

– Sinto muito – disse Frederick. – Não ando sendo boa companhia ultimamente.

– Não há garotas na Líbia?

– Ninguém como você – disse Frederick. Violet corou novamente. Eles caminharam em silêncio por um tempo. Estavam se aproximando da faia agora. Parecia majestosa, pensou Violet, com o sol salpicando as folhas verdes e pintando os galhos de dourado. Ela esperou que Frederick comentasse sobre isso, mas ele não falou nada. Seguiram em frente.

– Eu me pergunto – ela começou –, como é que somos primos e nunca nos vimos antes?

– Ah, mas nos vimos, sim – disse Frederick. – Vim visitá-los com meus pais quando era criança. Embora eu não espere que você se lembre; você mal tinha começado a andar na época.

– Bem, por que vieram nos visitar apenas uma vez? – Violet perguntou. – Eu teria adorado ter a companhia de um primo na infância. Somos apenas Graham e eu, e nós... não somos tão próximos, pelo menos não somos mais. Então, quando ele vai para a escola, fico sozinha.

– É tudo um pouco confuso, para ser sincero – disse Frederick. – Mas... e não quero ofendê-la..., acho que tem algo a ver com a sua mãe.

– Minha mãe? Eu mal me lembro dela.

– Você se parece com ela – disse Frederick. – Ela tinha o mesmo cabelo preto. Ela era meio... curiosa. Falava como os empregados. Minha mãe me disse que ela era uma moça da região, aqui da aldeia. Meu pai ficou um pouco chateado com a coisa toda, eu acho. Ficava dizendo que seus pais nunca teriam permitido se estivessem vivos. De qualquer maneira, desculpe, não quero ofendê-la mais do que já fiz hoje.

– Não, por favor – disse Violet, interessadíssima nas palavras dele. – Por favor, me conte mais sobre ela. Meu Pai nunca me conta nada. Você disse que ela era curiosa? O que você quis dizer?

– Bem, ela... não estava muito bem, eu acho. Para começar, estava sempre andando por aí com um pássaro velho e estropiado no ombro. Algum tipo de corvo... ou talvez fosse uma gralha, não me lembro, mas a ave obviamente estava doente; havia umas estrias brancas horríveis em suas penas. De todo jeito, ela o chamava de... Como era? Ah, sim... *Morg*. Nome estranho. Minha mãe ficou escandalizada.

Nesse ponto, Frederick fez uma pausa e olhou para Violet. Ela manteve a expressão neutra, com receio de que ele parasse de falar, se pudesse ver o efeito que suas palavras estavam causando nela.

Um corvo com estrias brancas. Será que a pena que ela tinha encontrado havia pertencido a Morg? O coração de Violet se alegrou. A *mãe dela*. Então ela também amava os animais, exatamente como Violet suspeitava.

– Ela não podia fazer as refeições conosco – continuou Frederick. – Começava, mas depois passava a fazer comentários estranhos, assim do nada, como... "Vou contar a eles", ela dizia, como se fosse uma ameaça. Nenhum de nós tinha a menor ideia do que ela estava falando, embora talvez ela também não, coitada. No final, seu pai tinha que levá-la de volta para o quarto. Então ela ficava lá reclamando e delirando, gritando... muitas vezes ele não tinha escolha a não ser trancá-la lá dentro.

Violet se sobressaltou.

– Trancá-la?

– Era para a segurança dela, sabe – disse Frederick. – Só até o médico chegar. Ela era... um perigo para si mesma. E para o bebê.

Violet estremeceu.

Ela nunca havia conhecido uma pessoa que estivesse louca. Imaginava uma figura vestida de branco, murmurando palavras sem sentido, como Ofélia de *Hamlet*.

Seria por isso que o Pai nunca falava da mãe? Porque ele não queria que Violet soubesse que ela era louca? Talvez ele estivesse tentando proteger a memória dela. Violet franziu a testa, então se virou para Frederick novamente.

– Você pode me dizer mais alguma coisa sobre ela? Ela era... ela era bondosa?

Frederick bufou.

– Não comigo. Não gostava muito de mim, isso era evidente. Eu costumava surpreendê-la me olhando e murmurando coisas para si mesma. E, bem, a visita terminou de forma abrupta.

– O que aconteceu?

– Uma noite, encontrei um sapo na minha cama. Vivo. Eu me lembro de tocá-lo com o pé. Era frio e viscoso. Horrível – ele estremeceu com a lembrança. – Provavelmente ouviram meu grito até em Londres. Enfim, mamãe veio e viu o sapo... e enfiou na cabeça que sua mãe é que tinha colocado o bicho lá. Ela ficou histérica. Seu pai ficou dizendo para ela se acalmar, que devia ter sido um dos criados, que sua mãe tinha ficado no quarto a noite toda com a porta trancada, mas meus pais ficaram bem agitados mesmo. Colocaram as malas no carro, lembro-me de que tínhamos um pequeno Bentley verde, e partimos no meio da noite.

– Oh – lamentou Violet.

– No caminho para casa, minha mãe ficou dizendo que seu pai não estava bem da cabeça desde a Grande Guerra... Então nossos avós e o tio Edward morreram naquele acidente horrível... E meu pai disse...

Ele fez uma pausa para tirar um mosquito do ombro.

– O que seu pai disse? – Violet perguntou, mal respirando.

– Que tio Rupert estava enfeitiçado.

VIOLET NÃO SABIA SE acreditava ou não na história de Frederick. Ela não conseguia imaginar por que ele mentiria. E ainda assim... era difícil acreditar nas coisas espantosas que ele tinha dito sobre a mãe dela. Era horrível pensar na mãe reclamando sem parar, precisando ser trancada num quarto e, o pior de tudo, sendo cruel com Frederick. Talvez ela não tivesse a intenção de assustá-lo com o sapo. Violet, pessoalmente, não se importaria de encontrar um sapo em sua cama. Na verdade, ela gostava bastante deles.

Mas então ela se lembrou das palavras do Pai.

Talvez eles consigam evitar que você fique como ela.

Era por isso que ela tinha essa sensação doentia e estranha no estômago?

O ar estava ficando mais frio agora. Violet podia ouvir os grilos chamando pelas companheiras. Ela olhou para Frederick, caminhando ao lado dela. Na penumbra, suas feições de tonalidade escura e seus passos largos a faziam pensar numa pantera.

Eles não se falaram por alguns minutos. Violet se perguntou se ele achava que ela era "curiosa" como a mãe. Precisava ter cuidado para que Frederick não a pegasse olhando para ele. Desejou que o primo dissesse alguma coisa. Ele não havia mencionado a beleza do pôr do sol sobre o vale, mesmo que o espetáculo tivesse criado mais cores no céu do que Violet sabia nomear.

– Você ouviu isso? – ela perguntou. – Um som tão adorável!

– O quê?

– Os grilos.

– Ah, sim, suponho que seja. – Ela ouviu a risada dele, rica e profunda.

– O que é tão engraçado? – Violet perguntou.

– Você é uma garota incomum. Primeiro os mosquitos, agora os grilos... nunca conheci uma garota, nem um sujeito, aliás, que gostasse tanto de insetos.

– Simplesmente acho os insetos muito interessantes – disse Violet. – Bonitos também. É triste, porém. Eles têm vidas muito curtas. Por exemplo, você sabia que a efêmera só vive um dia?

Ela tinha visto um enxame de efêmeras, certa vez, no riacho. Uma grande nuvem brilhante, pulsando acima da superfície da água. Para Violet, elas pareciam estar dançando; ficou chocada quando soube através de Dinsdale, o jardineiro, que na verdade elas estavam se *acasalando*. Agora as bochechas dela coraram ao pensar naquilo. Frederick seria capaz de adivinhar que ela tinha pensamentos tão impróprios? Violet desejou que não tivesse se lembrado daquela nuvem.

– Imagine – ela continuou, ansiosa para mudar de assunto – ter apenas um dia de vida neste mundo. Acho que eu não conseguiria decidir entre pegar um trem para Londres e ver o Museu de História Natural ou... descansar o dia todo. Uma última tarde com os pássaros, os insetos e as flores...

– Eu sei o que eu faria – disse Frederick. Eles estavam passando por um arbusto de roseira-brava agora. Violet percebeu que não sabia onde o

Pai e Graham estavam; talvez já tivessem voltado para casa. O murmúrio da conversa do Pai passando sermão em Graham ("Você precisa *apontar* o rifle, garoto") havia muito tinha desaparecido.

– E o que você faria, Frederick? – Violet perguntou, corando ao som do nome dele nos lábios. Um sentimento trêmulo e estranho borbulhou dentro dela.

Ele riu e se aproximou, o braço dele roçou no dela e o coração de Violet estremeceu.

– Vou mostrar, mas só se você fechar os olhos.

Violet fez o que ele disse. De repente, havia uma mão em sua cintura, grande e grosseira através do tecido da saia. Ao abrir os olhos por uma fração de segundo, ela viu que a paisagem cor-de-rosa do crepúsculo tinha sido bloqueada pelo rosto de Frederick na frente dela. Ela podia sentir a respiração dele fazendo cócegas em seu nariz. Era quente e cheirava a café e algo mais, uma nota amarga que fez Violet pensar (estranhamente, fora de época) num pudim de Natal. Violet tentou se lembrar da palavra para a coisa em que a sra. Kirkby embebia o pudim antes de flambá-lo, mas então...

Frederick a beijou. Ou era isso que Violet supunha que ele estivesse fazendo. Ela sabia que as pessoas se beijavam graças aos livros que lia ("alisar aquele áspero toque com um beijo carinhoso" – aquilo era Shakespeare, não era?), e porque uma vez ela tinha visto Penny beijando Neil, o infeliz aprendiz de jardineiro. Eles estavam recostados contra o estábulo, agarrados um ao outro como se estivessem se afogando. Parecia um tanto desagradável.

Violet ficou surpresa que ainda estivesse pensando, embora os lábios dela estivessem completamente envolvidos nos dele, muito molhados. Ela estava encontrando bastante dificuldade para respirar. Não tinha certeza de *como* deveria respirar, agora que a boca de Frederick estava cobrindo a dela (o sabor da boca dele era muito adulto, como se tivesse visto coisas, estado em lugares que ela não conseguia compreender... novamente ela se lembrou do pudim de Natal; por que isso?).

Ela estava respirando pelo nariz agora e se perguntava se ele conseguia ouvir a respiração dela, se estaria soando como uma vaca... O cérebro dela era um torvelinho. Violet pensou em afogamento de novo. Ele a estava beijando com mais força agora, pressionando-a contra o arbusto de roseira-brava; ela sentiu os galhos pinicarem suas costas e o cabelo... Ela teria que tirar os raminhos antes que o Pai visse... Então ele fez algo que a fez quase parar de pensar. Ele meteu algo molhado e viscoso em sua boca – Violet pensou no sapo – e ela percebeu que era a língua. Violet engasgou e Frederick se afastou. Ela respirou fundo, engolindo o ar limpo da noite.

– Desculpe – disse ele. – Acabei me empolgando. – Então estendeu a mão e traçou a corrente do colar dela com o dedo.

Violet estremeceu. Foi quase melhor do que o beijo.

– Melhor voltarmos para o jantar – ele disse. – Mas deveríamos fazer isso de novo... Na mesma hora amanhã?

Ela concordou com a cabeça, sem palavras. Ele se virou para ir em direção à casa, que, com suas janelas amarelas e altas torres, parecia a Violet a cena de um livro, um navio num mar tempestuoso, talvez. Ela ficou um tempo esperando que sua respiração se acalmasse e tirando galhinhos do cabelo. Enquanto caminhava de volta para o Hall (ela tropeçou algumas vezes, ainda cambaleando com a sensação da boca dele sobre a dela), Violet se perguntou se estaria parecendo diferente, se alguém seria capaz de dizer o que havia acontecido apenas olhando para ela. Violet certamente se sentia outra. Seu coração batia tão forte no peito que era como se ela tivesse corrido.

Foi só quando fechou a porta do quarto e sua mente acelerada se acalmou que lhe ocorreu algo que Frederick havia dito, antes de beijá-la tão repentinamente.

Ela era um perigo para si mesma. E para o bebê.

Violet sempre acreditou que a mãe tinha morrido ao dar à luz Graham. Mas Frederick fez parecer que o irmão já tinha nascido.

Capítulo Dezoito

Kate

Kate está no chalé há três semanas. É final da primavera e o ano está chegando ao fim. Choveu ontem à noite, forte o suficiente para que ela tivesse receio de que o telhado desabasse, mas hoje o céu está azul e profundo, e o ar, quente. Quente e espesso como seu sangue, que parece, nas últimas semanas, ter desacelerado em suas veias.

Na caminhada até a aldeia esta manhã, ela passa por outra fileira de toupeiras, amarradas pela cauda a um portão enferrujado. As moscas pairam sobre elas, esvoaçando entre o pelo úmido e os tufos de violetas que crescem na estrada. Ela tinha descoberto que era uma tradição local; a caixa da quitanda pareceu confusa quando Kate perguntou timidamente sobre aquilo. Então a mulher explicou que era assim que o caçador de toupeiras provava seu valor. Mas os corpos enrugados ainda pareciam uma advertência, principalmente para ela.

Quando chega ao centro médico, sua camiseta está úmida com o esforço e a ansiedade. Ela foi instruída a chegar com a bexiga cheia e a parte inferior do abdome está tensa e dolorida, apertando o cós da saia. Ela verifica o relógio: nove e dez. Está cinco minutos adiantada.

Talvez ela não entre. Talvez se vire e volte para o chalé sem nem mesmo bater na porta, assim como digitou várias vezes o número da clínica e desligou antes que alguém pudesse atender. Ela fez isso cinco vezes antes de reunir coragem e conseguir falar com a recepcionista, para realmente marcar essa consulta.

Ela olha ao redor. Tão cedo, a praça está vazia e silenciosa, exceto pelo mugido distante de uma vaca. Não há ninguém para vê-la entrar. Ela olha para os próprios pés, observando as formigas serpenteando pelas pedras.

Respirando fundo, Kate abre a porta e é recebida pelo cheiro de desinfetante. A sala de espera é fria e pintada de branco, as cadeiras de plástico e o quadro de avisos muito gasto formam um forte contraste com o exterior em estilo Tudor do edifício. O espaço é dominado por uma grande mesa, atrás da qual uma mulher está sentada digitando num computador. Os sons abafados da conversa vêm de trás de uma porta pesada: o consultório, segundo uma placa de latão reluzente.

– Seu nome? – pergunta a recepcionista, uma mulher magra, com cara de raposa.

– Kate – diz ela. – Kate Ayres.

As sobrancelhas da recepcionista se erguem quando ela olha para Kate de fato pela primeira vez.

– A sobrinha – diz ela. Não é uma pergunta.

– Hmm... sim. Você conheceu minha tia-avó? Violet?

Mas a mulher está olhando para a tela do computador.

– Pode se sentar, por favor. Só vai demorar um minuto para ser atendida.

Kate se senta pesadamente numa das cadeiras de plástico. Ela gostaria de tomar um copo d'água; seu estômago está revirado e ela tem um gosto estranho na boca. Metálico como sangue ou mesmo poeira. Está acordando com esse gosto na boca. Isso a lembra de algo, uma lembrança de infância que ela não consegue reter na memória por muito tempo.

A porta do consultório se abre.

– Kate Ayres?

O médico é um homem de quase 60 anos, talvez, com as bochechas envelhecidas encobertas por uma barba branca. Ele tem um estetoscópio em volta do pescoço. Kate sente bolhas de pânico no estômago.

Ela tinha solicitado uma médica, não tinha? Sim, ela tem certeza disso. A recepcionista, provavelmente a mesma mulher olhando para ela agora, tinha assegurado que haveria uma médica.

– A dra. Collins está disponível apenas às terças e quintas – disse ela ao telefone. – Então você terá que vir num desses dias se quiser se consultar com uma médica; caso contrário, será o dr. Radcliffe.

– Ah... desculpe – Kate diz agora, enquanto se levanta do assento, estremecendo com a sensação das coxas descolando do plástico. – Creio que agendei uma consulta com a dra. Collins.

– Não será possível – diz o médico, gesticulando para que ela o siga até o consultório. – Está com o filho doente. É sempre assim com essa criança, receio dizer.

Ela hesita. Parte dela quer ir embora, pedir uma consulta com a médica para outro dia. Mas Kate está ali agora. E não tem certeza se conseguirá voltar.

Ela segue o médico até o consultório.

O GEL ESTÁ FRIO em sua pele. O dr. Radcliffe já tirou duas amostras de sangue do seu braço, cutucando-a e furando-a como uma cobaia de laboratório.

– Apenas relaxe – diz ele, passando o ultrassom pela barriga dela. Ele se aproxima e ela sente o cheiro de seu hálito rançoso de café. – Seu marido não pôde vir?

Ela tem uma imagem do rosto de Simon diante do seu, a mão dele na base da sua garganta enquanto ele se move dentro dela. As células dele subindo pelo corpo dela, prontas para amarrá-la a ele para sempre.

– Eu não sou casada – diz ela, piscando para afastar a lembrança.

– Seu namorado, então. Ele não quis vir? – Há um estranho som sibilante na sala, quase como o bater de asas.

– Não, eu não... o que é esse barulho?

O médico sorri, pressionando o aparelho com mais força sobre a barriga dela.

– Isso – diz ele – é a batida do coração. Os batimentos cardíacos do seu bebê.

Ela tem uma sensação de queda.

– Batimento cardíaco? Eu pensei que era... muito cedo para isso.

– Hmm, você está entre dez e doze semanas, eu diria. Veja, dê uma olhada.

Ele aponta para o monitor piscando, onde o útero dela ondula em tons de cinza e branco. Por um instante ela não consegue entender a imagem, é como estática. Então ela o vê: um brilho perolado, quase da forma de uma crisálida. O feto.

Sua boca está tão seca que é difícil pronunciar as palavras.

– Você pode dizer... qual o sexo do bebê?

O médico ri.

– Um pouco cedo demais para isso. Você terá que voltar daqui a algumas semanas.

Há algo mais que ela queria, planejava, perguntar. Mas agora, com as mãos sardentas do médico em sua barriga, a sala cheia com o som do batimento cardíaco do bebê, parece... impossível.

A pergunta murcha dentro dela.

O médico olha para ela de maneira estranha, como se tivesse lido seus pensamentos.

– Pronto – diz ele abruptamente, entregando-lhe um pedaço de papel toalha. – Pode se limpar.

Ele fica em silêncio enquanto insere informações num computador e rotula cuidadosamente os frascos vermelho-rubi com seu sangue.

– Vocês se parecem um pouco – diz ele depois de um tempo. – Você e sua tia-avó, quero dizer. Violet. Os mesmos olhos, apenas o cabelo é diferente. O dela era preto quando mais jovem.

– O meu é tingido.

– Você vai ter que parar de tingir. É ruim para o bebê. – O médico volta a se concentrar nos rótulos dos frascos.

– Ela era sua paciente? Minha tia?

O médico faz uma pausa, mexe no estetoscópio em volta do pescoço.

– Tratei dela uma ou duas vezes, quando a dra. Collins não estava... Sua tia era paciente dela, na verdade. Mas só nos últimos anos. Antes disso, acho que ela foi fazer uma cirurgia fora da cidade. Só começou a vir aqui quando meu pai morreu. O primeiro dr. Radcliffe. Ele fundou a clínica.

Ao terminar de rotular os frascos, o médico se levanta para conduzi-la para fora do consultório.

– Fale com a sra. Dinsdale ao sair, por favor, para que possa marcar a próxima consulta. Quero voltar a vê-la em oito semanas.

De volta à sala de espera, Kate olha novamente para o quadro de avisos e os panfletos expostos na mesa da recepcionista. Mas não há nenhuma das informações que ela está procurando.

– Vai marcar a próxima consulta hoje? – pergunta a recepcionista.

– Na verdade, eu estava me perguntando – Kate baixa a voz, olhando para uma senhora idosa na sala de espera – se você tem alguma informação sobre... métodos de interrupção.

A recepcionista desliza um folheto pelo balcão, seus olhos se estreitam.

– Obrigada – diz Kate. Ela faz uma pausa.Quer ir embora, fugir do olhar frio da mulher, mas sua bexiga está dolorosamente cheia. – Posso usar o banheiro?

A recepcionista faz um aceno para o corredor à esquerda.

Kate lava as mãos, fazendo uma careta com o cheiro químico do sabonete. Enquanto toma a água da torneira, fragmentos de conversas da sala de espera flutuam até ela.

– Ela pediu o que eu acho que pediu? – Uma voz desconhecida, a paciente idosa.

Kate congela. Ela não queria ouvir aquilo. Suas bochechas ardem de vergonha.

– Não posso dizer que foi uma surpresa – a recepcionista está dizendo. – Sendo daquela família.

– Quem é ela?

– É a sobrinha-neta de Violet.

– É mesmo? – exclama a idosa. – Não sabia que Violet tinha família, exceto ele, na casa grande. Mas não sei se ele conta muito.

– Eu me pergunto se ela também não é...

– Todas elas são, não é? Todas as Weyward. Desde a primeira.

Então a recepcionista diz outra coisa – uma palavra tão inesperada que Kate tem certeza de que deve ter ouvido mal.

Bruxa.

Do lado de fora, Kate respira fundo, engolindo em seco. Seu cérebro parece desordenado, atordoado.

Ela ainda pode ouvir: o estranho pulsar do coração do bebê. A maneira como preenchia a sala. Era difícil acreditar que tinha vindo do seu próprio corpo. Parecia algo vindo do céu, um pássaro alçando voo. Ou algo que não pertence a este mundo.

São duas da madrugada, mas Kate está acordada, observando os morcegos passarem voando pela janela, negros contra a fatia pálida da lua.

Seus pensamentos parecem dispersos, em pânico; escapam dela como se também tivessem asas. Ela descansa a mão na barriga e sente o calor suave da própria carne. Parece impossível que, mesmo agora, a criatura larval que ela viu na tela flutue dentro dela. Crescendo e se tornando uma criança.

Aquelas coisas que as mulheres estavam dizendo sobre a família dela davam a impressão de que Kate carregava algum tipo de gene defeituoso, um código genético escondido em suas células, tramando sua morte. Como o corvo que ela encontrou na lareira, com as estranhas manchas brancas nas penas brilhantes, um sinal de leucismo, ela leu, um traço genético transmitido por gerações.

Ela se lembra do que dissera a quitandeira sobre o visconde. Que ele estava ficando biruta.

Talvez elas estivessem se referindo a algum tipo de problema de saúde mental que ocorria na família. Isso não a surpreenderia. Todos aqueles ataques de pânico que ela tivera ao longo dos anos, o aperto no peito, a garganta se fechando.

A sensação de algo tentando sair do seu corpo.

DEPOIS DE MAIS UMA hora tentando em vão adormecer, ela desiste, empurrando as cobertas para o lado.

Acende a luz e tira as caixas de chapéu de baixo da cama. Tem que haver algo ali, algo em que ela não reparou da primeira vez.

Mais uma vez ela folheia a pasta com a capa desbotada e suja. Mas não há nada ali, nada que ela não tenha visto antes. Nem uma única menção aos Weyward.

Com um suspiro de frustração, Kate pega o antigo passaporte de Violet e o abre na página da foto; observa com atenção os olhos negros, tão parecidos com os dela.

Há uma determinação ali que ela não havia notado antes: os lábios apertados com firmeza, o queixo protuberante. Como se Violet tivesse lutado contra algo e vencido. Ela nunca teria terminado como Kate: uma mulher fraca e maleável, que deixava que os dedos de Simon a moldassem facilmente como argila.

De repente, ela deseja que a tia-avó ainda estivesse viva, que pudesse conversar com ela. Que ela pudesse falar com alguém. Qualquer pessoa.

Ela está prestes a guardar o passaporte quando um pedaço de papel amarelado cai de dentro dele.

É uma certidão de nascimento. A certidão de nascimento de Violet.

```
Nome: Violet Elizabeth Ayres
Data de nascimento: 5 de fevereiro de 1926
Local de nascimento: Orton Hall, perto de Crows Beck,
Cumbria, Inglaterra
Ocupação do pai: Lorde
Nome do pai: Rupert William Ayres, Nono
    Visconde de Kendall
Nome da mãe: Elizabeth Ayres, nascida Weyward
```

Ela se lembra das cartas. Rupert e Elizabeth, eles são os pais de Violet, bisavós de Kate.

O que significa que Kate... pertence à família Weyward.

Quando dorme, Kate tem o mesmo pesadelo que a assombrou durante toda a sua infância: a mão grande do pai sobre a mão pequena dela, a sombra escura do corvo nas árvores. Asas batendo no ar, o guincho de um pneu no asfalto. A pancada do corpo do pai batendo no chão molhado.

Só que no chalé o sonho é mais longo... o bater de asas transforma-se no galope do batimento cardíaco do bebê. Ela vê o feto: crescendo a cada dia, como uma lua subindo no céu. Crescendo e se tornando uma criança. Mas não é um menino, loiro e de olhos azuis como Simon. É uma menina de cabelos e olhos negros. Uma criança que se parece com a tia Violet. Que se parece com a própria Kate.

Uma criança Weyward.

De manhã, ela pega o folheto amassado da mesa de cabeceira e o desdobra. Mas não digita o número. Não consegue se obrigar a isso. Cada vez que pega o telefone, ela se lembra do som dos batimentos cardíacos do bebê, lembra-se da aparência do feto dentro dela, brilhando como uma pérola. Lembra-se daquela criança sonhadora, com cabelos e olhos cor de azeviche, da cor da terra mais fértil.

Ela fica imóvel por um instante, pensando no que Simon faria se soubesse que ela está grávida. Como ele trataria a filha.

As coisas serão diferentes, desta vez. *Ela* será diferente. Ela será forte.

Kate se lembra de sua aparência no espelho ao experimentar a capa da tia Violet. Aquele brilho escuro nos olhos. Por um segundo, ela se sentiu quase poderosa.

Ela ficará com seu bebê, com sua filha Weyward. Ela sabe, de algum modo, que está esperando uma menina.

E a protegerá.

Capítulo Dezenove

Altha

Mesmo que tivessem deixado eu me vestir, eu sentia a pressão de uma centena de olhos sobre a minha carne, como se eu ainda estivesse nua. Os homens me olhavam famintos, como se eu fosse uma iguaria que eles quisessem devorar. Todos, menos o homem de olhos compassivos, que desviou o olhar.

Passado um tempo, eu não conseguia mais olhar para eles, nem para o público sentado nos bancos, nem para os juízes, nem para o promotor, nem para o médico. Nem para Grace, com sua touca branca. Eu queria que tivessem me deixado trazer a aranha das masmorras, uma amiga entre inimigos. Mas eu sabia que não era seguro, que apenas aumentaria a nuvem de suspeita que pairava sobre mim. Nesse instante, um brilho chamou minha atenção e vi que a aranha tinha me seguido, que estava tecendo sua teia num canto. Lágrimas encheram meus olhos enquanto eu observava suas pernas dançarem sobre os fios brilhantes de seda. Quem dera eu pudesse me encolher até ficar muito pequena e fugir deste lugar.

Eu nasci com aquela pinta. A mesma que eu tinha cutucado, na minha primeira noite no castelo. Eu deveria ter pensado em fazer isso antes, antes que chamassem o dr. Smythson na prisão de Crows Beck.

Mas meu raciocínio estava entorpecido, por falta de luz e comida, por resistir às perguntas dos homens do promotor. E, de todo modo, tinha sido um risco: a ferida está formando uma crosta agora, úmida e inflamada. O dr. Smythson poderia ter identificado o que ela era de fato.

A marca da bruxa, eles chamam. Ou do Diabo. Uma prova instantânea de culpa.

Minha mãe também tinha uma, quase no mesmo lugar.

– Nós combinamos – ela costumava dizer. – Como convém a mãe e filha.

Não era a única coisa que tínhamos em comum. Todo mundo dizia que eu era a cara dela, com meu rosto ovalado e cabelos negros chamativos.

Eu costumava ter orgulho disso, principalmente depois que ela morreu. Eu olhava o meu reflexo na superfície do riacho, desesperada para encontrar um indício dela nas minhas feições. A água ondulante borrava meu rosto, deixando-o com a aparência de uma lua pálida. Eu fantasiava que era minha mãe olhando para mim através do véu que separa este mundo do outro.

Eu me perguntei o que ela pensaria disso. Da sua única filha nua num tribunal, enquanto os homens a devoravam com os olhos. Em busca de um sinal de que ela tinha vendido sua alma ao Diabo.

O que eles sabiam sobre as almas, esses homens que permaneciam em cômodos assentos o dia todo, vestidos com elegância, e que se consideravam no direito de condenar uma mulher à morte?

Eu mesma não afirmo saber muito sobre as almas. Não sou uma mulher instruída, exceto nos conhecimentos que minha mãe me transmitiu, como a mãe dela também transmitiu a ela. Mas eu conheço a bondade, a maldade, a luz e as trevas.

E eu conheço o Diabo.

Eu o vi. Eu vi sua marca. Sua verdadeira marca.

Eu já vi essas coisas. E Grace também.

EU SONHAVA COM ELE, às vezes, na masmorra. Com o Diabo. Com a forma que ele assume quando aparece.

Eu também sonhei com Grace.

Acima de tudo, sonhei com minha mãe, naquela última noite. Sua última neste mundo. Seus dedos ressecados nos meus. Os pequenos sons ásperos da sua respiração, sua pele tão pálida que eu podia ver as veias verde-azuladas abaixo dela, como uma rede de rios. Suas palavras de despedida. "Lembre-se da sua promessa", me disse ela. Ela se foi três anos atrás, mas a lembrança de minha mãe em seu leito de morte era tão forte como se eu tivesse acabado de perdê-la.

O tempo parecia diferente agora, com o julgamento. Considerando que antes meus dias eram divididos em pequenos rituais e costumes: ordenhar a cabra de manhã, colher frutas à tarde, preparar tônicos para os enfermos à noite... agora era só ir ao tribunal e dormir. Só havia medo e sonhos.

No dia seguinte ao interrogatório do dr. Smythson, o promotor convocou o jovem Kirkby. Daniel.

Tínhamos assistido ao parto dele, minha mãe e eu. Eu não devia ter mais de 6 anos, só tinha visto animais nascerem. Cordeiros cobertos por membranas azuladas. Gatinhos com olhos leitosos. Pássaros que saíam do ovo rosados e esqueléticos. Eu sentia o medo deles ao chegar ao mundo com todas as suas incógnitas. Seus perigos.

Eu não sabia que dar à luz bebês era algo que os seres humanos também faziam. Eu não costumava pensar na minha própria existência e foi só depois de ver a mãe de Daniel expulsá-lo do seu corpo que descobri que minha mãe tinha me feito com um homem e me extraído do corpo dela como uma raiz da terra. Nunca descobri quem foi meu pai. Ela se recusava a me contar.

– Esse não é o nosso costume – minha mãe disse. Ela também não conhecia o próprio pai, me contou mais tarde.

Quando bebê, Daniel Kirkby chorava tão alto que eu cobria os ouvidos. Mas no tribunal ele falou em voz baixa. Quando fez o juramento, estava solene e de olhos arregalados. Eu o vi olhar para mim, depois desviar os olhos, como um cavalo se esquivando do chicote. Ele me temia.

Minha mãe teria ficado triste em saber disso, pois ela tinha colaborado para que ele tivesse uma passagem segura para este mundo.

– Há quanto tempo você trabalha na fazenda Milburn, Daniel?

– Desde o último inverno, senhor.

– E qual era a natureza do trabalho que você fazia?

– Apenas ajudava, só isso. Em tudo que o patrão precisasse. Ordenhando as vacas, quando a sra. Milburn não podia.

As bochechas dele coraram, ao ouvir o nome dela em seus lábios. Seus olhos piscaram, vagando pelos bancos. Eu me perguntei se ele estaria procurando o rosto de Grace.

– E você estava trabalhando no último dia de Ano-Novo, no ano do nosso Senhor de 1619?

– Sim, senhor.

– Poderia contar ao tribunal, por favor, os acontecimentos daquele dia, da maneira que melhor se lembrar deles.

– Acordei cedo, senhor, quando ainda estava escuro. É uma longa caminhada da nossa casa até a fazenda dos Milburn, então saí bem antes, como sempre fiz.

– E quando você chegou lá?

– Tudo normal, senhor. O mesmo de sempre. Encontrei John, o sr. Milburn, nos fundos, atrás do curral.

– E ele pareceu que estava bem?

– Ele parecia estar bem de saúde, senhor. John estava sempre saudável. Eu nunca soube dele doente nem com sintoma de nada, não enquanto eu trabalhei lá.

– E o que aconteceu depois que você chegou?

– Ordenhamos as vacas e depois tiramos o rebanho do curral para que fosse ao pasto.

– E como as vacas lhe pareceram? Estavam tranquilas, dóceis? Ou agressivas?

– Estavam menos ansiosas do que o normal para sair para o pasto, senhor. Era uma manhã muito fria. Mas estavam tranquilas.

– Você já tinha visto essas vacas agressivas, enquanto trabalhou para os Milburn?

– Não, senhor.

– Certo. Então, você e seu patrão estavam no pasto, acabando de soltar as vacas do curral. Você pode dizer ao tribunal o que aconteceu depois?

– Eu estava olhando para o curral, senhor, pensando se deveria ir fechar a porteira. Então ouvi as vacas... elas não estavam fazendo nenhum som que eu já tivesse ouvido um animal fazer antes. Elas estavam quase... urrando. Havia um pássaro, um corvo, eu acho, voando baixo no céu. Elas ficaram assustadas com o pássaro, senhor. Os olhos delas estavam revirados, a boca espumando. John estava tentando acalmá-las. Ele amava aquelas vacas, entende? Não queria que ficassem com medo.

Ao dizer isso, a voz do rapaz falhou. Eu vi seu pomo de adão tremer, enquanto ele engolia as lágrimas. Ele tinha 15 anos, um homem. Não adiantaria chorar, não no tribunal, vestindo a melhor lã que jamais usou, para ver seu patrão obter justiça.

Um rapaz corajoso. Pude ver que era importante para ele fazer justiça. Eu mesma sabia o valor disso.

Eu me perguntei o que ele sabia enquanto trabalhava nessa fazenda. Eu sabia que Grace costumava dar café da manhã a ele. Ela teria servido os dois, colocado o mingau fumegante nas tigelas, para quando voltassem depois de cuidar das vacas. Os três teriam se sentado juntos à mesa, Grace olhando para a sua tigela, John olhando para Daniel, imaginando se algum dia ele teria seu próprio filho para ajudá-lo a levar as vacas para o pasto.

Eu vi os músculos de Daniel se contraindo enquanto ele cerrava os dentes para continuar seu relato.

– Mas não havia meio de acalmar as vacas, não importava o que John fizesse. Elas cavavam o chão com os cascos, revirando os olhos, como se estivessem prestes a atacar. Como se fossem touros. E de fato atacaram. Investiram direto contra John.

Ele fez uma pausa. O ar na sala do tribunal ficou tenso como a pele de um tambor.

– Foi um rebuliço, com os cascos das vacas trovejando e John gritando. Ele caiu e eu não consegui mais vê-lo. Os gritos se transformaram em berros estridentes.

Eu olhei para Grace. A cabeça dela ainda estava abaixada. Eu vi alguns nos bancos observando-a enquanto Daniel Kirkby continuava com seu testemunho.

– John ficou em silêncio. Então as vacas pararam. Como se nada tivesse acontecido. Como se... Como se...

Ele virou a cabeça para olhar para mim. Pude ver em seu rosto que ele não queria olhar para mim, que estava se obrigando. Mas ele manteve os olhos em mim enquanto falava.

– Como se um feitiço tivesse sido quebrado.

Suspiros e gritos rasgaram o ar. Eu não olhei para os bancos. Fiquei observando a aranha, ainda tecendo sua teia.

Eu não precisava ver o promotor para saber que olhar ele tinha em seu rosto. Eu podia ouvir o prazer em sua voz.

– Obrigado, sr. Kirkby. O senhor foi muito valente. Seu rei e nosso Pai celestial ficarão gratos pelo seu serviço. Espero não tomar muito mais do seu tempo. Por favor, poderia dizer ao tribunal o que viu a seguir?

– Eu vi os ferimentos do patrão, senhor. Eles eram... Ainda posso vê-los agora, quando fecho os olhos. Rezo para nunca mais ver nada parecido. Então a sra. Milburn saiu correndo pela porta da casa da fazenda. Ela ficava perguntando o que tinha acontecido, sem parar. Então eu vi que havia alguém correndo em nossa direção. Era a acusada, Altha Weyward. Ela estava gritando o nome da senhora. Jogou sua capa sobre o corpo do senhor, por uma questão de decência, ela disse... e me mandou buscar o dr. Smythson na aldeia. Eu corri e fiz o que ela disse, senhor.

– Obrigado, filho. E foi a primeira vez que viu a acusada naquele dia? Você não a viu, nem viu qualquer outra pessoa, além dos Milburn, antes do incidente ocorrer? Você a viu murmurando um encantamento, incitando as vacas a investirem contra seu amo?

– Não, senhor. Eu não a vi antes disso, naquele dia. Mas tive um pressentimento naquela manhã, antes de acontecer, quando estávamos levando as vacas para o pasto.

– E que pressentimento foi esse?

– Que alguém me observava. Como se me vigiassem das árvores.

Parte Dois

Capítulo Vinte
Violet

Violet examinou seu reflexo enquanto se vestia para o jantar. Ela tentou descobrir se estaria com outra aparência, agora que havia sido beijada. Mas ainda era a mesma Violet de sempre, talvez apenas com um pouco de vermelhidão ao redor da boca. Ela levou a mão ao rosto. A pele ali parecia sensível e dolorida, como se tivesse sido raspada por uma lixa. Ela se perguntou se mais alguém notaria.

Tirou um galhinho seco do cabelo e o penteou. Os fios negros brilhavam na pouca luz do quarto, fazendo-a pensar na mãe.

Ela tinha o mesmo cabelo preto.

Violet lembrou-se da conversa que ouvira entre os criados quando era mais jovem. Qual foi a palavra que a babá Metcalfe usara para descrever a mãe? *Inquietante*.

Que diabos aquilo significava? Seu estômago revirou quando a terrível imagem voltou à sua memória: a mãe pálida e descontrolada, trancada num quarto. Louca.

Talvez fosse por isso que todos mentiam sobre o que havia acontecido a ela. Embora, pensando bem, Violet não conseguisse se lembrar de ninguém lhe contando que a mãe havia morrido ao dar à luz Graham. Em vez disso, a babá Metcalfe e a sra. Kirkby diziam coisas como: "Seu irmão sobreviveu, graças a Jesus" e "O médico fez o possível".

Os dedos de Violet procuraram o pingente em volta do pescoço, traçando o delicado *W*, como ela costumava fazer quando estava preocupada. Sua cabeça estava começando a doer: sentia uma tensão na testa e a têmpora latejar. Ela ainda estava com muita sede depois do beijo (como é que algo tão úmido podia deixar alguém tão ressecado?) e se sentia um pouco enjoada.

Ela tinha a estranha sensação de estar olhando para algo tão de perto que ainda não conseguia distinguir sua forma completa. As palavras de Frederick ecoaram em sua cabeça.

Seu pai tinha que levá-la de volta para o quarto... Trancá-la ali dentro.

O GONGO ANUNCIOU O jantar, reverberando pela casa como um chamado para a batalha. Ela se olhou no espelho uma última vez, tentando ignorar o latejar que sentia no crânio. Estava usando o vestido verde de novo, o mesmo da noite anterior. De repente, reparou em como era curto: os joelhos corriam um sério perigo de ficarem à mostra. Ela não sabia se parecia uma menina ou uma meretriz ("meretriz" era a palavra que Violet tinha ouvido a sra. Kirkby usar para descrever Penny, depois que a moça tinha beijado o aprendiz de jardineiro).

Violet procurou ver a sala de jantar pelos olhos de Frederick. Era uma sala bem ampla e, à luz das velas, mal se notava a leve camada de poeira que se instalara desde o início da guerra. O espaço era dominado por uma enorme mesa de mogno que o Pai chamava, inexplicavelmente, de "Rainha Ana". (*Será que a rainha Ana se sentara nela?*, Violet se perguntava.) Das molduras douradas nas paredes, vários membros falecidos da família Ayres assistiam a tudo com um ar melancólico, como se lamentassem não poder provar a comida servida à mesa. Em cima de um aparador de estilo georgiano, ficava um pavão real empalhado, que Violet havia secretamente apelidado de Percival, e cujas penas outrora gloriosas da cauda quase tocavam o chão.

Aquela noite, a sra. Kirkby serviu um faisão assado que o Pai havia abatido alguns dias antes. Violet podia ver o buraco de bala no pescoço do faisão, uma mancha escura na carne dourada. A sensação desagradável em seu estômago voltou. Quando a criada começou a servir, ela estava muito consciente do pobre Percival observando tudo do outro lado da sala. Algum dia, quando Violet fosse adulta e formada em Biologia (ou Botânica ou Entomologia), ela só comeria vegetais.

Pelo visto, era pequena a chance de Frederick compartilhar as mesmas aspirações alimentícias, pois Violet notou que ele comia seu faisão assado com prazer. Ela notou que também havia um olhar faminto nele, enquanto examinava as coisas na sala de jantar: a mesa Rainha Ana, os velhos retratos empoeirados e bolorentos, ela mesma. E ele ainda mantinha o mesmo olhar, embora já tivesse comido uma grande porção de faisão.

O Pai e Frederick estavam travando uma longa conversa sobre a guerra. Violet estava distraída, assombrada com o que Frederick havia dito sobre a mãe, até que Graham a chutou por baixo da mesa. Ela abriu um sorriso afetado e tentou se concentrar no que o Pai estava dizendo.

– Não posso dizer que seja um grande fã do general Eisenhower – disse ele. – Precisamos mesmo de tanta ajuda dos ianques? – O Pai cuspiu a última palavra com violência, como se ainda estivesse indignado com a independência dos Estados Unidos.

– Precisamos de toda a ajuda que pudermos conseguir, tio – disse Frederick. – A menos que queira que os alemães se sentem aqui e comam faisão com a sua filha. Receio que eles dariam conta dos dois.

A onda de calor outra vez. Violet não tinha certeza do que Frederick queria dizer, mas pensou inexplicavelmente no enxame pulsante de efêmeras, na aspereza da boca de Frederick na dela. Ao lado, Graham observava o Pai com as sobrancelhas erguidas.

Mas o Pai não tinha ouvido; a sra. Kirkby tinha vindo perguntar se já podia servir a sobremesa. Violet notou um vislumbre dourado com o canto do olho. Parecia que Frederick havia colocado algo em sua bebida. Eles estavam bebendo vinho tinto, como sempre faziam no jantar. A bebida estava diluída, para que Graham e Violet pudessem "degustá-la". Ali estava o cheiro natalino de novo. Violet lembrou-se da palavra para a substância que a sra. Kirkby usava para fazer o pudim de Natal irradiar chamas azuis. *Conhaque*. Era isso. Ele ficava numa linda garrafa de cristal no carrinho de bebidas do Pai. Violet nunca tinha visto ninguém beber conhaque, pois o Pai preferia vinho do Porto depois do jantar.

Ela olhou para Frederick com mais atenção. Havia um brilho em seus olhos, ela notou, e seus dedos tremiam quando ele pegava sua taça.

Ele estaria bêbado? Assim como ela tinha lido sobre beijos muito antes de realmente beijar alguém, seus pontos de referência sobre a embriaguez também vinham da literatura: John Falstaff ficando "bêbado até perder os cinco sentidos" no início de *As Alegres Comadres de Windsor*. Ela tinha lido grande parte da obra de Shakespeare, não que o Pai soubesse disso, é claro (ele não havia reparado que, dois anos antes, suas *Obras Completas* haviam desaparecido do lugar que ocupavam na biblioteca).

Frederick agora estava atacando a sobremesa (um pálido bolo de frutas secas, servido com generosidade pela sra. Kirkby), portanto não havia dúvida de que pelo menos um de seus sentidos estava alerta. Violet olhou para a sua tigela. O pudim gorduroso brilhava. Ela preferiu provar o creme leve ao redor. Sua dor de cabeça estava ganhando força, como uma tempestade de verão.

– Deus do céu! – o Pai exclamou. – Um pudim feito com banha! A sra. Kirkby deve ter guardado um pouco.

Violet não conseguia se lembrar do Pai comentando, antes da guerra, sobre os pratos preparados pela sra. Kirkby. Ela suspeitava que a guerra dele (a escassez do seu vinho do Porto favorito, depois que um navio com um carregamento tinha sido bombardeado ao cruzar o Atlântico) era bem diferente da de Frederick.

Pela maneira enérgica como segurava sua taça (que, segundo o Pai, fazia parte de um conjunto que a rainha Elizabeth I tinha dado ao primeiro visconde), Violet se perguntou se o primo estaria pensando a mesma coisa.

– Delicioso! – disse ele, atacando o pudim mais uma vez. – Creio que desde 1939 não como um doce que não saiu de uma lata! Meus cumprimentos à sra. Kirkby.

A conversa voltou a girar em torno da guerra. Frederick estava contando ao tio sobre o tipo de arma que seu regimento usava ("canhões para os tanques e revólveres Colts para tiros de curta distância") e Violet deixou seus pensamentos vagarem novamente enquanto a sra. Kirkby tirava os pratos. Ela ainda podia ouvir os grilos cantando lá fora. Na verdade, parecia apenas um grilo, o que fez Violet sentir pena dele. Talvez algo tivesse acontecido com sua companheira. Ou talvez nunca tivesse existido uma companheira.

Ela se perguntou como seria viver os dias sozinha, sem ter alguém para amar e sem ser amada. Pensou novamente na Rainha Virgem, a ilustre Elizabeth I, que dera as taças de presente à sua família. Ela nunca se casara. Talvez ninguém jamais se casasse com Violet também. O Pai ficaria muito chateado com isso. A srta. Poole também... Violet imaginou-a lamentando o desperdício de um enxoval tão bom.

Violet nunca tinha gostado muito da ideia de se casar. Ela seria muito feliz se pudesse perseguir suas ambições sozinha, como Elizabeth I (embora as ambições de Violet fossem bem mais prosaicas do que a vitória contra os espanhóis e a conversão da nação ao anglicanismo).

Com um anseio profundo, ela pensou nas mariposas e nos escorpiões gigantescos que apareciam nos livros do Pai. Imaginou-se curvada para acariciar a cabeça brilhante de um escorpião, o calor do deserto ardendo em sua pele... Quem sabe ela descobrisse uma nova espécie ou fosse a primeira a decifrar os segredos das suas células...

Seria possível ter as duas coisas? Amor *e* insetos? Talvez Frederick se apaixonasse por ela e, depois de casados, ficasse muito feliz por ela se tornar uma cientista que viajasse pelo mundo. Mas, mesmo que esses pensamentos a fizessem se sentir quente e leve por dentro, a dúvida pairava sobre Violet como uma nuvem escura.

Ela se lembrou de como seu coração acelerou enquanto Frederick a beijava. Percebeu aquela mesma sensação, de ser arrastada por uma maré.

Sentiu os pulmões se contraírem. Ela não esperava que o amor (se é que era isso que sentia) fosse tão parecido com o medo.

Para dizer a verdade, ela não tinha certeza se já tinha sido amada por alguém na vida, além de Graham talvez, de um jeito um tanto irritante. Violet supunha que a mãe devia tê-la amado, mas, além das vagas lembranças desencadeadas pela descoberta do lenço e da pena (agora, de alguma maneira, maculada pela história de Frederick), era impossível imaginar como seria sentir esse amor maternal.

Era difícil dizer se o Pai a amava. Muitas vezes, parecia que tudo o que importava para ele era saber se conseguiria ou não moldá-la até que ela se tornasse algo bonito e agradável, um presente a ser oferecido a outro homem.

Embora Violet se perguntasse se o Pai não teria outra camada de sentimentos com relação à filha... às vezes, achava que podia ver um arrependimento nublar o rosto dele quando olhava para ela. Talvez fosse porque, de acordo com Frederick ao menos, Violet se parecia muito com a mãe.

Agora, o Pai estava servindo três taças de vinho do Porto para bebericarem na sala de visitas. Graham fitava a terceira taça com uma mescla de terror e orgulho.

Violet limpou a garganta. O Pai olhou para ela e franziu a testa.

– Violet – disse ele, olhando para a filha e depois para o relógio de parede que ficava em frente à porta. – Já é tarde. Você deveria estar indo para a cama.

Eram oito e meia. Quando Violet voltou para o quarto, raios de luz rosa desenhavam padrões na escada. Ao passar pela janela do segundo andar, ela percebeu que não podia mais ouvir o canto do grilo solitário. Talvez ele tivesse desistido.

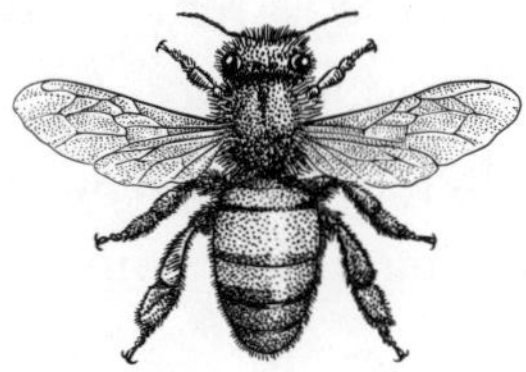

Capítulo Vinte e Um

Kate

Conforme os dias ficam mais quentes, Kate abre portas e janelas para que o perfume do jardim entre no chalé. Às vezes ela fica sentada por horas a fio no sofá da tia Violet, se deliciando com o sol sobre a pele enquanto lê. O ar fresco ajuda a amenizar a náusea que ainda revira o seu estômago e ela acha reconfortante o murmúrio distante do riacho. Lá fora, as plantas etéreas parecem quase bonitas, os caules de diversos tamanhos estendendo-se em direção ao céu. Kate descansa uma mão na barriga e pensa na filha crescendo dentro dela.

As estantes de Violet estão repletas de livros de ciência: insetos, botânica, até astronomia. Um deles (um guia sobre a vida dos insetos da região chamado *Os Segredos do Vale*) parece ter sido escrito pela própria Violet. Kate ficou aliviada por ter encontrado livros de ficção também, até mesmo alguns de poesia.

A maioria dos romances é de autoria de mulheres: Daphne du Maurier, Angela Carter, Virginia Woolf. No último mês, ela leu *Rebecca*, *A Câmara Sangrenta* e *Orlando*. Já fazia muito tempo que ela não extraía tanto prazer da leitura, com as histórias contadas sobre os sonhos de outras pessoas. Os últimos dias na biblioteca, antes de deixar Simon, tinham sido furtivos, perigosos; ela estremecia com o tique-taque do relógio na parede, a cada sombra que caía sobre a página. Por um tempo, Kate pensou que tinha perdido a magia disso, a capacidade de mergulhar em outro tempo, em outro lugar. Era como se tivesse se esquecido de como era respirar.

Mas ela não precisava ter se preocupado. Agora, mundos, personagens e até frases se demoravam em seus pensamentos, brilhando como faróis em seu cérebro. Ela se lembra de que não está sozinha.

Acabou de ler um romance de poucas páginas chamado *Lolly Willowes*, de Sylvia Townsend Warner, sobre uma mulher solteira que se muda para o campo a fim de praticar bruxaria. Na guarda do livro, há um selo com o nome da livraria de Crows Beck que fica ao lado da igreja: Livros e Presentes Kirkby. Há uma mensagem manuscrita ao lado do selo:

Me fez pensar em você! Um beijo, Emily

Examinando a coleção de Violet, Kate vê que outros livros têm o mesmo selo. Não há nenhum outro livro sobre bruxas, embora ela tenha encontrado uma coletânea de poesias de Sylvia Plath, com as orelhas marcando a página de um poema chamado "Bruxa em Chamas". Duas linhas tinham sido circuladas a lápis:

Mãe dos besouros, apenas abra a mão:
*Voarei ao redor da vela como mariposa, sem me queimar.**

Ela se lembra da conversa que ouviu no consultório médico. Que uma das Weyward tinha sido uma bruxa.

A Livros e Presentes Kirkby é uma loja de tijolinhos vermelhos ao lado da igreja de St. Mary, a paróquia da aldeia. Pequena e atarracada,

* Verso extraído do poema "Bruxa em Chamas" de *Poesia Reunida*, de Sylvia Plath, p. 345. Tradução e organização de Marília Garcia. São Paulo: Companhia das Letras, 2023.

a loja parece aninhada à igreja, como se tentasse se esconder atrás dela. Um sininho toca quando Kate abre a porta e o aroma reconfortante de poeira e velhas encadernações de couro lhe dão as boas-vindas. As tábuas do assoalho originais estão quase totalmente encobertas por tapetes persas de cores vivas, salpicados aqui e ali com fios brilhantes que parecem ser pelos de gato.

– Olá! – chama a voz de alguém escondido em meio a um labirinto de estantes. Kate espia atrás de uma prateleira com poucos livros e identificada por uma plaquinha com a inscrição *História da Igreja de St. Mary* e vê uma mulher na casa dos 50 anos, de pé atrás de uma mesa cheia de novos lançamentos. A mulher está usando um perfume suave e amadeirado: *patchouli*. No colo, ela tem um enorme gato laranja, que brinca com os óculos que pendem de uma corrente em volta do seu pescoço.

– Desça – ela diz ao gato, que mia e salta no chão. E se dirige a Kate:
– Em que posso ajudar?

Kate percebe algo familiar nela, na maneira como seus olhos se enrugam quando ela sorri. Nos cachos ruivos grisalhos. Kate enrubesce ao perceber: é a mesma mulher que ela encontrou na quitanda, várias semanas antes.

Seria Emily?

– Está tudo bem, querida? – a mulher pergunta, quando Kate não responde.

– Sim, desculpe. – Ela enxuga as mãos suadas na calça. – Meu nome é Kate... Kate Ayres. Estou procurando Emily.

– Ah! – O sorriso da mulher se alarga. Kate fica envergonhada ao ver um brilho de emoção nos olhos dela. – A sobrinha-neta de Violet. Eu deveria saber, você tem os olhos dela. Eu sou Emily, sua tia-avó e eu éramos amigas. Sinto muito pela sua perda. Ela era uma mulher maravilhosa.

– Ah, tudo bem. – Kate fica constrangida. – Quero dizer, eu na verdade não a conhecia. Eu nem sabia que ela tinha morrido até o advogado de Violet entrar em contato comigo. Ela me deixou o chalé de herança.

– Nós temos que nos encontrar um dia destes – Emily diz, cheia de animação. – Eu e Mike, o meu marido, moramos na fazenda Oakfield.

Adoraríamos que nos visitasse. Então eu poderia lhe contar muitas coisas sobre ela.

– Oh! – Kate vacila. – É muita gentileza. Posso avisá-la quando eu for?

– É claro.

Há uma pausa e Kate sente os olhos de Emily fixos nela. Ela deseja, de repente, estar vestindo outra coisa: sua blusa é muito decotada e o jeans está tão justo nas coxas que chega a incomodar. Até seu cabelo parece errado. Constrangida, Kate levanta a mão para ajeitar os fios ásperos e descoloridos.

– Enfim, posso ajudá-la em mais alguma coisa? – Emily pergunta. – Quer que eu sugira alguns livros?

– Na verdade – diz Kate –, eu queria saber se você tem algum livro sobre a história da região. Ou se... – Ela faz uma pausa, os nervos contraindo o estômago – você poderia me contar sobre a família Weyward.

– Ah... – Emily sorri. – Já ouviu os boatos, então?

Kate pensa na recepcionista do consultório médico, a palavra que ela “cuspiu”, como se fosse algo podre.

Bruxa.

– Sim, algo do tipo.

– Os aldeões gostam de fofocar. Bem... segundo contam, uma Weyward foi acusada de bruxaria e julgada nos anos 1600.

Kate pensa na cruz sob o plátano. Nas letras entalhadas.

DESCANSE EM PAZ.

– Sério? O que aconteceu com ela?

– Não sei os detalhes, infelizmente, querida. Mas lamento dizer que isso era muito comum por aqui naquela época. As mulheres eram acusadas a torto e a direito.

– Tia Violet alguma vez falou sobre a família? Sobre os Weyward?

Emily faz uma pausa, franze a testa. Ela mexe na corrente dos óculos e as lentes refletem a luz.

– Ela não gostava muito de falar da família. Eu tenho a impressão de que foi muito doloroso. Algo a ver com o fato de ter deixado Orton Hall.

Kate pensa nas torres pelas quais tinha passado na chegada, douradas ao alvorecer.

– Enfim – Emily pisca e se vira para consultar o relógio, que tem a forma da cara de um gato. Um dos bigodes, o mais curto, se aproxima das cinco horas. – A loja já está quase fechando, querida. Mas volte outro dia para conversarmos. E o convite está de pé.

Ao se despedir, Kate sente o calor se espalhando pelas suas bochechas. Há outra coisa que ela gostaria de perguntar, mas não consegue encontrar coragem. Seu saldo bancário está diminuindo rapidamente, em breve ela vai ter que recorrer à reserva de emergência escondida em sua bolsa. Ao encontrar o exemplar de *Lolly Willowes* da tia Violet, ela teve uma fantasia boba de que talvez pudesse trabalhar ali na livraria. Estava quase convencida de que poderia recuperar aquela sua antiga *persona* profissional, assim como alguém que volta a vestir um casaco.

Mas agora que ela está ali, as dúvidas arrepiam a sua pele. Ela não trabalha há anos, desde que Simon a fez desistir logo após sua tentativa de deixá-lo pela primeira vez. Suas lembranças de trabalho parecem tão distantes que poderiam pertencer a outra pessoa. Mesmo na época, ela sabia que o trabalho não duraria. Ela não o merecia.

Tinha sido uma fantasia boba. Nada mais.

SEM SE SENTIR PRONTA ainda para enfrentar a caminhada de volta para casa, Kate se aproxima da igreja. A porta principal está trancada. Mas o portão do pequeno cemitério está aberto, solto das dobradiças. Ela olha para trás, para ver se ninguém está olhando, e então entra.

O cemitério é cercado por muros altos de pedra, verdes de musgo e líquen. Árvores antigas ladeiam as paredes, os galhos ameaçando roçar a parte superior das lápides.

Com um sobressalto, ela percebe que já esteve ali antes. É claro. O enterro do avô. Ela se lembra das outras pessoas presentes, negros como corvos em suas sombrias capas de chuva. Lembra do sermão do padre. E dos *barulhos*.

Percebe um leve movimento. Kate levanta os olhos; uma sombra escura voa de galho em galho e seu coração dá um salto. Ela corre os dedos pela forma reconfortante do broche em seu bolso enquanto caminha pelo cemitério.

As lápides são de épocas diferentes; algumas são de um granito novo e brilhante, cercadas por pequenos vasos de terracota com flores frescas. Outras estão tão desgastadas pelo tempo e pelo clima que as inscrições são quase ilegíveis. Ela vê os mesmos sobrenomes se repetirem: *Kirkby*, *Metcalfe*, *Dinsdale*, *Bainbridge*. Como se o mesmo elenco de atores tivesse representado cada geração de aldeões.

Ela percorre as fileiras de túmulos à procura da sua família. A princípio, se aproxima de um mausoléu de aparência lúgubre no centro do cemitério. É esculpido em mármore e encimado por uma cruz e uma ave de rapina recurvada. Mas o mármore está manchado de verde pelo tempo, meio coberto por alguma planta rasteira. A portinha no centro do túmulo está fechada com um cadeado, para impedir que algo entre ou saia, ela não sabe muito bem. Na entrada, há um triste buquê de lavandas murchas. Ao ver um pequeno cartão preso a uma fita apodrecida, Kate se agacha para dar uma olhada, mas a escrita está borrada, ilegível.

Por fim, ela encontra seus parentes no canto mais distante, protegidos das intempéries pelos galhos pesados de um grande olmo. Graham, seu avô, e Violet, a irmã dele. Lado a lado, sob um manto resplandecente de flores do campo. Ela se agacha ao lado das lápides para ler suas inscrições. Graham é descrito como um marido e pai amoroso. Um irmão leal. Há uma citação de Provérbios 17:17: *Em todo o tempo ama o amigo; e na adversidade nasce o irmão.*

A lápide de Violet, um pedaço de granito ainda em sua forma natural, é mais simples. Há apenas o nome dela, Violet Elizabeth Ayres, e as datas do seu nascimento e morte. E outra coisa, fraca, inscrita tão delicadamente que ela não percebe de imediato.

A letra *W*.

W de Weyward? A letra tem algo de familiar. Uma brisa quente sopra pelo cemitério, farfalhando as folhas das árvores.

Ela fica ali por um tempo, olhando para a lápide de Violet. Segundo o advogado, sua tia-avó havia deixado instruções explícitas para a lápide.

Ela imagina quem teria comparecido ao sepultamento; ela mesma não tivera condições de ir sem levantar as suspeitas de Simon. Kate sente uma pontada de arrependimento por não ter vindo ao enterro da tia. Ela voltará outro dia, decide, com algumas flores. Violet iria gostar, ela tem certeza.

Kate fica de pé e decide ver se consegue encontrar algum outro túmulo das Weyward. Dá algumas voltas pelo cemitério, mas não vê mais nenhum, embora as inscrições de algumas lápides tenham sido apagadas pelo tempo. Talvez uma mulher acusada de bruxaria não fosse enterrada no cemitério de uma igreja. Pois ali é... qual é a palavra para isso mesmo? *Solo sagrado*. Mas, se a família remonta há séculos, outras Weyward não deviam ter vivido e morrido em Crows Beck? Se não estavam no cemitério, onde poderiam ter sido enterradas?

Uma vaga inquietação se apodera dela quando pensa na cruz desgastada sob o plátano. Ela estaria marcando o local do sepultamento de uma pessoa? Certamente que *não*!

Kate se distrai contemplando a paisagem no caminho de casa, que margeia o riacho, cor de açúcar queimado à luz da tarde. Ela olha para a vegetação às margens: samambaias, urtigas, uma planta cujo nome ela não sabe, com minúsculos botõezinhos brancos.

Algo a faz olhar para o céu; há uma forma escura contra as nuvens cor-de-rosa. Um corvo.

MAIS TARDE, KATE ABRE a caixa de joias da tia Violet.

Na penumbra, ela vê que o colar está emaranhado. Ela o tira delicadamente da caixa e se senta na cama, acendendo o abajur da cabeceira para olhar mais de perto. Ela se pergunta quantos anos teria o colar. Parece ter pelo menos um século, se não for mais antigo ainda: o ouro está manchado e sem lustro. É frio na palma da mão, reconfortante.

A gravação no pingente oval está obscurecida por causa da sujeira e do pó, mas é inconfundível: o mesmo *W* esculpido na lápide de Violet.

Capítulo Vinte e Dois

Altha

Eu temia que todos acreditassem no garoto Kirkby. Não só os homens e as mulheres nos bancos, mas também os juízes e os jurados, que eram os que mais importavam.

Eles acreditavam que eu estava lá, que tinha incitado as próprias vacas de John contra ele, como se eu fosse uma grande marionetista. Como se eu fosse o próprio Deus.

Sentada na cadeira dos réus ainda observando a aranha, recordei aquela manhã em que John morreu. Tinha acordado com a luz do amanhecer, como sempre fazia. Olhei pela janela e vi que o céu ainda estava fresco e cor-de-rosa. Lembro que pensei em novos começos, enquanto me vestia e calçava as botas. Então parti para a minha caminhada. Eu sempre saía para passear naquela época, nas semanas que antecediam o Ano-Novo. Tinha se tornado um hábito.

Fazia muito frio naquele dia e eu havia caminhado por grandes massas de neve, que encharcaram minhas botas e a bainha do meu vestido. Minha respiração era como cristais na minha frente. O vale estava mais bonito do que nunca aquela manhã. Lembro-me de pensar que era como se a natureza fizesse isso de propósito, para nos animar a seguir em frente.

As vacas pareciam quase majestosas no campo: a aurora dourada tornando seus flancos cor de âmbar. A força daqueles flancos ao correr na direção dele; a ondulação dos músculos. Como se fossem animais totalmente diferentes e tivessem passado os dias ruminando, esperando até aquele momento de glória. Os gritos agudos do corvo voando acima se misturaram aos gritos dos homens. De onde eu estava, sob as árvores que margeavam o pasto, eu podia sentir os cascos golpeando o chão.

Tudo acabou muito depressa. As vacas voltaram a agir como antes, só o branco dos olhos à mostra, os flancos levantados, provando o que havia acontecido antes. E o corpo. O corpo de John.

Eu vi Grace sair da casa. Recolhi as saias e me pus a correr, o ar invernal perfurando meus pulmões. Enquanto corria, desabotoei minha capa para poder cobrir o corpo de John. Eu não queria que ela visse. Braços e pernas como ferramentas quebradas, o rosto deformado. Eu soube então que veria aquele rosto infinitas vezes, até meu último suspiro.

Eles estavam dispensando o garoto Kirkby do tribunal agora. Seu pomo de adão estremeceu enquanto ele atravessava a sala, rígido em suas roupas novas. Ele tinha deixado seu senhor orgulhoso. A caminho de casa, imaginei que ele fosse repassar cada detalhe do julgamento até que estivesse polido e reluzente, pronto para mostrar aos pais e aos outros aldeões. As perguntas do promotor. As pedras antigas do Castelo de Lancaster; as vigas altas da sala de audiências. Grace, linda com seu gorro branco. E no banco dos réus: Altha, a bruxa.

Bruxa. A palavra desliza dos lábios como uma serpente, escorre da língua espessa e negra como alcatrão. Nunca nos consideramos bruxas, minha mãe e eu. Pois essa foi uma palavra inventada pelos homens, uma palavra que dá poder para aqueles que a pronunciam, não para aqueles que ela descreve. Uma palavra que constrói forcas e piras, transforma mulheres vivas em cadáveres.

Não. Não era uma palavra que usássemos.

Eu passei muito tempo sem saber o que minha mãe pensava dos nossos dons. Mas, desde pequena, eu sabia o que ela esperava de mim.

Afinal, ela tinha me dado o nome de Altha. Não Alice, que significava "mulher nobre"; nem Agnes, "cordeiro de Deus". Altha. "Curandeira."

Ela me ensinou a curar. E me ensinou outras coisas também.

– Dizem que a primeira mulher nasceu de um homem, Altha – ela me explicou uma vez quando eu era criança, pois fora isso que ouvíramos o pároco dizer na igreja naquele domingo. – Que ela veio da costela dele. Mas você deve se lembrar, minha menina, que isso não é verdade.

Não foi muito depois de assistirmos ao nascimento de Daniel Kirkby que ela me disse isso.

– Agora você sabe a verdade. Os homens nascem das mulheres. Não o contrário.

Perguntei a ela por que o reverendo Goode mentiria sobre algo assim.

– É o que a Bíblia diz – ela me explicou. – O pároco, portanto, não é o primeiro a contar essa mentira. Quanto ao motivo: acredito que as pessoas mentem quando têm medo.

Eu fiquei confusa.

– Mas do que o reverendo Goode poderia ter medo?

Minha mãe sorriu.

– De nós – disse ela. – Das mulheres.

Mas ela estava errada. Nós é que deveríamos ter medo.

Eu sentia isso no âmago da minha alma, a tal ponto que minha mãe tentou me proteger dessa verdade. Ocorreram acontecimentos estranhos, alguns anos antes de ela morrer. Longos dias e noites em que ela se ausentava, depois de implorar um cavalo emprestado a qualquer família que estivesse em dívida por nossos serviços. Ela partia sob o manto da escuridão, seu corvo voando à frente, as penas refletindo o luar. Ela não me dizia para onde estava indo, apenas que, se alguém perguntasse, eu deveria dizer que ela estava visitando parentes em Lancashire.

Mas eu sabia que não era verdade. Pois não tínhamos parentes. Éramos apenas nós duas.

Uma noite, no outono em que a mãe de Grace morreu, um casal bateu à nossa porta. O ar estava frio com a proximidade do inverno e me lembro de que a mulher carregava um bebê no colo. Ele estava envolto em muitas camadas de tecido, mas vi que seu pequeno punho estava azulado.

Minha mãe apertou os lábios e tive a impressão de que ela não queria permitir que entrassem no chalé. Mas ela não podia deixá-los à mercê das intempéries, especialmente com o bebê naquele estado. Ela me mandou colocar uma panela no fogo e falou com eles em voz baixa, mas mesmo assim não havia como não ouvir sua conversa em nossa pequena cabana.

O casal tinha vindo de um lugar ao sul, chamado Clitheroe, e caminhado por muitos dias e noites. Não era de admirar que estivessem com aquele aspecto: os rostos encovados e o bebê meio faminto, pois o leite da mãe havia secado. Eles estavam indo para a Escócia, disseram, e dali atravessariam os mares para a Irlanda, onde ninguém os conhecia.

A mulher era curandeira, embora não como minha mãe. Ela preparava cataplasmas ocasionalmente, nada mais do que isso. Mas eles temiam que isso não importasse: segundo eles, duas famílias tinham sido presas perto de Pendle Hill e julgadas por bruxaria. Quase todos eles tinham sido enforcados.

Quais eram os nomes, minha mãe perguntou.

Device, eles disseram. E Whittle. E havia outras famílias.

Esses sobrenomes eram desconhecidos para mim, mas o rosto da minha mãe empalideceu à sua menção.

Depois disso, as coisas mudaram.

Nesse dia, o promotor chamou uma segunda testemunha.

O próprio reverendo Goode. A batina preta flutuava atrás dele enquanto se dirigia à cadeira das testemunhas. Aquilo me fez pensar em asas de morcego e, sem pensar, eu sorri. Ouvi, então, o burburinho de vozes subindo dos bancos e me lembrei de que estava sendo observada. Eu mantive o rosto inexpressivo. Procurei a aranha, mas ela havia sumido. Apenas sua teia permanecia, brilhante e delicada. Eu me perguntei se seria um presságio, se a aranha podia sentir o que estava para acontecer.

O pároco jurou dizer a verdade. Ele era um homem magro, com o rosto pálido e marcado por anos de pregações.

– Reverendo – perguntou o promotor –, o senhor faria a gentileza de dizer ao tribunal qual é a sua paróquia?

– Certamente – disse o reverendo Goode. – Eu sou o pároco da igreja de St. Mary, em Crows Beck.

– E há quanto tempo é pároco ali?

– Vai fazer trinta anos em agosto.

– E durante esses trinta anos, o senhor conheceu a família Weyward?

– Sim, embora eu não tenha certeza de que "família" seja o termo apropriado.

– O que quer dizer, reverendo?

– Desde que as conheci, são só as duas. A acusada e a mãe. Agora apenas Altha, já que Jennet faleceu há alguns anos.

– Nunca houve um membro do sexo masculino na casa?

– Não que eu conheça. Parece que a menina nasceu fora do matrimônio.

– E as Weyward assistiam às missas, reverendo?

O reverendo Goode fez uma pausa.

– Sim – disse ele. – Elas assistiam todos os domingos, até mesmo no inverno.

– E a acusada continuou assistindo às missas depois da morte da mãe?

– Sim – disse o reverendo Goode. – Disso, pelo menos, não se pode culpá-la.

Eu odiava me sentar nos fundos da igreja, sentindo os outros aldeões recuarem se eu me acomodasse no mesmo banco. Mas eu sabia que tinha de assistir à missa, como minha mãe e eu sempre fizemos, para evitar ser arrastada para os tribunais da igreja.

Ao ouvir as últimas palavras do reverendo Goode, o promotor parecia um gato que tinha ganhado um pires de leite.

– "Disso pelo menos", reverendo? Pelo que se pode culpá-la, então?

– Ouve-se coisas, numa pequena aldeia – disse ele. – Como a mãe, Altha trata os doentes. Às vezes ela tem resultados favoráveis. Cuidou de alguns aldeões e lhes devolveu a saúde.

– "Às vezes" ela tem bons resultados? E as outras vezes?

– Houve casos em que o paciente acabou morrendo.

Lembrei-me da última morte que eu havia testemunhado, antes de John. O pai de Ben Bainbridge, o sr. Jeremiah. Ele já tinha passado dos noventa invernos, era a pessoa mais velha de Crows Beck havia vinte anos. A mente dele tinha morrido muito antes, deixando apenas seu corpo para trás. Seus olhos azuis estavam vidrados e me lembro de fitá-los enquanto estava sentada ao lado dele, à beira do seu leito de morte, imaginando o que ele estaria vendo no mundo além desta vida. Ele havia dito o nome da esposa em seu último suspiro, o corpo estremecendo como folhas ao vento. De velhice, ele morreu. E nada mais. Não havia nada que eu pudesse fazer além de aliviar a dor da partida.

Eles não poderiam atribuir essa morte a mim. Não essa.

Houve outras também. Momentos em que a pele do paciente estava tão pálida com a proximidade da morte que eu sabia que poderia fazer muito pouco por ele. A sra. Merrywether, que morreu no parto, seu sangue manchando meus punhos. E o bebê era um mero amontoado de carne sem vida. Não havia como eu ajudar.

Eu esperava que o pároco fosse recitar uma litania dessas mortes, mas ele não fez isso. Afinal, tinha ficado ao lado dos túmulos e dito às famílias que a morte dos seus entes queridos fazia parte dos planos de Deus. Não seria bom para ele dizer agora, depois de ter jurado dizer a verdade, que Deus havia permitido que eles fossem assassinados por uma bruxa.

– Eles morriam, às vezes – ele continuou. – Embora a morte aguarde todos nós, assim como o reencontro com o nosso Pai Celestial, se tivermos sido bons.

Senti o público ficar inquieto. Eles não estavam ali para um sermão. Alguém tossiu, outros riram. Vi um juiz se aproximar do outro para murmurar alguma coisa.

O reverendo tinha deixado o promotor num beco sem saída agora. Mas ele precisava que a igreja o apoiasse na questão da bruxaria.

Ele andou de um lado para o outro.

– Obrigado, reverendo. E obrigado pelo grande serviço que prestou ao seu país e ao rei, ao se apresentar para denunciar esse crime. Pois foi o senhor quem me escreveu informando da suspeita de que havia uma bruxa em Crows Beck, não foi? E para dizer também da suspeita de que essa bruxa tivesse envolvimento na morte de John Milburn, certo?

– Sim – disse o reverendo lentamente. – Isso mesmo.

– Reverendo, o senhor viu o corpo de John Milburn?

– Vi. Ele sofreu ferimentos graves.

– E o senhor levou a acusada até o cadáver, para ver se ele voltava a sangrar ao toque dela?

– Não, senhor.

– Mas, reverendo, essa não teria sido uma prova conclusiva de assassinato? Por que isso não foi feito?

– O sr. Milburn já havia sido enterrado, senhor, quando a suspeita recaiu sobre a acusada. Era o desejo da viúva que ele pudesse logo descansar e se reunir o quanto antes com o Criador.

– Obrigado pela explicação. E o senhor poderia dizer ao tribunal como foi que a suspeita recaiu sobre a acusada? O que o levou a fazer a denúncia?

– Alguém na paróquia me falou das suas preocupações. Essa pessoa estava convencida de que uma vida inocente havia sido tirada por meio de um contrato malévolo com o Diabo. Ela queria cumprir seu dever com nosso Senhor, o Criador.

– E que pessoa é essa?

O reverendo Goode não contou de imediato ao tribunal quem havia levantado suspeitas sobre meu nome. Quem tinha me condenado a me sentar no banco frio e duro dos réus durante o dia e sonhar com a morte à noite.

– Foi o sogro do falecido – ele disse por fim. – William Metcalfe.

Ouviu-se um burburinho na sala do tribunal, os sussurros dos presentes como o zumbido de uma centena de insetos.

O promotor terminou com o reverendo Goode. Ele saiu da cadeira das testemunhas lentamente e eu constatei sua idade pelos seus movimentos vacilantes. A figura intimidadora de que eu me lembrava na infância havia praticamente desaparecido. Logo ele também começaria sua jornada deste mundo para o outro. Eu me perguntava o que ele iria encontrar lá.

Fui levada de volta para as masmorras. A noite já havia caído para mim.

Capítulo Vinte e Três

Violet

No dia seguinte, Frederick não desceu para o café da manhã.

Violet estava começando a ficar muito preocupada, quando ele apareceu na hora do almoço, com o rosto pálido e esverdeado. Mal tocou na comida, só comeu um pedacinho das sobras da torta de coelho da sra. Kirkby, antes de cruzar os talheres sobre o prato.

– Eles acabaram com aquela garrafa de vinho do Porto ontem à noite – Graham sussurrou para ela, quando saíram da sala de jantar. A aspereza da voz de Graham dizia a Violet que o irmão estava com ciúmes. – Na verdade, acho que *ele* bebeu mais do que o nosso Pai.

– Não julgue as pessoas tão depressa! – sibilou Violet. – Ele está lutando numa *guerra*. Imagino que tenha sido extremamente exaustivo. Acho que merece uma taça ou duas de vinho do Porto.

Eles ficaram para trás e observaram o Pai e Frederick seguirem na frente. O Pai estava com a mão no ombro de Frederick ("Ainda bem, senão ele cairia", comentou Graham) e apontava para vários móveis do saguão de entrada, como se fosse uma espécie de vendedor.

– Esta aqui – disse o Pai, apontando para uma mesa lateral um tanto pesada – é uma jacobina original. – Vale pelo menos mil libras. Foi encomendada por um dos nossos antepassados, o terceiro visconde, em 1619. James I estava no trono na época, embora você já saiba disso, imagino, devido ao seu interesse pela história. – O Pai sorriu e Graham revirou os olhos.

– Sujeito estranho esse rei James – disse Frederick. – Parece que ele se via como uma espécie de caçador de bruxas. Escreveu um livro sobre isso, sabia?

O rosto do Pai escureceu e ele se afastou de Frederick antes de continuar o *tour*, como se não tivesse ouvido.

– Este relógio – disse ele, apontando para um relógio de mesa dourado, com adornos em forma de querubins – era da minha mãe, presente da tia, a duquesa de Kent, no seu aniversário de 21 anos.

– Ele nunca me contou nada disso – Graham murmurou. – Qualquer um pensaria que *ele* é o filho e herdeiro.

Mais tarde, enquanto jogavam bocha no gramado, Violet achou que Frederick devia ter se esquecido do passeio que havia sugerido naquela noite. Ele mal olhou para ela o dia todo. Talvez tivesse se esquecido do beijo também. Ou pior: talvez estivesse arrependido. Talvez não tivesse sido um beijo muito bom, talvez ela tivesse feito tudo errado.

Ela estava fazendo péssimas jogadas na bocha. O dia estava quente e sua testa, úmida de suor. Embora não fosse a única, pois manchas escuras tinham aparecido na camisa do Pai e o rosto de Graham estivesse vermelho, combinando com o cabelo. Até Cecil estava prostrado: tinha se deitado embaixo dos rododendros, com a língua rosada para fora. Ele parecia quase dócil.

Apenas Frederick parecia não se incomodar com o calor (Violet supunha que, na Líbia, ele já tivesse se acostumado a altas temperaturas) e tinha se animado consideravelmente depois do almoço. O primo rolou a bola, atingiu a branca com um *plinc* e sorriu, os dentes brancos brilhando em seu rosto bronzeado. Violet teria pensado que ele estava perfeitamente à vontade, se não tivesse notado sua mão toda hora buscando o bolso das calças e apalpando algo escondido ali, como se fosse um talismã.

– Vou pedir à sra. Kirkby que prepare uma limonada – disse ela.

– Melhor você do que eu – disse Graham, observando a própria bola desviar da branca e cair num roseiral. Graham tinha medo de todos os criados, mas principalmente da sra. Kirkby, que pouco tempo antes o pegara roubando as coxas de um frango assado. Ela havia jurado puxar-lhe as orelhas se ele colocasse os pés dentro da cozinha novamente.

– Eu vou com você – disse Frederick. – Pode precisar de ajuda para carregar os copos.

Violet sentiu um gelo no estômago.

– Obrigada – ela disse, mal se detendo para esperar pelo primo enquanto se dirigia à casa. Consciente dos olhos dele sobre ela, Violet movia-se com o corpo rígido, como se tivesse esquecido a maneira correta de andar.

Frederick a alcançou quando entraram na atmosfera fresca da casa. Ela pensou em como tudo estava silencioso no saguão de entrada. Embora as portas estivessem abertas para deixar entrar o ar de verão, ela não conseguia nem ouvir o zumbido das abelhas do lado de fora. O primo deu um passo na direção dela. O sangue pulsou nos seus ouvidos.

– Estou ansioso pelo nosso passeio mais tarde – disse ele baixinho.

Então ele se lembrava! O pulso dela disparou quando Frederick se aproximou um pouco mais. Por que ela tinha aquela desagradável sensação de pulsação nas veias? O suor escorria das suas axilas. Ela disse a si mesma que só estava animada com a perspectiva de fazer mais perguntas sobre a mãe. Era por isso que seu coração batia forte. De repente, Violet se preocupou que ele fosse beijá-la novamente. Ela *queria* que ele fizesse isso? Ou deveria querer?

Ouviram o som de uma porta se abrindo e se fechando e Frederick se afastou. Eles levantaram os olhos e viram a srta. Poole no topo da escada, carregando uma pilha de livros de francês que Violet supôs que teria a alegria de esmiuçar em algum momento no futuro.

– Boa tarde! – disse a srta. Poole com uma mesura, como se Frederick fosse o rei George e não o sobrinho do dono da casa.

– Como vai? – respondeu ele.

– Estamos indo para a cozinha pedir uma limonada – disse Violet, mas a srta. Poole apenas assentiu com a cabeça, os olhos ainda fixos em Frederick.

– Espero que aproveite sua estadia – ela disse a Frederick.

– Tenho certeza de que vou aproveitar – disse ele, olhando para Violet.

A LIMONADA ESTAVA AGUADA e azeda por falta de açúcar ("Qualquer um pensaria que não há uma *guerra em curso*", sibilara a sra. Kirkby, assim que Frederick se afastou).

Quando o Pai não estava olhando (pois estava concentrado na técnica de bocha de Graham, que exigia um certo refinamento), Frederick tirou um frasco âmbar do bolso. Sem perguntar, ele desatarraxou a tampa e derramou uma generosa quantidade de líquido âmbar no copo dela.

– Isso é...?

– Conhaque. Você nunca provou? Como é inocente! – disse Frederick. Algo no sorriso do primo a fez lembrar do jeito faminto com que ele olhara os móveis da sala de jantar na noite anterior. – Beba tudo, rápido! – disse ele. – Antes que seu Pai veja. Não quero que ele pense que sou uma má influência.

O conhaque era como fogo descendo pela garganta de Violet. Ela tossiu e Frederick caiu na gargalhada.

O Pai foi até eles, depois de ter desistido de explicar a Graham como mirar a bola para que acertasse a bola branca, em vez das rosas de Dinsdale.

– O que achou tão engraçado, Freddie? – ele perguntou. Doía ouvir o apelido nos lábios do Pai. Ele nunca chamara Violet e Graham de outra coisa senão... bem, Violet e Graham.

– Sua filha é uma jovem muito divertida – disse Frederick.

Depois de um tempo, o Pai pareceu se cansar do jogo e, em vez disso, mandou a sra. Kirkby (que parecia muito descontente por ter que abandonar os preparativos do jantar mais uma vez) colocar as cadeiras dobráveis no gramado.

– É muito descaramento! – Violet pôde ouvi-la murmurar enquanto se afastava. – De onde eles pensam que vêm as refeições? Acham que são fadas que as preparam?

– Receio que estejamos com poucos funcionários na casa – disse o Pai a Frederick, desculpando-se. – Meu mordomo foi recrutado para o couraçado *HMS Barham*.

– Pobre do velho Rainham – disse Violet, que sempre gostara do mordomo, um homem de bigodes, com uma preferência por coletes coloridos. Certa vez, ela o vira levar um rato (que escapara por pouco das garras de Cecil) para o jardim com tanta delicadeza quanto se ele fosse feito de cristal. Era muito estranho pensar que ele nunca mais voltaria a Orton Hall. Seu casaco ainda estava pendurado no gancho na entrada dos criados, como se ele tivesse apenas saído para dar um passeio pelas campinas.

Violet observou quando Frederick bebeu o resto da limonada, antes de olhar para o copo vazio. Ela viu a mão dele acariciar o bolso da calça e desejou que o Pai não tivesse mencionado a guerra.

A lona da cadeira rangeu quando ela se recostou. Pensou em pegar um livro, mas o conhaque tinha deixado sua mente lenta e pesada. O sol estava deliciosamente quente em seu rosto e o mundo era um agradável borrão verde-dourado. Tanto Graham quanto o Pai haviam adormecido e roncavam quase em uníssono. Violet achou que poderia apenas fechar os olhos por um instante. Ela ouviu o ruído de Frederick arrastando a cadeira para mais perto dela. Violet se sentou mais de lado e abriu um olho a tempo de vê-lo fitando-a com o mesmo olhar faminto. Havia uma sensação quente e líquida em seu estômago. Ela podia ouvir um leve zumbido; uma efêmera, pensou, ou talvez um mosquito-pólvora.

– Ai! – Violet endireitou-se na cadeira, o rosto latejando com uma dor repentina. Graham murmurou em seu sono, mas o Pai continuou roncando, imperturbável. Ela pressionou o rosto com os dedos; já sentia a pele arder. Um alarme soou dentro dela.

– Está tudo bem? – Frederick perguntou, inclinando-se para mais perto.

– Sim, obrigada. Algo me picou. Um mosquito, eu acho.

– Ah. Esses inúteis! Imagino que já esteja acostumada com isso por aqui.

– Na verdade, nunca fui picada por um mosquito antes.

Ele a observou por um instante. Abriu a boca e voltou a fechá-la.

– Parece que... Seu rosto ficou bem vermelho – disse ele. – Acho que você precisa colocar algo frio nessa picada.

Violet observou enquanto ele se aproximava. Frederick pegou o copo de limonada e pressionou o vidro frio contra a bochecha dela, o choque térmico amenizando a dor.

– Pronto – ele disse com voz suave. Ela podia sentir sua respiração, as pontas ásperas dos seus dedos.

Eles ficaram assim por um instante, o coração de Violet batendo furiosamente nos ouvidos.

– Obrigada – ela disse por fim, e ele afastou o copo.

– Isso vai ajudar – disse ele, tirando a garrafa do bolso e entregando a ela. Com os dedos trêmulos, Violet desatarraxou a tampa e levou a garrafa aos lábios. O conhaque queimou tanto quanto antes, mas dessa vez ela não tossiu. Imaginou a bebida como uma bola de fogo queimando sua garganta. "Para dar coragem", não era assim que se falava? Ela teve uma sensação estranha e premente de que precisaria de coragem para o que quer que acontecesse a seguir.

– Está melhor? – Frederick perguntou.

– Melhor.

– Quer saber? – disse ele. – Acho que um passeio é justamente o que precisamos. Para aliviar o choque da picada. O que me diz? Eu protejo você dos mosquitos.

– Tem razão – disse ela. – É justamente o que precisamos.

Ela se levantou cambaleando, como se estivesse no convés inclinado de um navio. Frederick ofereceu-lhe o braço. Ela olhou para o Pai e para Graham, que continuavam a roncar. Graham ficaria aborrecido se soubesse o quanto ele parecia o Pai quando dormia.

– Vamos deixar esses dois colocarem seu sono da beleza em dia – disse Frederick, conduzindo-a para longe.

Capítulo Vinte e Quatro

Kate

Kate estava certa.

Ela ia *de fato* ter uma menina. A dra. Collins tinha confirmado no ultrassom de vinte semanas. Ela deu a Kate as imagens do exame: sua filha, encapsulada na segurança do seu útero, com dedos iridescentes cerrados em punhos.

– Essa garotinha parece uma lutadora! – disse a dra. Collins.

Agora Kate está sentada na cama de tia Violet, acariciando a imagem do ultrassom. A janela está aberta e lá fora um pombo-torcaz arrulha, as notas suaves transportadas pela brisa. Há uma coisa que ela precisa fazer.

A mãe atende no segundo toque.

– Kate?

A voz da mãe está abafada, a preocupação afastando qualquer vestígio de sono. Que horas seriam em Toronto? De manhã bem cedo. Ela deveria ter verificado antes de ligar. Anda esquecendo as coisas ultimamente, deitando-se para tirar um cochilo depois de colocar a chaleira no fogo e acordando sobressaltada com o apito agudo. O cansaço a fazia se sentir como se tivessem sugado toda a sua vitalidade.

– Você está bem? Não tem retornado as minhas ligações.

– Eu sei – diz ela. – Desculpe, ando um pouco distraída. Ainda me instalando aqui, você sabe.

A mãe suspira ao telefone.

– Ando tão preocupada com você... Gostaria que me contasse o que está acontecendo.

Kate fica com a boca seca.

– Preciso...

– Precisa o quê?

A pulsação dela bate num ritmo frenético em seus ouvidos. Ela não pode contar.

– Eu preciso perguntar uma coisa. Sobre a família do papai.

– O que é?

– Você sabe quem mora em Orton Hall agora? Alguém na aldeia comentou algo sobre um visconde, mas não sei se ele é nosso parente.

– Hmm. Acho que seu pai comentou que era um parente distante. Aconteceu aquele escândalo, em que foram deserdados, mas não me lembro bem dos detalhes.

– Então você não sabe por que eles foram deserdados? Que escândalo foi esse?

– Não sei, amor. Sinto muito. Acho que nem o seu pai sabia.

– Tudo bem. Ah... mais uma coisa... – Ela faz uma pausa, lambe os lábios. – Papai alguma vez disse alguma coisa sobre uma das suas tataravós ter sido acusada de bruxaria?

– Bruxaria? Não. Quem lhe disse isso?

– Só uma coisa que eu ouvi falar – ela diz. – Parece que eles tinham umas ideias esquisitas sobre a tia Violet por aqui.

– Bem, ela era uma mulher meio estranha – diz a mãe, mas Kate podia ouvir o sorriso na voz dela.

Kate olha ao redor, para as coisas que pertenciam a Violet. As prateleiras cheias de livros, a centopeia emoldurada brilhando na parede. Ela pensa na capa guardada no guarda-roupa, no brilho escuro das suas contas. Violet não teria medo, como Kate tem agora.

Ela diria a verdade.

– Na verdade, mãe, eu preciso contar uma coisa. – Ela respira fundo. As próximas palavras, quando saem da sua boca, soam como se tivessem sido pronunciadas por outra pessoa. – Estou grávida.

– Oh, meu Deus! – Por um instante, só silêncio. – Simon sabe?

– Não.

– OK, melhor assim. E você... decidiu o que vai fazer?

Ela sabe sobre Simon, Kate se dá conta. *Ela sempre soube.*

A dor na voz da mãe lhe provoca uma onda de náusea. O sol brilha forte através da janela, ofuscando seus olhos.

Ela sabe.

Por um instante, acha que vai vomitar. Seus olhos ardem.

Mas ela não pensa em chorar. Hoje não. Ela olha para o ultrassom e o aperta com mais força na mão.

– Eu vou ter o bebê. Tê-la. É uma menina, descobri hoje.

– Uma menina! Kate!

Ela pode ouvir a mãe chorando ao telefone.

– Mãe? Você está bem?

– Desculpe – diz a mãe. – Eu só... eu gostaria que não tivéssemos ido embora, Kate. Eu deveria ter ficado. E então talvez você não o tivesse conhecido... Eu deveria estar lá.

– Mãe. Está tudo bem. Não é culpa sua.

Mas é tarde demais, as palavras saem aos atropelos da boca da mãe, como se ela pudesse desfazer os anos de silêncio entre elas.

– Não, eu sabia que algo não ia bem. Sair do emprego, perder o contato com as amigas... era como se você estivesse se tornando outra pessoa. Mas ele estava sempre em casa, sempre que nos falávamos pelo telefone... e depois eu não sabia se ele estava lendo suas mensagens, seus e-mails... Eu não sabia o que fazer.

Kate não consegue suportar isso, a culpa que a mãe sente. Queima como ácido em sua pele. Ela se lembra da noite em que conheceu Simon. A maneira como ela foi atraída para ele, uma mariposa beijando uma chama.

Será que a mãe não consegue ver? Não é culpa de ninguém, apenas dela mesma.

– Não havia nada que você pudesse ter feito, mãe.

– Sou sua mãe – diz ela. – Eu percebi. Deveria ter encontrado uma maneira.

Por um instante, nenhuma das duas fala nada. A linha telefônica estala com a distância.

– Mas eu estou feliz – diz a mãe por fim, em voz baixa. – Com o bebê. Desde que seja o que você quer.

Kate toca a imagem do ultrassom, contornando com o dedo a imagem da filha, no formato de uma lâmpada brilhante.

– É o que eu quero.

DEPOIS QUE ELAS SE despedem, Kate tira a carteira da bolsa. Ela quer guardar a foto do ultrassom ali dentro, para mantê-la num lugar seguro.

Até esse momento, ela tem na carteira uma foto dela com Simon. Tirada nas férias em Veneza. Eles estão tomando sorvetes de casquinha na Ponte de Rialto. Tinha sido um dia quente: ela se lembra do cheiro fétido do canal, das bolhas que se formaram em seus pés depois de horas de caminhada. Ela parece feliz na foto, os dois parecem. O lábio dele está sujo de sorvete.

No dia seguinte, ele gritou com ela no meio da Praça São Marcos. Kate não consegue se lembrar por quê. Provavelmente não gostou de algo que ela disse ou da maneira como olhou para ele. Mais tarde, no hotel, ele bateu nela com tanta força, durante o sexo, que deixou marcas roxas na coxa dela.

Ela amassa a foto com a mão e depois a rasga em pedacinhos. Eles flutuam até o chão, como neve.

NO DIA SEGUINTE, KATE franze a testa enquanto caminha. Fecha o zíper da capa de chuva. O dia está úmido e o céu encoberto, as nuvens baixas e escuras. Começa a chuviscar. As cercas vivas já estão cobertas de gotas de chuva, que brilham como cristais nas flores do campo. Algumas ela reconhece: as flores brancas da castanha-da-terra, os sinos dourados da *Melampyrum nemorosum*. Ela tem aprendido os nomes com um grande livro de botânica da tia Violet.

Kate tem que atravessar as colinas para chegar a Orton Hall. O terreno fica mais íngreme à medida que ela deixa o conforto das trilhas conhecidas, cobertas pelas copas de árvores, e entra nos campos abertos. O céu cinzento de repente parece enorme e muito próximo.

Suas panturrilhas queimam, os tênis escorregam na trilha pedregosa. Seu coração bate acelerado e sua boca está seca. Ela nunca gostou muito de alturas ou espaços abertos. Ela toca o broche de abelha para se acalmar e então, num impulso, tira-o do bolso da calça jeans e o prende na lapela, como um amuleto.

No topo da colina, ela faz uma pausa e apoia as mãos nos joelhos, para recuperar o fôlego. Vê um bosque sombrio à frente, próximo a uma antiga linha férrea. De acordo com o mapa embaçado na tela do Motorola, Orton Hall fica logo atrás das árvores.

Ela chega ao sopé da colina com alívio. Paredes de pedra erguem-se de cada lado, esverdeadas pela idade e pelo musgo. Gotas grossas de chuva começam a cair quando ela entra no bosque. As árvores são opressivas e claustrofóbicas, e ela mal consegue ver o céu por causa das copas frondosas. A trilha sinuosa é irregular e coberta de mato: a vegetação farfalha sob seus pés e um coelho branco dispara pela vegetação rasteira.

O aguaceiro fica mais forte e logo as folhas e os troncos das árvores estão molhados e brilhantes. Kate põe o capuz e consulta o celular: já deve estar chegando à orla do bosque agora. Ela anda um pouco mais rápido. Algo no bosque a deixa inquieta: o cheiro intenso de terra úmida, o estalar dos galhos ao redor. Ela vê uma forma trêmula com o canto do olho, uma sombra escura, um arrepio de asas contra as folhas.

Kate se vira e examina o dossel retorcido formado pelas árvores. Não há nada além de uma borboleta marrom e laranja adejando sobre uma folha. Ela respira fundo, se acalma e continua andando.

O bosque é tão compacto que ela não vê Orton Hall até que esteja quase diante da fachada. A mansão surge tão de repente que Kate tem um sobressalto. Não estava esperando. Ela se pergunta se Emily teria se enganado sobre alguém morar ali; a impressão é a de que todo o lugar está abandonado há muitos anos. A pedra está opaca e desbotada, com grandes crateras onde o reboco se desprendeu. Ramos grossos de hera escalam as torres. Os telhados vibram, tamanho é o movimento, e ela vê que as calhas estão repletas de ninhos de pássaros. Quando se aproxima, ela não consegue se livrar da sensação de que está sendo observada, mas pode ser apenas por causa das enormes janelas escuras, que a contemplam como se fossem olhos.

Ela caminha pelos jardins cheios de ervas daninhas até chegar à imponente porta da frente. Não há campainha. Ela bate a pesada aldrava de ferro e espera. Nada. Kate arrasta os pés. A pedra é lisa com a pátina de folhas mortas, as balaustradas crivadas de rachaduras.

Todo o lugar tem um ar de abandono, de tristeza, e ela está prestes a ir embora quando ouve o rangido de um ferrolho sendo puxado. A porta se abre lentamente, até que ela e um ancião magro de roupão xadrez estão se encarando com surpresa mútua. O visconde. Tem que ser ele.

– Pois não? – diz o homem com uma voz fina e esganiçada. – Quer alguma coisa? – Seus olhos se estreitam atrás das lentes embaçadas dos óculos e, por um instante, Kate não consegue pensar no que dizer.

– Olá! – ela começa. – Espero não estar incomodando... meu nome é Kate. Acabei de me mudar para a região. Estou fazendo uma pesquisa sobre a história da minha família e acho que alguns dos meus parentes moravam aqui...

Ela para de falar de repente, meio sem jeito. O homem pisca e por um instante Kate se pergunta se ele não teria ouvido, se poderia ser surdo. O branco dos seus olhos verdes está amarelado, as pálpebras rosadas e sem cílios.

Ele abre mais a porta e então se vira, desaparecendo na escuridão insondável da casa. Kate demora um pouco para perceber que é um convite para que ela entre.

Kate observa a bainha esfarrapada do roupão balançando aos pés dele, enquanto ela o segue até um saguão escuro. A única fonte de luz vem de um abajur empoeirado numa grande mesa lateral. Sob a poça de luz amarela, ela vê que a mesa está cheia de correspondências: envelopes velhos e enrugados embaixo e folhetos envoltos em plásticos em cima. A pilha de correspondências farfalha quando eles passam e Kate percebe que os envelopes estão cobertos por uma película estranha e brilhante, como minúsculos cacos de vidro.

Os outros móveis da sala estão cobertos por lençóis puídos, assim como um grande quadro na parede, acima de uma lareira cavernosa. Algo brilha sobre a lareira e Kate vê que é um velho relógio de mesa coberto de teias de aranha. Os ponteiros estão parados; congelados para sempre às seis em ponto.

Enquanto ela o segue por uma escadaria, Kate se pergunta como é possível que o homem consiga ver alguma coisa! As grandes janelas sobre a escada estão escuras de sujeira e só deixam entrar um pouco de luz aqui e ali. Kate aperta os olhos para ver o homenzinho subindo os degraus com passos pesados à sua frente. De repente, ela tropeça e se agarra ao corrimão, sentindo areia na palma da mão. Ao olhar para a mão, ela vê que é a mesma substância brilhante que cobre a correspondência. Não é poeira, ela percebe com horror. A palma da mão dela está coberta de pedacinhos cristalinos de asas. Asas de insetos.

Com um sobressalto, Kate percebe que o perdeu de vista. Ouve o rangido de uma porta se abrindo em algum lugar. Ela chega ao topo da escada e, seguindo o barulho, vira à esquerda no corredor.

Há uma estreita fresta de luz alaranjada à frente e seus olhos se adaptam até distinguir a silhueta do ancião parado do lado de fora de uma porta entreaberta, esperando por ela. Quando ela está a alguns passos de distância, ele entra no cômodo e ela o segue. Ao cruzar a soleira da porta, o sangue gela em suas veias, pois o que vê a perturba ainda mais do que o resto da casa.

Não há asas de insetos nesse cômodo, que deveria ser bem impressionante no passado. O espaço é dominado por uma bela mesa de mogno. Uma janela do chão ao teto, em grande parte ocultada por cortinas deterioradas, ocupa grande parte da parede atrás da mesa. O restante está coberto pelo retrato escuro de um homem calvo com uma expressão zangada.

A própria escrivaninha está cheia de bugigangas estranhas: caixas espelhadas, uma bússola antiga. Um globo terrestre, mas com metade da esfera apodrecida. O mais surpreendente é a enorme presa de elefante, que de início parece um osso humano, amarelo sob a luz fraca.

Há um cheiro azedo de suor e Kate rapidamente desvia os olhos de uma espécie de ninho no canto da sala, feito de cobertores, trapos e até peças de roupa. Há outro cheiro também: adocicado e químico, abrasivo em suas narinas. Repelente de insetos. Um lampião (do tipo que ela só tinha visto em filmes antigos ou feiras de antiguidades) queima no chão, dando à sala um brilho sedoso. Latas vazias emitem um brilho alaranjado à luz do lampião. Ele está morando ali, ela percebe. Naquele cômodo apenas.

– Não podem... não podiam... entrar aqui – diz o homenzinho, como se tivesse lido os pensamentos dela. – Eu me certifiquei.

Ele aponta para a porta e Kate se vira para ver um pedaço de tela pregado na madeira, outro esticado sobre dobradiças. Ao voltar a se virar para ele, Kate percebe de repente por que o cômodo está tão escuro: por trás das cortinas rasgadas e apodrecidas, as janelas foram cobertas com tábuas de madeira.

O homenzinho se senta à escrivaninha, acomodando-se bem devagar numa cadeira de espaldar alto, cujo couro tem manchas de mofo.

– Por favor – diz ele, apontando para uma cadeira pequena na frente da mesa. Kate se senta e uma nuvem de poeira se levanta ao seu redor. Ela reprime uma tosse. – Como é seu nome mesmo? – o homem pergunta. Kate acha o contraste entre o sotaque refinado e a aparência miserável do homem um tanto chocante, até perturbador. Ela percebe que as mãos dele estão trêmulas, ele pisca muito e seu olhar se desvia para os cantos da sala. Está procurando por eles, ela percebe. Os insetos. Os pelos da sua nuca se arrepiam.

– Kate – ela diz, com uma crescente inquietação. Ela quer ir embora, fugir desse homem de olhar vago e fedor animalesco. – Kate Ayres.

Ele se inclina para a frente, franzindo a testa, a pele semelhante a um pergaminho.

– Você disse Ayres?

– Sim, meu avô era Graham Ayres – explica ela. – Acho que ele morava aqui, quando criança. Com sua irmã, Violet. O senhor... nós somos... parentes?

Kate não tem certeza se está imaginando coisas, mas as mãos dele parecem tremer ainda mais com a menção da sua tia-avó, os nós dos dedos ossudos embranquecendo.

– Eram tantos... – Ele umedece os lábios, que estão pálidos e rachados. A voz dele é tão baixa que ela leva um instante para compreender as palavras. Ele está olhando além dela agora, os olhos vidrados pela distância. – E depois o enxame...

Do que ele está falando?

– O enxame?

– Os machos se acasalando com as fêmeas... e depois os ovos, em todo lugar... cobrindo cada superfície...

A dúvida a incomoda. Esse homem, quem quer que ele seja, evidentemente não está bem. A maneira como ele fala, a maneira como ele *vive*... Ele precisa de ajuda, em vez de ser importunado com perguntas. Ele parece... traumatizado.

Mas, assim que ela se levanta da cadeira para ir embora, o olhar dele se fixa nela com uma lucidez surpreendente.

– Você tinha algumas perguntas para me fazer?

Talvez ele esteja mais lúcido do que ela pensava. Na verdade, Kate sabe que deveria ir embora, mas já que andou até ali, atravessando as colinas vertiginosas e o bosque. Certamente não faria nenhum mal perguntar uma coisinha ou duas...

Ela respira fundo, tentando não pensar no ar estagnado.

– Eu estava pensando, na verdade, se o senhor poderia me contar alguma coisa sobre meu avô e a irmã dele. Ambos faleceram, então não tenho a quem perguntar. Meu pai também já morreu... e eu... bem, eu estava esperando que o senhor talvez pudesse me falar um pouco sobre eles.

O homem nega com a cabeça vigorosamente, como se tentasse afastar as palavras dela dos ouvidos.

– Lamento muito – diz ele. – Minha memória já não é mais a mesma.

Kate olha ao redor da sala. Há prateleiras cheias de livros velhos, com as lombadas rachadas e cobertas de pó.

– Ah... – diz ela, ouvindo a decepção em sua voz. – E os documentos? O senhor teria algum que eu pudesse olhar? Árvores genealógicas, certidões de nascimento, esse tipo de coisa? Cartas?

O homem nega com a cabeça mais uma vez.

– Esses são todos registros agrícolas, livros de impostos e contabilidade – ele explica, vendo-a olhar para as prateleiras. – Receio que não sejam de grande ajuda para você. Todo o resto... foi perdido. Os insetos... – Ele estremece.

– Ah... Tudo bem. – Kate fica sentada em silêncio por um instante. Ela sente um pouco de pena dele, sozinho naquela casa decrépita, tendo por companhia apenas insetos mortos e velhos livros de contabilidade. – O que aconteceu? Com os insetos, quero dizer. Isso deve ter sido horrível. Eu mesma não sou muito fã de insetos. O senhor precisou dedetizar?

Os olhos do homem se tornam poças escuras quando ele os fixa no espaço acima da cabeça de Kate. Quando ele fala, até a voz muda; o sotaque que soava duro e frio momentos antes agora é trêmulo e hesitante.

– Preciso dar graças – diz ele, a voz um pouco mais que um sussurro. – O Senhor respondeu às minhas preces. Em agosto passado, todos eles começaram a morrer... Foi o som mais agradável do mundo, seus pequenos corpos caindo no chão. Como a chuva na terra ressequida. Foi então que eu soube... ela finalmente tinha me libertado.

– Desculpe, mas a quem se refere? Quem o libertou?

Kate respira fundo enquanto espera que o homem responda, o fedor do ambiente deixando um gosto rançoso na boca. Como ele consegue suportar aquilo? Ela abre o zíper da jaqueta, para aliviar a sensação de sufocamento.

De repente, o homem fica rígido na cadeira. Ele está olhando para ela, Kate percebe.

– Ah, meu Deus! – ela exclama, sobressaltada. – Senhor? O senhor está bem?

Ele levanta a mão e aponta. Kate vê que os dedos dele estão tremendo de novo. As unhas são amarelas e recurvadas, com a parte de baixo coberta de sujeira.

– Onde... – ele diz, a respiração saindo entrecortada – você conseguiu isso?

Por um instante, Kate pensa que ele está apontando para o velho colar da tia Violet, que ela quase esqueceu que estava usando. Mas então percebe: ele se refere ao broche em forma de abelha.

– Isto? – ela diz, tocando o broche. – Desculpe, é bem realista, não é? Na verdade, é uma tolice; eu tenho desde criança...

O homem se levanta da cadeira, seu pequeno corpo trêmulo.

– Saia. Daqui. – Os olhos estão arregalados, os lábios retraídos, revelando gengivas pálidas e ressecadas.

– OK – diz Kate, fechando o zíper da jaqueta. – Sinto muito por incomodá-lo. De verdade.

Kate tateia pelo corredor e pelas escadas, estremecendo ao ouvir o barulho das asas quebradiças sob seus sapatos. Ao fechar a pesada porta da frente atrás de si, ela sorve o ar fresco com o odor da chuva. A chuva está forte e Kate começa a correr, forçando-se a olhar só para a frente. As folhas das árvores sussurram na chuva e ela desejou ter trazido fones de ouvido para bloquear o barulho sinistro. A colina parece até mais íngreme no caminho de volta; o vento açoita as suas faces, arrancando o capuz da sua cabeça. A água escorre pelos seus olhos, transformando o vale num borrão verde e cinza.

O medo se transforma em frustração quando finalmente chega ao chalé. Ela não está mais perto de saber coisa alguma sobre sua família. Não está mais perto de saber por que Violet e Graham foram deserdados, não está mais perto de saber o que – ou quem – está enterrado no jardim de Violet.

Kate suspira ao fechar a porta da frente. Ela liga o chuveiro, desesperada para limpar a lembrança e a sujeira da casa, com seu tapete de pequenas asas esmigalhadas. O cheiro úmido e animalesco daquele cômodo. Enquanto espera a água esquentar, ela tira o broche e o segura contra a luz. O visconde devia estar muito traumatizado para ter uma reação tão forte à simples réplica de um inseto.

Ela se lembra de como os olhos dele oscilavam de um lado para o outro, como se ele estivesse procurando movimento nos cantos do cômodo. Ela ainda consegue sentir na língua o fedor acre do repelente de insetos.

Se fechar os olhos, ela consegue imaginar.

O ar cintilando com milhares de asas batendo, o zumbido do som pelas paredes da casa, o homenzinho encolhido em seu ninho fétido, dentro do escritório... e então, o mais breve momento de quietude, de silêncio... antes da chuva de corpos minúsculos.

Ela finalmente tinha me libertado.

Assim que o banheiro se enche com o vapor do chuveiro, Kate começa a se despir. Ao desabotoar a blusa, ela estremece quando seus dedos roçam numa asa pálida e brilhante.

As palavras do poema "Bruxa em Chamas" lhe voltam à memória.

Mãe dos besouros.

Quem havia libertado o visconde? E de quê?

Capítulo Vinte e Cinco

Altha

Nas masmorras, desejei ter tinta e pergaminhos. As palavras já estavam se formando na minha cabeça e eu queria anotá-las enquanto ainda podia. Para que algo ainda restasse de mim, depois que tivessem baixado meu corpo da forca. Algo que não fosse o chalé, que conteria minhas coisas – coisas que pertenceram à minha mãe e à minha avó antes dela –, até que alguém viesse levá-las embora.

Mas eu não tinha nem tinta nem pergaminhos na ocasião, é claro; e mesmo que me dessem esses materiais, eu não teria luz para ver minhas letras. Minha mãe tinha me ensinado a ler e escrever. Ela considerava essas habilidades tão importantes quanto saber que ervas traziam alívio para cada doença. Ela me ensinou o alfabeto assim como me ensinou os usos da alteia e da dedaleira. Assim como me ensinou as outras coisas, das quais ainda não posso falar.

Sem ter como escrever ali nas masmorras, ordenei os acontecimentos na minha cabeça. Eu estava praticando (ou quase isso), para o caso de ser verdade o que o reverendo Goode dizia sobre a vida após a morte e de eu estar perto de ver minha mãe outra vez.

Minha mãe. A morte dela ainda pesava muito sobre mim, pois ela tinha sido outro dos meus erros.

Não muito depois que o casal de Clitheroe foi nos procurar, minha mãe começou a mudar. Uma noite, quando a lua surgiu lá fora (era uma lua jovem, eu me lembro, apenas um rasgo pálido no céu), ela me disse para vestir a capa. Depois pegou o corvo e o colocou delicadamente numa cesta com tampa. Perguntei o que ela estava fazendo, pois criávamos o pássaro desde que era um filhote, assim como tínhamos criado a mãe dele, e ambos carregavam a marca. Ela não me respondeu, apenas me fez segui-la noite adentro. Minha mãe não me dirigiu a palavra até que chegamos aos carvalhos que margeavam uma das fazendas, a fazenda dos Milburn, onde um dia Grace moraria, embora eu não soubesse disso na época. Nessa noite, eu estava pensando na minha amiga, em como costumávamos subir naquelas árvores juntas, seus galhos retorcidos nos embalando. A lembrança pesava no meu coração.

Minha mãe se ajoelhou diante do carvalho mais alto e tirou o corvo da cesta. Assim que colocou o pássaro no chão, ele levantou voo, a lua refletida em suas penas. Ele voou de volta para seu lugar habitual no ombro da minha mãe, mas ela pressionou o rosto contra o bico do pássaro e fechou os olhos, murmurando algo que não pude ouvir. O corvo soltou um grasnido angustiado, mas voou para os galhos mais altos do carvalho, que estavam negros, apinhados com outros da sua espécie.

Voltamos para o chalé. Na escuridão, eu não conseguia ver o rosto de minha mãe, mas pelos sons agudos e trêmulos da sua respiração eu sabia que ela estava chorando.

Depois disso, ela me mandou ficar em casa e só saíamos do chalé para ir à igreja e fazer caminhadas quando a escuridão caía sobre a terra. Comecei a preferir os meses de inverno aos intermináveis dias de verão, embora já tivéssemos fome nessa época. Tínhamos menos moedas agora e teríamos que sobreviver sem carne se não fosse pela gentileza dos Bainbridge. Minha mãe se recusava a aceitar novos trabalhos; ela só cuidava daqueles em quem confiava.

– Não é seguro – ela dizia, os olhos brilhando, grandes e assustados.

À medida que os meses passavam e se convertiam em anos, ela se parecia cada vez menos com a minha mãe. Ficou mais magra e enrugada como uma planta longe do sol. Suas bochechas perderam o viço e sua pele se moldou aos ossos. Ainda assim, só saíamos do chalé para as missas na igreja. Os aldeões nos olhavam enquanto atravessávamos a nave, minha mãe apoiada em mim, nós duas manquejando como uma criatura monstruosa.

Alguns deles diziam que tínhamos sido amaldiçoadas. Pelo que havíamos feito a Anna Metcalfe.

– Temos que ir lá para fora – eu disse, quando minha mãe não se levantou do seu catre, depois de cinco dias. – A senhora precisa ficar ao ar livre, ouvir o vento nas árvores. O canto dos pássaros.

Pois eu tinha começado a suspeitar de que a natureza, para nós, era uma força vital assim como o próprio ar que respirávamos. Sem ela, eu temia que minha mãe morresse.

Às vezes, em meus momentos mais sombrios, eu me perguntava se ela mesma sabia disso, se tinha decidido que preferia enfrentar aquele grande e bocejante desconhecido do que continuar nossa existência nas sombras.

– Não – ela me disse naquele dia, seus olhos mais negros do que eu jamais tinha visto. Ela agarrou meu braço e cravou suas unhas afiadas na minha carne. – Não é seguro.

Foi a doença do suor que a levou, no final. Três anos depois do meu primeiro sangramento. Ela havia orientado seu tratamento do próprio leito, dizendo-me quais raízes esmagar, quais ervas aplicar, mesmo quando mal conseguia levantar a cabeça do catre. Eu fiz tudo o que ela me pediu, mas logo ela passava mais tempo dormindo do que acordada, a roupa de cama úmida ao redor do corpo, enquanto murmurava meu nome. Me dava medo ver seu rosto amarelado sob a luz das velas.

– Lembre-se da sua promessa – ela disse, o corpo arqueando de dor. – Você não pode quebrá-la.

Certa manhã, ao romper da aurora, ela ficou imóvel. Então eu soube que ela tinha partido. Pensei na razão por que ela havia me dado aquele nome. Altha. *Curandeira*. Eu a havia decepcionado.

Depois que minha mãe faleceu, pensei muito em Grace. Ela era a única outra pessoa que eu já tinha amado. Agora eu tinha perdido as duas.

Grace já era casada na época. William Metcalfe tinha arranjado o casamento da filha com outro fazendeiro, um produtor de leite assim como ele. Grace sem dúvida já estava desempenhando o papel de esposa de fazendeiro desde que a mãe falecera. Imagino que se considerasse pronta para o casamento.

John Milburn era bem-visto na aldeia. E bonito também. Eles formavam um belo par no dia do casamento: ela pálida e bonita, e ele com seu cabelo castanho com reflexos dourados.

Não fui convidada, é claro. Mas encontrei um lugar para observar tudo, numa alameda sombreada de onde podia ver a entrada da igreja enquanto permanecia nas sombras. Era uma manhã de verão. Os aldeões jogaram pétalas de flores sobre o casal enquanto atravessavam a nave. Grace tinha flores de espinheiro entrelaçadas ao cabelo ruivo. A dor fechou minha garganta quando me lembrei das coroas de flores que fazíamos quando meninas. Na época, ela adorava fazer de conta que estava se casando, descrevendo o rosto do seu futuro marido como se pudesse conjurá-lo apenas falando sobre ele. Eu me mantinha em silêncio naqueles momentos. Se esperava um futuro com alguém, era com Grace.

Ela parecia feliz de mãos dadas com o marido. Talvez fosse feliz na época. Ou talvez eu estivesse longe demais para enxergar direito. Muitas coisas parecem diferentes de certa distância. A verdade é como a feiura: você precisa chegar perto para vê-la.

Aquela noite, na masmorra, decidi que eu explicaria tudo aquilo para a minha mãe quando a visse na vida após a morte. Eu contaria a ela sobre a feiura. A verdade.

NO DIA SEGUINTE, O promotor chamou William Metcalfe. Os anos não tinham sido gentis com aquele homem que atravessou a sala até a cadeira das testemunhas. O tempo e a dor tinham deixado marcas no seu rosto. Seu cabelo caía em mechas sobre a fronte. Senti seus olhos sobre mim quando ele fez o juramento, o ódio em seu olhar como uma marca na minha pele.

O promotor alisou a roupa antes de iniciar o interrogatório. Eu me perguntei se aquela seria a última testemunha. Sua última chance de provar a minha culpa.

– Sr. Metcalfe – disse ele. – O senhor poderia dizer ao tribunal quem foi a primeira pessoa a denunciar a acusada de bruxaria?

– Fui eu.

– Por quê?

– Porque ela matou meu genro, senhor.

– O senhor foi testemunha da morte do seu genro, sr. Metcalfe?

– Não.

– Então como pode estar tão convencido da culpa da acusada?

– Por causa do que aconteceu antes.

– O que aconteceu antes?

– Ela matou minha esposa.

Procurei por Grace nos bancos. Desejei que a touca branca se virasse para que eu pudesse ver seu rosto. Para que eu pudesse ver algum pequeno sinal de que ela ainda não acreditava no pai, depois de todos aqueles anos. Depois de tudo.

– Sr. Metcalfe, pode relatar ao tribunal a morte da sua esposa e o envolvimento da acusada nela?

Quando Metcalfe voltou a falar, sua voz havia mudado. O fogo havia se extinguido, as palavras estavam entrecortadas de dor.

– Minha esposa, Anna, adoeceu com escarlatina. Foi há oito anos. Grace tinha apenas 13 anos. O dr. Smythson foi à nossa casa e aplicou algumas sanguessugas. Mas minha Anna não melhorou. Eu teria mandado chamar o médico novamente, mas uma noite Grace fugiu. Ela voltou com a acusada e a mãe dela. Naquela época, ela era... amiga da acusada.

Ele parou. Eu não queria olhar para ele. Procurei no tribunal outra coisa em que me concentrar. Nada restava da teia de aranha no banco dos réus. Eu me perguntei se alguém a tinha varrido dali.

Uma mosca voou sobre os bancos. Mantive meus olhos nela enquanto William Metcalfe continuava.

– Naquela época, a mãe de Altha, Jennet, era conhecida em Crows Beck por suas habilidades de cura. E como as meninas se davam bem... dá para entender por que Grace achou por bem ir buscá-las. Ela estava apenas tentando salvar a mãe. A primeira coisa que Jennet fez quando chegou foi tirar as sanguessugas da minha Anna. Então ela me prometeu que poderia salvá-la. Mas deu a ela algo para beber, algo nocivo, e então minha Anna...

Metcalfe fez uma pausa, estremecendo. Levou a mão à garganta e eu me lembrei do colar de contas que eu tinha visto em seu punho na noite em que a esposa morreu. Só depois entendi que eram contas de um rosário, que a família de Grace era papista.

Lembrei-me do medo em seus olhos quando o encontramos rezando. Talvez ele estivesse preocupado com a possibilidade de expormos suas crenças. Ou talvez estivesse procurando outro motivo que justificasse seu ódio por minha mãe e por mim, quando a verdade era simples: ele acreditava que éramos assassinas.

– Minha Anna se sacudiu toda – continuou ele. – Foi... indescritível. E então ela se foi. Jennet a matou.

– E onde estava a acusada, enquanto isso? Ela estava perto da sua esposa quando ela faleceu?

– Não. Ela estava de pé com a minha filha. Mas... Sei que ela ajudou a mãe. E mesmo que não, basta olhar para ela para ver que é a imagem escarrada de Jennet. – O tom ardente voltou à voz dele, enquanto continuava, e foi ficando cada vez mais alto. – É a imagem cuspida e escarrada da mãe. Na aparência e nas atitudes também. Transmitiram essa podridão como uma doença contagiosa, de mãe para filha... Elas não são como as outras mulheres. Viver sem um homem... é antinatural. Aposto que a mãe tomou o Diabo como amante, para gerar uma filha... e agora essa filha faz a vontade dele. É preciso exterminá-la, como uma fruta podre! Ela tem que ir para a forca!

Todos nos bancos ficaram em silêncio, chocados com os clamores de Metcalfe. Uma criança nascida do Diabo. Minha vontade era me esfregar toda, limpar de mim o tempo que passei na minha pele e voltar para um lugar onde eu nunca tinha ouvido aquelas palavras ditas sobre minha mãe e sobre mim.

Metcalfe havia parado de gritar. Ele estava curvado para a frente na cadeira, os ombros sacudindo no ritmo de soluços agudos, como eu nunca tinha ouvido de um homem antes.

Um guarda se aproximou e o conduziu para a saída. Assim que chegou às portas da sala, ele se voltou para mim.

– Maldita seja! Espero que apodreça no inferno como a prostituta da sua mãe!

As pesadas portas se fecharam e ele se foi.

Eu me esforcei para não demonstrar nenhuma emoção durante o julgamento, mas ouvir falarem assim da minha mãe foi demais para mim. Meus olhos arderam com o sal das lágrimas que escorreram pelo meu rosto. Sussurros subiram do tribunal. Pelo canto do olho, vi que eles apontavam para mim, para as minhas lágrimas.

Eu cobri o rosto com as mãos e chorei. Mantive o rosto coberto quando o promotor falou. Pelos testemunhos de Grace Milburn, Daniel Kirkby e William Metcalfe, estava claro que eu era uma prostituta do Diabo, disse o promotor, que tinha usado minha má influência para incitar animais inocentes a pisotear seu dono até a morte. Eu devia ser extirpada da sociedade como um câncer, disse ele, arrancada da terra como madeira podre. Eu havia arrebatado da comunidade um homem bom e honesto. Eu havia roubado de uma mulher seu marido carinhoso. Seu protetor.

Ao ouvir isso, levantei a cabeça e olhei para ele, encarando-o até que meus olhos começaram a arder. Não escondi o rosto nas mãos novamente.

Capítulo Vinte e Seis
Violet

– E então? – indagou Frederick. – Para onde você está me levando? Para algum lugar com sombra, espero... Estou cozinhando aqui.

Eles estavam andando pelos campos nos limites da propriedade. O terreno era montanhoso e do ponto mais alto podiam ver a paisagem verdejante que se estendia mais abaixo. Violet se sentia estranhamente leve, como se seus ossos estivessem cheios de ar. O sol estava quente na sua nuca. Ela devia ter trazido um chapéu. A babá Metcalfe daria uma bronca se ela voltasse queimada de sol.

– Ali embaixo fica o bosque, perto da antiga ferrovia – disse ela, apontando para uma fileira escura de árvores que atravessava os campos. Teoricamente, era um terreno do governo, não fazia parte da propriedade, e ela não achava que o Pai iria gostar que ela fosse até lá. Mas ele certamente não se oporia se ela fosse acompanhada, pensou. Principalmente se quem a acompanhasse fosse Frederick. Freddie.

De repente pareceu que ela tinha bebido a limonada muito tempo atrás.

– Estou com sede – disse Violet, fechando os olhos. Ela estava praticamente sendo carregada para o bosque agora, um braço sobre os ombros de Frederick. Seu corpo parecia muito pesado, mas Frederick seguia adiante com firmeza, como se ela não pesasse nada. Ela sentiu o metal frio da garrafa de bolso nos lábios e bebeu mais conhaque, embora fosse água o que desejava. Tirando a sede, Violet se sentia muito bem. Era aquela a sensação que o álcool produzia?

Ela podia sentir o cheiro terroso e úmido do bosque. Abriu os olhos. A luz do sol era filtrada pelas árvores, antigas e muito próximas umas das outras. Frederick se abaixou e colheu uma flor de prímula, colocando-a atrás da orelha dela. Violet não soube como dizer que não gostava de colher flores. Uma borboleta voou de um galho, círculos laranja em suas asas como olhos.

– Um argus escocês – ela murmurou.

– O quê?

– A borboleta. É assim que ela se chama.

Tudo estava ficando cada vez mais escuro. Violet abriu os olhos e viu que haviam chegado a uma clareira do bosque, coberta por um manto de dedaleiras e ervas-mercuriais. Através das árvores, Violet viu íris azuis e pensou na srta. Poole. Ela se perguntou quanto tempo fazia que tinham saído do Hall. Talvez alguém viesse procurá-los.

Frederick estava deitando-a no chão. Ela devia estar muito bêbada, pensou. Talvez tivesse ficado muito pesada para o primo carregar e ele decidira voltar para pedir ajuda. O Pai dela ficaria furioso. Eles poderiam simplesmente deixá-la ali. Ela não se importava. Era um lugar tão bonito. Podia ouvir um pássaro cantando: uma mariquita-de-rabo-vermelho.

Frederick ainda estava ali. Ela se perguntou por que ele ainda não tinha ido para o Hall. Ele estava se deitando no chão ao lado dela... Será que não se sentia bem? Violet podia sentir o cheiro dele, a colônia forte misturada com um cheiro animalesco de suor. Era intenso. A picada na bochecha estava coçando muito.

Ele estava em cima dela agora. Violet queria perguntar o que ele estava fazendo, mas a língua enrolava e ela não conseguia formar palavras, e então ele lhe cobriu a boca com a dele. Frederick era muito pesado e os pulmões dela queimavam com a falta de ar. Violet tentou colocar as mãos nos ombros dele para empurrá-lo, mas Frederick as prendeu dos lados do corpo.

Violet sentiu a mão dele em sua coxa, sob a saia, e em seguida ele forçou a meia-calça para baixo. Ela ouviu a meia rasgar. Era de seda, o único par que ela tinha. Frederick afastou as pernas dela e por alguns instantes Violet ficou livre do peso dele, enquanto o primo desafivelava o cinto e desabotoava as calças. Ela engoliu o ar, tentou falar, mas então ele estava sobre ela novamente, a mão cobrindo sua boca, e Violet sentiu uma dor intensa e lancinante entre as pernas. Sentiu as costas baterem contra o chão com força enquanto ele se movia, de novo e de novo. Mesmo assim a dor continuou, como se Frederick estivesse abrindo uma ferida dentro dela.

Violet podia sentir o gosto de suor e sujeira na mão dele. Seus olhos lacrimejaram. Ela olhou para cima e tentou contar as folhas verdes que filtravam a luz do sol, mas eram muitas e ela perdeu a conta. Depois de um tempo (que foi como se uma vida inteira tivesse se passado, os anos se estendendo impiedosamente. Depois ela se deu conta de que não poderia ter sido mais do que cinco minutos), o primo soltou um gemido alto e ficou imóvel. Aquele ato horrível – fosse o que fosse – tinha acabado.

Frederick rolou até ficar de costas, ofegante.

Ela podia sentir algo molhado escorrendo de dentro dela. Colocou a mão entre as pernas e, quando olhou, viu que estava pegajosa com sangue e outra coisa, uma substância branca, parecida com a gosma de um caracol.

O pássaro estava cantando de novo, como se nada tivesse acontecido.

– É melhor voltarmos – disse ele. – Você parece um pouco assustada. Vamos contar ao seu pai que você levou um tombo, certo? Ainda bem que seu primo estava lá para ajudá-la a se levantar.

Ela ficou ali deitada por um instante, quase sem respirar, observando Frederick abrir caminho por entre as árvores. Lentamente, puxou a meia-calça, mal suportando tocar a própria pele, e se levantou. Algo brilhou na vegetação: ao olhar para baixo, ela viu que seu pingente parecia estar partido em duas metades, como asas enferrujadas. Foi isso, mais do que qualquer outra coisa, que fez brotar lágrimas quentes em seus olhos.

O colar da mãe dela. Frederick o havia quebrado.

Parecia que um pedaço menor do pingente havia se quebrado e caído no chão. Ao pegá-lo, ela percebeu que era uma pequena chave com dentes irregulares. Nesse instante lhe ocorreu que o colar da mãe não era um pingente, mas um medalhão, e com uma dobradiça tão pequena que ela nunca havia notado. A chave brilhava mais do que o medalhão opaco, como se não visse a luz do dia havia muitos anos.

Enquanto Violet caminhava pelo bosque e ouvia o estranho som da própria respiração, ela segurava a chave na mão bem fechada. Num devaneio, ela se perguntou se a mãe teria sido a última pessoa a tocá-la. Mas nem esse pensamento lhe proporcionou algum conforto.

QUANDO VOLTARAM PARA CASA, as cadeiras de armar já tinham sido guardadas e o Pai e Graham já tinham entrado. O saguão de entrada estava impregnado com o cheiro do que quer que a sra. Kirkby estivesse cozinhando para o jantar, algum tipo de carne assada. O cheiro revirou o estômago de Violet.

– Acho que vou me deitar antes do jantar – disse ela. Seu cérebro parecia estar nadando e sua fala soava grossa e arrastada.

– Boa ideia! – disse Frederick. – Também estou exausto. Você acabou comigo. Acho que se divertiu, não é?

Ela se dirigiu para as escadas, engolindo a bile que lhe subia pela garganta. As cores das janelas de vitral iluminadas pelo sol da tarde tinham uma intensidade impossível e riscavam o assoalho como se fossem sangue. A cabeça de Violet latejava e ela agarrou o corrimão para se apoiar. A escadaria parecia mais longa e íngreme do que o normal, como se o Hall tivesse se transformado numa versão pavorosa de si mesmo, num pesadelo assustador.

Quando estava na segurança do seu quarto, ela tentou se limpar da substância estranha e pegajosa no velho lavatório esmaltado. Depois trocou de vestido. Embolou a roupa de baixo suja e a meia-calça rasgada, e as escondeu entre o colchão e o estrado da cama. Pensou na combinação de seda que tinha costurado para o enxoval e que seria para a noite de núpcias... Agora ela era inútil.

Antes de ir para a cama, tirou do esconderijo, entre as páginas dos *Irmãos Grimm*, a pena (a pena de Morg, como ela a chamava). Colocou-a delicadamente sobre o travesseiro, ao lado do medalhão da mãe e da chavinha. Ficou ali olhando para eles, o negro azulado da pena ganhando contornos dourados enquanto seus olhos transbordavam de lágrimas.

Quando o gongo tocou para o jantar, ela fechou os olhos com força. O quarto parecia estar girando, como um carrossel num parque de diversões. Ela devia ter dormido, porque acordou com a babá Metcalfe chamando seu nome, segurando uma bandeja de chá e torradas.

– Desculpe – disse ela, sentando-se rápido e escondendo seus tesouros embaixo da colcha. – Não me sinto bem.

– É o calor – disse a babá Metcalfe. – Você deve ter pegado uma insolação. Deveria ter posto um chapéu. Muita água e uma alimentação leve, seguidas de uma boa noite de sono, e você estará bem pela manhã.

Violet assentiu fracamente.

– Frederick estava perguntando de você – disse a babá Metcalfe. – Desceu lá na sala de estar dos criados, depois do jantar, para saber se eu daria uma olhada em você. Bom rapaz, não é?

– Sim – disse Violet. – Muito bom rapaz. – Ela ainda podia sentir o cheiro azedo do suor dele.

– O que é isso que você tem no cabelo? – A babá Metcalfe estendeu a mão e puxou algo de trás da orelha de Violet. Era a flor de prímula que Frederick tinha dado a ela. – Muito bonita – disse a babá Metcalfe. – Mas tome cuidado para não estragar os lençóis com essas coisas. Flores deixam manchas, você sabe.

ELA DORMIU UM SONO sem sonhos e, quando acordou com os pássaros, todo o seu corpo estava rígido e dolorido.

Violet se vestiu bem devagar. No espelho, parecia pálida e com um aspecto doentio, como se fosse uma enferma de um livro. Ela quase desejou ser uma enferma (será que havia uma maneira de ficar doente?) para que pudesse ficar no quarto pelo resto do dia. Assim ela não precisaria ver Frederick novamente.

A sala de jantar estava carregada com o cheiro do café da manhã. O Pai estava escondido atrás do *The Times* ("O navio *Kentucky* afundou perto de Malta", bradava a primeira página) e Graham estava enfiando comida na boca enquanto lia um romance de Dickens. Ovos mexidos de tom amarelo-vivo estavam congelando em seu prato. Um prato com fatias de bacon ("Os últimos restos de Jemima", pensou Violet com tristeza) parecia conter pedaços de pele esfolada.

Frederick não estava ali. Aos poucos, o martelar do seu coração diminuiu. Ela se sentou trêmula à mesa.

– Bom o passeio com Freddie ontem? – perguntou o Pai por trás do jornal.

Violet se encolheu.

– Sim, obrigada – ela disse, porque o que mais poderia dizer? Mesmo que ela soubesse as palavras para o que tinha acontecido, o Pai nunca poderia saber. Ele pensaria que era culpa dela de algum modo, Violet sabia. Será que não tinha sido mesmo culpa dela? *Acho que se divertiu.* Frederick deve ter pensado que ela queria fazer aquilo. Ela achou que iria vomitar. Como poderia encará-lo?

– A propósito, ele já voltou para Londres – disse o Pai. – Pegou o trem hoje cedo. Eu mesmo o levei até a estação. Ele pediu que eu me despedisse por ele, Violet.

– Ah – ela disse, sem saber o que deveria sentir. Alívio? Tristeza? Ela se lembrou da flor de prímula, com suas pétalas esmagadas.

– Um rapaz muito educado – disse o Pai. – Quase me faz lembrar de mim mesmo quando tinha a idade dele. Espero que sobreviva à guerra.

Graham revirou os olhos para ela. Violet tentou sorrir para ele, mas suas bochechas pareciam feitas de borracha.

– O que aconteceu com você? – Graham perguntou a ela. Por um instante, Violet pensou que ele podia ver (que todos podiam ver) a lembrança vergonhosa que estava enrodilhada dentro dela, como algo em decomposição.

– Nada – ela se apressou em dizer.

– Estou perguntando o que aconteceu com o seu rosto. Você está com uma marca vermelha enorme.

– Ah. – Violet tinha se esquecido completamente da picada. – Levei uma picada... Um mosquito, eu acho.

O Pai virou uma página do jornal, aparentemente sem interesse pela conversa.

– Sério? – disse Graham. – Mas eles nunca picam você! Enquanto eu, nunca consigo tirar aqueles bichos malditos de cima de mim. Talvez tenham se cansado de mim e resolvido experimentar sangue novo.

– Olhe essa língua, Graham! – repreendeu o Pai.

– Quem sabe – disse Violet. – Talvez.

Capítulo Vinte e Sete

Kate

Duzentas libras.

Kate conta de novo só para ter certeza. Sua conta bancária está vazia e só lhe resta seu último maço de notas, ainda escondido no forro da bolsa. Ela precisa fazer esse dinheiro durar até encontrar um trabalho. Já passou várias vezes na frente da livraria da aldeia, mas não teve coragem de entrar.

Mas ela tem que fazer alguma coisa... Precisa comprar comida e pagar as contas; na caixa de correio da tia Violet, grossos envelopes marrons já começaram a aparecer, os mais recentes com a inscrição URGENTE em letras vermelhas raivosas.

Mais tarde, um livro da coleção da tia Violet chama a atenção de Kate: *O Jardineiro Inglês*.

Olhando pela janela da cozinha para o jardim, ela sente uma pontada de dúvida. Ele está coberto de mato e algumas plantas são bem estranhas: grandes trombetas verdes se estendem na direção do céu e competem por espaço com caules peludos e botões roxos que balançam sobre as folhas. Ela não tem certeza se será capaz. Mas um bebê precisa de nutrientes, vitaminas. De verduras e legumes, como os que abarrotam o jardim da tia Violet. E por isso ela tem que tentar.

É um dia quente, quase em pleno verão. No quarto, ela tira a calça jeans e a blusa, ambas começando a ficar desconfortavelmente apertadas, e veste um macacão de sarja que encontra no guarda-roupa. Ela põe um dos chapéus da tia Violet, um de palha gigante com uma pena castanho-avermelhada enfiada na aba. No armário embaixo da pia há luvas de jardinagem e, encostada nos fundos da casa, uma pá.

Com *O Jardineiro Inglês* debaixo do braço, ela respira fundo e se aventura no jardim.

Kate acaricia a forma lisa do broche em seu bolso, consciente de que está quebrando a única regra que estabeleceu para si mesma. Mas é difícil se sentir ameaçada pelas plantas e flores douradas de sol, pelo gorgolejo cristalino do ribeirão. Ela até gosta de ouvir o canto dos pássaros; gostaria de poder identificar cada espécie pelo seu trinado, como fazia quando era criança.

Um grasnido gutural e quase humano provoca um calafrio na sua espinha.

Ela olha para cima. Seu coração bate um pouco mais rápido quando ela vê o corvo, observando-a do galho mais alto do plátano. Por um instante, Kate fica parada, temendo que movimentos bruscos causem uma chuva de garras e penas. Mas o pássaro apenas se move no galho e o sol cobre suas asas com um brilho acetinado.

Afastando as lembranças, ela resiste à vontade de tocar o broche em seu bolso. Foco. Ela precisa se concentrar na tarefa em mãos.

Guiada pelas imagens do livro de jardinagem da tia Violet, Kate descobre que as trombetas verdes são ruibarbos e as plantas de caule peludo são cenouras-silvestres. Ela as arranca do chão e fica maravilhada com os caules delicados do ruibarbo e com as cenouras pálidas e retorcidas. Ela poderá preparar sopas, saladas. A fome a atormenta; o desejo de comer alimentos nascidos na terra é tão intenso que ela sente até tontura. Kate olha para a cenoura em sua mão. Uma parte dela quer comê-la no mesmo instante, sugar a terra que a recobre, sentir o frescor irromper na sua boca enquanto ela mastiga com força. Kate percebe que precisa disso. O bebê precisa.

Ela respira fundo e coloca a cenoura na cesta.

O jardim também tem ervas, como sálvia, alecrim e hortelã. Ela também as colhe. E deixa de lado outras plantas estranhas que não aparecem no livro: debaixo do plátano, ela encontra um arbusto de caule longo e flores amarelas, como punhados de estrelinhas.

Depois de um tempo, Kate tem vontade de tirar as luvas e sentir a terra contra a pele. Enfia os dedos na terra e se delicia com a sua maciez. O cheiro é inebriante: seu sabor mineral a faz lembrar do gosto que ela ainda sente na língua quando acorda todas as manhãs.

Kate sente algo roçar a cicatriz em seu antebraço. Virando-se, vê que é uma donzelinha, o mesmo inseto que viu perto do riacho ao chegar. Ela tremula ali por um instante; então, enquanto ela observa, o inseto flutua até a sua barriga.

Kate sente uma onda dentro de si, um calor efervescente em suas entranhas, em suas veias, que sobe pela garganta.

Por um instante, ela acha que é o enjoo matinal, tem receio de que possa vomitar, desmaiar. Ela se inclina, fica de quatro na terra e deixa o sangue subir à cabeça.

Experimenta uma sensação de cócegas na mão, diferente do toque sedoso da terra. Olhando para baixo, vê o brilho rosado de uma minhoca, e depois outra e mais outra. Enquanto ela observa, fascinada, outros insetos emergem da terra, brilhando como joias ao sol do verão. O brilho acobreado da carapaça de um besouro, os corpos pálidos e segmentados das larvas. Há um zumbido em seus ouvidos e ela não tem certeza se é o rugido da sua pulsação ou se são as abelhas que começaram a rodeá-la.

Os bichos vão se aproximando. É como se algo, como se *Kate*, estivesse atraindo todos eles. Um besouro sobe em seu punho, uma minhoca roça a pele nua do seu joelho, uma abelha pousa em sua orelha. Ela está ofegante agora, dominada pelo calor que brota em seu peito e sobe pela sua garganta. Sua visão fica indistinta como a neve, depois escurece.

Quando ela acorda, o tempo está mais frio, o sol escondido atrás das nuvens. Sua boca tem gosto de terra e seu corpo, esparramado no chão, parece pesado, retorcido. Confusa, ela observa o corvo levantar voo do plátano, as asas bloqueando o sol. Folhas de grama provocam coceira na sua pele e Kate se encolhe, lembrando-se dos insetos. Ela se levanta, limpando a terra das roupas e com os dedos procura as criaturas que certamente estão rastejando no seu pescoço, em seu cabelo.

Mas não há nada.

Ao olhar para baixo, ela vê que a terra está nivelada: apenas um monte aveludado onde ela cavou o solo. Não há minhocas, nem besouros, nem larvas. Ela nem consegue ouvir nenhuma abelha.

Ela imaginou? Teve uma alucinação?

Mas ela capta algo no limite da sua visão: um brilho de asas. A donzelinha que ela tinha visto antes de perder os sentidos. Kate observa enquanto o inseto voa em direção ao plátano, bailando sobre o tronco nodoso, depois sobre a pequena cruz de madeira, antes de desaparecer de vista.

Nesse momento Kate sabe. Ela não tinha imaginado. Tinha sido real.

Uma lembrança paira, enevoada e indistinta, como algo que se vê à distância. Ela ainda é uma garotinha. O sol aquece seu rosto, ela sente o roçar de asas na palma da mão, uma sensação no peito... Ela fecha os olhos com força, tenta aproximar a lembrança, mas não consegue captá-la. De algum modo, porém, fica com a estranha sensação de que isso já aconteceu antes.

As fofocas dos moradores da aldeia ecoam em sua mente. Uma palavra soando mais alto que o resto.

Bruxa.

Ela tem que saber a verdade.

Sobre as mulheres Weyward. Sobre si mesma.

NO DIA SEGUINTE, KATE vai para Lancaster. A viagem a faz lembrar da noite em que deixou Londres. A estrada tortuosa pelas colinas, estendendo-se infinitamente diante dela. Kate sente o medo familiar subir pela garganta enquanto acelera junto com os outros carros. Seu sangue bate forte nas veias. O sangue dela, mas o sangue do bebê também, o sangue das Weyward, e o pensamento faz com que ela se sinta mais forte e agarre o volante com força, determinada. Ela pode fazer isso.

Kate nunca esteve em Lancaster antes. É uma cidade pitoresca e bonita, com prédios brancos e ruas de paralelepípedos. Mas há algo na multidão (ela é quase engolida por um bando de turistas) que a deixa inquieta. Sente um gosto forte na boca, uma camada azeda que ela reconhece como um sinal de que está prestes a ter um ataque de ansiedade. Fica surpresa ao sentir alívio ao avistar o rio Lune brilhando prateado ao longe, as montanhas enevoadas mais além.

Kate encontra com facilidade o escritório do Conselho Municipal: um edifício grande e imponente situado na rua principal da cidade.

Ali dentro, o clima está fresco e tranquilo, e Kate se recompõe enquanto espera numa fila sinuosa para falar com o funcionário no balcão. A consulta dela é às catorze horas. Ela achava que os arquivos do Condado de Cumbria poderiam conter algumas informações, mas a mulher impaciente com quem ela tinha falado ao telefone explicou que o Conselho do Condado de Lancashire é que detinha os registros dos julgamentos de bruxas, pois eles tinham ocorrido no Castelo de Lancaster.

Por fim, ela é conduzida a outra sala de espera e, em seguida, chamada para ir até um cubículo, onde se senta em frente a um homem magro de meia-idade, com os ombros cobertos de caspa.

Uma pasta parda repousa sobre a mesa à sua frente. O nervosismo dela aumenta quando pensa no que pode haver ali dentro. Ela fecha os olhos por um instante, pensando em quanto gastou de gasolina para chegar àquele lugar... *Por favor, que tenha valido a pena. Que esse homem tenha encontrado alguma coisa.*

O homem oferece uma saudação superficial antes de dar detalhes sobre os resultados. Ela observa enquanto ele põe a língua para fora a fim de umedecer os lábios antes de falar, como um sapo caçando moscas.

– Só encontrei quatro registros com o sobrenome Weyward – explica ele. – Três deles eu tive que retirar dos arquivos de Cumbria. Vamos começar com eles, certo?

Ele abre o arquivo e tira dali dois documentos.

– Ambos os registros dizem respeito a uma Elizabeth Ayres, nascida Weyward.

Kate assente.

– Sim, minha bisavó, eu acho.

– Temos um registro aqui do casamento dela com Rupert Ayres em agosto de 1925.

Kate acena com a cabeça novamente. Ela já sabe disso.

– E um atestado de óbito. De setembro de 1927.

Ela se inclina sobre a mesa, com o coração batendo forte.

– O que ele diz? Como ela morreu?

– A causa da morte é um pouco vaga... "Choque e perda de sangue", diz. Parto, talvez? Muito comum naqueles dias, é claro, embora seja estranho que não tenha nenhuma menção específica a isso. O atestado foi emitido por um dr. Radcliffe e o local do falecimento citado é Orton Hall, perto de Crows Beck.

– Acho que meu avô nasceu naquele ano. Talvez ela tenha morrido ao dar à luz...

Outra coisa que o funcionário disse fica na cabeça dela.

Dr. Radcliffe.

Sobressaltada, Kate pensa no médico da aldeia, o mesmo que lhe atendeu no primeiro ultrassom. As mãos dele salpicadas de manchas, frias em sua pele. Ele não tinha mencionado que herdou a clínica do pai?

Estranho pensar que o pai do médico poderia ter presenciado a morte de Elizabeth. O nascimento do seu avô. Embora ela desconfiasse que esse era o costume nas pequenas aldeias, na zona rural. Kate se lembra das lápides dilapidadas no cemitério. Os mesmos nomes, em várias lápides. E, mesmo assim, nem um único membro da família Weyward! Se não fosse o chalé, seria fácil imaginar que nunca existiram, que eram apenas uma lenda da região.

Ela volta sua atenção para o homem à sua frente. Como é possível que ele tenha encontrado apenas quatro registros? Serão os quatro registros tudo o que existe?

– Temos também a certidão de óbito de uma tal Elinor Weyward. Morreu com a idade de 63 anos, em 1938. Câncer no fígado. Teve um funeral de indigente.

– Teve um funeral de indigente? O que isso significa?

O homem franziu o cenho.

– Isso significa que não havia ninguém para cobrir as despesas do funeral. Ela teria sido enterrada numa cova sem marcação.

Kate sente uma pontada de dor por essa mulher (sua parente) que tinha sido negligenciada na morte. E, no entanto, ela tinha uma família morando a apenas alguns quilômetros de distância, no Orton Hall.

O homem pega a última folha de papel do seu arquivo. Ela percebe que a pele das mãos dele está úmida, com uma membrana perolada entre os dedos. Mais uma vez, ela pensa em sapos.

– Este último é bem mais antigo – explica. – O resultado de uma pesquisa sobre o sobrenome Weyward nos registros dos julgamentos ingleses de 1619. Uma tal de Altha Weyward, de 21 anos, foi acusada de bruxaria e julgada no Castelo de Lancaster.

O coração dela salta. Sua pele toda se arrepia, como se insetos a percorressem.

Quer dizer, então, que os boatos são verdadeiros...

– Ela foi considerada culpada? – Kate pergunta, com a boca seca. – Executada?

O homem franze o nariz.

– Receio que não tenhamos essa informação – diz ele. – Só temos o registro da acusação, não do resultado do julgamento. Desculpe não poder ajudar mais.

– Você saberia dizer – Kate começa, pensando na cruz sob o plátano – onde ela teria sido enterrada? Se... se tivesse sido executada, quero dizer.

– Também não consta... Não é algo que possamos saber. Não há registros. Pelo menos, não mais.

– E... realmente não há mais nada? Nenhum outro registro da família Weyward entre 1619 e 1925? Por trezentos anos?

O homem balança a cabeça.

– Nada que eu pudesse encontrar. Mas o registro oficial de nascimentos, óbitos e casamentos só começou em 1837. E muitos registros paroquiais não existem mais. Portanto, era muito fácil cair no esquecimento... principalmente se a pessoa fosse de uma família mais pobre.

Kate agradece, tentando afastar a decepção que toma conta dela. Não tem certeza do que esperava, na verdade. Que seria fácil reconstituir a história da sua família, resgatando-a das brumas do passado, assim como ela de alguma forma atraiu insetos da terra? Que essas informações a ajudariam a entender mais a si mesma?

Mas pelo menos ela não está indo embora de mãos vazias.

Ao sair do prédio, Kate repassa a nova informação várias vezes na cabeça, como se fosse uma relíquia preciosa.

Altha Weyward. 21 anos. 1619. Julgada por bruxaria.

Altha. Um nome estranho. Suave e mesmo assim poderoso. Como um encantamento.

NO CAMINHO DE VOLTA para casa, o sol da tarde se põe atrás das colinas, deixando o céu cor-de-rosa. A paisagem é tão antiga... as vastas campinas, os penhascos rochosos, os lagos cor de ardósia. Altha Weyward, quem quer que ela fosse, deveria ter contemplado as mesmas colinas um dia.

Kate imagina a figura de uma jovem de rosto pálido, sendo arrastada para uma pira ou uma forca... Ela estremece e afasta a imagem da mente.

Vinte e um anos. Quase dez anos mais jovem do que ela. Kate lembra de si mesma nessa idade, atenta e precavida, a centelha de sua infância há muito apagada. Mas era livre de fato, em comparação com as mulheres que vieram antes dela. Pensa em Elizabeth, sua bisavó, morrendo no parto, e leva a mão à barriga sem perceber. O século XXI oferecia um certo grau de proteção. Mas não a protegera de Simon. Ela se lembra do rosto dele; suas expressões instáveis, inconstantes. De como ele às vezes olhava para ela com tanta ternura a princípio, quando Kate acreditava no amor entre eles. Quando o menor toque da mão dele era suficiente para fazer seu pulso acelerar. Mas então ela fazia ou dizia alguma coisa que o desagradasse e o olhar passava a expressar repulsa. A cicatriz em seu braço lateja.

Todos aqueles anos presa a uma dança brutal, com passos que ela nunca conseguia acompanhar.

Talvez as coisas não tivessem mudado tanto, afinal.

Era muito fácil cair no esquecimento, dissera o homem dos arquivos. Mas também não era possível que as antepassadas de Kate – as Weyward – quisessem se esconder, depois do que havia acontecido a Altha? Afinal de contas, foi o casamento de Elizabeth com Rupert que as fizera constar no livro dos registros. O relacionamento com um homem.

Eu preciso ter você comigo.

Kate sabe melhor do que ninguém como os homens podem ser perigosos.

O pensamento desperta sua fúria. Ela não tem certeza se é um sentimento novo ou se sempre esteve ali, sufocado pelo medo. Mas agora ele borbulha em seu sangue. Fúria. Por ela mesma. E pelas mulheres que vieram antes dela.

As coisas serão diferentes com a sua filha. Ela vai se encarregar disso.

E isso significa que precisa ser corajosa.

SÃO TRÊS HORAS DA tarde. Kate não tem muito tempo para chegar à Livros e Presentes Kirkby antes do fim do expediente.

Ela está parada no banheiro frio da tia Violet, se olhando no espelho. A luz do sol incide sobre seu corpo tingida de verde pela hera rastejante do lado de fora do chalé.

Faz muito tempo desde a última vez que ela se olhou de fato. Durante anos, ela não foi capaz de suportar a visão da própria nudez. Todas aquelas noites moldando sua carne em qualquer lingerie que Simon quisesse que ela usasse. Deitada e deixando que ele a colocasse na posição que quisesse. Ela havia se tornado um receptáculo. Nada mais.

Talvez fosse por isso que, a princípio, quando ainda morava com ele, Kate odiava a ideia de estar grávida. Ela já se sentia como um meio para atingir um fim.

Mas ela não sabia que seria assim.

Agora, no espelho, Kate se avalia. Os contornos fortes dos seus membros, a largura maior dos quadris. Sua barriga cada vez mais arredondada. Seus seios a surpreendem: o escurecimento dos mamilos, as veias que brilham azuis e intensas sob a sua pele. A verruga em seu esterno também escureceu: de rubi se tornou carmesim.

Até a pele dela está diferente; mais lisa, mais grossa. Como se estivesse blindada.

Blindada e pronta para proteger a filha.

A força desse amor que corre em suas veias a surpreende. Assim como a clareza de que ela fará qualquer coisa, o que for necessário, para manter a filha segura.

Inesperadamente, o dia do acidente surge em sua mente. A mão do pai em seu ombro, áspera e desesperada, empurrando-a para longe do carro que se aproximava. Será que ele também se sentia assim?

Ela pisca para afastar a memória e volta a se concentrar na mulher do espelho. Uma mulher que Kate mal consegue reconhecer como ela mesma.

Ela parece, e se sente, poderosa.

Só uma coisa ela quer mudar.

A tesoura de cozinha da tia Violet está perto da pia. Kate a ergue até a cabeça e começa a cortar, sorrindo enquanto as mechas de cabelo descolorido e acobreado caem no chão. Quando ela termina, apenas as raízes eriçadas permanecem, se projetando do couro cabeludo como uma auréola escura.

ELA SE VESTE ANTES de sair.

Não suas antigas roupas, as coisas que Simon escolheu para ela. Essas, Kate deixa para trás.

Em vez disso, veste um par de calças de linho da tia Violet e uma túnica larga de seda verde, bordada com um delicado padrão de folhas. Por último, o chapéu de palha com a pena. A caminhada até a aldeia é tranquila e ela testa seu crescente conhecimento da vegetação local. Ali, ao lado da estrada, ondulam folhas verdes de urtiga; das cercas vivas espreitam as cremosas rainhas-dos-prados. Um tom prateado brilha entre a folhagem: os fios sedosos do cipó-do-reino. Ela respira fundo, inspirando o perfume.

Kate está passando sob os carvalhos quando sente uma forma escura se projetar sobre seu corpo e ouve um grito gutural. Mas não há medo desta vez. Em vez disso, retorna uma lembrança da sensação que ela teve no jardim, quando os insetos haviam roçado em sua pele. Ela percebe um movimento em seu peito, como o abrir de asas.

Vamos, Kate diz a si mesma. *Você consegue fazer isso.*

Ela continua caminhando.

EMILY ESTÁ DEBRUÇADA SOBRE o balcão, rodeada por montanhas de livros. Seus cachos grisalhos estremecem enquanto ela escreve num livro de registros. Um ventilador de teto faz barulho, agitando as páginas dos livros.

– Olá! – Emily olha para cima ao som do sininho da porta. – Como posso... – Por um instante, ela parece um pouco surpresa, antes de se recompor e sorrir. – Kate! Desculpe – ela diz. – É só que... eu não tinha percebido antes o quanto você se parece com ela. Com Violet. Como vai?

– Estou bem, obrigada. Na verdade, eu estava me perguntando – diz Kate, a confiança do seu tom a surpreendendo – se você precisa de uma assistente.

Capítulo Vinte e Oito

Altha

Aquela noite na masmorra foi a mais longa de toda a minha vida. No dia seguinte, eu sabia que os jurados decidiriam meu destino. Eu sabia que seria enforcada naquela tarde ou no dia seguinte. Eles me levariam para a charneca. Um dos guardas me disse. Eu me consolava com isso, com o pensamento de que pelo menos assim veria o céu e ouviria os pássaros. Uma última vez. Eu me perguntei se alguém iria assistir, se haveria uma multidão se aglomerando abaixo do cadafalso, ansiosa para ver o meu corpo se contorcendo na ponta de uma corda. A noiva do Satanás enviada de volta ao Inferno.

Talvez eles estivessem certos em me enforcar.

Pensei na promessa que tinha feito à minha mãe. A promessa que eu não havia cumprido. Não tinha conseguido ficar à altura do nome que ela me deu. Eu não tinha sido capaz de salvá-la. Por isso, e pela promessa quebrada, a culpa pesava em meu coração como uma âncora.

Mas ser enforcada pela morte de John Milburn... essa era uma questão diferente.

Não sei se consegui dormir aquela noite. Imagens apareceram diante de mim, surgindo na penumbra da cela. O rosto de minha mãe, suas feições inchadas pela morte. Um corvo, asas negras cortando o céu. Anna Metcalfe se contorcendo em seu leito de morte. E John Milburn, ou o que tinha restado dele. Seu rosto destroçado, escuro e úmido como uma fruta estragada.

Quando abriram a porta da cela no dia seguinte, senti como se já tivesse começado a minha passagem deste mundo para o outro. Eu parecia estar vendo tudo através de uma névoa.

Sombras toldavam as bordas da minha visão. O *véu está se levantando*, pensei. O véu entre este mundo e o outro. Logo eu estaria com a minha mãe. Eu esperava que ela entendesse o que eu tinha feito e por quê.

Nos bancos, parecia haver mais gente do que nunca: enquanto eles me conduziam ao banco dos réus, o tribunal se encheu de vaias e zombarias. Olhei para o rosto dos juízes, que observavam a cena com ar de reflexão. Os jurados, de olhos vazios em seus trajes escuros. Apenas o homem de queixo quadrado me olhou nos olhos. Eu não estava orgulhosa desta vez; procurei seu rosto, em busca de alguma pista sobre qual seria o meu destino. Então ele desviou o olhar e um calafrio tomou conta do meu coração. Talvez ele não quisesse olhar para uma mulher condenada.

Procurei Grace no meio da multidão. Sua touca branca brilhava, imaculada. Ela estava sentada com o pai, de cabeça baixa. Eu queria que ela se virasse, para que eu pudesse ver seu rosto, o rosto que assombrava meus sonhos, uma última vez. Mas ela não se virou.

Um dos juízes tomou a palavra.

– A ré, Altha Weyward, foi acusada de assassinar o sr. John Milburn por meio de bruxaria. O suposto crime ocorreu em 1º de janeiro deste ano do nosso Senhor de 1619.

– A bruxaria é um grave flagelo nesta terra, e nosso rei, Sua Alteza Real James I, nos encarregou de lutar contra esse mal insidioso. Devemos ter cuidado com ele em todos os aspectos da nossa vida. O Diabo tem dedos longos e uma voz alta que nos atinge a todos com suas doces súplicas.

"Como sabemos, nossas mulheres em particular correm grande risco de ceder à tentação do Diabo, pois são fracas tanto na mente quanto no espírito. Devemos protegê-las dessa influência maligna e, onde descobrirmos que ela já criou raízes, arrancá-la da terra.

"Ouvimos as provas contra a acusada. Foi estabelecido que o sr. Milburn foi pisoteado até a morte por suas vacas. Nenhuma das testemunhas da morte de John Milburn forneceu provas de que a acusada proferiu qualquer encantamento para obrigar os animais a se comportarem desse modo.

"Na verdade, Daniel Kirkby descreveu que um corvo atormentou os animais e os levou ao frenesi. Sabemos que os corvos são comuns nesta parte da terra e que podem ser violentos em suas interações com outros animais e com os seres humanos.

"A acusada não foi levada a tocar o cadáver e por isso não podemos saber se ele teria sangrado ao seu toque. O tribunal, auxiliado pelo bom dr. Smythson, examinou o corpo da acusada em busca da marca da bruxa.

"Nenhuma foi encontrada.

"Depois de ouvir todas essas evidências, peço aos senhores do júri que deem seu veredito, tendo em mente seu dever para com Deus e suas próprias consciências."

Um silêncio recaiu sobre o tribunal enquanto o representante dos jurados ficava de pé. Minha respiração ficou presa na garganta. Não importava o que o jurado tivesse decidido. Eu já podia ver a forca. Podia sentir o laço áspero contra o meu pescoço. Pensei em todas as outras mulheres que tinham sido condenadas à morte antes de mim, o destino do qual minha mãe tentou me proteger. As mulheres de North Berwick. De Pendle Hill. Logo eu me reuniria a elas. Eu tinha certeza disso.

– Da acusação de assassinato por bruxaria – disse ele –, concluímos que a acusada... é inocente.

E num instante eu estava flutuando. Sonhando. Podia ouvir a condenação dos presentes na sala, mas ela parecia soar a quilômetros de distância. Meu corpo estava leve, como se eu estivesse na água. Procurei por Grace. Ao lado dela, William Metcalfe tinha a cabeça entre as mãos. Por isso ele não viu. Ele não viu Grace olhar para mim. Ele não viu a expressão no rosto dela.

Capítulo Vinte e Nove

Violet

Violet passou semanas em seu quarto após a partida de Frederick.

– Está com paixonite aguda – ela ouviu a babá Metcalfe dizer a Graham uma manhã, quando ele foi perguntar se ela tinha visto seu livro de Biologia em algum lugar.

– Por *quem*? – ela o ouviu sibilar. Então, mais alto, para sorte dela: – Essa não, Violet, você também?!

Mais tarde naquele dia, ele enfiou um bilhete embaixo da porta dela que dizia:

Esqueça o mequetrefe. Você é pior que o nosso pai,
ansiando por seu cachorrinho de estimação!

Violet não respondeu.

Ela havia decidido que seria mais fácil esquecer o que havia acontecido no bosque se nunca falasse sobre isso com ninguém. Mas não foi assim. À noite, ela sonhava com Frederick, forçando seu corpo para dentro dela enquanto as árvores pairavam acima, girando em círculos. Era como se ele tivesse deixado um esporo de si mesmo no cérebro dela, que agora se multiplicava e se espalhava por seus neurônios. Ela se sentia "infectada". E se lembrou da substância pegajosa que ele tinha deixado e que escorrera para fora do corpo dela.

Isso era o que Violet mais queria esquecer. Sempre que ela se lembrava, algo se agitava em seu cérebro, ameaçando formar uma conexão. Aquilo, a coisa pegajosa, a lembrava de uma palavra que ela tinha lido no livro de Biologia de Graham. "Espermatóforo." Era a substância que os insetos machos usavam para fertilizar os ovos das fêmeas. Ela se recusou a pensar mais a respeito. Não conseguiu encontrar o capítulo do livro sobre esse assunto; ela o havia escondido debaixo do colchão, com a roupa de baixo e as meias sujas.

Na maior parte do tempo, Violet ficava enrolada nas cobertas, com o corpo frio, embora já tivesse passado do meio do verão. Ela não se sentia bem com seu corpo, o quarto continuava girando mesmo quando ela não tinha pesadelos, e havia um peso em seus membros, como se seus ossos fossem de chumbo. Ela tinha um desejo constante de tomar banho, de se livrar da pele contaminada na esperança de encontrar uma camada nova e limpa por baixo.

Ela ainda conseguia ouvir muito bem: estorninhos pela manhã, o chilrear dos grilos à noite. Mas havia uma nova pontada de dor nesses sons, uma dor que ela não havia notado antes: uma corujinha em busca da mãe, um morcego lamentando sua asa quebrada, uma abelha nos estertores de morte.

Às vezes, tudo parecia demais para ela suportar, o sofrimento pesando no ar como a gravidade, pressionando sua pele. Era como se o brilho da vida tivesse desaparecido, como se a maçã tivesse murchado e apodrecido.

A princípio, Violet conseguiu se consolar com as coisas que tinham pertencido à mãe. Os fios sedosos e salpicados da pena de Morg, o medalhão com o delicado *W*, a pequena chave que ficara escondida dentro dele por anos. Mas o que aquela chave abria? Não havia mais cômodos trancados no Hall. Ela começou a se perguntar se Frederick havia mentido sobre sua mãe – sobre aquela mulher desesperada e pálida que precisava ser trancafiada. Ela quase conseguia acreditar que ele havia inventado tudo, se não fosse pela palavra rabiscada no lambril. *Weyward*.

Agachando-se ao lado dessa palavra uma noite, quando reinava o silêncio na casa (com exceção dos ratos que corriam junto às paredes), ela se perguntou se a mãe teria usado a chave para gravar aquelas letras na pintura. Ela não suportava pensar assim, como uma louca. Em vez disso, tentava desesperadamente evocar as memórias que haviam sido desencadeadas pelo lenço: o cheiro de lavanda, a cascata de cabelos negros, o abraço caloroso... Às vezes ela até pensava que podia se lembrar de Morg, contemplando-a com um olho redondo e brilhante...

Ela nem sabia onde a mãe estava enterrada. Quando era mais nova, passava longas tardes examinando com atenção as lápides erodidas no terreno ao lado da antiga capela que eles não usavam mais. Ela se ajoelhava no solo frio, afastando delicadamente os fios verdes de líquen, para não danificá-los. Todos os túmulos pertenciam a membros da família Ayres mortos muito tempo atrás; mesmo os que tinham partido mais recentemente estavam enterrados já fazia quase um século.

Talvez a mãe tivesse sido enterrada no cemitério da aldeia. Era dali que ela viera, não era? Violet pensou em fugir, correr para Crows Beck e procurar o túmulo da mãe. Mas de que adiantaria? Ela ainda estaria morta.

E Violet ainda estaria sozinha. Sozinha com o que havia acontecido naquele dia no bosque.

Só havia uma maneira de escapar da contaminação de Frederick em sua mente e seu corpo. Em suas próprias células.

Violet não tinha certeza se acreditava no céu ou no inferno (embora duvidasse que a deixariam entrar no céu, depois que Frederick a maculara a tal ponto). Ela era uma grande amante da ciência, afinal. Sabia que, quando morresse, seu corpo seria devorado por vermes e outros insetos, e então ela proporcionaria nutrientes para as plantas que sustentam a vida na superfície. Ela pensou em sua faia. Gostaria de ser enterrada embaixo dela, para que pudesse lhe dar sustento; e, enquanto uma árvore se alimentasse dela, Violet não sentiria... nada. Esquecimento. Ela imaginou o nada, pesado e escuro como um cobertor, ou o céu noturno. Sua mente e seu corpo deixariam de existir, junto com os esporos que Frederick havia deixado dentro dela. Ela seria livre.

Violet passou vários dias planejando. Decidiu-se pelo crepúsculo, sua hora favorita do dia, quando o céu estava da cor das violetas (suas homônimas) e os grilos cantavam. Ela partiria com a luz.

No verão, vivendo tão ao norte como viviam, os dias se estendiam até quase a meia-noite, o que significava que todos estariam dormindo no horário que ela havia escolhido. Colocou seu vestido verde favorito e penteou o cabelo na frente do espelho uma última vez. A picada em sua bochecha havia quase desaparecido e se transformado num semicírculo rosa prateado, como uma lua crescente.

Seu quarto estava âmbar e dourado com o sol se pondo através das janelas. Violet as abriu e olhou a paisagem, saboreando a última visão do seu vale. Ela podia ver o bosque dali, uma cicatriz escura nas suaves colinas verdejantes. Baixou os olhos. A janela era muito alta; cerca de uns dez metros, ela pensou. Violet se perguntou quem iria encontrá-la pela manhã. Imaginou seu corpo esmagado como as pétalas da flor de prímula. Havia deixado um bilhete no parapeito da janela, pedindo para ser enterrada embaixo da faia.

Ela subiu no parapeito da janela e sentiu o ar fresco da noite no rosto. Respirou fundo uma última vez. Assim que se preparou para se lançar no horizonte vazio, sentiu algo roçar na mão dela. Era uma donzelinha, suas asas diáfanas douradas pelo sol. Assim como a que Graham tinha dado a ela, tantas semanas atrás.

Ela ouviu uma batida na porta e então Graham (que Violet julgou estar dormindo) irrompeu no quarto.

– Sério, Violet, você não pode continuar pegando as minhas coisas sem pedir... Jesus, que diabos você está fazendo sentada aí? Um vacilo e vai se esborrachar no jardim.

– Desculpe – disse Violet, descendo do peitoril da janela e enfiando o bilhete no bolso. – Estava apenas olhando a vista. Dá para ver a ferrovia daqui, sabia? – Graham adorava trens.

– Não, Violet, apesar de ter morado nesta casa toda a minha vida, não sabia que dava para ver a linha de Carlisle a Lancaster das janelas do segundo andar. Caramba, o que deu em você ultimamente? Pensei que teria que colocar outro maldito inseto num frasco para você. – Ele estremeceu.

Violet olhou para a mão, mas a donzelinha havia sumido.

– Estou bem. Só... muito cansada.

– *Por favor*, não me diga que você está com o coração partido por causa do cretino do nosso *primo Frederick*. Ou imagino que para você ele deva ser Freddie, não é? Seu *querido* Freddie. Sobre o que vocês conversaram em seus passeios juntos? Continuou se gabando da pontaria que tem com o rifle? Preciso confessar que não esperava que você se apaixonasse por um calhorda bobalhão.

– Não tem nada a ver com Frederick – disse Violet, rápido demais.

Graham olhou para ela por um instante, erguendo uma sobrancelha ruiva.

– Se você está dizendo... Fico feliz em ver o seu *querido Freddie* bem longe daqui. Ele me lembrou de um aluno mais velho de Harrow. O mesmo ar de arrogância. Foi expulso no outono passado por engravidar uma menina. Uma das filhas do professor. Ela teve o bebê num convento, coitada.

– Sério? – disse Violet, fingindo desinteresse. *Espermatóforo*, ela pensou. – Que péssimo para ela.

– Com certeza – disse Graham. – De todo jeito, você deve ter cuidado com tipos como ele. Não tentou nada com você, tentou? Naquele dia que jogamos bocha, nosso Pai e eu caímos nos sono e, quando acordamos, vocês dois tinham sumido. Nosso Pai pareceu bastante satisfeito, na verdade.

– Não aconteceu nada – disse Violet. – Só fomos dar um passeio. Eu mostrei a ele o bosque.

– Hmm. Se foi *tudo* o que você mostrou a ele... Bem, enfim, é muito tarde. Eu estava esperando que a babá Metcalfe desistisse de montar guarda para que eu pudesse vir pegar meu livro de Biologia de volta. Você está com ele, não está? Eu preciso saber tudo sobre o subfilo dos antrópodos até o fim do verão. Estou correndo contra o tempo.

– Artrópodes, você quer dizer. Aqueles que têm exoesqueleto.

– Eca! É, aqueles. Bem, enfim, você pode me devolver?

Violet pensou no livro enfiado debaixo do colchão junto com a roupa de baixo ensanguentada.

– Perdi. Desculpe.

– *Perdeu*? Mas como é que você perde um *livro*?

– Deixei cair no riacho.

– Você pode imaginar a cara do professor de Ciências quando eu disser isso a ele? "Desculpe, senhor, não tenho mais o livro porque a inútil da minha irmã deixou ele cair no rio." Fantástico, Violet! Muito obrigado, Violet! Agora vou ter que encomendar outro. Que provavelmente vai chegar quando eu já estiver na maldita Harrow. Muito obrigado *mesmo*! – Ele saiu, batendo a porta atrás de si.

Assim que o som dos passos de Graham desapareceu no corredor, Violet tentou pensar no que fazer com o bilhete. Ela não poderia queimá-lo. A babá Metcalfe certamente sentiria o cheiro de fumaça (ela tinha o nariz de um perdigueiro) e começaria a fazer perguntas. Além disso, Violet ainda não havia decidido se precisaria dele ou não. Mas então lembrou da donzelinha e seu estômago doeu pela culpa que sentiu por Graham. Ela ia mesmo deixá-lo sozinho com o Pai?

Violet pegou o livro dos *Irmãos Grimm* ao lado da cama e o abriu para guardar o bilhete dentro dele. Antes de adormecer, pensou novamente na mãe. Se Violet morresse, nunca descobriria a verdade. Com todo o cuidado, ela colocou a pena de Morg perto do rosto no travesseiro, esperando sonhar com a mãe. Em vez disso, sonhou com Frederick, com o que havia acontecido no bosque. No sonho, ela olhava para seu corpo branco e via a carne da sua barriga escurecendo, desaparecendo sob seus dedos. Um enxame de efêmeras a rodeava com suas asas brilhantes, enquanto arremetiam e ziguezagueavam em sua dança brutal e interminável.

Ela acordou na manhã seguinte com o forte cheiro de arenque defumado exalando de uma bandeja trazida pela babá Metcalfe.

– É para você comer – ela disse. – São ordens da sua babá. – O peixe estava amarelo e enrugado, como a carcaça que ela vira uma vez e que pertencia a uma lagartixa mumificada no calor do verão.

Violet se esforçou para se sentar e pegou a bandeja. Seu estômago revirou e ela estremeceu com a lembrança do sonho.

– Está se sentindo bem, Violet? – perguntou a babá.

– Sim, obrigada – disse ela, levando uma garfada de peixe à boca. Ela mastigou devagar e, mesmo depois de engolir, a sensação gelatinosa permaneceu na sua língua e no céu da boca.

Violet conseguiu dar outra garfada. Nesse momento, o mal-estar em seu estômago se intensificou e o quarto girou novamente. Ela sentiu algo dentro dela, algo subindo do estômago para a garganta, o gosto ácido na boca.

Ela vomitou. De novo e de novo.

Mais tarde, quando a babá Metcalfe já tinha limpado os restos de vômito de sua boca e a ajudado a vestir uma camisola limpa, as duas ficaram sentadas em silêncio por um tempo. Um corvo gritou do lado de fora. Violet podia vê-lo através da janela, uma vírgula negra no céu azul.

Por fim, a babá Metcalfe falou.

– Acho que deveríamos chamar o médico – disse ela.

Capítulo Trinta

Kate

O tempo passa mais rápido, agora que os dias de Kate são preenchidos por seus turnos na livraria.

Ela acha o trabalho relaxante: separar as caixas de doações e etiquetá-las com a pistola. A livraria vende principalmente romances de amor ("Melhor do que nada", diz Emily); embora ocasionalmente Kate desenterre uma primeira edição de Jane Austen ou Louisa May Alcott. Esses ela expõe na vitrine, para que os relevos dourados da capa se destaquem ao sol.

Ela e sua chefe estabelecem uma rotina confortável, a mulher mais velha sempre levando xícaras de chá e pratos de biscoitos, conversando sobre o marido, Mike, e sobre Crows Beck, onde nasceu e morou a vida toda. Emily está impressionada com a afinidade de Kate com Toffee, seu gato ruivo que, segundo ela, despreza todos os seres humanos (as próprias mãos de Emily vivem marcadas com os arranhões provocados pela impaciência do bichano).

Kate deve dar à luz em dezembro. Ela acha que estará nevando na época do nascimento. Muitas vezes, sozinha no chalé, ela diz os nomes em voz alta, para perceber como soam. Holly, talvez, ou quem sabe Robyn. Embora ela não tenha chegado a nenhuma conclusão ainda.

É início do outono quando ela sente o primeiro chute. Kate está no jardim, arrancando tufos de atanásia de baixo do plátano (uma planta muito venenosa, ela descobriu, apesar de suas flores de tom amarelo-vivo) e ouvindo o murmúrio das árvores ao vento. Ela ofega ao sentir um súbito movimento de vibração dentro do útero; uma sensação fluida, que a faz pensar em mercúrio ou nos pálidos peixinhos que nadam no riacho.

Sua filha.

Em novembro, a pele da sua barriga estará esticada como o couro de um tambor. Nenhuma de suas roupas velhas serve mais; ela vasculha o guarda-roupa da tia Violet em busca de batas e túnicas folgadas, e se agasalha com xales e capas de chuva surradas. À medida que cresce, seu cabelo fica mais rebelde; depois de todos aqueles anos de tratamentos caros, ela havia esquecido da sua tendência a cachear. A parte da frente está curta e a de trás mais comprida agora, mas Kate não se importa. Ela nem o penteia mais; apenas o deixa cair em ondas negras sobre as orelhas.

Simon não a reconheceria.

– Você mantém contato com ele? – pergunta Emily. – O pai do bebê, quero dizer.

Kate a convidara para a Noite da Fogueira. Fizeram uma pequena fogueira no centro do jardim e se sentaram em frente a ela em banquinhos de acampamento, segurando canecas de chocolate quente. Kate respira fundo e saboreia o cheiro da fumaça de madeira queimada. Acima delas, o céu está repleto de estrelas.

– Não – responde ela. – Não falo com ele há meses. É... melhor assim. Para o bebê. Ele... não é uma boa pessoa.

Emily assente. Ela estende o braço e aperta a mão de Kate.

– Estou aqui, você sabe – diz ela, tirando a mão. – Se você quiser conversar sobre qualquer coisa, é só falar.

– Obrigada.

Kate sente um nó na garganta. Ela olha fixamente para o fogo, observando as faíscas douradas dançarem na noite. Por um tempo, nenhuma das mulheres fala. Os únicos sons são o assobio e o crepitar das chamas e, em algum lugar, uma coruja.

Ela se pergunta se Emily teria adivinhado a verdade. Pode ser óbvio, ela supõe, pela maneira como se encolhe quando o celular toca, sua recusa em falar sobre sua antiga vida em Londres. Sobre a razão por que partiu.

Mas ela não consegue verbalizar tudo isso. Ainda não. Não quer colocar em risco os fios delicados da sua amizade. Faz muito tempo desde que ela desfrutou da companhia de outra mulher. Não vê as amigas da universidade há anos.

A última vez foi no casamento a que ela e Simon foram, em Oxfordshire. Cinco anos atrás agora, não muito depois de ela ter deixado o emprego. Sua amiga Becky estava se casando. Ela se lembra do vestido que usava (e Simon escolheu para ela); era cor-de-rosa, a cor de carne viva, a cor da cicatriz que ela tinha no braço. Sapatos de salto dourados, tão altos que ela não conseguia andar direito. Kate se sentou em frente a Simon na festa e riu alto demais das piadas sem graça do homem ao lado dela. Havia bebida à vontade, Simon estava bêbado. Mas estava observando. Ele sempre a vigiava. Uma de suas amigas o viu empurrá-la para dentro do táxi antes dos discursos, o jeito tão habitual com que a mão dele a segurava pela nuca. Depois disso, ele não a deixou mais atender aos telefonemas das amigas. No final, elas pararam de tentar.

– Eu gostaria que Violet ainda estivesse aqui – diz Emily por fim. – Ela ficaria arrasada se soubesse que está perdendo isso. Perdendo você aqui.

– Como ela era?

– Desculpe – Emily arrasta sua cadeira para mais perto do fogo. – Eu sempre esqueço que você, na verdade, não a conhecia; é que você me lembra muito ela. Violet era... excêntrica. Mas no sentido mais positivo. Eu costumava pensar que ela não tinha medo de nada... As coisas que fazia quando era mais jovem! Ela me disse que uma vez escalou o Monte Everest até o primeiro acampamento base. Para estudar a aranha-saltadora do Himalaia. Mulher maluca. – Ela balança a cabeça, rindo. – Você tem o mesmo espírito dela.

– Bem que eu gostaria – Kate sorri.

– Você tem, sim. É preciso força para fazer o que você fez, para começar de novo. Ela teve que fazer o mesmo.

Elas ficam em silêncio.

– Ela nunca contou a você o que aconteceu? Minha mãe disse que ela foi deserdada, que houve algum tipo de escândalo.

– Não. Como eu comentei... Acho que foi muito doloroso para ela. Quer dizer que a sua mãe não tem nenhuma ideia de que escândalo foi esse?

– Não. Meu pai talvez soubesse, mas ele morreu quando eu era criança.

– Oh, eu lamento.

– Tudo bem. – Kate tem pensado no acidente cada vez mais ultimamente, sua percepção está mudando agora que ela carrega um bebê. Uma filha que ela fará qualquer coisa para proteger. Mesmo que isso signifique se sacrificar, como o pai fez.

Às vezes ela quase consegue acreditar que talvez, apenas talvez, não tivesse culpa do acidente. Afinal, ela não é um monstro. Mas então ela se lembra do sangue, pegajoso e brilhante na rua; o broche de abelha, manchado para sempre em sua mão.

– Eu já tive uma filha também, sabia? – murmura Emily, num estranho eco dos pensamentos de Kate. Olhando para a amiga, Kate vê lágrimas brilhando em seus olhos. – Natimorta. Ela teria mais ou menos a sua idade, se tivesse sobrevivido.

– Eu sinto muito.

– Não se preocupe. Todos temos a nossa cruz para carregar.

DEPOIS QUE EMILY SE despede, Kate fica sentada por um tempo contemplando o fogo.

Enquanto ela olha para as chamas laranja, sua determinação aumenta. Ela não repetirá os erros do passado. As coisas serão diferentes desta vez. *Ela* será diferente. E nunca vai voltar para ele.

Ela pega sua mochila no quarto e a arrasta para fora com dificuldade por causa do peso.

No jardim, abre o zíper e começa a tirar dali todas as roupas, as mesmas que ela costumava vestir para agradar a Simon. Os jeans justos, as blusas decotadas. Inclusive a lingerie que ela estava usando no dia em que foi embora: renda vermelha, um trêmulo coração de cristal entre as taças do sutiã. Ela joga a pilha de roupas no fogo, observando enquanto as chamas ficam mais fortes. Um símbolo do passado que derrete no fogo. Pedaços de renda flutuam no ar, como pétalas.

Ela fica parada, observando por um tempo. Uma das mãos apoiada na barriga, onde sua filha flutua a salvo.

DEZEMBRO.

Os dias começam brancos e brilhantes por causa da neve, que cobre o telhado e os galhos do plátano, onde um tordo passou a residir. Isso a faz se lembrar do pássaro que aparece em *O Jardim Secreto*, por tantos anos, seu único portal seguro para o mundo natural. Só agora ela realmente entende sua passagem favorita, memorizada desde a infância:

"*Tudo é feito de magia, as folhas e as* árvores, *as flores e os* pássaros, *os texugos e as raposas e os esquilos e as pessoas. Portanto, ela deve estar em todo lugar ao nosso redor.*"

Muitas vezes, antes de sair para o trabalho, ela fica do lado de fora para ver o sol banhar a vegetação coberta de neve, procurando o tordo de peito vermelho. Um pontinho de cor contrastando com a manhã fria. Às vezes, ao vê-lo piar, ela sente uma pontada dentro do útero, como se a filha estivesse respondendo ao canto do pássaro, ansiosa por romper a membrana entre o ventre da mãe e o mundo exterior.

O tordo não está sozinho no jardim. Estorninhos saltam na neve, o sol de inverno aquecendo seus pescocinhos. Na frente do chalé, os tordos-zornais (que se distinguem pelas suas penas castanho-avermelhadas) chilreiam nas cercas vivas. E, claro, os corvos. Tantos que formam seu próprio dossel negro sobre o plátano, como figuras encapuzadas observando. Um tem as mesmas marcas brancas nas penas que aquele que a assustou na lareira quando ela chegou à cabana. Kate está ficando mais corajosa e, dia a dia, se desafia a chegar cada vez mais perto da árvore. Esta manhã, ela pressiona a palma da mão contra a casca coberta de gelo e o calor inunda seu peito.

Mais tarde, na livraria, Kate pensa nisso e sorri. Bebe café de uma caneca com estampa de onça que Emily lhe emprestou. Passa um pouco das dez e ela quer terminar de abrir cinco caixas até a hora do almoço.

Já se passaram sete meses desde que ela partiu de Londres. Às vezes, é como se ela sempre tivesse morado no chalé Weyward, como se sempre tivesse seguido essa rotina de acordar com o sol, depois passar um tempo no jardim ou caminhando sem pressa até a aldeia para trabalhar na livraria. Até mesmo alguns moradores parecem estar começando a aceitá-la. De acordo com Emily, eles a tratam com a mesma aceitação um tanto desconcertada que reservavam para a tia Violet.

Outras vezes, é mais difícil esquecer o que aconteceu.

O telefone dela tocou na noite anterior às duas da manhã e sua luz azul a fez acordar com um sobressalto. Era um número que ela não conhecia. Sabia que não era Simon ligando. Seria impossível: ele desconhece a existência do Motorola e não tem o número dela. Mas isso não a impede de repassar mentalmente as possibilidades enquanto classifica as caixas de livros, a preocupação pulsando dentro de si.

Graças a Deus ele não sabe do bebê.

– Ah, Kate? – Emily entra no depósito, uma interrupção bem-vinda. Ela se agacha ao lado de uma pilha de caixas sob a janela. – Deixaram isso aqui ontem... Creio que você pode achar interessante. – Ela solta um gemido ao levantar uma caixa do topo da pilha e colocá-la na frente de Kate.

– O que é?

– Dê uma olhada – diz Emily, sorrindo para ela. – Você pode ficar com o que está dentro, é claro. É seu por direito, na verdade.

A princípio, Kate acha que não leu direito a etiqueta, escrita apressadamente a caneta na tampa da caixa. Ela verifica novamente, mas não há como errar.

Orton Hall.

Capítulo Trinta e Um

Altha

Fora do castelo, era um dia ensolarado. A luz queimava meus olhos a ponto de as ruas e os prédios de Lancaster parecerem brancos como pérolas. Por um instante, me perguntei se eles tinham de fato me enforcado, se aquilo era o paraíso. Ou o inferno.

Cambaleei em direção à estrada que saía da cidade, mantendo a cabeça baixa para que ninguém me reconhecesse. Em todos os lugares, eu tinha que abrir caminho em meio à multidão, a pressão quente dos corpos me fazendo suar e entrar em pânico.

– Ouviu as notícias? – uma mulher disse a outra. – A rainha Ana morreu!

Um homem gritou, outra mulher fez uma oração pela alma da rainha. O burburinho de vozes aumentou de volume e a multidão empurrava e arfava. Meus pensamentos davam voltas. Num momento de loucura, pensei que eu é que deveria ter morrido, que deviam ter cometido algum grave erro, minha vida fora salva em vez da vida da rainha.

Meu coração gelou ao sentir uma mão áspera no meu ombro. Eu me virei, temendo que fosse alguém da sala do tribunal vindo corrigir o erro do júri, para me colocar de volta no caminho da morte. Mas era um dos jurados. O homem de queixo quadrado e olhos cheios de compaixão.

Vi pela primeira vez a suntuosidade das suas roupas: tanto a capa quanto o gibão eram bordados com fios prateados. De pé na frente dele, com meu vestido tosco, eu sentia cada pedacinho da miséria em que eu vivia.

Por um tempo, nenhum de nós falou enquanto a multidão fluía ao nosso redor.

– Minha esposa – ele disse por fim, lentamente, como se lhe doesse pronunciar as palavras. – Ela quase morreu no parto, dando à luz nosso filho. Uma mulher sábia em nossa aldeia salvou a vida de ambos. Beatrice, ela se chamava. Quando eles acusaram essa mulher, eu não me pronunciei. Ela foi enforcada.

Ele tirou um saquinho de veludo das calças e apertou-o em minhas mãos, antes de desaparecer na multidão.

Olhei dentro do saquinho e vi moedas de ouro. Nesse instante, entendi que devia agradecer àquele homem (ou à mulher que salvou a família dele) por salvar a minha vida.

NA ESTRADA, ENCONTREI UM vendedor ambulante que viajava numa carroça puxada por um burro. Ele me levaria de volta para minha aldeia em troca de uma moeda de ouro. Eu deveria ter desconfiado, afinal, era só um desconhecido na escuridão da noite, mas supus que, mesmo que ele me matasse, seria uma morte rápida em comparação com a longa que eu teria enfrentado na estrada, sem comida ou abrigo.

O vendedor me deu um pouco de cerveja e algo doce. Depois me ajudou a subir na carroça, entre suas mercadorias, que eram xales e manta macias. Aninhada entre eles, eu quase me senti como se fosse também uma mercadoria exótica de alguma terra distante, feita de tecidos estrangeiros. Tentei ficar acordada, mas as cobertas eram quentes e confortáveis, e o movimento da carroça era suave e balançava como imaginei que fosse o oceano.

Quando acordei, estávamos a menos de um quilômetro de Crows Beck.

QUANDO VI O PORTÃO solto nas dobradiças, soube que os aldeões tinham invadido minha cabana. Aqueles que compartilhavam o pão com William Metcalfe e lamentavam a morte de John Milburn.

Tinham arrancado as venezianas das janelas, que jaziam numa pilha de entulho.

A porta da frente estava torta, a fechadura quebrada. Lá dentro, cacos de vidro brilhavam no chão como estrelas cadentes e eu precisei tomar cuidado para ver onde pisava. O cheiro de ervas e frutas podres pairava no ar e percebi que haviam quebrado meus preciosos potes de unguentos e tinturas.

Deitei-me em meu catre, que tinha sido retalhado, de modo que tufos de palha saíam pelos furos. E dormi. Quando acordei ao amanhecer, tive de encarar o mar de objetos quebrados.

Levei quase dois dias para colocar a casa em ordem. Felizmente, eles não tinham levado a minha querida cabra, embora a minha ausência a tenha deixado pele e osso; e, quando coloquei a mão nela, a cabra baliu de medo.

– Vai ficar tudo bem – murmurei enquanto a conduzia para dentro, embora não tivesse certeza de que isso aconteceria.

Uma das galinhas tinha morrido, mas a outra não. Eu ainda poderia comer ovos no café da manhã e leite de cabra. Preparei sopa de urtigas e chá de dente-de-leão com as plantas do jardim. Eles também não tinham invadido a horta, então arranquei beterrabas e cenouras da terra e as comi e fiz conservas. Elas eram pequenas e disformes, endurecidas pelo gelo e arrancadas do solo antes do tempo.

Quebrei uma das cadeiras e usei a madeira como lenha. Sem as venezianas das janelas, o chalé estava muito frio, por isso rasguei em duas metades um dos velhos vestidos da minha mãe e usei-o para impedir que o vento entrasse.

Depois que fiz tudo isso, eu estava pronta.

Peguei o pergaminho, a pena e o tinteiro do esconderijo no sótão, grata por não terem sido descobertos.

Em seguida, me sentei à mesa e comecei a escrever.

Faz três dias e três noites que estou escrevendo, parando apenas para acender o fogo e preparar a comida, e para verificar se os animais estão bem. Não quero dormir até terminar.

Eles poderiam voltar, os aldeões. Poderiam me arrastar para a praça da aldeia, em protesto contra a sentença, e eles mesmos poderiam me enforcar. Ou poderiam encontrar outro crime pelo qual me acusar.

Portanto, preciso escrever o que aconteceu enquanto ainda respiro. Talvez eu vá embora daqui quando terminar. Ainda não sei. Viajar ao ar livre me assusta. E não suporto a ideia de abandonar o chalé. Quem me dera ser um caracol e carregar comigo a minha casinha, a minha concha, para todo lado. Então eu estaria segura.

É difícil escrever a próxima parte da minha história. Tão difícil que, embora tenha acontecido primeiro – antes de eu ser presa, julgada e absolvida –, resolvi relatá-la por último. Meu coração tentou evitá-la até agora.

Mas prometi relatar as coisas como aconteceram e assim farei. O mero ato de escrever me traz conforto. Talvez, se alguém ler isso, se alguém mencionar meu nome depois que meu corpo apodrecer na terra, eu continuarei viva.

Estou tentando decidir por onde começar. Quem decide onde as coisas começam e terminam? Não sei se o tempo avança em linha reta ou em círculos. Aqui, os anos não passam, eles traçam uma espiral: o inverno se torna primavera, que se torna verão, que se torna outono, que se torna inverno novamente. Às vezes creio que todo o tempo está acontecendo de forma simultânea. Portanto, pode-se dizer que esta história começa agora, quando me sento para escrevê-la, ou também é possível dizer que ela começou quando a primeira mulher Weyward nasceu, há muitíssimas luas atrás.

Ou pode-se dizer que ela começou há doze meses.

O inverno passado foi frio e estendeu seus dedos até a entrada da primavera. Nesta noite em particular, no início de 1618, caiu uma tempestade e, por isso, quando ouvi os golpes, pensei que era apenas o vento açoitando a porta. Mas a cabra, que eu mantinha perto de mim nos meses de inverno, voltou-se para a porta com os olhos cheios de medo.

Uma voz aguda de mulher chamou meu nome.

Quando você cresce com alguém tão próximo quanto uma irmã, passa a conhecer a voz dessa pessoa melhor do que a sua. Mesmo que tenham se passado sete anos desde a última vez que ela chamou seu nome.

Por isso, antes mesmo de abrir a porta e vê-la parada ali com sombras em volta dos olhos, eu sabia que era Grace.

Capítulo Trinta e Dois

Violet

As mãos do médico estavam frias sobre o abdômen de Violet.

– Hmm – ele murmurou. Violet podia ver pontinhos brancos de caspa no cabelo oleoso do homem. Ele se virou para a babá Metcalfe, que pairava ao lado de Violet como uma mariposa ansiosa, as mãos vermelhas e retorcidas. – A menstruação dela é regular?

"Menstruação?" O que era aquilo? Violet se perguntou se o médico estava se referindo a *mens*, a palavra em latim para designar a mente. Bem, a mente dela certamente não era regular. Longe disso. Por exemplo, embora ela soubesse que era o médico quem a estava tocando e não Frederick, e que ela estava deitada, confortável e segura, em sua cama e não no bosque, seu coração batia na garganta. O cheiro de conhaque e flores esmagadas voltou e ela reprimiu o impulso de vomitar. Queria desesperadamente que o médico tirasse as mãos dela, que ele parasse de cutucá-la e apertar sua barriga. Estava precisando de toda a sua força de vontade para não gritar.

– Ah, sim! – disse a babá Metcalfe, corando. – Sempre no dia quinze, como um relógio.

Violet pensou nos grumos e coágulos de sangue que saíam todos os meses do seu corpo, acompanhados de dias de muitas cólicas. Então era a isso que ele se referia. Ela nunca tinha ouvido o termo médico antes; a babá Metcalfe sempre se referia ao seu sangramento mensal como "sua maldição". Não havia ocorrido a Violet que era algo que acontecia com outras garotas também. No mês anterior, tinha sido a primeira vez, em anos, que a tal menstruação a deixava em paz. Ela não tinha perdido nem um pouco de sangue.

A babá Metcalfe estava olhando para ela com uma expressão preocupada.

– Ela não me pediu paninhos no mês passado, é verdade – a babá estava dizendo ao médico. Violet desejou que parassem de falar dela como se ela não estivesse ali. Suas bochechas ficaram quentes com a menção daqueles assuntos tão íntimos a um completo desconhecido.

– Hmm – murmurou o médico novamente. Houve mais alguns cutucões e então ele fez uma pergunta tão bizarra que Violet achou que devia ter ouvido mal. – Ela está intacta?

Violet pensou nas fotos do jornal do Pai, de soldados feridos na guerra, braços terminando em cotos ou pernas terminando nos joelhos.

– Até onde eu sei, doutor – disse a babá. Houve um leve tremor em sua voz, como se ela estivesse assustada.

Então, sem avisar, o médico introduziu os dedos entre as pernas de Violet, justo naquele lugar que parecia machucado desde o dia no bosque. Ela estremeceu de dor e surpresa.

– Ela não está – disse ele, olhando para Violet com um leve desgosto. A babá Metcalfe reprimiu um grito e levou as mãos à boca. Violet sentiu uma vergonha fria se espalhando pelo seu corpo. De certo modo, o médico sabia exatamente o que havia acontecido entre ela e Frederick, quase como se tivesse vasculhado seu cérebro.

Para sua humilhação, o médico a fez urinar num frasco transparente, que ele segurou contra a luz e examinou brevemente antes de colocar no bolso do paletó. Violet virou o rosto.

– Dentro de alguns dias saem os resultados – disse ele.

A babá Metcalfe assentiu, mal conseguindo forçar um "Tenha um bom dia, doutor", enquanto o médico descia as escadas. Elas se sentaram juntas em silêncio enquanto ouviam a porta do escritório do Pai se abrindo, um murmúrio baixo de conversa, seguido pelo tilintar pesado da porta da frente e o motor do automóvel do médico.

Um momento de silêncio pairou no ar, como uma gota de chuva ameaçando cair de uma folha. Então ouviram um grande estrondo e o som de vidro se quebrando. Um gemido agudo de Cecil. Mais tarde, a babá Metcalfe relataria que o Pai estava tão furioso que tinha varrido, com um único movimento da mão, todos os bibelôs que estavam sobre a mesinha jacobina do saguão.

– O que você fez? – disse a babá Metcalfe, que ainda não havia explicado a Violet o que estava acontecendo. Mas ela não precisava, na verdade. Violet pensou na palavra que tinha permanecido no limite de sua consciência por semanas, não importava o quanto ela tentasse evitar.

Espermatóforo.

VIOLET MAL DORMIA, COM medo de sonhar com o bosque. Com Frederick. Ela passou os dias entre a visita do médico e seu telefonema se sentindo atordoada, a meio caminho entre o sono e a vigília. Tentava ao máximo não sucumbir a suas pálpebras pesadas e membros flácidos, mas muitas vezes se via num aterrorizante caleidoscópio de imagens: Frederick em cima dela, debaixo de um céu cercado de árvores; sua barriga distendida e escura, apodrecendo de dentro para fora. Efêmeras pulsando ao seu redor.

Nem mesmo a pena de Morg lhe trazia algum consolo.

Graham e os criados foram informados de que ela estava doente de novo, com o mesmo "estado de nervos" que a prostrara antes. Apenas o Pai e a babá Metcalfe sabiam a verdade.

Quando o telefone tocou, cinco dias depois da visita do médico, Violet se deitou embaixo da colcha e esperou que a babá Metcalfe viesse lhe dar a notícia. Mas os passos que soaram escada acima e através do corredor eram muito pesados para serem da babá Metcalfe.

O Pai abriu a porta. Violet se sentou na cama, imaginando se a sua aparência o surpreenderia. Ele não a via fazia semanas e ela tinha perdido muito peso por causa dos vômitos constantes. Seus ossos estavam mais marcados no rosto; os olhos tinham olheiras pela falta de sono. Talvez ele perguntasse como ela estava se sentindo.

Ele olhou para ela por um instante com uma expressão de desagrado, como se Violet fosse um pedaço de comida estragada em seu prato.

– Eu falei com o dr. Radcliffe – ele disse, sua voz gelada de fúria. – Ele me informou que você está grávida e já faz várias semanas.

O pulso de Violet acelerou. Ela achou que poderia desmaiar.

– O que você tem a me dizer em sua defesa? – ele perguntou, dando um passo para mais perto dela. A raiva fazia o rosto do Pai parecer maior e mais vermelho, a ponto de seus olhos azuis quase desaparecerem. Um vaso sanguíneo em sua bochecha estava inchado e roxo, como uma lesma gorda. Violet se perguntou se ele poderia estourar.

– Nada – ela disse baixinho.

– Nada? *Nada?!* Quem você pensa que é? A maldita Virgem Maria?

Ela nunca tinha ouvido o Pai falar assim antes.

– Não – ela disse.

– Quem é o pai? – ele perguntou, embora certamente já soubesse muito bem. Quem mais poderia ser? Ela se lembrou do que Graham tinha dito, sobre quando ele e o Pai acordaram do seu cochilo naquele dia e viram que Violet e Frederick tinham desaparecido. *Nosso Pai pareceu bastante satisfeito.*

– O primo Frederick – ela disse.

Ele se virou e bateu a porta do quarto atrás de si, espalhando partículas de poeira. Por um instante, elas ficaram suspensas na poça de luz do sol que entrava pela janela, lembrando Violet dos mosquitos que ela tinha visto com Frederick, no dia em que ele a beijou. Ela achava que pareciam pó de fada.

Que criança ela tinha sido.

NAQUELE DIA, A BABÁ Metcalfe entrou em seu quarto com uma mala grande e muito usada, que Violet nunca tinha visto. Ela nunca tinha ido a lugar nenhum, nunca precisara de uma mala. Sem olhar para ela, a babá Metcalfe começou a colocar uma pilha de roupas dentro da mala.

– Estou indo para algum lugar? – Violet perguntou, embora ela não estivesse particularmente interessada. Desde a visita do médico, tudo parecia apagado e sem cor. Ela sabia que caminhava inexoravelmente em direção a algo terrível e não adiantava resistir. Ela pensou nos sonhos, a carne da sua barriga escura e macia sob seus dedos. Decomposta.

– Seu pai vai explicar – disse a babá Metcalfe. – Os outros pensam que você está indo para um sanatório em Windermere, para tratar dos nervos. Não é para você dizer outra coisa.

Violet não acrescentou nada à mala, exceto a pena de Morg, que ela embrulhou num lenço velho com cuidado. Todo o resto (seus livros, seu vestido verde, seu material de desenho) ela deixou para trás. Ela nem pegou a aranha Goldie, pois a babá Metcalfe concordou em libertá-la no jardim quando o Pai não estivesse olhando.

Graham e os outros criados formaram uma fila no corredor para se despedir. A babá Metcalfe a vestira com um dos velhos sobretudos do Pai e um chapéu de abas largas, para esconder seu corpo muito magro e as faces encovadas. Violet se sentia como um espantalho e viu Graham empalidecer quando ela apareceu na escada.

A srta. Poole e a sra. Kirkby se despediram e disseram para ela melhorar logo. Graham não disse nada, observando-a em silêncio, chocado, enquanto o Pai a pegava pelo cotovelo e a conduzia pela porta da frente, até onde seu Daimler aguardava na entrada de carros. Violet nunca tinha andado no carro do Pai antes. O exterior verde-cromo a lembrava do invólucro brilhante de uma crisálida. Talvez ela emergisse como uma borboleta e voasse para longe, a quilômetros e quilômetros de distância, para um lugar onde estaria livre e segura. Afinal, todo mundo pode sonhar.

O carro tinha um cheiro persistente de colônia. Ocorreu a Violet que o último ocupante do assento do passageiro, onde ela estava sentada agora, devia ter sido Frederick. A ideia a fez querer abrir a porta e se lançar para fora, na estrada. Em vez disso, ela apenas olhou pela janela, para ver Orton Hall desaparecendo atrás deles.

– Aonde estamos indo? – Violet perguntou. O Pai não respondeu. A chuva começou a tamborilar no teto do carro em gotas grossas e ruidosas. O Pai girou um botão e braços mecânicos se desdobraram no para-brisa para limpar as gotas de chuva. Por um tempo, não houve nenhum som no carro além do raspar ritmado.

Eles passaram pelos portões, que se abriram um de cada lado do carro como se fossem presságios. Violet se perguntou se sentiria algo quando deixasse a propriedade, depois de passar toda a sua vida dentro dos seus limites, mas não sentiu nada.

O Pai limpou a garganta.

– Escrevi para Frederick – disse ele, mantendo os olhos na estrada. – Contei sobre seu estado e pedi que se casasse com você.

Violet viu um pássaro subir e descer com o vento. As palavras do Pai pareciam vir de um lugar muito distante. Ela se perguntou se não as havia imaginado; se não tinha imaginado tudo o que havia acontecido desde a tarde em que jogaram bocha no gramado. Talvez ela ainda estivesse dormindo em sua cadeira de lona, o sol quente em seu rosto e o conhaque quente em seu estômago. *Acorde*, ela pensou.

– Que se case comigo? – ela disse. – Por quê? – Ela não sabia o que aquilo tinha a ver com casamento. Ela achava que os casais se casavam quando estavam apaixonados. Não havia nem uma gota de amor naquela tarde no bosque.

– É o mais correto – disse ele. – Para a criança. E para a família.

A criança. O esporo que crescia em sua barriga, alimentando-se dela como um parasita. Violet não tinha pensado nele como uma criança.

– Mas eu não quero me casar com ele – ela disse baixinho. O Pai a ignorou e continuou olhando a estrada à frente. – Eu *não vou* me casar com ele – disse Violet, mais alto desta vez. Ainda assim, o Pai a ignorou.

Do lado de fora, o céu ficou cada vez mais escuro e cheio de nuvens. Havia uma tempestade chegando, ela podia sentir na pele. Violet observou o súbito brilho de um relâmpago. A chuva ficou mais forte, embaçando tanto a janela que ela mal conseguia ver a paisagem lá fora. Nesse momento, o carro freou e estremeceu antes de parar. Ela tentou se lembrar havia quanto tempo tinham andando de carro. Menos de dez minutos, ela calculou. Certamente não era tempo suficiente para chegar a Windermere, era?

O Pai abriu a porta e Violet respirou o cheiro perfumado de terra molhada. Ele pegou a bagagem dela no porta-malas e abriu a porta para a filha sair. Violet fechou o casaco em torno de si e puxou a aba do chapéu para se proteger da chuva. Olhando à frente, podia ver uma cabana baixa e atarracada, coberta de vegetação, a pedra úmida e opaca. As janelas estavam escuras e cheias de teias de aranha.

O Pai procurou as chaves no sobretudo. Agora que estavam mais perto, Violet viu que havia letras esculpidas na pedra acima da porta. *Weyward.*

Ela esfregou os olhos, molhados de chuva, para o caso de estar vendo coisas. Mas ali estava. Parecia ter sido esculpido havia muito tempo: o primeiro traço do *W* era quase imperceptível e as outras letras estavam verdes com o musgo.

– Pai? Onde estamos?

Ele a ignorou.

Violet foi tomada pelo súbito medo de que Frederick estivesse no chalé, esperando por ela... mas, quando o Pai destrancou a pesada porta verde e ela viu o corredor escuro além, ficou evidente que não havia ninguém ali.

O Pai acendeu um fósforo, que perfurou a escuridão.

No interior, os cômodos escuros pareciam afundados, como se estivessem tentando desaparecer na terra. O teto era tão baixo que o Pai, que não era um homem alto, teve que inclinar a cabeça.

Eram apenas dois cômodos: o maior, nos fundos do chalé, tinha um fogão de aparência antiga e uma lareira cavernosa. O outro tinha duas camas de solteiro e uma cômoda velha e desgastada. Ela ouviu arranhões no telhado: ratos, pensou. Pelo menos não estaria totalmente sozinha.

– Você vai ficar aqui até que Frederick possa tirar uma licença e voltar para a cerimônia – disse o Pai. – Virei ver como você está e trazer provisões a cada poucos dias. Por enquanto, você encontrará algumas latas e uma dúzia de ovos na cozinha. Talvez a solidão a ajude a refletir sobre seus pecados.

Ele fez uma pausa antes de olhar para Violet, suas feições retorcidas de repulsa.

– Frederick me disse que pretendia pedir sua mão, que queria esperar até depois do casamento, mas você... não aceitou um não como resposta.

As bochechas de Violet queimaram quando a lembrança do bosque voltou a ela.

O Pai ainda estava falando.

– Fui imprudente – disse ele. – Eu deveria saber. Afinal, você é filha da sua mãe. – Ele se virou, como se não pudesse mais suportar olhar para ela.

– Minha mãe? Por favor... onde estamos? Que lugar é este? – Violet perguntou enquanto ele andava em direção à porta. Ele parou na soleira, com a mão na maçaneta, e por um instante de Violet pensou que o Pai iria simplesmente sair sem responder.

– Na verdade, pertencia a ela – disse ele. – Sua mãe. – Então bateu a porta atrás de si com tanta força que a casinha tremeu.

Parte Três

Capítulo Trinta e Três

Kate

Kate contemplou a inscrição na caixa por um longo tempo.

Orton Hall.

O papelão está mofado e levantando nas bordas. Um lado parece ter sido mordido por algum animal. Ela se lembra dos restos brilhantes dos insetos de Orton Hall e estremece. Não está certa de que quer tocar o papelão, mas tem consciência de que Emily a observa, os olhos brilhando de expectativa.

Kate respira fundo. Então abre a caixa.

A poeira se espalha no ar, prendendo-se em sua garganta. Ela tosse enquanto olha o interior da caixa.

Todos os livros são muito antigos e alguns estão em melhores condições do que outros. Ela pega uma cópia de *Uma Enciclopédia de Jardinagem*. Sua capa verde está desbotada e cheia de mofo. Ela o sacode e asas de insetos esmagadas caem no chão, brilhando como pérolas na luz.

– Eca! – exclama Emily, cambaleando para trás. – Deve ser a infestação que Mike mencionou. Ele esteve em Orton Hall, ajudando na limpeza. Achou que eu poderia querer os livros. O visconde foi internado numa casa de repouso em Beckside. Ele estava em péssimo estado, aparentemente. Pobre homem. Espere, vou pegar uma pá de lixo.

Emily sai apressada do depósito e Kate tira o próximo livro da caixa. É um volume de aspecto denso intitulado *Introdução à Biologia*. Uma das páginas está dobrada e Kate estremece com os diagramas realistas e perturbadores da reprodução de insetos.

Há também alguns livros de ficção: um exemplar muito lido de *As Aventuras de Sherlock Holmes*. *Obras Completas*, de Shakespeare. Ela se pergunta a quem eles teriam pertencido. Se poderiam ser de Graham ou de Violet.

Há um último livro ali. Kate o pega de dentro da caixa. É muito bonito e pode ser mais valioso do que todos os outros. Ela deveria dizer isso a Emily e perguntar por que preço ele poderia ser vendido. Mas, por algum motivo, ela não quer que mais ninguém o veja. Quer ficar com ele.

Ela passa os dedos pela capa. O livro é encadernado com um macio couro vermelho e o título está gravado em letras douradas:

Os Contos de Grimm

Os Irmãos Grimm. Ela tinha seu próprio exemplar quando criança, ela se recorda, embora sua edição mais recente fosse intitulada *Contos de Fadas dos Irmãos Grimm*. Ela se lembra de que algumas histórias eram bastante assustadoras, os personagens, por mais inocentes e puros que fossem, tinham fins horripilantes. João e Maria eram devorados por uma bruxa. Uma boa preparação para o mundo real, ela supõe.

O livro poderia ser uma primeira edição? Ela o abre, procurando a data de publicação na primeira página.

Um pedaço de papel amarelado cai em seu colo. Ao desdobrá-lo, ela vê que é uma carta manuscrita, mas, antes que tenha tempo de ler, Emily abre a porta do depósito com a pá e a vassoura na mão. Kate enfia a carta no bolso da jaqueta antes que Emily possa ver.

O gato de Emily entra no cômodo e sobe pelas pernas dela usando as garras. Ele se acomoda no colo de Kate e começa a ronronar. O bebê chuta em resposta.

– Acho que ela gosta de você – Kate diz ao gato.

– E ele está apaixonado por vocês duas – Emily ri. Seus brincos de penas tremem quando ela se abaixa para varrer as asas de inseto. – Só consigo fazê-lo ronronar quando saio de um cômodo. O que você encontrou aí?

– Contos de fadas – diz Kate, sem demora.

– Eu me pergunto se seriam de Violet – diz Emily. – Embora seja estranho, não é? Que ela não tenha levado suas coisas quando se mudou da mansão.

– Sim – diz Kate, lutando para conciliar o que ela sabe sobre a tia Violet (que ela adorava vestidos verdes, que desenhava insetos, que tinha uma estranha coleção de objetos embaixo da cama), com o escuro e assombrado Orton Hall. Ela não consegue imaginá-la morando ali. – Talvez tenha saído às pressas...

Emily traz para ela um prato de biscoitos digestivos de chocolate antes de voltar para a frente da loja e atender um cliente. Embora ela queira muito, Kate não ousa abrir a carta guardada em seu bolso. Ela não quer correr o risco de que Emily volte e a veja. Por algum motivo, aquilo lhe parece algo particular. Um segredo.

Às três e meia da tarde, no fim do expediente da loja, Emily se oferece para lhe dar uma carona até em casa.

– Você não pode carregar muito peso, sabe disso – ela diz. – Não agora, no seu estado.

Kate olha para a barriga, embaixo de camadas de lã. Ela tenta caber num casaco velho de Violet e puxa uma boina de veludo verde sobre a cabeça.

– Eu vou andando – diz ela. – De qualquer maneira, quero ver a neve. – É engraçado, agora, pensar em suas primeiras caminhadas na aldeia, quando ela chegara a Crows Beck. Lembrar-se de como ela se encolhia ao ouvir o farfalhar das folhas, como se assustava com um pardal. Agora, sua volta para casa a pé é algo que a encanta, que ela saboreia. Kate adora observar as pequenas mudanças sazonais na paisagem; como agora, no inverno, as árvores se erguendo nuas e graciosas em direção ao céu, as sebes como joias vermelhas com as bagas de sorveira.

Ela coloca a caixa no quadril e abre a porta, deixando para trás o calor mofado da livraria. Lá fora, ela inspira o ar invernal, saboreando seu frescor. O frio faz suas bochechas formigarem e ela sorri ao ver a aldeia: as casas meio escondidas sob grandes montes de neve, as janelas com um brilho alaranjado. Alguém pendurou luzes de Natal nos postes de iluminação e, quando o sol se põe cor-de-rosa no céu, elas se acendem.

Pela primeira vez em anos, ela não vê a hora de chegar o Natal; sua filha deve nascer alguns dias antes. Como faltam apenas algumas semanas, Kate já sente seu corpo se preparando para o parto: seus seios estão inchados e ela começou a notar manchas de fluido amarelado no interior do sutiã. A dra. Collins chama isso de "colostro".

Até seus sentidos parecem mais aguçado; às vezes, ela acha que pode ouvir os sons mais incríveis: o clique das antenas de um besouro contra o chão, o bater das asas de uma mariposa, um pássaro que prende uma minhoca no bico. É estranho como ela se sente sintonizada com as coisas que acontecem a uma grande distância e, no entanto, percebe o tempo todo o batimento cardíaco da filha em seus ouvidos.

Mas agora, enquanto ela caminha para casa, o campo está imóvel e silencioso, abafado pela neve. Está tudo *tão* quieto que, de certo modo aquilo a deixa inquieta; ela tem a sensação de que a terra e as criaturas estão em compasso de espera. Enquanto ela segue em frente, os únicos sons são seus próprios passos esmagando a neve e o farfalhar da carta no bolso. A carta. Algo sobre ela a preocupa. Um mau pressentimento rasteja pela sua pele, deixando os pelos da sua nuca arrepiados.

Quando chega em casa, Kate quase tem medo de ler a carta. Ela se demora acendendo o fogo, fervendo a água para o chá, cortando os legumes para o guisado que vai preparar mais tarde.

Por fim, tudo está pronto. Ela não pode mais adiar.

Senta-se à mesa da cozinha e desdobra o pedaço de papel.

A carta está muito amarelada, quase translúcida em alguns lugares. O papel é pautado, como se tivesse sido arrancado de um caderno escolar. Não há data.

Queridos Pai, Graham, babá Metcalfe, sra. Kirkby e srta. Poole,

Sinto muito pelo que fiz, principalmente pela pessoa que me encontrou.

Pai, eu sei que, para você, tirar a própria vida é um pecado mortal e que você vai ficar chocado (e talvez envergonhado) pelo que eu fiz. Mas, por favor, entenda que, depois do que aconteceu, eu não tinha outra opção.

Eu sei que todos vocês (você, Pai, principalmente) têm meu primo, Frederick Ayres, em alta conta. Mas, por favor, acreditem quando digo que ele não é o homem que vocês pensam que é. Eu sei que ele parece educado e gentil, como um príncipe de um conto de fadas, com seu cabelo castanho e olhos verdes. Mas algo aconteceu – algo terrível e errado.

Não tenho palavras para descrever o que ocorreu; só sei que sou atormentada por essas lembranças, noite e dia. Talvez tenha sido minha culpa; talvez eu devesse ter feito alguma coisa para evitar, embora eu não saiba o quê. Em todo caso, não vejo como posso continuar assim.

Graham, sinto muito por não ter sido uma irmã melhor para você. Babá Metcalfe, lamento se fui um fardo difícil. Sra. Kirkby, me desculpe pela vez que eu disse que seu rosbife tinha gosto de sapato. Srta. Poole, me desculpe por todas as vezes que eu zombei da sua voz ao cantar.

Desejo tudo de bom a todos vocês e minhas mais profundas desculpas mais uma vez,
Violet

P.S. Se não for muito incômodo, eu gostaria que me enterrassem embaixo da árvore de faia no jardim. Talvez vocês também possam pedir a Dinsdale para plantar algumas flores sobre o meu túmulo. Algo vivo e colorido que atrairá abelhas e outros insetos. Qualquer flor serve, contanto que não sejam prímulas.

Kate lê a carta novamente.

Vivo atormentada por essas lembranças.

Ela fecha os olhos, toca o braço, onde a pele é lisa e rosada.

Às vezes, Kate acordava no meio da noite com a boca insistente de Simon em seu pescoço, com a sensação dele dentro dela. Como se ela tivesse perdido os direitos sobre seu próprio corpo no dia em que se conheceram.

Ela entende o que aconteceu com tia Violet.

Obviamente, a tia não havia tentado o suicídio; de alguma maneira, Violet havia saído de casa e encontrado forças para viver a vida acadêmica e aventureira que a esperava. Para se libertar do seu passado.

Kate se pergunta se Violet chegou a contar aquilo a alguém. Ela sabe como é querer contar, não ficar mais sozinha com o terrível conhecimento secreto, envenenando suas células como uma doença. Querendo falar, mas sendo sufocada pelo silêncio causado pela vergonha.

Ao reler as palavras de Violet, algo mais lhe salta à vista.

Seus olhos verdes.

Ela pensa na sua visita a Orton Hall, quando conheceu o velho visconde. Ele também tinha olhos verdes. Um formigamento de repulsa percorre sua coluna ao se lembrar: o odor fétido e animalesco do ancião, suas unhas amarelas e recurvadas.

Com os dedos trêmulos, ela desbloqueia o celular e digita "Frederick Ayres" na busca do Google.

O primeiro resultado é um artigo do jornal da região, datado de cinco anos atrás.

INFESTAÇÃO DE INSETOS ATORMENTA O VISCONDE

Dedetizadores da região se esforçam para eliminar milhares de efêmeras de Orton Hall, a casa do visconde de Kendall.

De acordo com moradores de Crows Beck, há décadas a infestação assola a mansão e vem piorado nos últimos anos.

"Todas as empresas de controle de pragas do vale já tentaram exterminar a infestação", disse uma fonte. "Inseticidas, armadilhas de LED, todas as técnicas disponíveis. Mas nada adiantou."

As efêmeras são mais comuns no verão, quando as fêmeas podem colocar até 3 mil ovos. Os insetos costumam frequentar os ambientes aquáticos e raramente infestam residências.

Lorde Frederick Ayres, o décimo visconde de Kendall, mora em Orton Hall desde que herdou o título do tio na década de 1940. Ele foi oficial do Oitavo Exército na Segunda Guerra Mundial e serviu no norte da África.

O visconde de Kendall não é visto em público há alguns anos e não foi encontrado para comentar.

O artigo embrulha o estômago de Kate.

Uma fotografia acompanha o artigo. Um jovem usando uniforme militar, traços bonitos borrados pelo tempo. Mas ela o reconhece, *só* por causa da linha dura do maxilar, dos olhos profundos. É o mesmo homem encurvado e aflito que ela encontrou em Orton Hall.

Frederick é o visconde.

QUE TIPO DE PAI deserdaria os filhos em favor do homem que estuprou a filha? Certamente, ele não deveria saber. Por um instante, Kate se permite considerar uma possibilidade pior: que Violet tenha contado sobre o estupro e o pai simplesmente... não tenha acreditado nela.

Do lado de fora, uma coruja solta um piado lúgubre. Kate sente uma onda de tristeza pela tia-avó, essa mulher da qual ela mal consegue se lembrar. Elas tinham mais em comum do que ela imaginava.

Ela vai até a pia pegar um copo d'água e o bebe como se a água pudesse apagar suas lembranças. Fica ali por alguns instantes, contemplando o jardim nevado, agora em chamas com o pôr do sol. O jardim de Violet.

Apesar de tudo o que aconteceu a ela, a tia-avó construiu uma vida independente para si mesma. Ela pode nunca ter se casado e formado sua própria família, mas tinha seu chalé, seu jardim. Sua carreira.

Agora Kate também está construindo a sua própria vida.

E ela não vai deixar ninguém tirar isso dela.

Capítulo Trinta e Quatro
Altha

Grace e eu ficamos olhando uma para a outra por um longo tempo antes de ela falar. Foi a primeira vez que ela olhou diretamente para mim em sete anos. Desde os 13 anos, eu só a via de longe: na igreja ou fazendo compras no mercado. Ela sempre passava os olhos por mim como se eu não estivesse ali.

– Você não vai me convidar para entrar? – ela perguntou.

– Só um segundo – eu disse, antes de fechar a porta. Com pressa, eu conduzi a cabra para o jardim, o aviso de minha mãe ecoando em meus ouvidos.

Feito isso, abri a porta e dei passagem para que Grace entrasse. Percebi que ela andava devagar, como se fosse muito mais velha do que era. Ela se sentou pesadamente à mesa. Não tirou a capa, embora estivesse encharcada com a chuva lá fora.

– Quer comer alguma coisa? – perguntei.

Ela assentiu, então cortei uma fatia de pão e um pedaço de queijo, e me sentei em frente a ela. Enquanto Grace comia, sua touca mudou de posição e vi uma sombra escura em sua bochecha. Achei que talvez fosse causada pelo brilho da vela sobre a mesa. Ainda assim, ela não disse nada até terminar de comer.

– Ouvi falar da sua mãe – ela disse. – Agora nós duas somos órfãs.

– Você tem seu pai – eu falei.

– Meu pai não olha direito para mim desde que eu tinha 13 anos – Grace disse –, embora eu cuidasse da casa para ele e criasse meus irmãos e irmãs até sair de casa.

– Bem, você tem seu marido.

Ela riu. Era um som seco, como o crepitar do fogo. Lembro-me de ter pensado que Grace não ria assim antes, quando éramos crianças. Ela tinha uma risada doce na época, mais doce do que os hinos que cantávamos na igreja, mais doce até do que o canto dos pássaros.

– Algum dia você vai ter que me contar como é – eu disse. – Ser esposa.

– Eu não vim aqui para bater papo – disse ela bruscamente. – Estou aqui a negócios. Para comprar algo de você.

Uma pequena mão branca foi para o bolso da saia e eu ouvi o tilintar de moedas.

– Ah – murmurei. Meu rosto corou e uma onda de dor subiu pela minha garganta. Eu tinha sido boba ao pensar que ela queria que as coisas fossem como antes, depois de todos aqueles anos. Depois de tudo o que tinha acontecido.

– Estou grávida – disse ela, virando a cabeça para o outro lado. A voz dela soou muito baixa, o rosto escondido pela touca.

– Que boa notícia! – eu disse. Lembrei-me de que ela havia me falado muitas vezes, quando éramos crianças, de que queria crescer e ter um filho. Quando eu era muito jovem, contei a ela, horrorizada, sobre o nascimento de Daniel Kirkby: a mãe gritando, com a testa molhada de suor, a criança saindo dela numa onda de muco e sangue. Grace, que tinha visto seus irmãos e irmãs nascerem, riu da minha ignorância.

– É assim que as coisas são – disse ela. – Você aprenderá sozinha um dia.

Na aldeia, havia corrido boatos de uma gravidez alguns meses depois que ela se casou e, quando a vi na igreja, notei uma protuberância sob seu vestido, seu rosto mais cheio. Mas nenhuma criança apareceu.

Eu não sabia se ela havia perdido o bebê ou se houve um. De qualquer maneira, Grace devia estar muito feliz agora, eu pensei, por ter recebido a bênção da gravidez.

Ela não disse nada por um instante. Quando falou de novo, pensei que tinha ouvido mal.

– Eu preciso de alguma coisa – ela disse devagar, como se estivesse relutante em deixar as palavras saírem de sua boca – para acabar com isso.

– Acabar com o quê? Com o enjoo matinal, você quer dizer? Posso dar um jeito. Vou preparar um tônico com bálsamo para acalmar o estômago...

– Você me entendeu mal – disse ela. – Eu quis dizer a criança. Preciso de... Preciso de algo para acabar com a gravidez.

As palavras dela ficaram pesadas no ar. Nenhuma de nós falou por um instante. Ouvi o estalo e o assobio do fogo, o tamborilar da chuva no telhado. Esses sons se tornaram mais altos em meus ouvidos, como se pudessem expulsar dali o que ela havia dito.

– O bebê já está mexendo? – perguntei.

– Sim.

– Grace – eu disse –, você tem certeza? O que está me pedindo... é pecado. E um crime. Se alguém descobre...

– Ele vai morrer de qualquer maneira. – Ela disse isso tão friamente como se estivesse comentando sobre o rendimento da colheita ou a mudança do tempo. – Você estaria fazendo um favor.

– Grace – eu disse. – Mesmo que eu soubesse como...

– Você deve saber – ela disse. – Sua mãe saberia. Olhe nas anotações dela. Sei que uma ou duas moradoras da aldeia vieram pedir ajuda a ela depois de uma indiscrição ou outra. Além do mais... – Ela fez uma pausa. – Ela era boa em tirar a vida das pessoas, não era?

A lembrança daquela noite terrível surgiu diante de mim. Anna, imóvel e sem vida enquanto Grace soluçava.

– Grace, sua mãe teria morrido de qualquer maneira, mesmo que não tivéssemos ido. Ela já estava doente demais na ocasião... A febre era muito alta. E as sanguessugas...

Ela virou a cabeça bruscamente para mim. À luz das velas, seus olhos brilhavam (com lágrimas ou fúria, eu não sabia dizer).

– Não quero falar sobre isso – disse ela. – Apenas me diga se você pode me ajudar ou não. Se um dia já foi minha amiga e me amou... então você vai fazer isso por mim. E não me fará mais perguntas.

Toda a umidade da minha boca tinha secado. Eu me senti tonta, como se o cômodo tivesse se inclinado para um lado e me levado junto.

– Vou tentar – eu disse baixinho. – Mas não posso prometer que vai funcionar.

– Está bem, então. Voltarei daqui a uma semana. É tempo suficiente?

– Sim.

Ela se levantou da mesa.

– Preciso ir. Deixei John dormindo. Ele normalmente não acorda até o amanhecer, depois de tanta cerveja. Mas não posso arriscar que ele acorde e veja que saí.

Depois que ela foi embora, eu mesma dormi muito mal. Passei muito tempo refletindo e me perguntando com o que havia concordado. Tudo pelo amor de alguém que (e eu sabia em meu coração que isso era verdade) ainda me culpava pela morte da mãe. Ainda me odiava.

Como me doía ouvir aquele ódio na voz dela. Minha mente repassava suas palavras, lembrando-me da frieza, e meus olhos arderam com lágrimas. Na infância, já conhecíamos uma à outra antes mesmo de aprender a falar. Eu já sabia o significado da sua sobrancelha erguida, a curva da sua boca, como se fossem palavras num livro. Agora ela era uma estranha.

A MANHÃ SEGUINTE ESTAVA tranquila e ensolarada e, enquanto ouvia o canto dos tordos, eu me perguntei se não havia sonhado com a visita de Grace. Então fui para o outro cômodo e vi as duas canecas e o prato sobre a mesa e constatei que tinha sido real. Grace realmente tinha vindo.

Ela realmente tinha me pedido aquela coisa terrível. Queria que eu expiasse um erro cometendo outro.

Decidi que verificaria as anotações da minha mãe como Grace havia sugerido. Se não encontrasse nenhuma receita para o tipo de coisa que Grace queria, então eu poderia dizer a ela que não poderia ajudar, pois não sabia como.

Abri a cômoda que tinha pertencido à minha avó, cujo puxador era entalhado com um *W*, algo muito mais elegante do que qualquer outra coisa que já tínhamos possuído. Tinha sido um presente do primeiro visconde de Kendall em agradecimento à minha mãe por cuidar do filho dele durante a febre do leite. Era ali que ela e eu guardávamos todas as nossas anotações e receitas, nossas curas e remédios para aliviar doenças e padecimentos. Minha mãe sempre mantinha as gavetas trancadas e usava a chave pendurada no pescoço. Ela tinha me dado a chave antes de morrer e me pedido para fazer o mesmo.

– Para evitar que tudo isso caia nas mãos erradas – disse ela.

Vasculhei receitas manuscritas para todos os tipos de pomadas e tinturas: flor de sabugueiro para baixar a febre, beladona para gota, agrimônia para amenizar a dor nas costas e a dor de cabeça. E então eu vi, na bela caligrafia da minha mãe:

Para a menstruação descer
Esmagar três punhados de pétalas de atanásia
Deixar de molho na água por cinco dias antes da administração

Meu coração ficou apertado. Eu não tinha desculpa agora.

Não sabia com certeza se funcionaria caso a gravidez estivesse adiantada.

Talvez eu pudesse aumentar a dose de atanásia, pensei. Apenas um pouco mais, para garantir.

Eu me surpreendi. Queria mesmo que funcionasse? Por que Grace estava querendo prejudicar um bebê inocente, que ainda não tivera a chance de nascer?

Lembrei-me dos olhos dela, brilhantes e duros de fúria e de dor. "Você estaria fazendo um favor", ela disse.

Talvez eu tenha sido rápida demais em julgar. Eu nunca tinha sentido uma criança crescer em meu ventre, apenas para perdê-la no parto. Lembrei-me da sra. Merrywether que eu atendera e da pequena massa de carne morta que ela tentou parir durante horas. Tinha dado sua vida por ela.

E se Grace levasse a gravidez até o fim só para morrer ao dar à luz? E se Grace morresse por causa de uma criança que nunca abriria os olhos, que nunca chegaria a respirar?

Eu não podia perdê-la. Ela ainda podia me odiar, me culpar. Mas isso não mudaria o amor que eu sentia pela minha amiga e sempre sentiria. Eu precisava garantir que ela ficaria a salvo.

ESPEREI ATÉ O ANOITECER para colher os botões amarelos de atanásia no jardim. Ainda era uma época em que os aldeões vinham à minha porta com bastante frequência à luz do dia, em busca de tratamento para uma queixa ou outra. Eu não queria que ninguém suspeitasse do que eu estava fazendo.

Eu gostava de ficar no jardim. Era onde eu sentia com mais intensidade a presença de minha mãe: nas folhas peludas das plantas que ela cultivava; no plátano alto e frondoso que ela amava; nas criaturas que farfalhavam na vegetação rasteira. Eu sentia como se ela ainda estivesse lá, cuidando de mim. Eu me perguntei o que minha mãe acharia da visita de Grace.

Sabia que minha mãe carregava muita culpa pela morte de Anna Metcalfe. Ela nunca falava nesse assunto. Eu podia ver que o fim da minha amizade com Grace a magoara. Acho que ela tinha medo de me deixar sem amigos e sozinha no mundo. Enquanto escrevo isto e penso em tudo o que aconteceu, sei que ela estava certa em ter medo.

Quando já tinha colhido atanásia suficiente, entrei em casa e esmaguei-a com o nosso velho almofariz e o pilão. Acrescentei a água e coloquei a mistura numa tigela tampada para macerar. Escondi a tigela no sótão para o caso de receber alguma visita nos cinco dias seguintes.

O cheiro era tão forte (como menta estragada) que eu ainda podia senti-lo quando deitei a cabeça no catre para dormir.

Capítulo Trinta e Cinco

Violet

À mãe dela. Aquela casa pertencia *à mãe dela.* Violet tocou o colar, traçando o *W* gravado no pingente.

As Weyward. A família da sua mãe, ela tinha certeza disso agora.

Violet olhou ao redor da sala suja em busca de algum registro delas. Quase não havia nada que sugerisse que o chalé já tivesse sido habitado. Ela se sentou à mesa rangente da cozinha, que estava coberta por uma espessa camada de poeira. Limpou um pouco com o dedo e tossiu. Por baixo do pó, a madeira estava marcada e entalhada, como se alguém a tivesse cortado com uma faca. O telhado tinha goteiras e a parede oposta à da cozinha brilhava com a água da chuva. Fazia frio e estava escuro. Não havia relógio em parte alguma da casa e o pequeno quadrado de céu violeta visível através da janela opaca não dava nenhuma pista sobre que horas eram.

Ela olhou para as provisões que o Pai havia deixado. Latas de ervilhas, de carne de carneiro, de sardinha. Um dos ovos ainda tinha uma pena agarrada a ele. Os ovos a fizeram pensar no *espermatóforo* e ela os empurrou para o lado, com o estômago enjoado. Comeu ervilhas frias da lata. Lutou para acender uma vela de aparência antiga com um dos fósforos que o Pai havia deixado, estremecendo com a pequena chama azul. Ela ficou muito tempo sentada, vendo a cera borbulhar e derreter.

Era estranho imaginar sua mãe morando ali. Era um casebre, pensou Violet. Como algo extraído de um conto de fadas sem final feliz. Ela andou até a portinha que dava para o jardim nos fundos e a abriu, protegendo do vento a chama da vela. O jardim, se é que poderia ser chamado assim, era silvestre e exuberante: plantas de aparência estranha estremeciam na chuva. Um grande plátano pairava sobre a casa e Violet podia ver ninhos em seus galhos mais altos, o brilho de penas negras. Corvos. Ela sentiu seus olhos sobre ela, observando. Avaliando-a.

Ela fechou a porta e deixou que a casa ficasse em completa escuridão. Levou a vela para o cômodo ao lado e sentou-se numa das camas, que protestou com um grande rangido. No quarto, o ar era espesso com a poeira e entrava em seus pulmões como melaço. Ela se deitou na cama e observou a vela lançar sombras na parede. Violet sentiu as lágrimas brotarem nos olhos. Ela estava ali, na casa da mãe, mais perto dela do que estivera em anos, e mesmo assim nunca se sentira tão sozinha na vida. Fechou os olhos e esperou pelo sono. Quando ele chegou, estava vazio e sem sonhos.

Uma onda de náusea a despertou. Ela vomitou numa bacia que encontrou ao lado da cama. Sua cabeça latejava de dor e sua boca estava seca e azeda. Ela precisava beber água. A vela se apagara havia muito tempo e o quarto estava muito escuro. Ela abriu as cortinas puídas para olhar para fora. A vidraça parecia ter engrossado devido aos anos de sujeira e o mundo exterior era apenas uma escuridão marrom. Ela tentou abri-la, mas a trava estava enferrujada.

Tateou o caminho até o outro cômodo, apalpando a mesa da cozinha em busca da caixa de fósforos. Derrubou uma das latas no chão e ela rolou para o outro lado. Ela acendeu uma vela e a deixou sobre a mesa antes de sair.

O jardim estava avermelhado com o amanhecer e ela podia ouvir o chilrear dos tordos e dos pombos-torcazes. O vento sussurrava através das folhas do plátano e Violet detectou outra camada de som, o gorgolejo do riacho. Ela podia vê-lo dali, brilhando ao sol da manhã; o jardim descia até a margem. O mesmo riacho que cortava o vale e contornava as colinas, até Orton Hall. Conectando Violet àquele lugar – à sua mãe – sem que ela soubesse.

Não havia torneira no chalé, mas Violet viu uma velha bomba d'água do lado de fora, como a que tinham perto da cozinha do Hall. A bomba estava enferrujada e dura por ser muito antiga, e ela teve que fazer muita força para acionar a manopla, como já tinha visto Dinsdale fazer. As primeiras gotas d'água estavam escuras de sujeira, mas por fim ela conseguiu um fluxo límpido, que segurou com as mãos em concha e jogou no rosto. Depois foi buscar um balde dentro do chalé e o encheu até a borda. O balde era muito pesado e ela teve que arrastá-lo de volta para dentro, derramando água pelo caminho.

Nesse momento, ela fez uma pausa, pensando nos baldes de água escaldante que vira Penny arrastar escada acima, o rosto rosado por causa do vapor. Ela precisava esquentar a água. Acendeu o fogão com um fósforo, antes de pegar uma panela empoeirada de um gancho na parede. Ela iria tomar banho, depois lavar as janelas, para que entrasse um pouco mais de luz na casa.

Violet viu que o Pai não havia deixado nenhum sabonete para ela. Ela supôs que ele achava apropriado que ela se sentisse na miséria ali. *Reflita sobre seus pecados*, ele tinha dito. Ela não queria pensar em seus pecados, no bosque, em Frederick ou em espermatóforos. Ela queria esfregar a casa e seu corpo até que ambos reluzissem como novos.

Talvez ela conseguisse encontrar um sabão em algum lugar. O cômodo maior não tinha muitos lugares onde guardar coisas e possuía pouco móveis; tudo o que havia ali era o fogão, a mesa e a cadeira. Ela se lembrou da cômoda no outro cômodo.

Erguendo a vela, ela conseguiu ver que a cômoda devia ter sido uma bela peça um dia, antes que o tempo e o pó a corroessem. A maior parte estava coberta de sujeira, mas os fragmentos de madeira que ela podia ver eram avermelhados e de boa qualidade, e os puxadores eram de latão pesado sob a sujeira. Era muito mais delicada que a velha mesa desgastada da cozinha, quase como se não pertencesse à casa. Ela tentou abrir uma das gavetas, mas estava trancada. A outra também. Violet franziu a testa. Ela não tinha visto uma chave em lugar nenhum. O Pai havia levado a chave da porta da frente com ele, ela lembrou. Violet o ouvira girar a chave na fechadura.

Na cozinha, ela se despiu, tomando cuidado para não olhar seu corpo, os lugares que Frederick e o médico haviam tocado, e se esfregou o melhor que pôde com um lenço molhado. Depois de vestida, começou a limpar a mesa e as janelas. Logo seu lenço, um presente da srta. Poole, ela lembrou se sentindo um tanto culpada, estava marrom e duro de sujeira.

Os cômodos estavam um pouco mais iluminados agora que ela havia limpado as janelas. Não importava o que fizesse, não conseguiu abrir a janela do quarto, mas escancarou a da cozinha, deixando entrar os aromas e sons do jardim. Abriu uma lata de feijão e comeu do lado de fora, sentindo o calor do sol no rosto. O jardim estava cheio de abelhas e andorinhas, e o grasnido ocasional de um corvo no plátano. Violet pensou ter ouvido uma nota de aprovação na voz do corvo, como se a tivesse avaliado favoravelmente. Isso a fez se sentir um pouco menos sozinha.

Ela poderia fazer algo a respeito do jardim, pensou. Percebeu que devia ter sido limpo e ordenado um dia: era possível reconhecer canteiros de violetas, menta. As heleborinhas estavam na altura da cintura agora, as flores carmesins balançando na brisa.

A mãe dela havia se sentado naquele jardim, talvez exatamente onde Violet estava agora. Era óbvio para ela que a mãe tinha sido muito pobre, principalmente em comparação com o Pai. Era por isso que ele mantinha tanto segredo sobre ela? Ele tinha vergonha dela? Violet se lembrou do que Frederick havia dito, que a mãe dela tinha "enfeitiçado" o Pai.

Enfeitiçado. Tudo o que ela sabia sobre bruxas vinha dos livros, e nada do que tinha lido era bom. A bruxa que devorou João e Maria, por exemplo. As três bruxas de *Macbeth*, que provocavam ventania e ondas no mar. Mas o que dizer da bruxa de "O Noivo Ladrão"? Ela tinha ajudado a heroína a escapar. De qualquer maneira, era absurdo. As bruxas não eram reais. A mãe dela não era uma espécie de bruxa malvada, que preparava poções num caldeirão e voava numa vassoura.

Ainda assim, tinha que haver algo da mãe em algum lugar na casa. Lá dentro, Violet experimentou novamente abrir a velha cômoda do quarto. Ela não tinha notado antes, mas cada puxador tinha um *W* entalhado nele. Ela puxou o colar de baixo do vestido e segurou-o contra a cômoda para verificar. Não, ela não tinha imaginado... exatamente o mesmo *W* entalhado no medalhão da mãe. Mal respirando, ela abriu o medalhão e colocou a minúscula chave dourada na fechadura. Ela emperrou e, por um instante, Violet achou que devia ter quebrado lá dentro. Tentou girar a chave com delicadeza outra vez e sentiu o mecanismo ceder com um clique suave. Abriu a primeira gaveta, que estava vazia. A segunda gaveta estava cheia de um papel tão velho que era quase transparente, a escrita tão desbotada que ela não conseguia distinguir as letras. Um pedaço de jornal tinha sido usado para escrever o que parecia ser uma lista de compras feita às pressas. *Farinha*, lia-se, *rins*, *cardo-mariano*.

Havia um convite para um bazar na St. Mary, datado de setembro de 1920. Uma carta amassada da filial de Beckside do Instituto da Mulher, que pedia voluntárias para tecer meias e cuecas para "nossos rapazes em terras estrangeiras". Violet olhou para a data: 1916.

Algo familiar chamou sua atenção no topo da pilha de papéis. Um maço de papéis grossos de cor creme se destacava dos outros papéis e farrapos. Um brasão dos Ayres: uma águia-pesqueira dourada em pleno voo. O papel de carta que o Pai usava para escrever.

Eram cartas escritas pelo Pai a uma mulher chamada Elizabeth Weyward. *E. W. Lizzie*, ele a chamava.

A mãe de Violet. Tinha que ser ela. As mãos de Violet tremiam.

Não dormi na semana passada pensando em você, ela leu na missiva. Em seguida, ele implorava a Lizzie que fosse corajosa, *pelo bem da nossa união*. O papel era fino e cheio de vincos, como se tivesse sido dobrado e desdobrado, lido e relido.

Outra carta, misturada com o resto do maço, se destacava. Não estava redigida na elegante caligrafia etoniana do Pai. Em vez disso, a escrita era apressada e descuidada, a certa altura quase saindo da página.

Mãe,

Sinto muito ter demorado tanto para escrever, mas não consegui enviar uma mensagem a você. Não tenho nada para contar, mas hoje Rupert saiu para caçar e o mordomo Rainham, que tem pena de mim, me trouxe papel e tinta. Ele disse que vai entregar a você este bilhete quando estiver a caminho de Lancaster, onde vai comprar roupas novas para Rupert.

Levei muito tempo para perceber, mas vejo que você estava certa. Eu nunca deveria ter saído de casa. Por algum tempo, Rupert não me deixou sair e agora estou trancada em meu quarto.

Como eu odeio este quarto... É pequeno como uma gaiola, com paredes pintadas de amarelo como as flores da atanásia. Isso me faz pensar no chá de atanásia que costumávamos preparar para as mulheres da aldeia, e me dói pensar que Violet não conhecerá as curas e os tratamentos que temos feito por centenas de anos. Quando fecho os olhos, tudo o que vejo é esse amarelo brilhante, que me lembra o que eu abandonei. Meu passado e o futuro da minha filha.

Sinto tanto a falta dela, mãe. Eles me trazem o bebê para que eu possa amamentá-lo, mas não me deixam ver Violet há dias. Eu ouço seus gritos ecoando através daquelas paredes amarelas.

Meu único consolo era Morg, mas eu o mandei embora, mãe – isso não é vida para um pássaro. Tudo o que me resta agora é uma de suas penas. Embora eu não goste de olhar para ela.

Ela me lembra o que eu fiz. O que Rupert me fez fazer.

Eu deveria ter escutado você, naquele dia em que discutimos junto ao riacho.

"Ele pensa que você é um cachorro que pode treinar para comer na mão dele", você disse.

Achei que ele me amava pelo que eu era. Mas você estava certa. Para ele, sou apenas um animal, como aqueles que ele caça e exibe.

Essa foi outra coisa que você me disse. Que, se um homem visse meus dons pelo que realmente eram, ele os usaria apenas em seu próprio benefício. Eu disse a mim mesma que estava fazendo isso por ela, por Violet. Como você adivinhou, ela já estava crescendo na minha barriga, naquela época. Comecei a sonhar com ela, uma beldade de cabelos escuros, mas sozinha e sangrando em nosso chalé. Se por doença ou lesão, eu não sabia, mas estava claro: minha filha não sobreviveria a uma vida de pobreza como a que eu poderia dar a ela. Em meu terror, contei a Rupert sobre o sonho e perguntei o que aconteceria com nossa filha. Os pais dele nunca iriam reconhecê-la, disse Rupert. Ele estaria arruinado se casasse comigo, sendo apenas o segundo filho, sem nenhum título para facilitar seu caminho no mundo. E o pior era que os pais já sabiam. Tinham conhecimento da criança que fizemos juntos naquela noite no bosque, quando apenas a lua viu meu medo e ouviu meus gritos. Eles planejavam nos levar – as últimas mulheres Weyward – para longe de Crows Beck, disse ele. Da nossa casa, onde nossos antepassados viveram por séculos.

Mas, disse ele, eu tinha o poder de dar a todos nós uma chance de felicidade. Ele herdaria seu título e minha filha teria uma vida de riqueza e segurança. De aceitação.

Eu gostei da ideia. Nunca fui forte como você, mãe. As coisas que os aldeões diziam, os olhares que nos lançavam... Eu nunca poderia suportar isso. Ansiava por uma vida livre de olhares e sussurros.

E então fiz a coisa terrível que ele pediu.

Fiquei à espreita, escondida perto dos tojos e urzes, enquanto o crepúsculo se espalhava pelas colinas. Morg cravou suas garras em meu ombro. Eu os ouvi antes de vê-los – o relinchar dos cavalos, o barulho dos cascos. Esperei até que estivessem perto o suficiente do precipício, onde o terreno se interrompe abruptamente até formar uma ravina. Quando Morg levantou voo, fechei os olhos, abrindo-os apenas quando os gritos pararam, quando tudo o que restou foi a forma retorcida da carruagem nas rochas abaixo, os raios de uma roda ainda girando. Algo brilhou no chão perto dos meus pés: um relógio de bolso, uma herança de família da qual Rupert falava com grande inveja. O mostrador estava rachado e cheio de cacos de vidro, de modo que, quando o peguei, gotas de sangue brotaram no meu dedo.

Fiquei parada por um tempo, olhando. Ignorando o horror que inundava o meu coração.

Eu achei que era como Altha, nossa destemida ancestral, e que nossos atos nos ligavam através do tempo. Achei que eu era boa e valente, fortalecida pelo sangue dela.

Mas eu estava errada.

Nós tiramos três vidas naquele dia, Morg e eu. Eu disse a mim mesma que eles mereciam, os pais de Rupert e seu irmão mais velho também. Que tinham sido cruéis com o homem que eu amava; que eles iriam machucar você, machucar minha filha, sem remorso algum. Mas, para ser sincera, mãe, eu não os conhecia e nem sabia o que poderiam ter feito. Rupert mentiu sobre tantas coisas... Suspeito agora que seus pais nunca souberam da nossa filha, que nunca planejaram nos expulsar de casa.

Eu gostaria de ter visto isso antes, que as palavras dele continham tanta verdade quanto um conto de fadas. Que ele nunca me amou.

Às vezes me pergunto se Rupert planejou isso desde o início. Ele estava me observando, disse ele, mesmo antes de dançarmos no Festival do Dia de Maio. Ele viu como eu era especial e me quis como esposa. Eu acreditei nele, pelo jeito como olhou para mim. Um ardor em seus olhos que julguei ser amor.

Mas conheço bem esse olhar agora. É o mesmo com que ele olha para um cão de caça ou um rifle, um mero instrumento para realizar seus desejos.

Não peço, nem espero, perdão. Escrevo isto porque quero que você saiba a verdade. E estou ficando sem tempo. O médico está chegando; Rupert diz que devo fazer um novo tratamento. Não sei se vou sobreviver a esse. Fechada neste quarto minúsculo e sem a presença de Morg para me dar apoio, fico mais fraca a cada dia.

O mais estranho é que isso me conforta, é quase como um anseio, porque me tornei como um rifle sem balas, inútil para os planos dele. Eu nunca voltarei a prejudicar outra pessoa por causa dele.

Mãe, eu lhe imploro, por favor, proteja o bebê... e Violet. Mantenha nosso legado seguro por ela.

Espero que ela tenha a sua força.

Com todo o meu amor,
Lizzie

Com o coração batendo forte, Violet vasculhou o resto do maço de papéis, em busca de mais alguma carta com a caligrafia da mãe. Mas as cartas restantes eram do Pai para uma mulher cujo nome ela não reconheceu.

1º de setembro de 1927
Prezada Elinor,

Obrigado pela carta que mandou a Lizzie, mas, infelizmente, ela não estava bem o suficiente para recebê-la, pois sua saúde piorou significativamente nas últimas semanas.

Comentei com o dr. Radcliffe sobre o seu pedido para visitá-la. Dado o declínio acentuado no estado físico e mental de Lizzie, o dr. Radcliffe não acha que uma visita seria apropriada no momento.

Elinor, sua filha ficou... não há outra palavra para isso... histérica. Ela conspirou para trazer aquele corvo medonho para a casa (Morg, ela o chama, que nome ridículo) e fala com ele como se fosse humano. Suponho que esse seja precisamente o tipo de comportamento que você encorajou nela. Violet pode ser uma causa perdida. Ela já começou a imitar a mãe; fazendo amizade com moscas e aranhas, pelo amor de Deus. Mas não vou permitir que essa loucura contagie meu filho. Meu herdeiro.

E isso não é bom para Lizzie, Elinor. Não é bom para Lizzie andar pela casa em tal estado, envolvendo-se em tais fantasias. Na semana passada, ela me disse que podia prever o tempo, ou melhor, que Morg, aquele pássaro asqueroso, podia. Eu vivo, tenho vergonha de dizer, com um pavor constante dela.

Eu temo (e o dr. Radcliffe compartilha minhas preocupações) que, se ela perder o controle da realidade que ainda lhe resta, representará um perigo ainda maior para si mesma. E para nossos filhos.

Na verdade, e estremeço só de relatar esse incidente a você, a governanta a encontrou tentando pular pela janela, que uma criada descuidada se esqueceu de trancar. E o mais horrível é que ela estava carregando o bebê. Colocou a vida do meu filho, do meu herdeiro, Elinor, em perigo.

Felizmente, o dr. Radcliffe pôde vir imediatamente. Diante dos recentes acontecimentos, ele sugeriu um tratamento que pode ajudar: histerectomia, a extração do útero. Pode parecer uma decisão um tanto extrema, mas, na opinião do médico, se justifica em tais circunstâncias raras, quando o estado dos órgãos sexuais começa a contaminar a mente.

É minha esperança fervorosa que o tratamento do dr. Radcliffe seja eficaz para devolver a sanidade de Lizzie. Vou mantê-la a par dos acontecimentos.

Com os melhores cumprimentos,
Rupert Ayres, nono visconde de Kendall

10 de setembro de 1927
Elinor,

Sua visita não anunciada ontem foi muito inadequada.

Lamento que Rainham não tenha sido autorizado a admiti-la no Hall, mas eu estava ocupado lidando com uma correspondência urgente relacionada à propriedade.

Como acho que Rainham explicou a você, Lizzie está atualmente se preparando para o tratamento. Você não precisa se preocupar com o bem-estar dela: o dr. Radcliffe e sua pequena equipe altamente treinada se instalaram no Hall para organizar a cirurgia.

O dr. Radcliffe tem absoluta confiança de que o tratamento funcionará. Devemos permitir que o bom médico faça seu trabalho em paz.

Enquanto isso, peço que se abstenha de se envolver em mais correspondências. Avisarei quando houver alguma novidade.

Seu genro,
Rupert Ayres, nono visconde de Kendall

25 de setembro de 1927
Prezada Elinor,

É com sincero pesar que escrevo para informar sobre a morte de Elizabeth.

Ela partiu deste reino terreno nas primeiras horas desta manhã. O dr. Radcliffe acredita que a causa tenha sido seu coração enfraquecido, sem dúvida exacerbado pela tensão de seus recentes delírios.

Embora eu tenha certeza de que o dr. Radcliffe mobilizou seus melhores esforços para salvá-la, deduzo que no momento em que ficou claro que algo estava errado, era tarde demais.

Tomei providências para que ela seja enterrada no mausoléu da família Ayres, na igreja de St. Mary na próxima terça-feira.

Acredito que isso seja satisfatório.

Seu genro,
Rupert Ayres, nono visconde de Kendall

---

30 de setembro de 1927
Elinor,

Dado o seu aparecimento na terça-feira, acho melhor que você não tenha mais nenhum relacionamento com as crianças. É minha prioridade que eles se recuperem o mais rápido possível desse lamentável episódio. Como tal, acho melhor que eles não sejam submetidos a discussões sobre Elizabeth. A visão do dr. Radcliffe é que isso faria mais mal do que bem.

E quanto ao seu pedido absurdo de levar os restos mortais de Elizabeth para sua choça a fim de enterrá-los... não posso imaginar que você tenha pensado que eu poderia concordar com tal coisa. Elizabeth era minha esposa e, portanto, é apropriado que ela seja enterrada no jazigo da família Ayres.

No entanto, farei o que você pede e darei a Violet o colar com o qual você está tão preocupada. Eu posso providenciar para que Rainham o recolha na próxima semana. Talvez eu precise rever essa decisão, caso você tente entrar em contato comigo novamente.

Seu genro,
Rupert Ayres, nono visconde de Kendall

As faces de Violet estavam molhadas de lágrimas.

Agora ela sabia a verdade. Sua mãe não tinha morrido ao dar à luz Graham, como Violet tinha sido levada a acreditar. Ela tinha morrido porque um médico, o mesmo médico que enfiou seus dedos frios dentro dela, a havia mutilado. Ele tinha matado sua mãe.

Ela releu a carta de Lizzie, traçando com os dedos os arabescos da caligrafia da mãe. A princípio, não entendeu a parte sobre a carruagem, mas depois se lembrou. Pouco antes do casamento dos pais, seus avós e um tio morreram.

Foi um acidente de carruagem. Muito repentino.

Tudo o que restou foi a forma retorcida da carruagem.

A *mãe* teria sido responsável de alguma forma? A carta não fazia referência a nada que pudesse ter sido usado para arquitetar um acidente. Violet imaginou uma armadilha escondida nos arbustos, algo para assustar os cavalos. Mas Lizzie havia escrito apenas sobre Morg.

Em todo caso, a culpa era do Pai. Era ele que desejava (seu estômago embrulhou com o pensamento) que seus próprios familiares morressem. Ela pensou no relógio de bolso quebrado que encontrara na escrivaninha do Pai. E se perguntou se teria pertencido a Edward; esse era o nome do tio que havia morrido, ela lembrou. O mais velho dos três filhos dos Ayres. Devia ser essa a razão que levara o Pai a querê-los fora do caminho. Com a morte dos pais e do irmão mais velho, ele estaria livre para herdar o título de visconde e Orton Hall.

Sua maior conquista de todas.

A mãe devia ser a única pessoa que sabia da culpa dele. E por isso ele a trancou, fingiu que ela estava louca, para encobrir o que ele havia feito.

Ela não tinha permissão nem para ver a própria mãe, a avó de Violet. O que teria acontecido a Elinor? Violet supôs que ela devia ter morrido, o que explicaria por que o Pai era o dono do chalé. Mas onde estavam as coisas delas, de Elinor e de Lizzie? Se não fosse pelo conteúdo da cômoda, podia-se pensar que elas nunca tinham existido.

A última frase da carta da mãe voltou à sua memória.

Mantenha nosso legado seguro.

O que ela queria dizer com "legado"?

Piscando para conter as lágrimas, Violet vasculhou as folhas de papel restantes na segunda gaveta, lançando poeira no ar. No fundo da gaveta havia um livro grosso, encadernado à mão com couro de bezerro e manchado pelo tempo. Seu coração saltou de alegria. O pergaminho estava destroçado, mas legível. Ela teve que apertar os olhos para distinguir a escrita: a caligrafia era espremida e a tinta, desbotada. Ela o ergueu contra a vela para obter uma visão melhor. Havia um nome... Altha, a ancestral de quem sua mãe havia falado em sua carta.

Seus dedos traçaram a primeira linha.

Dez dias eles me mantiveram presa ali. Dez dias, com o fedor da minha própria carne como única companhia...

Capítulo Trinta e Seis

Kate

Kate está sentada no chão do quarto quando seu celular toca. Ela está fazendo um móbile para o bebê, usando tesouros que coletou em seus passeios a pé pela região. Uma folha de carvalho cor de âmbar translúcido; a espiral brilhante da concha abandonada de um caracol, a pena de corvo salpicada de branco que ela tinha encontrado ao chegar, na caneca no parapeito da janela da cozinha. Todas essas coisas ela enfiou num fio de pesca preso a uma estrutura feita de galhos e arrematada com fita verde.

O celular dela está na cozinha e ela está sentada há tanto tempo que seu pé adormeceu. Ela tropeça pelo corredor. No momento em que chega ao outro cômodo, o aparelho para de tocar, mas o toque recomeça, as vibrações duras contra a mesa de madeira.

– Oi, mãe – ela responde.

– Querida, como você está?

– Ótima, estou terminando o móbile, aquele que comentei que estava fazendo.

– Parece que vai ficar lindo. Você está dando conta de tudo? Tem tudo de que precisa?

O chalé está abarrotado de coisas para o bebê: em cima da mesa da cozinha há pilhas de roupinhas e quadrados de musselina, macios como teia de aranha. Emily deu a ela um moisés e uma cadeirinha de carro, doados por uma sobrinha.

– Eu acho que sim. Só falta o carrinho de bebê.

Ela suspira. Procurou em todos os lugares na internet, mas mesmo o modelo mais básico custava centenas de libras. E ela não consegue encontrar um de segunda mão anunciado nas proximidades; nem mesmo a sobrinha de Emily pode ajudar, pois tinha vendido o dela anos atrás.

Talvez ela devesse comprar um daqueles cangurus para prender o bebê junto ao peito. Talvez pudesse até mesmo fazer um. Pelo menos assim ela poderia levá-la para passear. Mostrar a ela o riacho, agora congelado sob uma camada de gelo, as árvores com seus mantos brancos de neve.

– Sabe, eu estive pensando – a mãe dela está dizendo. – Talvez eu possa comprar um para você. Como uma espécie de presente de Natal antecipado.

– Mãe, você não precisa fazer isso. Você já está gastando muito dinheiro com passagens de avião...

A mãe dela chegaria dali a duas semanas, para que pudesse estar com Kate durante o parto. Seria a primeira vez que elas se veriam em anos.

– Mas eu quero. Por favor, deixe.

– Eu não quero criar problemas para você.

– Bem, que tal se eu apenas transferir o dinheiro para você? E aí você poderia escolher um você mesma.

– Tem certeza?

– Tenho.

– Obrigada, mãe.

– Eu te amo, Kate.

Ela pisca para afastar as lágrimas. Quando foi a última vez que disseram isso uma para a outra? Quando Kate era adolescente. A culpa era dela: ela nunca retribuía. Não podia suportar o peso de um amor que não merecia. Mas agora as palavras estavam ali, formas familiares em sua boca.

– Eu também te amo, mãe.

O CARRINHO QUE ELA escolhe é verde e tem uma cobertura segmentada que lembra uma lagarta. Ela sorri ao pensar em sua filha aninhada ali dentro. No entanto, o que ela mais desejava era que ela pudesse ficar mais tempo em seu ventre, quentinha e segura. Compartilhando tudo, até o sangue que corre em suas veias. E, no entanto, ela mal pode esperar para segurá-la nos braços, sentir seu perfume, acariciar seus dedinhos.

Ela compra o carrinho enquanto acaricia a barriga com uma mão. Digita o endereço dela, o número do novo cartão de débito. Seu endereço de e-mail, para receber a nota fiscal.

Ela sorri quando a compra é concluída. A chaleira está apitando e ela anda lentamente em direção a ela, seu corpo se curvando sob o peso da barriga.

Enquanto toma seu chá, ela olha pela janela, observando os corvos pousados no plátano. Seus movimentos negros e fluidos contra a neve branca.

Sua caneca escorrega das mãos e se espatifa no chão.

O e-mail.

Ela usou seu antigo endereço de e-mail. Aquele vinculado ao seu iPhone.

Simon está com o iPhone dela. Ele vai ver.

Com o sangue rugindo nos ouvidos, ela procura o Motorola. Seus dedos tremem quando ela abre um novo navegador e o Gmail.

Por favor, Deus, não.

A página não carrega. Ela o atualiza, de novo e de novo.

Por fim, ela carrega. Ali está o e-mail de confirmação – tem seu endereço, seu novo número de telefone, tudo. Até mesmo o desenho de um bebê sorridente.

Ela apaga o e-mail. Fica parada por um instante, um calafrio se espalhando por suas veias.

Se Simon viu.... então ele agora sabe sobre o bebê.

E sabe onde encontrá-la.

Inclinando-se sobre a pia da cozinha, ela espirra água no rosto. A sensação gélida a acalma.

Quanto tempo o e-mail ficou na caixa de entrada dela? Uns três minutos? E que dia é? Terça-feira, duas da tarde. No meio do expediente de trabalho. Ele não deve ter visto. Ela o apagou a tempo.

Tudo bem. Simon não sabe onde ela está.

Ela olha para baixo.

– Não se preocupe – diz ela para a barriga. – Eu não vou deixá-lo chegar perto de você.

Lá fora, a mesma quietude inquietante da noite anterior. Ela não gosta do aspecto das nuvens, baixas e cinzentas no céu. Sente um mau pressentimento.

Transpirando sob as camadas de roupa, ela entra no carro. O assento está o mais para trás possível, suas mãos mal alcançam o volante.

Seu coração dispara quando ela entra na estrada A66, passando pelos campos cobertos de neve. Ao longe, os picos das montanhas brilham prateados.

Ela respira fundo, tenta se acalmar. Está segura. O bebê está seguro.

Por enquanto, ela só precisa se concentrar em dirigir.

Ela vai ver Frederick na casa de repouso em Beckside. Na verdade, ela não tem certeza do que a espera: o visconde não falou nada que fizesse sentido da última vez que ela o viu, tantos meses atrás, em Orton Hall. Ela sente uma pontada de culpa com a lembrança. Ela devia ter contado a alguém que havia insetos mortos por toda parte, o estado do cômodo em que ele vivia, com seu cheiro animalesco... e o estado do próprio

Frederick. Ela estremece com a lembrança daqueles olhos. Com o vazio que viu neles. E mesmo assim. Ela não consegue sentir pena dele.

As palavras de Violet voltam à mente dela.

Vivo atormentada por essas lembranças.

Ela tem uma imagem dele entrincheirado naquele escritório infecto, enquanto os insetos enxameiam do lado de fora, ondulando pelos corredores do Hall como uma cobra grande e brilhante.

E a coisa estranha que ele disse a Kate, pouco antes de ela partir?

Ela finalmente me libertou.

Havia milhares e milhares de insetos, de acordo com o artigo do jornal. *Os insetos costumam frequentar ambientes aquáticos e raramente infestam residências.* Aquele não era um fenômeno natural.

Uma praga deliberada.

Kate acha que sabe o que aconteceu. Mas ela precisa ter certeza.

A CASA DE REPOUSO, Portal das Heras, não faz jus ao nome que tem. O imponente portão de ferro é desprovido de qualquer vegetação. Mesmo à certa distância, os edifícios têm uma aparência institucional – talvez por causa da pedra cinza de ardósia e as janelas estreitas.

– Portal das Heras – uma voz estridente responde ao interfone na entrada.

– Olá – diz ela. – Eu sou... Estou aqui para ver um parente... Frederick Ayres.

– É melhor se apressar – diz a voz, com um suspiro impaciente. – O horário de visitas está prestes a terminar.

Ela é direcionada para a sala comunal – ou, de acordo com uma placa na porta, a "Sala Scafell", que é decorada num tom de pêssego melancólico; as paisagens nas paredes são a única referência à montanha alpina. O estômago de Kate revira com o cheiro, uma combinação de óleo de cozinha, alvejante e, levemente, de urina. Frederick está no canto, encolhido numa cadeira de rodas, longe dos outros internos. Ao se aproximar, Kate percebe que ele está dormindo: a cabeça pende para o lado, os globos oculares piscando sob as pálpebras quase transparentes.

Por um instante, ela se pergunta se deveria simplesmente ir embora e voltar outra hora. Mas ela sabe que pode não haver outra hora: o bebê vai nascer em breve, chegando ao mundo justo quando Frederick está se despedindo dele.

Esta poderia ser sua única chance de obter algumas respostas.

Ela se senta na cadeira ao lado dele e se inclina para a frente.

– Olá? – ela diz baixinho. – Frederick?

Lentamente, o homem vai abrindo os olhos. A princípio, eles parecem nublados, sem foco, mas depois se arregalam de horror. Ela toca a lapela da jaqueta, lembrando-se da reação anterior dele ao broche de abelha, mas a joia não está ali, e sim no bolso dela. Então ela percebe. Ele está olhando para o seu colar. O colar da tia Violet.

Frederick arqueia para trás na cadeira e solta um grito que faz o coração de Kate quase parar.

– Vá embora! – ele grita, saliva voando em sua direção. – Você deveria ter ido embora!

Um enfermeiro vem correndo. É jovem, as bochechas oleosas de acne, calças alaranjadas soltas em seu corpo magro.

– Pronto, pronto, Freddie, amigão – diz ele. – Vamos levá-lo de volta para o seu quarto. – Ele olha para Kate enquanto empurra a cadeira de rodas de Frederick para o corredor. – O que você falou para deixá-lo assim? – O enfermeiro pergunta por cima do ombro.

– Eu? Nada – ela diz, ainda atordoada com a explosão de Frederick.

– Um momento, você é aquela mulher de quem ele está sempre falando? Valerie ou algo assim?

– Violet?

– Isso mesmo. Olha, eu não sei o que aconteceu entre vocês dois, mas ele não parou de falar de você desde que chegou aqui. O que você é, neta dele?

– Não, eu...

– Então você nem é da família. Sinceramente, senhora, acho que deveria ir embora. Hoje é sábado. O horário de visita termina às dezesseis horas, de qualquer maneira.

Kate pode ouvir o enfermeiro tranquilizando Frederick enquanto o leva embora.

– Está tudo bem, amigão. Foi só um susto.

– Mas era ela. – Kate o ouve respirar fundo e estremecer. – Ela é aquela que os enviou. Aquela que enviou os insetos.

A NEVE COMEÇA A cair enquanto Kate volta do Portal das Heras para casa.

Ela está tão distraída que deixa o carro morrer duas vezes. Felizmente, quase não há tráfego no vale. Nas duas vezes, antes que ela consiga ligar o carro novamente, o pânico percorre seu corpo, ganhando intensidade enquanto passa por seu estômago, seu coração, sua garganta.

Frederick acha que Violet foi a responsável pela infestação.

Kate se lembra de outra coisa que ele disse, quando ela foi a Orton Hall. Que os insetos tinham morrido no mês de agosto passado.

Assim como Violet.

ESTÁ NEVANDO MAIS FORTE agora, o ar tão denso e branco que ela mal consegue ver a estrada. O rádio estala com a estática e ela aumenta o volume para ouvir a previsão do tempo. "Forte nevasca...", um homem está dizendo. "Desvios durante o trajeto..." Ela perde o sinal.

O pânico cresce dentro dela. Kate não deveria ter ido. E se ela tiver colocado o bebê em perigo?

Ela está passando pelo bosque, as árvores cobertas de gelo. O bosque. O lugar onde ela se sentiu tão inquieta, antes da sua visita perturbadora a Orton Hall. O medo borbulha em seu peito, o volante de repente fica escorregadio em suas mãos. Ela se lembra da claustrofobia causada por aquelas árvores tão próximas, a maneira como elas bloqueavam a luz do sol.

Kate se obriga a olhar para a frente, para as faixas reflexivas da estrada, que faz uma curva à sua frente, afastando-se do bosque, agora envolto numa névoa branca. O vento ruge. Ela precisa acender os faróis de neblina para poder enxergar melhor, mas, em seu terror, não consegue se lembrar de como se faz isso. Seus dedos escorregam e se atrapalham no volante e no painel, e ela tira os olhos da estrada por um instante. Pronto. Encontrou o botão. Ela levanta os olhos de volta para a estrada e os feixes duplos iluminam os restos de um animal – o pelo emaranhado e ensanguentado; membros pálidos espalhados do outro lado da estrada. O sangue surpreendentemente brilhante contra a neve.

Ela grita. Perde o controle do volante. O carro avança e o barulho das árvores raspando no teto e batendo no para-brisa é ensurdecedor.

Tudo fica branco.

O CORAÇÃO DE KATE bate forte no peito. Ela leva um instante para se dar conta de que o carro caiu no bosque e o banco da frente está cheio de gelo e cacos de vidro do para-brisa.

O vento uiva pelas bordas irregulares do para-brisa. Kate estremece. Ela está com muito frio.

Oh Deus. *O bebê.*

Ela coloca as mãos sobre a barriga com o desejo de que sua filha lhe dê um sinal de vida.

Por favor. Chute. Deixe-me saber que você está bem.

Mas ela não sente nada.

Ela precisa de ajuda. Estremecendo com uma pontada de dor no ombro, ela se vira para pegar o celular no banco do passageiro. *Por favor, Deus, que não esteja quebrado.*

Ela respira de alívio ao ver que a tela está intacta. O alívio se transforma em horror quando, ao destravá-lo, ela percebe que está prestes a descarregar; a tela pisca por um instante, depois apaga.

Droga.

Ela acha que está a cerca de oito quilômetros do chalé, pois a estrada contorna as colinas em círculos longos e preguiçosos, adicionando uma distância extra. O trajeto em linha reta, pelas colinas, é mais curto. Uns três quilômetros, não mais, ela pensa.

A essa hora, enquanto a luz escurece no céu, o bosque está tão escuro e denso que parece que o carro foi engolido por uma fera e foi parar em sua caixa torácica. Ela imagina o trecho escuro de árvores como uma coluna dorsal atravessando a terra.

Ela poderia esperar na beira da estrada, ver se alguém passava por ali. Então ela se lembra de como está silencioso no bosque, que não tinha visto nenhum outro carro durante toda a viagem de volta do Portal das Heras. E ninguém vai pegar estrada numa nevasca. A espera poderia se prolongar até o dia seguinte. Já está gelado dentro do carro com o para-brisa quebrado... As pessoas morrem de frio em situações como esta, não é?

Ela não tem escolha. Se quiser chegar em casa antes do anoitecer, terá que caminhar.

Ela abre a porta do carro, que raspa contra os galhos, e perde o fôlego quando o frio a atinge.

Flocos de neve agulham seu rosto enquanto ela volta para a estrada, tropeçando em raízes de árvores congeladas e poças de lama. A estrada está polvilhada de branco. Ali está o corpo do animal – é uma lebre, ela vê agora – esparramada no asfalto. Ela não pode se arriscar a pegar a estrada, a menos que queira ter o mesmo destino que o animal.

Ela se vira para o bosque, as folhas sibilando com o vento.

Só há um caminho para casa.

Capítulo Trinta e Sete

Altha

Passados os cinco dias, fui buscar a infusão no sótão e a coei. Ao despejá-la num frasco, vi que tinha um tom âmbar, como as águas do riacho.

Duas noites depois, Grace apareceu, como ela havia dito que faria. Lembro-me de que era uma noite clara e a lua brilhava no céu. Desta vez, Grace usava um xale enrolado no pescoço e no queixo, de modo que apenas seus olhos eram visíveis, brilhando sob a touca.

Ela não quis entrar na cabana.

– Você está bem? – perguntei, pois achei estranho vê-la com o rosto meio coberto como se fosse um bandido.

– Sim – ela disse, sua voz abafada pelo xale. – Você fez a poção?

– Vai ser doloroso – eu disse enquanto entregava a ela o frasco. – Vai provocar cólicas e você sangrará. E com o sangue, o corpo em formação do bebê. Você vai dizer a John que foi um aborto espontâneo?

– Vou queimar os restos mortais. John não pode saber – disse ela. – Quanto tempo demora para fazer efeito?

– Em questão de horas, eu acho – respondi. – Mas não posso dar certeza.

– Obrigada. Vou tomar amanhã à noite, enquanto John estiver na taberna. O sono dele está leve esta noite, preciso voltar depressa.

Ela se virou para ir embora.

– Você... você pode me avisar que está bem? – perguntei. – E que funcionou?

– Vou tentar vir outra noite e contar a você.

Ela se afastou rapidamente, tomando cuidado, ao abrir o portão, para que não rangesse, embora não houvesse ninguém num raio de quilômetros.

Passei os dias e as noites seguintes distraída. À noite, eu me encolhia ao menor barulho, depois ficava inquieta em meu catre até o céu noturno empalidecer com o raiar do dia.

Na quarta-feira, Mary Dinsdale, a esposa do padeiro, me procurou por causa de um corte na mão.

– Você está a par das últimas notícias da aldeia? – ela perguntou, enquanto eu curava a ferida com mel.

Meu coração disparou. Eu tinha certeza de que ela ia me contar que Grace havia morrido, mas era só que a viúva Merrywether estava prestes a se casar.

Na noite seguinte, ouvi uma batida na porta.

Era Grace. Desta vez, seu rosto estava descoberto e ela nem estava usando touca. Quando levantei a vela, eu me encolhi ao vê-la. A pele ao redor do olho direito estava inchada e num tom rosa brilhante, o lábio inferior, machucado e rasgado. Havia uma mancha de sangue em seu queixo e manchas brilhantes em seu colo. Notei leves marcas amareladas em seu pescoço.

Levei-a para dentro e ela se sentou lentamente à mesa. Levei ao fogo uma panela com água e juntei alguns panos para limpar o corte no lábio e diminuir o inchaço do olho. Quando a água esquentou, adicionei cravo moído e sálvia para fazer um unguento. Depois de pronto, ajoelhei-me ao lado dela e apliquei o remédio em suas feridas com a maior delicadeza que pude.

– Grace, o que aconteceu? – murmurei.

– Eu tomei a bebida ontem à noite – ela disse, com os olhos cravados no chão. – Assim que ele partiu para a taberna. Algumas noites, quando sai para beber, ele chega cedo em casa e adormece perto do fogo da cozinha. Outras vezes, ele sai muito mais tarde e, quando chega em casa, está... privado dos sentidos.

"Teria sido mais fácil se ele tivesse chegado em casa cedo e dormido até de manhã. Eu poderia ter ficado no quarto e, quando tivesse acabado, queimado minha camisola. Eu tenho outras duas, então talvez ele não tivesse notado. Eu só precisaria tomar cuidado para não sujar a roupa de cama com sangue.

"Mas ele não voltou para casa. Não por horas. A dor era muito pior do que eu pensava que seria, tão cedo. Você deveria ter me avisado. Era como se o bebê me agarrasse por dentro, lutando contra a poção... Tanta dor causada por uma coisa tão pequena. Quando saiu, nem parecia um bebê nem nada vivo que eu já tivesse visto antes. Apenas uma massa de carne, como algo que se pode comprar num açougue..." – Ela estava chorando agora.

– Eu estava me preparando para lançá-lo no fogo quando ele voltou. Achei que talvez estivesse bêbado demais para saber o que estava olhando. Mas ele não estava. Eu disse que havia perdido o bebê (eu havia escondido o frasco da poção) e ele ficou furioso. Como eu sabia que ele ficaria. Ele me bateu, como você pode ver. Mas, comparado com as outras vezes, foi quase misericordioso.

Ela riu aquela risada seca e crepitante de novo, mas seus olhos brilharam com as lágrimas.

– Grace – eu disse. – Você quer dizer que ele tem... ele tem sido ainda mais rude com você do que isso?

– Ah, sim – disse ela. – Depois das duas vezes em que dei à luz e mostrei a ele um cadáver arroxeado em vez de um filho bonito e saudável.

Fiquei em silêncio. Ela olhou para mim e viu o choque em meu rosto.

– Da segunda vez, eu me certifiquei de que ninguém soubesse que eu estava grávida – disse ela. – Apertei o espartilho sobre a barriga e, à medida que ela crescia, tomei cuidado para ver o mínimo de pessoas possível. Caso acontecesse novamente. Então, *depois*, o dr. Smythson jurou guardar segredo. John não queria que ninguém soubesse que sua esposa tinha um útero envenenado.

– Sinto muito, Grace. Eu gostaria que você tivesse me procurado. Talvez eu pudesse ter lhe dado alguma ajuda.

Ela riu novamente.

– Não adiantaria nada – disse ela. – O dr. Smythson diz que não consegue encontrar o motivo. Mas faz sentido para mim; Deus não poderia querer que uma criança viva fosse trazida ao mundo por um ato tão feio.

Ela desviou o olhar, olhando para o fogo.

– É por isso que eu a procurei – ela disse. – Achei que, se acontecesse de novo, se esse bebê nascesse morto como os outros, ele poderia me matar.

Eu não sabia o que dizer. Olhei para ela enquanto contemplava o fogo. Sem a touca, vi que seu cabelo, que era tão avermelhado quanto as papoulas quando éramos jovens, havia escurecido até adquirir um tom ruivo profundo.

– Sinto muito pelo bebê – ela murmurou. – Era inocente. Eu tentei não deixá-lo chegar a esse ponto. Todas as noites, depois que John... depois que ele estava dentro de mim, eu esperava até que ele adormecesse e procurava me limpar da sua semente. Mas não foi suficiente.

– Não é sua culpa – eu disse. Eu sabia que as palavras soavam vazias. Na verdade, eu não sabia como confortá-la. Nunca tinha me deitado com nenhum homem. Na igreja, o pároco dizia que a união física entre marido e mulher era sacrossanta. Não havia nada de sagrado naquilo que Grace havia descrito.

– Não quero mais continuar falando – disse ela. – Estou cansada. Posso dormir aqui?

– Claro! – eu disse, estendendo a mão para cobrir a mão dela com a minha. Ela estremeceu ao meu toque e apertou minha mão com um gesto frouxo e derrotado.

Nós nos deitamos encolhidas no meu catre como dois gatinhos. No travesseiro, meu cabelo escuro se entrelaçava com as mechas avermelhadas dela. Eu poderia dizer pelo ritmo da sua respiração que ela estava prestes a dormir. Sorvi o cheiro de Grace, de leite e suor, como se eu pudesse mantê-lo para sempre comigo.

Lembrei-me, então, de um dia quente de sol na nossa infância. Nós éramos muito pequenas, tão pequenas que não tínhamos permissão para sair de casa sozinhas. Minha mãe estava nos observando, mas nós nos esgueiramos para fora do jardim quando ela estava de costas e seguimos o riacho até chegar a um prado verde, brilhante e macio, coberto de flores do campo. Cansadas de brincar, havíamos rolado juntas na relva. Ali, com o zumbido suave das abelhas e o ar doce de pólen, caímos no sono nos braços uma da outra.

Pensei nos hematomas na pele da minha amiga e as lágrimas umedeceram meu rosto.

– Grace – eu sussurrei. – Pode haver outra saída.

Não sei se ela ouviu o que eu disse em seguida, mas senti sua mão buscar a minha na escuridão.

Quando acordei na manhã seguinte, ela tinha ido embora.

Capítulo Trinta e Oito

Violet

Violet acordou com o barulho de passos. Ela tinha ficado acordada até o amanhecer lendo o manuscrito de Altha Weyward. A vela havia derretido até o fim, deixando uma lua de cera no chão. Violet tinha a sensação de que algo havia mudado dentro dela. Como se lhe tivessem contado algo sobre si mesma que ela sempre soubera. Uma a uma, as lembranças se encaixaram, revelando sua verdadeira forma. O dia das abelhas. O clique das pinças de Goldie em seu ouvido. A maneira como ela se sentiu na primeira vez em que tocou a pena de Morg.

Seu legado.

O Pai estava na cozinha, carregando provisões com uma expressão tensa. Violet sentiu como se o visse com nitidez pela primeira vez na vida.

A acalentada imagem do dia do casamento dos pais – seus rostos radiantes de amor, o ar brilhante com pétalas de flores – tinha se desvanecido.

Ele nunca amara a mãe dela. Não de verdade.

No fundo, Violet sabia disso desde o princípio. Ela só tinha se deixado enganar pelo fato de ele ter guardado aquelas coisas da mãe – a pena e o lenço – desde a morte dela.

Mas Violet estava errada. Aquelas não eram lembranças preciosas de uma esposa amada cuja morte ele lamentava muito. Eram troféus. Como a presa de elefante, a cabeça do íbex... até Percival, o pavão.

A mãe dela representava pouco mais do que uma raposa, que poderia ser descartada depois da caça, morta e ensanguentada.

Violet se lembrou da expressão no rosto do Pai no dia das abelhas, quando a bengala dele rasgou a palma da mão dela. Na época, ela pensou que era fúria. Mas agora entendia melhor. Era medo. Ele sabia, desde o início, que Violet era filha da mãe dela, sabia do que ela era capaz. Era por isso que ele a escondia, proibindo-a de saber sobre Elizabeth e Elinor. De saber quem ela realmente era.

E quanto ao próprio Pai?

Ele era um assassino.

Violet o observou enquanto ele colocava as latas novas sobre a mesa. Era um dia quente e a testa dele estava perolada de suor. O vaso sanguíneo em sua bochecha tinha se rompido numa teia de aranha vermelha. Quando ele falou, Violet viu sua papada tremer.

– Frederick enviou um telegrama – disse ele. – Concordou em se casar com você. Concederam a ele uma semana de licença em setembro. Vamos organizar um café da manhã nupcial em Orton Hall. Vocês poderão ficar uma temporada, depois. O noivado será anunciado no *The Times* na próxima semana.

Violet não disse nada. A visão do Pai a deixava enjoada. Ele era o único dos progenitores que ela ainda tinha, mas ficaria feliz se nunca mais voltasse a vê-lo enquanto vivesse.

Felizmente, depois de dar a notícia, o Pai não se demorou no chalé. Ele saiu sem se despedir. Ela fechou os olhos aliviada ao som da chave girando na fechadura.

Agora Violet podia pensar.

Ela imaginou uma vida com Frederick. A lembrança do que ocorrera no bosque – a flor de prímula esmagada, a dor lancinante – voltou à sua memória.

Acho que se divertiu, não?

Ela não iria, *não poderia*, se casar com ele. Talvez ela não fosse obrigada, pensou em desespero. Talvez o primo morresse na guerra. Mas Violet foi tomada pela terrível sensação de que ele sobreviveria, como uma barata agarrada à parte inferior de uma pedra. Enquanto isso, seu esporo continuaria crescendo dentro dela. O pensamento da carne dele misturada com a dela a deixava com vontade de vomitar. E aí, depois que a criança – embora ela se recusasse a pensar nisso nesses termos – deslizasse para fora dela e chegasse ao mundo, Frederick viria reclamar as duas.

O que seria de Violet então? Ela pensou na mãe, que se casara com um homem que havia se enamorado dos seus olhos escuros e lábios vermelho-sangue. Que acabara sozinha num quarto trancado, rabiscando seu nome na parede para que houvesse alguma prova da sua existência, antes de sofrer uma morte horrível e dolorosa.

Violet não deixaria isso acontecer a ela. A criança era a única razão para Frederick querer se casar com ela, com certeza. *Esse* era seu dever e o que o interessava, a corda que os amarrava. Um laço que a prendia por dentro.

Violet via as coisas claramente agora. Ela tinha que cortar a corda.

O manuscrito. *Fazer descer a menstruação. Menstruação.* A mesma palavra estranha que o dr. Radcliffe tinha usado para o sangue mensal dela.

Lá fora, o jardim brilhava com o calor. Ela vagou entre as heleborinhas, suas flores deixando manchas vermelhas em seu vestido. O ar zumbia com os insetos, o sol batendo nas asas de uma donzelinha. Violet sorriu, lembrando-se das palavras da carta da mãe.

Paredes pintadas de amarelo como as flores de atanásia.

Era como se a mãe estivesse estendendo a mão do além-túmulo para ela, guiando-a.

Violet encontrou a planta sob o plátano, cheia de flores amarelas, cada uma composta de pequenos botões agrupados como ovos de besouro.

Tinha funcionado com Grace. Não havia razão para que não funcionasse com ela também.

Capítulo Trinta e Nove

Kate

Kate puxa o capuz sobre a cabeça quando entra no bosque. Ali o vento é mais suave; as árvores unidas formando um arco para protegê-la dos elementos.

Mas ainda assim ela estremece, ofegando de medo; sua respiração é uma nuvem branca na frente dela.

O silêncio é inquietante. Ela não consegue ver nada além da nevasca. De repente, anseia pela visão de uma coruja ou de um tordo; até mesmo o bater de asas de uma mariposa. Qualquer coisa menos aquele mundo branco e amortecido.

Flocos de neve giram em torno dela, caindo em rajadas geladas sobre sua pele exposta. Ela gostaria de estar com as suas luvas. Em vez disso, abaixa as mangas do suéter sobre as mãos e enrola o cachecol em volta do nariz e da boca. Seus olhos lacrimejam de frio.

Kate ouve um estalo sob um pé das suas botas, um velho par da tia Violet que ela pretendia consertar, e agora a neve se infiltra dentro do calçado, encharcando seu pé.

Ela avança por entre as árvores, o tempo todo se forçando a não pensar no bebê, na quietude do seu útero. Ela tem que chegar à aldeia. Precisa conseguir ajuda.

Depois de um tempo, todas as árvores começam a parecer iguais, com seus galhos estremecendo sob as bordas de neve. Kate não tem mais certeza de qual é a direção certa. Uma escada de fungo rosa sobe um tronco de árvore de uma forma que parece terrivelmente familiar, e ela é tomada pelo medo de já ter passado por ali antes.

Será que está andando em círculos? Imagens terríveis inundam sua mente: seu corpo, enrodilhado no chão da floresta, quase invisível sob sua mortalha de neve. Sua filha congelada dentro dela, pequenos ossos se calcificando em seu ventre. Ela tropeça na raiz de uma árvore e solta um grito, sua voz é abafada pelo vento.

Algo responde.

A princípio ela pensa que deve estar sonhando, como um viajante perdido tendo alucinações e vendo miragens no deserto.

Então ela ouve de novo. Um pássaro chamando.

É real.

Ela olha para cima, respirando com dificuldade enquanto examina a copa das árvores. Algo brilha. Um olho líquido. Penas pretos-azuladas, salpicadas de branco.

Um corvo.

O pânico brota dentro de Kate, mas desaparece.

Algo mais está ali, mais perto do que nunca, do outro lado do seu medo. Aquele calor estranho que ela sentiu no jardim da tia Violet, quando os insetos se levantaram da terra. Ela supera o pânico, rompe a parede para encontrar a luz, a faísca que arde dentro dela.

Ela atinge suas veias, zumbe em seu sangue. Seus nervos – e os canais auditivos, as pontas dos dedos, até a superfície da língua – pulsam e cintilam.

A certeza vem das profundezas do seu ser, de algum lugar oculto que ela enterrou há muito tempo.

Se ela quiser viver, tem que seguir o corvo.

Depois de um tempo, ela vê algo cinzento à sua frente e sente o vento no rosto. O bosque é quase como um túnel, ela pensa. Um túnel de árvores. Ela está chegando ao fim.

Mais à frente, há uma abertura nos troncos. Além dela, ela pode ver a subida íngreme da colina, como as ancas de um animal enorme, com o pelo pálido coberto de neve. Agachado e à espera.

Ela conseguiu. Atravessou o bosque.

Na colina, ela se sente tão exposta que quase prefere a claustrofobia do bosque. O vento açoita seu rosto e enche seus ouvidos. Seus lábios e nariz ardem de frio.

O corvo ainda está ali. Voando acima dela e em círculos de um preto-azulado. Ela mal consegue ouvir seu chamado gutural acima da rajada do vento em seus ouvidos.

No topo da colina, ela pode ver o brilho alaranjado da vila mais abaixo. Descer é mais fácil: ela está protegida do vento, agora. Suas mãos e seu rosto estão em carne viva e uma bolha lateja num dos calcanhares. Mas a neve é suave em seu rosto. E ela está quase de volta ao chalé. Quase em casa.

Ela olha para cima. As nuvens se dispersaram e agora revelam um punhado de estrelas que brilham no crepúsculo. Ela observa o corvo e não sente medo; em vez disso, fica impressionada com a beleza do pássaro, enquanto voa para longe, a luz acinzentada em suas penas.

Ela tem medo de corvos desde o dia da morte do pai. Desde que viu o brilho aveludado das asas escuras no céu de verão.

Desde o dia em que ela se tornou um monstro.

Mas ela *não é* um monstro e nunca foi. Ela era uma criança de apenas 9 anos de idade, com nada em seu coração além de amor e assombro. Pelos pássaros que pareciam flechas no céu, pelos corpos rosados das minhocas na terra, pelas abelhas que zumbiam durante o verão. Um nó se forma em sua garganta quando ela enfia a mão no bolso e fecha os dedos em torno do broche de abelha. Ela o segura até a noite e ele é tão radiante quanto as estrelas. Quase como se nunca tivesse sido danificado.

Ela se lembra da força das mãos do pai empurrando-a para um lugar seguro. A última vez que ele a tocou. Ele morreu por ela, da mesma maneira que ela morreria pela filha. Lágrimas quentes escorrem pelas suas bochechas. Kate não tem certeza por quem está chorando: pela garotinha que viu o pai morrer ou pela mulher que passou vinte longos anos se culpando pela morte dele?

– Não foi minha culpa – diz ela em voz alta, reconhecendo a verdade pela primeira vez. – Foi um acidente.

O corvo gira para a direita, desaparecendo à distância, um grito final ecoando.

– O bebê está bem – diz a dra. Collins mais tarde, seus traços abertos se transformando num sorriso. Ela está inclinada sobre a barriga de Kate, ouvindo atentamente com o estetoscópio.

– Tem certeza? – pergunta Kate. Ela não sentiu a filha se mover desde o acidente de carro, desde que entrou tropeçando no consultório médico, tremendo de frio. A terrível imagem surge novamente: sua filha congelada no útero, os dedos minúsculos fechados em punhos.

– Tome, escute – diz a médica, passando para Kate o estetoscópio.

Ali está, a batida do coração da filha. O alívio inunda seu corpo; lágrimas queimam atrás dos seus olhos.

– Como eu falei – diz a dra. Collins –, essa garotinha é uma lutadora.

– TEM CERTEZA DE que vai ficar bem até sua mãe chegar? – Emily está parada na porta do chalé. O marido, Mike, espera no carro e buzina para chamá-la.

É um dia radiante. As sebes cobertas de neve brilham ao sol. Kate observa enquanto um bico-de-cera procura bagas de sorveira-brava, com a crista trêmula. Ele pia quando seu companheiro chega. Estorninhos voam alto, criando formas no céu.

– Sim. Muito obrigada por tudo. – Emily abasteceu a geladeira com toda a comida que Kate poderia precisar: refeições prontas para aquecer no micro-ondas, pão, leite. Ela trouxe fraldas e um colchão inflável para a mãe de Kate dormir. Ela e o marido até conseguiram que o carro dela fosse rebocado para uma oficina em Beckside. Kate não sabia como agradecer a eles.

– Tudo bem, então, apenas me avise assim que algo acontecer! Assim que houver um indício de contração, quero saber!

Emily entra no carro e se despede, e Kate sente uma pontada de tristeza por sua amiga, ao se lembrar do que Emily disse a ela na Noite da Fogueira.

Eu já tive uma filha também.

Kate ainda não consegue acreditar que ela, que elas, tinham escapado do acidente ilesas. Desde esse dia, ela se prepara para algum sinal alarmante: dores na barriga, manchas de sangue na calcinha. Mas está tudo bem; o bebê está se mexendo novamente, contorcendo-se e chutando dentro dela. À noite, Kate observa a superfície da sua barriga ondular, maravilhada com um pezinho saliente aqui, uma mãozinha ali.

O fato de ela em breve poder segurar a filha nos braços parece nada menos que um milagre. Kate se pergunta qual será a cor dos olhos dela, depois que mudarem do azul típico dos recém-nascidos. Como será seu cheiro.

O voo da mãe dela aterrissa no dia seguinte. Assim que ela chegar, pegará o trem de Londres e alugará um carro para que possam ir para o hospital quando o bebê for nascer.

Ela só tem mais um dia sozinha em casa. Enquanto vaga pelo chalé, tocando superfícies sem rumo, pegando coisas e colocando-as de volta no lugar, ela se pergunta o que dirá sua mãe quando vir onde a filha mora. Os desenhos de insetos emoldurados, a centopeia preservada atrás do vidro. O cantinho do quarto que ela preparou para o bebê; o berço de segunda mão, os velhos xales de Violet como cobertores. O móbile feito à mão, cheio de folhas e penas, em que o broche de abelha brilhante agora é a peça central.

E o que achará da própria Kate: seu cabelo curto, as roupas estranhas que ela veste e que encontrou no guarda-roupa da tia-avó. Hoje ela jogou a capa cheia de contas em volta dos ombros e o brilho das contas a faz lembrar do dia em que conheceu tia Violet. A peça de roupa a ajuda a se preparar para trazer sua filha ao mundo. A se preparar para protegê-la, custe o que custar. Ela será forte, assim como Violet foi.

Você me lembra tanto a sua tia, Emily tinha dito. *Você tem o mesmo espírito dela.*

Kate acaricia o pingente com a letra *W* em volta do pescoço. Pensa nos insetos que surgiram no solo do jardim da tia Violet. Os pássaros que rodeiam a casa desde sua chegada, como se para cumprimentá-la. Mesmo agora, ela pode ouvir os gritos roucos dos corvos no plátano, onde se amontoam em seus galhos cobertos de neve, o mais escuro azeviche contra o branco. Ela pensa em sua experiência no bosque. Aquela sensação de zumbido em seu sangue; o corvo que a levou para casa.

Ela pensa também nas coisas que ouviu sobre Violet: o seu destemor; a sua paixão pelos insetos e por outras criaturas. A infestação em Orton Hall.

Mãe dos besouros.

Ela pensa em Altha Weyward, julgada por bruxaria. Kate ainda não sabe o que aconteceu a ela, se foi executada, onde foi enterrada. Mas ela tem deixado ramos de visco e hera na cruz sob o plátano. Apenas para o caso de ela estar enterrada ali.

À NOITE, KATE ESTÁ aquecendo uma das refeições de Emily – uma sopa de tomate caseira – quando o celular toca. Ela corre para pegá-lo, pensando que é a mãe, talvez Emily. Ou alguém do consultório médico ligando para ver como ela está.

– Alô?

Por um instante, Kate não ouve nada, apenas seu sangue zumbindo nos ouvidos. Então, aquela voz. Aquela que ela gostaria de poder esquecer.

– Encontrei você.

Simon.

Capítulo Quarenta

Altha

Grace não voltou ao chalé. Eu só a vi de longe, na igreja, onde o marido estava sentado ao lado dela e depois segurava seu braço com força como se fosse seu dono. O rosto dela estava vazio sob a touca e, se sentiu meu olhar, não ergueu os olhos. Pelo menos eu sabia que ela estava viva.

O inverno se transformou em primavera e contei os dias até a Véspera do Primeiro de Maio, quando pensei que poderia ter uma chance de falar com Grace.

Quando minha mãe era viva, seguíamos nossos próprios costumes na celebração da Véspera do Primeiro de Maio, em vez de ir à festa da aldeia. Passávamos os últimos dias de abril colhendo musgo das margens do riacho e fazendo um manto macio e verde diante da nossa porta, para que as fadas pudessem dançar sobre ele. Então acendíamos nossa própria fogueira e queimávamos oferendas de pão e queijo para abençoar os campos.

Quando eu era criança, perguntei à minha mãe por que não podíamos assistir às comemorações na aldeia, onde eu sabia que havia música, dança e comida em volta de uma grande fogueira na relva.

– A Véspera do Primeiro de Maio é um festival pagão – disse ela. – Não é uma festa cristã.

– Mas todos os outros da aldeia participam – eu disse. – E eles são todos cristãos, não são?

– Eles não precisam ser tão precavidos quanto nós – disse ela.

– Por que precisamos ser tão precavidas? – perguntei.

– Não somos como os outros.

Desde a morte da minha mãe, mantive a nossa tradição. Mas este seria o primeiro grande festival de aldeia desde o fim do inverno e me perguntei se Grace estaria lá. Eu precisava saber se ela estava segura e bem.

Quando saí do chalé, pude sentir o cheiro da fumaça da fogueira. Pude ver também um brilho alaranjado a distância. Quando cheguei aos campos, os aldeões dançavam em círculos ao redor da chama, que lançava faíscas para o alto a cada nova oferenda. A noite estava ruidosa, com a música e o silvo da madeira queimando.

O cheiro inebriante de cerveja pairava no ar e muitos aldeões pareciam bêbados, seus olhos deslizando sobre mim quando me aproximei. Procurei por Grace, mas não consegui vê-la nem o marido. Adam Bainbridge, o filho do açougueiro, pegou minhas mãos e me puxou para a dança. Giramos, giramos, até que tudo se tornou um borrão laranja e preto. Eu estava começando a me fundir com tudo à minha volta, a desfrutar o toque e o calor dos outros corpos ao meu redor, a sensação de fazer parte de algo maior do que eu.

E foi então que eu a vi. Uma garota sentada sozinha na relva, com sombras dançando pelo seu corpo. Vestida apenas com uma camisola, as coxas negras de sangue. No escuro não consegui distinguir seu rosto, nem a cor de seu cabelo, mas era Grace, eu tinha certeza disso.

Abri caminho entre a multidão de corpos para chegar até ela.

– Grace? – chamei.

Era tarde. Ela já tinha desaparecido.

Voltei para os aldeões que dançavam. Nenhum deles a vira, eu sabia.

Senti meus olhos úmidos; se era a fumaça ou lágrimas, eu não sabia. Eu queria ir para casa. Comecei a caminhar na direção do chalé quando ouvi passos atrás de mim. Virei-me para ver que era Adam Bainbridge, que havia dançado comigo ao redor da fogueira.

– Aonde você está indo? – ele perguntou.

– Para casa – eu disse. – Não sou muito de festa. Boa noite.

– Nem todos acreditamos, Altha – ele murmurou. – Você não precisa se esconder.

– Nem todos acreditam no quê? – perguntei.

– No que dizem sobre você e sua mãe.

A vergonha subiu pela minha garganta e corri para longe. Fiquei aliviada quando me afastei da luz da fogueira, a escuridão me ocultando dos olhos dos aldeões. Enquanto caminhava, ouvia os sons da noite – o pio de uma coruja, o arranhar de ratos e ratazanas – e senti minha respiração mais cadenciada. Eu podia ver muito bem: era lua cheia, como na noite em que Grace tinha dormido no chalé.

Grace. Ela não estivera realmente ali, na fogueira, eu sabia.

– A visão é uma coisa muito curiosa – costumava dizer minha mãe. – Às vezes nos mostra o que está diante dos nossos olhos. Mas às vezes nos mostra o que já aconteceu ou vai acontecer.

QUASE NÃO DORMI A noite toda; me levantei da cama e me vesti assim que o céu clareou. Fui até a fazenda Milburn e, quando cheguei lá, a aurora rompia sobre o vale, tingindo as colinas de um cor-de-rosa suave.

Eu me mantive a distância, demorando-me sob os carvalhos nos limites da fazenda, o mesmo lugar onde minha mãe soltou seu corvo de estimação tantos anos antes, porque ali ela não seria vista. Eu podia enxergar a casa da fazenda agora, mas não muito bem: havia uma ligeira inclinação no terreno, que escondia parte dela. Eu precisava ficar num lugar mais alto.

Recolhi as saias em volta da cintura e comecei a subir no carvalho maior, uma árvore com um tronco grande e retorcido que se estendia na direção do céu como se buscasse Deus. Eu não subia numa árvore desde que era criança e brincava com Grace, mas minhas mãos e pés se lembravam de como encontrar pontos de apoio nas reentrâncias e nós dos galhos. Subi tão alto que pude ver as formas lustrosas dos corvos nos galhos, mas não continuei subindo. Eu me perguntei se um deles seria o mesmo pássaro que minha mãe havia mandado embora. Procurei o sinal em suas penas escuras, mas não consegui vê-lo.

Agora eu podia enxergar bem a casa da fazenda e o curral das vacas, próximo a ela. Observei John sair da casa e abrir o curral para que as vacas se espalhassem pelo campo. Eu contei umas vinte delas, muito mais do que qualquer outra fazenda da região, até onde eu sabia. Sem dúvida, algumas eram as vacas dos Metcalfe e tinham vindo com Grace como dote. Eu me perguntei se John alguma vez bateria numa das suas vacas do jeito que batia na esposa.

Depois de um tempo, vi Grace sair da casa da fazenda, carregando um balde de água e a roupa para lavar. Senti o alívio me percorrendo. Ela estava viva. Observei-a se agachar no chão e esfregar a roupa e, quando terminou, pendurá-la no varal que se estendia entre a casa da fazenda e o curral. As roupas de baixo brancas brilhavam douradas ao sol nascente. Eu me perguntei se ela estaria lavando o sangue delas.

Eu vi John atravessar o campo para se aproximar dela. Grace virou a cabeça para ele e então desviou o olhar, e havia algo na postura do seu corpo que me fez pensar num cachorro esperando tomar um chute do dono. Eu o vi falar com ela e os dois entraram juntos, ela de cabeça baixa.

Fiquei um tempo sobre a árvore, observando a casa da fazenda, mas nenhum dos dois voltou a sair. O dia estava ficando mais quente e iluminado. Desci para o caso de alguém da aldeia passar e olhar para cima, me vendo ali.

Enquanto voltava para casa, me perguntei qual seria o significado da minha visão na fogueira. Havia muito sangue, a escuridão era como uma boca aberta entre suas pernas. Grace estaria grávida de novo e teria sofrido um aborto? Ou ela ainda estaria grávida? Lembrei-me do que ela havia me dito: "Se este bebê nascesse morto como os outros, ele poderia me matar".

MAIO TORNOU-SE JUNHO E os dias se alongaram. O sol iluminava o céu durante muitas horas, de modo que eu dormia e acordava à luz do dia. Enquanto eu fazia minhas tarefas diárias e quando deitava minha cabeça para descansar à noite, pensava em Grace. Ela e John ainda iam à igreja e, depois do sermão, enquanto John conversava com os outros aldeões, ela mantinha os olhos fixos no chão. Eu me perguntava o que ela estaria pensando, se estava bem.

Eu não poderia lhe enviar uma mensagem, pois Grace não conhecia as letras e não seria capaz de lê-las. Eu tinha pensado em voltar à fazenda Milburn – para fazer o que, exatamente, eu não sabia –, mas ficava muito preocupada que me vissem, agora que as noites eram tão breves. Não ousava perguntar aos aldeões, que vinham à minha porta em busca de remédios para febre do feno e picadas de mosquitos, se tinham notícias da esposa de John Milburn. A distância entre nós era bem conhecida em Crows Beck. Levantaria muita suspeita se eu perguntasse sobre ela agora. Poderiam achar que ela havia procurado minha ajuda. Não ousei dar ao marido outra razão para machucá-la.

O marido dela. Eu não sabia que era possível odiar tanto uma pessoa. Minha mãe tinha me ensinado que toda pessoa merece amor, mas não vou negar que, mesmo assim, teria ficado feliz em ver Grace viúva.

Lembrei-me com vergonha de que, no dia do casamento, Grace e John pareciam formar um belo casal. Eu não entendia muito de coisa alguma na ocasião.

Achava que conhecia bem as pessoas, só porque sabia curar feridas e baixar febres. Mas eu não sabia nada do que acontecia entre marido e mulher, nem do ato que fazia uma mulher engravidar. Eu não sabia nada sobre os homens, além do que minha mãe havia me contado. Quando menina, eu sempre ficava chocada nas ocasiões em que um homem vinha procurar o tratamento da minha mãe. Pelo seu tamanho, sua voz grave, suas mãos grandes. O cheiro que se desprendia. De suor e poder.

As folhas escureceram e começaram a cair. O clima frio voltou. Um dia eu tinha ido à praça do mercado comprar carne e pão, quando vi uma mulher inclinada sobre uma banca repleta de corações de porco, um cacho ruivo escapando da touca. Grace.

Eu não podia me aproximar dela ali, na praça da aldeia, na frente de todo mundo. Fiquei mais para trás, enquanto Adam Bainbridge embrulhava para ela dois corações de porco num pano e depois colocava-os numa cesta que ela levava no ombro. Eu mesma comprei um pouco de pão, observando-a com o canto do olho. Então a segui, alguns passos atrás, quando ela partiu pela estrada para a fazenda Milburn. As árvores de ambos os lados da estrada pareciam desnudas sem suas folhas, que brilhavam vermelhas no chão, molhado por semanas de chuva. Observei enquanto Grace apertava mais o xale de lã sobre os ombros.

Eu estava começando a me perguntar se ela não podia ouvir meus passos atrás dela, pois ela não se virou. Mas assim que pudemos ver a casa da fazenda à frente, por entre as árvores, ela se virou.

– Por que você está me seguindo? – ela perguntou. Mais do seu cabelo ruivo havia escapado da touca e por baixo dela seu rosto estava pálido como leite.

– Faz seis luas que eu só a vejo de longe – eu disse. – Eu a vi na praça da aldeia e... Queria ter certeza de que você estava bem. Não há mais ninguém por perto, você pode falar comigo sem medo.

Ao ouvir minhas últimas palavras ela riu, mas seus olhos estavam inexpressivos.

– Estou bem – disse ela.

– Você está... Ficou...

– Eu não fiquei grávida de novo, se é isso que quer saber. Não por falta de tentativas de John.

Os olhos dela escureceram. Dei um passo para me aproximar um pouco mais e ver se havia hematomas em seu rosto, como no passado.

– Você não verá novas marcas em mim – disse ela, como se tivesse lido meus pensamentos. – Desde a última vez em que Mary Dinsdale perguntou sobre meu lábio, depois da igreja. Agora ele toma cuidado para poupar meu rosto.

– Você pensou melhor sobre o que eu disse naquela noite? – perguntei.

Ela ficou em silêncio por um tempo. Quando falou, não olhou para mim, mas para o céu.

– Um homem com a idade e a saúde de John não cai morto do nada, Altha – disse ela. – O dr. Smythson vai detectar o veneno. Cicuta, beladona... ele saberá que você teve parte nisso. Não há mais ninguém na aldeia que entenda tanto de plantas quanto você. Você será enforcada. Nós seremos enforcadas. Não me importa muito se vou viver ou morrer, mas não quero ter outra morte pesando na minha consciência. Nem mesmo a sua.

Com essas últimas palavras, ela se virou para ir embora.

– Espere! – pedi. – Por favor. Não suporto saber que você está sofrendo... Eu poderia pensar em algo, uma maneira de não sermos descobertas...

– Não vou falar mais sobre isso – ela disse por cima do ombro. – Volte para casa, Altha. E fique longe de mim.

Não fui logo para casa, como ela havia recomendado. Observei enquanto seu pequeno corpo desaparecia entre as árvores. Algum tempo depois, uma nuvem de fumaça subiu da casa da fazenda Milburn. Estremeci. O dia estava ficando mais frio e gotas geladas de chuva começaram a cair em meu rosto e pescoço. Continuei andando até chegar ao carvalho em que eu havia subido para vigiar a casa da fazenda. Eu não subiria nele hoje. Os corvos estavam empoleirados como vigias nos galhos mais altos da árvore e seus agudos gritos de angústia poderiam ter sido os meus.

Capítulo Quarenta e Um

Violet

Cinco dias. Violet temia perder a noção das vezes em que o sol mergulhava no céu e voltava a nascer. Ali, no chalé, o tempo seguia regras diferentes. Não havia gongo para o jantar, nem a srta. Poole exigindo que ela conjugasse dez verbos em francês por vários minutos. Violet passava a maior parte dos dias no jardim, ouvindo os pássaros e os insetos, até o sol brilhar vermelho nas folhas das plantas.

Ela quase podia imaginar que já era livre.

Quase.

À noite, ela dormia com a pena de Morg apertada na mão e sonhava com a mãe.

A mãe dela. *Elizabeth Weyward.* Ela que dera a Violet seu nome do meio. Seu legado. Ela sussurrou o nome dela em voz alta, como se fosse um feitiço. Isso a fazia se sentir forte, preparando-a para o que tinha que fazer a seguir.

No quinto dia, o vento rugiu e sacudiu a cabana, dobrando os galhos do plátano de modo que as folhas pareciam estar dançando.

Violet coou a mistura na cozinha. Usou duas latas vazias para separar o líquido dourado das pétalas encharcadas com cheiro de podridão.

Esperou até que estivesse na cama para beber. O líquido era forte e acre, ardendo no fundo da garganta. Seus olhos lacrimejaram. Ela se deitou e ouviu o vento sacudir as paredes do chalé, enquanto esperava a dor chegar.

Pouco a pouco, foi sentindo pontadas dentro dela. Começou como as cólicas que acompanhavam sua maldição mensal, monótonas e pulsantes, mas logo a dor ficou mais forte. Era como se houvesse algo dentro dela puxando e retorcendo suas entranhas até que adquirissem formas estranhas. Violet tentou encontrar um ritmo, respirar como se estivesse navegando num barco em meio a um tufão, mas não conseguiu. A dor era como uma punhalada agora. A janela balançou e Violet ouviu o estalo de um galho batendo no telhado. Houve como que um estouro dentro dela, uma libertação, e então uma grande inundação.

Ela ficou maravilhada diante da cor brilhante que vinha de dentro do seu próprio corpo. Parecia mágico, pensou. O sangue continuava saindo; suas pernas estavam escorregadias por causa dele. Ela fechou os olhos e atingiu a crista da onda. Depois caiu.

Capítulo Quarenta e Dois

Kate

Seu coração bate forte no peito, palpitando como uma mariposa presa. Simon não pode tê-la encontrado. Não é possível. A menos que... o e-mail.

O celular acende com mensagens, uma após a outra.

Vejo você em breve.

Muito em breve.

Por um tempo, ela fica ali paralisada; um buraco negro se abre dentro dela, engolindo sua capacidade de se mover, de pensar... então ela sente o bebê chutar.

Tudo se torna hiperreal: o sol se pondo na neve lá fora, tingindo de vermelho o jardim, os gritos dos corvos no plátano. Seu sangue, correndo nas veias. Todos os seus sentidos em alerta, aguçados.

Depressa, ela fecha as cortinas, tranca as portas, tentando freneticamente pensar no que fazer. Cortinas e fechaduras não serão de muita utilidade, ela sabe.

Simon só precisa quebrar uma janela. Se ao menos ela estivesse com seu carro. Sem ele, Kate está presa ali, com um inseto trêmulo, exposto numa teia de aranha.

Ela pode chamar a polícia, ligar para Emily. Perguntar se ela pode vir buscá-la. Mas a amiga não vai chegar a tempo... É domingo, o que significa que Emily está em casa, em sua fazenda a mais de uma hora de carro...

O sótão. Ela vai precisar se esconder. Pressiona a mão na testa enquanto tenta descobrir o que levar com ela. Ela pega uma garrafa de água e algumas frutas e as enfia na mochila. O celular dela também, para que possa chamar a polícia. Velas e fósforos, para não esgotar a bateria do telefone usando a lanterna.

Kate destranca a porta dos fundos novamente para pegar a escada, no lugar em que ela fica encostada nos fundos da casa, coberta de neve. Ela tenta levantá-la, o suor brotando em suas têmporas, enquanto cambaleia sob seu peso.

Ela vira a escada de lado, arrastando-a para dentro de casa. É pesada e está coberta de teias de aranha; uma aranha treme num dos degraus enferrujados. Grunhindo, Kate posiciona a escada sob o alçapão e sobe o mais rápido que pode, as palmas das mãos escorregando nos degraus.

De lá de cima, ela olha para o abismo escuro do sótão. O alçapão é muito pequeno e ela não sobe ali há meses. Será que ela vai conseguir passar com a barriga de grávida?

A dúvida lateja dentro de Kate. Ela tem que tentar. Não há outro lugar onde possa se esconder.

A princípio, ela tenta subir no sótão da mesma maneira que fazia antes, mas seus braços não são fortes o suficiente para erguer o corpo inchado pela abertura. Ela muda de posição, tenta subir de costas. A escada chacoalha sob seus pés e, por um instante, ela tem medo de cair no chão. Dá um impulso para dentro, ofegando ao sentir uma dor aguda na palma da mão.

Ela se cortou. Mas conseguiu, está dentro do sótão.

As batidas do seu coração começam a ficar mais compassadas. Mas, em seguida, ela ouve o guincho dos pneus de um carro no cascalho do lado de fora. Ela congela, o coração na boca, as mãos escorregadias de sangue e suor. Escuta uma batida na porta.

Deus, ela deveria ter ligado para Emily primeiro... Ou ido ficar com ela antes de tudo isso acontecer. Simon nunca a teria encontrado lá.

– Kate? – Ao som da voz dele, seu coração dá um salto. – Eu sei que você está aí. Só quero conversar. Por favor, me deixe entrar. A maçaneta da porta sacode e ela ouve o rangido de madeira velha quando Simon joga seu peso contra a porta da frente.

A porta dos fundos. Kate esqueceu de trancá-la depois de pegar a escada.

Ela tem que ficar escondida. Mas... droga, a escada. Ele vai ver assim que entrar, bem no corredor, como uma flecha apontando para o esconderijo dela. Por que Kate não pensou nisso? É tão burra! O pânico borbulha em seu peito, ameaçando dominá-la. Ela fecha os olhos e se força a inspirar e expirar lentamente...

Pense. Pense. Ela abre os olhos. Ele está batendo de novo, desta vez com mais força, e de vez em quando usa o peso do seu corpo para tentar derrubar a porta. Kate vai ter que puxar a escada para dentro do sótão. É a única opção. Ela acende a lanterna do celular. A velha cômoda está atrás dela. Kate engancha uma perna ao redor do móvel para se apoiar, rezando para que Simon não ouça, então se vira antes de baixar a parte superior do corpo pelo alçapão.

O sangue inunda sua cabeça, pulsando como o mar. Ela agarra a escada e puxa, estremecendo com a dor em sua mão. *Vamos, Kate. Vamos.* Metade da escada está dentro do sótão agora. Graças a Deus tem muito espaço ali. Ela se arrasta o mais longe possível do alçapão, puxando a escada com força. Pode ouvir Simon andando do lado de fora, parando de vez em quando. Ela o imagina espiando pelas janelas, tentando vê-la dentro da casa.

Kate se pergunta quantos segundos ela tem até que ele vá aos fundos do chalé e tente abrir a porta. Cinco, dez se tiver sorte. Seus braços queimam e há um barulho de metal raspando o chão quando ela finalmente puxa o resto da escada para dentro.

Ela fecha o alçapão bem a tempo de ouvir a porta dos fundos se abrir.

Capítulo Quarenta e Três

Violet

Violet estava na faia, olhando para o vale lá embaixo. Muito abaixo, o riacho brilhava como um fio dourado. Ela podia ver o bosque, um hematoma na terra. Então sentiu o vento no rosto. Ela estava voando para longe, muito longe.

O sonho se desvaneceu e Violet voltou à consciência. Lá fora, o vento diminuíra para um assobio baixo. As cobertas estavam empapadas de sangue.

Comecei a sonhar com ela, uma beldade de cabelos escuros, mas sozinha e sangrando em nosso chalé.

Esse era o destino que sua mãe tinha previsto. O destino do qual ela tentara protegê-la, inclusive entregando a própria vida. Tudo em vão.

A vela ainda estava acesa, a chama azul tremulando. Violet estava com frio, muito frio.

Ela ergueu a vela e empurrou as cobertas.

Tinha funcionado.

Não havia mais nada de Frederick dentro dela. Violet estava livre.

Demorou um bom tempo para ela se levantar. Suas pernas estavam fracas e o quarto entrava e saía de foco. Ela estava muito cansada. Talvez devesse se deitar e dormir, pensou. Feche os olhos e volte para a faia, sinta o sol e o vento no rosto. Mas a *coisa*, a coisa que tinha vindo de Frederick, ela tinha que se livrar daquilo.

Violet tateou o caminho até o outro cômodo, apoiando-se na pedra fria da parede. Precisava de água, comida. Seus dedos tremiam enquanto ela pegava água do balde e bebia. Demorou uma eternidade para abrir uma das latas de apresuntado. A mão escorregou e o metal cortou-lhe a palma da mão, fazendo o sangue brotar em gotas brilhantes. Sua cabeça zumbia e ela se sentou pesadamente à mesa. O sangue em sua camisola estava começando a coagular e formar manchas e rastros marrons, como se fosse um mapa.

O apresuntado brilhava pálido e úmido na lata. Isso a fez pensar no esporo. Ela empurrou a lata para longe. O vento havia aumentado novamente e ela ficou sentada por um tempo, ouvindo. O vento tinha um tom alto e agudo, quase como uma voz humana. *Violet*, parecia dizer. *Violet*.

Capítulo Quarenta e Quatro

Kate

Kate leva a mão à boca e sente o gosto de sangue.

Abaixo dela, as tábuas do assoalho rangem enquanto Simon anda pelo chalé.

– Kate? – ele chama. – Eu sei que você está aqui. Vamos, Kate, você não pode se esconder de mim.

Ela pode ouvi-lo abrindo armários e fechando-os novamente.

Ouve porcelana se quebrando no assoalho de madeira da cozinha. Ele xinga em voz alta.

Ela ouve o clique da porta dos fundos se abrindo. Ele está procurando por ela no jardim outra vez. Kate aproveita para acender algumas velas com os dedos trêmulos. As formas do sótão emergem sob o brilho alaranjado das chamas. A cômoda. As prateleiras, com seus potes de vidro cheios de insetos. Estar cercada pelas coisas da tia Violet a faz se sentir um pouco mais forte.

Ela precisa chamar a polícia. Tira o celular do bolso e disca o número de emergência, enquanto ouve os passos de Simon entrando no chalé outra vez. O sinal no sótão é fraco e a conexão cai após o primeiro toque.

Xingando baixinho, ela tenta novamente.

– Emergência, de qual serviço você precisa?

Ela abre a boca para falar. A porta dos fundos se fecha novamente.

– Alô? De qual serviço você precisa?

Os passos estão no corredor agora. Eles param. Ela desliga o celular. Nenhum som além da batida do seu coração em seus ouvidos. Kate pressente que ele esteja logo abaixo dela. Kate está engolindo o ar agora, sua respiração rápida e irregular. E se ele puder ouvir?

Simon deve estar olhando para o alçapão. Querendo saber o que existe ali em cima. Imaginando se ela estaria escondida ali. Lágrimas ardem em seus olhos quando Kate se lembra de todas as vezes em que ele a machucou. Ela toca a cicatriz no braço. Todos aqueles anos que ela desperdiçou. Seis anos se acovardando, deixando-o dizer que ela era burra, incompetente. Inútil. O medo é substituído por um fulgor de ira.

Simon não vai machucá-la novamente. Ele não vai. Kate não vai permitir.

E ela não vai deixá-lo chegar *nem perto* da sua filha.

Os passos recomeçam. Kate o ouve entrar na sala de estar. Ouve um leve rangido quando ele se senta no sofá. Ela pode imaginá-lo, olhando pela janela, esperando que ela volte para casa.

Kate muda de posição, lenta e cuidadosamente. Ela olha para o celular: a barra indicando o nível da bateria pisca. Precisa de ajuda; deveria ter chamado a polícia assim que viu aquelas mensagens, mas sua mente estava entorpecida pelo pânico, só pensando na necessidade de se esconder. E agora era tarde demais para ligar. Ele iria ouvi-la e descobrir seu esconderijo.

Ela limpa a mão ensanguentada na calça e digita uma mensagem rápida para Emily.

Chame a polícia. Ex-namorado violento no chalé. Estou escondida no sótão.

Kate prende a respiração.

Falha ao enviar a mensagem.

Ela tenta reenviar, mas recebe repetidas vezes aquele mesmo aviso, frio e impessoal.

Ela está sozinha.

Deve haver algo no sótão que ela possa usar para se defender. Algo que possa servir como arma. Se ao menos tivesse pensado em pegar o atiçador de fogo na lareira.

Ela levanta uma das velas e olha em volta, procurando um pé de cabra, um taco de hóquei... qualquer coisa.

A luz da vela passa pela escrivaninha, iluminando os puxadores dourados. Ela vê algo que não tinha notado antes.

Engatinha até a escrivaninha, do modo mais lento e silencioso que pode, prendendo a respiração.

Há um *W* entalhado no puxador da gaveta trancada.

Ela puxa o colar de baixo da blusa e o tira. As letras *W* são idênticas.

Kate passa os dedos pelo pingente. Há uma pequena protuberância na parte inferior do pingente, quase invisível. Ela pressiona, prendendo a respiração. Nada acontece.

Ela pressiona novamente.

Desta vez, o pingente se abre com um estalo. No final das contas, não é um pingente. É um medalhão. Dentro há um pedaço de papel enrolado. Ela o levanta com cuidado, revelando a chavinha de ouro.

O papel parece branco e novo, como se não tivesse sido colocado ali há muito tempo. Ela o desenrola, o coração batendo forte no peito.

A caligrafia tinha mudado; estava mais refinada, mais elegante, mas ela ainda reconhece os arabescos do bilhete que encontrara no livro dos Irmãos Grimm. Era da tia Violet.

Espero que possa te ajudar como me ajudou. Isso é tudo o que diz. Nenhuma referência a que ela se refere. Mas, enquanto gira cuidadosamente a chave na fechadura, Kate acha que já sabe.

Ela abre a gaveta bem devagar, com medo de que ranja e alerte Simon sobre sua presença. Não respira até que a gaveta esteja aberta o suficiente para ela possa ver o que há lá dentro.

Um livro.

Ela o tira da gaveta, inalando o cheiro de mofo. Enquanto segura o livro nas mãos, ouve as primeiras gotas de chuva caindo no telhado.

A capa de couro está gasta e amaciada. Parece muito velha. Ter séculos de idade.

Ela o abre. O papel – não é papel, ela vê agora, mas pergaminho – é delicado. Transparente como as asas de um inseto.

A escrita desbotada está um pouco clara, de modo que a princípio parece ilegível. Ela segura a vela mais perto, observa a forma das palavras. Seu coração bate mais rápido quando ela lê a primeira linha.

"Dez dias eles me mantiveram presa ali..."

Capítulo Quarenta e Cinco

Altha

Eu não registrei por escrito o que ocorreu nesse último dia. Ontem, voltei a pegar o pergaminho e a tinta, mas as palavras não vinham.

Ontem à noite, sonhei com minha mãe, com as palavras que me disse enquanto jazia em seu leito de morte. Depois, sonhei que estava de volta à masmorra de Lancaster, onde a sombra da morte pairava sobre mim. Quando acordei em minha cama com o canto dos pássaros matutinos, quase chorei de alívio. Então me enrolei no xale e me sentei para escrever.

Para contar a história como realmente aconteceu, preciso incluir nesta página coisas que minha mãe não gostaria que eu contasse. As coisas que ela me disse não deveriam ser reveladas a ninguém, do contrário poderiam nos expor. Preciso falar da promessa que fiz e de como a quebrei.

Decidi que vou trancar estes papéis e garantir que não sejam lidos até que eu deixe esta terra e me junte à minha mãe no outro mundo. Talvez eu os deixe para a minha filha. Gosto de pensar nesta ideia: uma longa linhagem de mulheres Weyward, que se inicia comigo. Pois a minha mãe me disse que a primeira criança nascida de uma Weyward é sempre do sexo feminino. Por isso ela só teve a mim, assim como a mãe dela só teve a ela. Já existem homens suficientes no mundo, ela costumava dizer.

Eu tinha 14 anos, ainda fraca com meu primeiro sangue, quando ela me contou o que realmente significava ser uma Weyward. Era outono, um ano e meio desde que o casal batera à nossa porta no meio da noite, desde que minha mãe mandara seu corvo embora. Desde aquele último e precioso verão que compartilhei com Grace.

Minha mãe e eu estávamos andando no bosque ao entardecer, colhendo cogumelos, quando encontramos um coelho numa armadilha. Seu pobre corpo estava dilacerado e ensanguentado, mas ele ainda estava vivo, os olhos brilhando de dor. Ajoelhei-me, enlameando o vestido que minha mãe tinha lavado no dia anterior, e acariciei seu flanco com meus dedinhos. Seu pelo parecia úmido, o batimento cardíaco fraco e lento sob a pele. Pude sentir que ele temia a morte, mas ao mesmo tempo a aceitava. Seria o fim do sofrimento. A forma natural em que as coisas sucediam.

Minha mãe olhou em volta, examinando as formas escuras das árvores como se quisesse ter certeza de que estávamos sozinhas. Então, ela se agachou ao meu lado e colocou a mão sobre a minha.

– Encontre a paz – disse ela. Senti o batimento cardíaco do coelho desaparecer sob nossos dedos, vi a luz se apagar dos seus olhos. O animal estava morto, livre deste mundo. Não tinha mais nada a temer de armadilhas e caçadores.

Voltamos para casa em silêncio. Nessa época, minha mãe já estava perdendo as forças: suas costas, que sempre se mantinham eretas, agora estavam curvadas, e sua longa trança estava tão ressecada quanto a relva. Peguei seu braço e o apoiei em meus ombros, para sustentar seu peso.

Quando estávamos em casa e a noite caía sobre nosso jardim lá fora, ela me sentou à mesa enquanto o ensopado fervia no fogo. Vou repetir as palavras que ela me falou da melhor maneira que consigo me lembrar, embora a memória fique mais fraca a cada ano que passa.

Ela disse que havia algo que eu precisava aprender, agora que havia me tornado uma mulher. Mas eu não devia falar sobre aquilo com ninguém.

Eu assenti, animada com a ideia de compartilhar um segredo com minha mãe. Ao pensar em finalmente entender a atração que sentia dentro de mim, o fio dourado que parecia me conectar às aranhas que escalavam as paredes da nossa casa, às mariposas e libélulas que esvoaçavam no jardim. Aos corvos que minha mãe criou desde que me lembro e cujos olhos brilhantes no escuro afugentavam meus pesadelos na infância.

Ela disse que eu tinha a natureza no meu coração. Assim como ela e minha avó antes dela. Havia algo sobre nós, as mulheres Weyward, que nos unia com mais força ao mundo natural. Era algo que sentíamos, disse ela, assim como sentíamos raiva, tristeza ou alegria. Os animais, os pássaros, as plantas... todos eles nos davam boas-vindas, reconhecendo-nos como um entre os seus. Era por isso que as raízes e folhas cresciam com tanta rapidez sob nossos dedos, se tornando tônicos que traziam consolo e cura. Era por isso que os animais aceitavam de bom grado as nossas carícias. Por isso que os corvos, aqueles que carregavam a marca, velavam por nós e nos obedeciam; por isso que o toque desses pássaros fortalecia as nossas habilidades. Nossas ancestrais – as mulheres que tinham caminhado por este mundo antes de nós, antes que houvesse palavras que definissem quem eram – não estavam enterradas na terra árida do cemitério da igreja, encerradas numa caixa de madeira apodrecida. Em vez disso, os ossos das Weyward repousavam nos bosques, nas colinas, onde nossa carne alimentava as plantas e flores, onde as árvores envolviam os nossos ossos com as suas raízes. Não precisávamos que entalhassem nosso nome na pedra como prova de que tínhamos existido.

Tudo o que precisávamos era que nos devolvessem à natureza selvagem.

E essa natureza selvagem é que tinha dado origem ao nosso sobrenome. Foram os homens que nos designaram assim, no tempo em que a linguagem não passava de um broto saindo da terra. *Weyward*, "rebeldes", eles nos chamavam quando não nos submetíamos, quando não nos curvávamos à vontade deles. Mas aprendemos a usar esse sobrenome com orgulho.

Porque sempre foi um dom. Até agora.

Ela me contou sobre outras mulheres da região – como aquelas que o casal de Clitheroe havia mencionado, as Device e as Whittle –, que morreram por terem esses dons. Ou simplesmente por suspeitarem que tinham. As mulheres Weyward tinham vivido em segurança em Crows Beck nos últimos cem anos e, durante esse tempo, curaram seus habitantes. Nós os trazíamos para este mundo e segurávamos nas mãos deles quando partiam. Podíamos usar nossa habilidade de cura sem despertar muita atenção. As pessoas ficavam gratas por esse nosso dom.

Mas nosso outro dom, o vínculo com todas as criaturas – é muito mais perigoso, ela me alertou. As mulheres tinham perecido – na fogueira ou na forca – por terem uma relação estreita com os animais, os quais os homens invejosos chamavam de "espíritos familiares". Por isso ela tivera que afugentar seu corvo, o pássaro que tinha vivido em nossa casa por tantos anos. A voz dela falhou quando falou sobre isso.

E foi nesse dia que ela me fez prometer que eu não usaria esse dom, essa natureza selvagem que tínhamos dentro de nós. Eu poderia usar minhas habilidades de cura para pôr comida na mesa, mas devia ficar longe das criaturas vivas, das mariposas, aranhas e corvos. Do contrário, estaria arriscando a minha vida.

Talvez um dia, disse ela, houvesse um momento em que seria mais seguro. Quando as mulheres pudessem andar pela terra ostentando seu poder e ainda assim viver em paz. Mas até esse dia eu deveria manter meu dom escondido, andar apenas pelos cantos mais escuros do mundo, como um besouro pelo solo.

E se eu me limitasse a isso, poderia sobreviver. Pelo menos por tempo suficiente para continuar nossa linhagem, para aceitar de um homem sua semente e nada mais. Nem seu sobrenome, nem seu amor, que poderiam colocar em risco meu segredo.

Na época, eu não sabia o que ela queria dizer com semente; pensava que era uma semente que se colocava na terra, não dentro de uma mulher. Imaginei a próxima menina Weyward, que um dia cresceria dentro de mim, florescendo para a vida.

Três anos depois, quando minha mãe estava em seu leito de morte, naquela noite terrível em que as poucas velas que tínhamos não venciam a escuridão que se instalou no quarto, ela me lembrou de minha promessa em seu último suspiro.

Eu tinha prestado atenção às suas palavras por todo aquele tempo. Mas após falar com Grace naquele dia depois do mercado, senti o primeiro desejo de desobedecer à minha mãe. O primeiro desejo de quebrar minha promessa.

Capítulo Quarenta e Seis

Violet

– Violet! – gritou a voz mais uma vez. Realmente parecia uma voz humana. Violet se perguntou se ela estava com alucinações; com certeza era perigoso perder tanto sangue. Ouviu um som de batidas. Ela levantou os olhos. Viu, ou pelo menos pensou ter visto, um rosto na janela. Pálido e redondo, com uma mecha de cabelo ruivo.

Ela abriu a porta dos fundos e a silhueta de Graham apareceu contra o jardim. Atrás dele, as heleborinhas ondulavam ao vento, um mar vermelho-escuro.

– Santo Deus! – exclamou Graham. Ele estava olhando para a camisola dela, a mancha escura que cobria suas pernas. Ela queria fugir dele e se esconder, como se fosse um animal agonizante. Graham continuou falando, mas Violet custava a entender as palavras. Ela podia ver a boca do irmão se mexendo e sabia que sons estavam saindo dela, mas eles pareciam flutuar antes que ela pudesse capturá-los, como as penugens de um dente-de-leão.

Graham entrou no chalé.

– Pelo amor de Deus, Violet! – disse ele. – Sente-se.

Ele pegou uma vela da mesa e caminhou em direção ao quarto, seu rosto sombrio sob a luz bruxuleante.

– Não – ela disse com a voz fraca, mas era tarde demais.

– Santo Deus! – ela o ouviu dizer novamente.

Houve um farfalhar e Graham reapareceu, segurando um amontoado de lençóis ensanguentados longe do corpo. Seu rosto branco parecia culpado, como se carregasse algo morto. E ele *estava* carregando algo morto, Violet lembrou.

– Eu não quero olhar para isso – disse ela.

– Temos que enterrá-lo – disse Graham. Ele ficou parado por um instante, observando-a. – Encontrei seu bilhete – disse ele. – Eu estava no seu quarto, procurando meu livro de Biologia. O bilhete estava naquele livro de contos de fadas que você adorava.

– *Contos de Grimm* – ela disse baixinho.

Graham assentiu.

– Depois nosso Pai me disse que você e Frederick iam se casar. Depois de ler... depois de ler o bilhete, eu sabia que você não queria se casar com ele. Pensei em visitar você em Windermere, no sanatório, para ver se estava bem. Mas então ouvi nosso Pai ao telefone no escritório ontem à noite... Ele estava conversando com o dr. Radcliffe sobre você. Então... ele deu ao médico este endereço, por isso esta tarde eu disse ao nosso Pai que ia dar um passeio... e vim aqui.

Ele olhou em volta enquanto falava, observando o cômodo escuro de teto baixo.

– Que lugar é este? – perguntou.

Violet não disse nada, mas sentiu uma pontada de medo no estômago. O Pai falando com o dr. Radcliffe... dando a ele o endereço do chalé... ela sabia que isso não era bom sinal, mas não conseguia pensar exatamente por quê. Seu cérebro parecia entorpecido, lento como uma lesma, assim como naquela tarde no bosque com Frederick, depois de beber todo aquele conhaque. Antes que seu primo...

– O que aconteceu com o bebê, Violet? – A voz de Graham era quase um sussurro. – Você tomou alguma coisa? Algo para fazer o bebê morrer?

– Para fazer descer a menstruação – disse Violet.

– Violet, você está me ouvindo? Você tem que me dizer se tomou alguma coisa. O dr. Radcliffe está vindo aqui hoje. Ele vai encontrar o nosso Pai aqui. Podem chegar a qualquer momento. Se você tomou alguma coisa... precisa me dizer. Temos que nos livrar das provas. Isso é crime, Violet. Eles podem prender você pelo resto da vida.

O medo em seu estômago novamente.

– Pétalas de atanásia – ela disse. – Deixe de molho na água por cinco dias antes da administração...

– Certo – disse Graham. Ele colocou os lençóis embrulhados no chão e voltou para o quarto. A porta se abriu e o vento entrou na cabana, desenrolando o bolo de lençóis para revelar um brilho de carne pálida. Violet foi tomada pelo terrível medo de que o esporo fosse reanimar e deslizar para dentro dela novamente. Ela não poderia suportar. Virou-se para encarar a parede.

Graham voltou segurando a lata em que ela havia preparado a mistura de atanásia. Ela podia sentir o cheiro, úmido e enjoativo. Ele levou a lata e os lençóis para fora. Violet ouviu as primeiras gotas de chuva no telhado e observou-a escorrer pelo buraco no teto. Ela queria se levantar, sair no jardim e deixar que a chuva a lavasse, mas estava cansada demais para se mover. Sua cabeça pendeu para a frente sobre o peito. A escuridão a envolveu.

Quando Graham voltou para o chalé, seu cabelo estava molhado e ele tinha lama nas roupas.

– Enterrei – disse ele. – O bebê. – Ele limpou a terra das mãos enquanto falava, sem olhar para ela.

– Obrigada – ela murmurou, embora desejasse que ele não se referisse àquilo como um "bebê".

Ele assentiu e depois trouxe para ela uma panela com água e um pano, junto com uma camisola limpa da mala no quarto.

– Vou sair para você se limpar – disse ele, deixando o cômodo. – Me chame quando estiver decente.

Enterrei o bebê.

Violet se perguntou se algum dia voltaria a ficar decente.

Ela se levantou cambaleando e tirou a camisola suja. O sangue havia grudado em suas pernas e removê-lo foi como arrancar uma camada de pele. Sua visão nublou e ela se apoiou nas costas da cadeira. Esfregou as coxas com o pano e observou o sangue escorrer em riachos pelas pernas, manchando o chão. Lá fora, em meio ao som do vento rugindo por entre as árvores, ela pensou ter ouvido o grasnido de um corvo. Em seguida, o barulho de um motor. Um carro.

– Violet – Graham chamou. – Rápido. Vista-se. Estão aqui.

Capítulo Quarenta e Sete

Kate

Kate está no sótão há horas.

Houve momentos de silêncio, quando ela se perguntou se Simon tinha desistido de esperar por ela e ido embora. Mas por fim ela ouviu a aproximação lenta e ameaçadora dos passos dele pelo corredor. Claro que Simon não tinha desistido. Nunca vai deixá-la. Nunca vai *deixá-las*.

Estes são os piores momentos, quando o medo recua apenas para fechar seu punho frio em torno do seu coração novamente. Mas, enquanto Kate vira as páginas frágeis do manuscrito de Altha, enquanto lê uma história que tem séculos, mas se assemelha tanto com a sua própria história, a raiva cresce dentro dela.

A chuva ainda cai, tamborilando alto no telhado como um grito de guerra. Ela terminou de ler o manuscrito. Agora sabe a verdade. Sobre Altha Weyward. Sobre tia Violet também. Sobre si mesma e sobre sua filha.

A verdade. Ela pode senti-la se espalhando pelo seu corpo, como lava, endurecendo seus ossos.

Essa natureza selvagem é que tinha dado origem ao nosso sobrenome.

Tantos anos se sentindo diferente. Isolada. Agora ela sabe por quê.

A chuva fica mais forte. Há algo de errado com o barulho da chuva – em vez do tamborilar rítmico da água, ele é errático e pesado. *Plop. Plop. Plop.* Como se centenas de objetos sólidos estivessem caindo no telhado. Ela ouve um ruído de raspagem também. A princípio pensa que é o vento, o galho de uma árvore raspando nas telhas. Ela se concentra. Não é um galho, são garras. O bater de asas. Kate pode senti-los ali, uma massa crescente e frenética. Pássaros.

Claro! O corvo está ali desde que ela chegou. Na lareira. Observando da sebe, do plátano. O mesmo corvo que a conduziu pelo bosque depois do acidente. O corvo que tem a marca.

Agora ela não tem mais medo. Nem dos pássaros, nem de Simon.

Pensa em todas as vezes que ele a machucou, em que usou a carne relutante dela como se existisse apenas para o seu prazer. Ele a fez se sentir pequena e sem valor.

Mas ela não é.

Seu sangue ferve, suas terminações nervosas formigam. No escuro, sua visão fica mais clara, mais nítida; parece que os sons estão vindo de dentro do seu próprio crânio.

Os pássaros no telhado começam a chilrear e grasnar. Ela imagina seus corpos cobrindo a casa numa massa ondulante e emplumada.

Kate agradece a eles e lhes dá as boas-vindas. Coloca a mão na barriga.

Estou pronta. Estamos prontas.

Simon solta um grito lá embaixo e ela sabe que ele também os viu.

É ela sabe que chegou a hora. Agora ou nunca.

Ela abre o alçapão.

Capítulo Quarenta e Oito

Altha

Eu estava muito ocupada naqueles últimos meses de 1618. À medida que as folhas ficavam vermelhas, o céu também ficava, pois um grande cometa perseguiu as estrelas como uma mancha de sangue. Minha mãe costumava interpretar as estrelas e eu me perguntava o que ela diria se pudesse ver o céu vermelho, se ele diria a ela o que estava por vir.

O outono deu lugar ao inverno e a aldeia foi assolada pela febre. Parecia que metade dos aldeões mandara chamar o médico e a outra metade, os que não tinham dinheiro para oferecer sua carne às sanguessugas, mandaram chamar a mim. Em cada rosto febril – os olhos vidrados de dor, as manchas de fogo nas bochechas –, eu via Anna Metcalfe. Eu via minha mãe.

Um erro podia custar a minha vida.

E por isso eu passava metade das noites em claro, resfriando a testa de um paciente ao lado da cama ou trabalhando no chalé, preparando tônicos e unguentos para o dia seguinte. Meus dedos sempre cheiravam a matricária, como se a planta tivesse se infiltrado na minha pele depois de tanto eu cortá-la e esmagá-la. As noites em que eu deitava a cabeça no catre, estava tão exausta que adormecia instantaneamente. E nem sonhava.

Pelo que eu soube, nem Grace nem o marido tinham adoecido, mas, se isso tivesse acontecido, teriam mandado chamar o dr. Smythson. Ambos iam à igreja todos os domingos e, embora os bancos estivessem quase vazios naquele inverno, porque havia muitos doentes, continuei mantendo certa distância e me sentando o mais longe possível. Durante o sermão, eu deixava a voz do reverendo Goode ir se distanciando até se tornar um zumbido baixo, as palavras se misturando, e observava os cachos ruivos de Grace tremendo quando ela abaixava a cabeça para rezar.

Nesse momento, eu me perguntava se Grace respeitava os antigos costumes, como seu pai. Se ela rezava à Maria para obter a salvação. Embora eu duvidasse que a Virgem – que havia sido poupada de sentir a carne de um homem sobre a dela – pudesse salvar Grace de seu marido.

Ela parecia a mesma de sempre. O rosto pálido e distante, a cabeça baixa. Nenhuma marca nela que eu pudesse ver, mas me lembrei do que Grace havia dito. Que ele estava tomando cuidado para não machucar o rosto dela. Eu não suportava pensar no que ela devia ocultar sob a roupa. Lembrei-me da minha visão, na fogueira da Véspera do Primeiro de Maio. O sangue.

A febre que assolou a aldeia se extinguiu com o Advento de Cristo e, embora a neve formasse um manto espesso sobre o chão, a igreja estava cheia na manhã de Natal. Os aldeões sentavam-se nos bancos, com neve em seus chapéus e capas, fazendo-os parecer pães enfarinhados. No meu lugar habitual na parte de trás da nave, estiquei o pescoço para ver Grace. Mas ela não estava sentada ao lado de John. Examinei os bancos. Ela não estava na igreja.

Durante todo o sermão do reverendo Goode, eu me perguntava por que Grace não comparecera à missa. Teria pego a febre? Depois da missa, John ficou conversando com os Dinsdale, jogou a cabeça para trás e riu de alguma coisa que Stephen Dinsdale tinha dito. Ele não tinha a expressão preocupada de um homem cuja esposa estava doente, pensei. Mas talvez isso fosse de se esperar. Afinal, pelo que eu sabia, o valor de Grace para ele estava em sua capacidade de lhe dar um filho, e nisso ela tinha falhado até o momento. Quem sabe ele ficaria muito feliz se ela definhasse e morresse, dando-lhe uma desculpa para se casar com uma mulher que pudesse lhe dar um filho para levar adiante o sobrenome Milburn.

Fiquei o mais perto que pude do pátio da igreja, para o caso de John dizer algo que desse uma pista do estado de Grace. Mas não ouvi nada: os aldeões estavam alegres com a promessa das festividades que viriam e o pátio da igreja estava cheio de conversas. Depois de um tempo, as pessoas pararam de falar, ainda mais encolhidas em suas capas e chapéus, desejando feliz Natal umas às outras. Entristecia-me pensar nas festas e risadas que eles desfrutariam com suas famílias, enquanto eu ficaria sentada sozinha em meu chalé. Observei quando John se virou para ir e ouvi Mary Dinsdale pedir a ele que transmitisse seus melhores votos à esposa.

– Obrigado – disse John. – Amanhã com certeza ela já vai estar de pé. Bem, terá que estar, já que as vacas precisam ser ordenhadas. – Ele riu, um som áspero, como as mandíbulas de um arado, e desejou-lhes feliz Natal.

Voltei para casa pelos campos brancos, sob as árvores nuas como ossos. Pensei nas palavras de John e o vento do inverno entorpeceu meu rosto e gelou meu coração.

NA MANHÃ SEGUINTE, QUANDO acordei, o silêncio era tão profundo que me perguntei se havia perdido a audição. Olhando pela janela, vi que a neve havia caído com tamanha intensidade durante a noite que havia abafado os sons do mundo inteiro. Nenhum pássaro havia cantado naquela manhã e o sol, embora fraco e acinzentado, já estava alto no céu.

Eu esperava que os aldeões permanecessem aconchegados e aquecidos dentro de casa, talvez dormindo ainda embalados pela alegria da noite anterior. Esperava que ninguém me visse enquanto atravessava aquele mundo branco e imóvel.

Enquanto caminhava pela neve, com os pés frios nas botas e as mãos ásperas nas luvas, meu estômago revirava de medo. O que quer que ele tivesse feito com Grace, pensei, devia ter sido muito grave se ela não estava em condições de ser vista em público no dia de Natal.

Quando cheguei à fazenda Milburn, pensei que eu tinha me perdido ou que a casa havia desaparecido. Então ouvi as vacas mugindo no curral, queixando-se do frio, e percebi que um grande manto de neve cobria o telhado da casa. Tentei subir no carvalho para ter uma visão melhor, mas minhas mãos e pés não conseguiram encontrar apoio, o tronco estava muito escorregadio com o gelo. Foi nesse momento que vi a figura escura de um homem se dirigir ao monte branco que cobria a casa da fazenda. Mesmo a distância, não havia como confundir suas vestes longas e ondulantes e a maleta de couro que carregava na mão.

O dr. Smythson.

PASSEI OS ÚLTIMOS DIAS de dezembro me levantando antes do nascer do sol, quando o vale estava repleto de escuridão e silêncio. Enquanto o céu ficava acinzentado no horizonte, eu ia até a fazenda Milburn, subia no carvalho e me sentava no alto dos seus galhos. Eu era quase como um daqueles tantos corvos, que me acolhiam silenciosamente com seus olhos brilhantes. Um deles pousou ao meu lado e roçou no meu manto com suas penas. Juntos vigiamos a casa da fazenda.

Vi a luz bruxuleante das velas através das persianas. Vi a porta dos fundos se abrir enquanto John saía da casa e caminhava até o curral para ordenhar as vacas. Ouvi os mugidos baixos dos animais quando os dedos ásperos do fazendeiro apertaram seus úberes e o medo cresceu em mim. A ordenha era tarefa de Grace. John levou as vacas para o pasto, que estava escuro e coberto de neve derretida. Em alguns dias, o rapaz Kirkby aparecia. Eu não vi Grace. O céu de inverno ficou claro e então o cor-de-rosa se tornou um azul gelado. Mesmo assim ela não saiu da casa, nem para lavar roupa, nem para buscar água no poço ou ir ao mercado.

Cinco dias se passaram assim. Então, no amanhecer do sexto dia, observei a porta dos fundos se abrir e Grace emergir no lugar de John. Eu a vi se dirigir ao curral para a ordenha, andando devagar, o corpo curvado de dor. Eu a vi cambalear e depois cair de joelhos e vomitar. Levei a mão à boca quando vi a porta se abrir outra vez. John saiu e andou num passo rápido até a esposa, que estava ajoelhada na lama congelada.

Apesar de tudo o que eu sabia sobre esse homem, uma parte inocente de mim esperava que ele fosse gentil com a esposa, pegasse na mão dela e a levantasse com ternura. Em vez disso, eu o vi arrancar a touca dela e agarrar seu cabelo. Sob o céu opaco, seus cachos eram da cor do sangue seco. John puxou-a pelos cabelos e levantou-a; o grito agudo de dor que Grace proferiu me causou um arrepio. Ao meu redor, os corvos se moviam inquietos nos galhos.

Lágrimas congelaram em meu rosto enquanto eu o observava arrastá-la para o curral, como se ela fosse a carcaça de um animal abatido. Uma coisa era ouvi-la falar sobre o tratamento rude que ele dispensava a ela. Outra bem diferente era vê-lo fazendo isso. A fúria fluiu pelo meu sangue como fogo.

Na manhã seguinte, véspera de Ano-Novo, Adam Bainbridge me entregou um presente. Ele havia embrulhado um pequeno pedaço de presunto num pano.

– E tem mais uma coisa – ele disse, depois que agradeci. – Eu fui à fazenda Milburn logo cedo hoje, para entregar um presente. Há muito tempo John Milburn nos abastece com carne de vitela e meu pai me pediu para levar uma prova da nossa gratidão neste novo ano.

Ele fez uma pausa, como se a obrigação de levar o presente não o agradasse. *Ele sabe*, pensei. Ele sabe como John a trata.

– John estava no pasto, então foi a sra. Milburn quem atendeu à porta. Grace. Ela perguntou se eu planejava entregar outros presentes hoje. Eu disse que estava levando um presente para você, pelo carinho que nos demonstrou este ano, quando meu avô faleceu. Ela pediu que eu lhe desse isto.

Ele colocou um pacote de pano nas minhas mãos. Eu não me atrevi a abri-lo na frente de Adam e fingi que o presente era uma surpresa, pois, até onde os aldeões sabiam, Grace não me dirigia uma só palavra gentil em público havia sete anos.

Ele olhou para mim por um instante, como se quisesse me fazer uma pergunta, mas pensou melhor.

– Enfim, feliz Ano-Novo, Altha – disse ele. – Que Deus a abençoe.

Adam tocou o chapéu e se afastou.

Observei-o desaparecer pela trilha, depois entrei no chalé. Assim que fechei a porta, desfiz o embrulho. Era uma esfera dourada e muito perfumada; uma laranja, percebi. Eu só tinha ouvido falar desse fruto tão raro e precioso. Um presente caro. O cheiro dela era forte em minhas narinas, misturado com outro, mais amadeirado. Cravo-da-índia. Peguei o cravo; era áspero contra meus dedos. Eu vi que não havia sido preso num simples pedaço de galho, mas numa figura feita de galhos e barbante. Era grosseiro e parecia feito às pressas, mas pude ver o que ela pretendia que fosse. A figura de uma mulher, com um barbante enrolado na cintura. Um bebê.

Grace estava grávida de novo. E ela estava pedindo a minha ajuda.

NAQUELA NOITE, SONHEI NOVAMENTE com minha mãe em seu leito de morte. Suas feições eram de cera e os lábios pálidos mal se moviam enquanto ela falava.

– Altha – ela disse. – Lembre-se da sua promessa... você não pode quebrar sua promessa... não é seguro. Você precisa manter seu dom em segredo...

Acordei com um sobressalto e o sonho se desvaneceu. Afastei da mente o rosto de minha mãe. Um ruído havia me despertado, percebi. Eu ouvi de novo. Um grito que pulsava no silêncio. Um corvo. Eu olhei para fora. A noite estava apenas começando a deixar o vale. Havia chegado a hora.

Eu me vesti às pressas. No espelho, meu cabelo brilhava como penas. Com meu manto preto preso em volta dos ombros, eu parecia tão sombria e poderosa quanto um corvo.

Capítulo Quarenta e Nove

Violet

A chave girou na fechadura. Violet vestiu a camisola depressa, sentindo vertigem devido ao esforço. Ela voltou a se sentar. A escuridão ainda estava presente, nas bordas da sua visão. Talvez fosse mais fácil se ela cedesse, pensou. Deixar que ela a levasse embora, antes que o Pai e o dr. Radcliffe fizessem isso.

O rangido da porta da frente e logo o vento entrou rugindo na cabana. Ela ouviu a voz do Pai, alta acima do barulho da tempestade.

– Graham? O que está fazendo aqui?

– Pai, eu posso explicar...

– Onde está a menina? – Ela reconheceu a voz do dr. Radcliffe, fria e impessoal.

Eles estavam diante dela, a chuva brilhando em seus casacos. Violet olhou para o chão, manchado de rosa com seu sangue.

– Ela perdeu o bebê – Graham se apressou em dizer.

O Pai não perguntou como ele sabia do bebê. Violet sentiu que os olhos do Pai estavam voltados para ela e olhou para ele. Não havia preocupação, nenhuma ternura nos olhos do Pai. Apenas sua boca se curvou de repulsa.

– Preciso examiná-la – disse o dr. Radcliffe. – Leve-a para a cama e faça-a se deitar.

Graham colocou o braço de Violet em volta dos ombros e a pegou no colo. Nem o Pai nem o dr. Radcliffe fizeram nenhum esforço para ajudar. Violet fechou os olhos e imaginou que estava junto à faia, sentindo a brisa do verão no rosto. No quarto, uma luz intensa atravessou a pequena janela e o ar estalou com a eletricidade. Um relâmpago. Deus mudando seus móveis de lugar, a babá Metcalfe costumava dizer. A babá Metcalfe. Ela devia estar envergonhada, Violet sabia. Deus também, talvez. Ela havia cometido um pecado.

Depois que ela se deitou, o dr. Radcliffe pediu a Graham e ao Pai que se virassem, antes de levantar a camisola dela. O cheiro de sangue explodiu nas suas narinas. Ele estava no ar, doce e metálico. Olhando para baixo, Violet viu que suas coxas estavam vermelhas como o interior de um tronco de árvore. De repente, ela se sentiu muito velha, como se tivesse vivido 100 anos em vez de 16.

– Você pode explicar o que aconteceu? – o dr. Radcliffe perguntou. Era a primeira vez que ele ou o Pai se dirigiam a ela.

– Eu senti uma cólica esta manhã – disse Violet. – Como acontece quando estou na semana da maldição mensal, mas mais forte...

– Eu a encontrei quando as dores estavam começando – interrompeu Graham, ainda olhando para a parede. – Ela começou a perder sangue pouco depois de eu chegar. E então, com o sangue... aquilo...

– O bebê – disse o dr. Radcliffe.

– Sim, o bebê... O bebê saiu... Havia muito sangue... – Graham fez um ruído como se fosse vomitar, e Violet sabia que ele também estava pensando naquela coisa retorcida e ensanguentada. O esporo, a podridão.

Violet sentiu lágrimas brotarem nos olhos, embaçando sua visão e fazendo o rosto do médico nadar diante dela.

– Foi isso que aconteceu? – o médico perguntou a ela. – Você não fez nada para provocar esse aborto? Não tomou nada?

– Não, não fiz nada – disse Violet baixinho, as lágrimas molhando as bochechas. A escuridão estava lá novamente e rolou na direção dela. Fragmentos de conversa flutuaram em sua direção quando ela desfaleceu, o ar gelado ao seu redor.

– Ela perdeu muito sangue – disse o dr. Radcliffe. – Uma semana de repouso na cama, pelo menos. E que beba muito líquido também.

– Tem certeza, doutor? – o Pai perguntou. – O senhor tem certeza de que ela não provocou isso?

– Não tenho – disse o dr. Radcliffe. – Temos apenas a palavra dela. E a do menino.

Violet estava voando agora, o vento cantando em sua pele. Ela adormeceu.

GRAHAM ESTAVA LÁ QUANDO ela acordou, sentado na outra cama, observando-a. Tudo estava quieto e silencioso. A vela já tinha se apagado. Ela podia ouvir uma mosca zumbindo do lado de fora da janela.

– Já foram embora – disse Graham, vendo que Violet estava acordada. – Partiram ontem à noite. Você está dormindo desde então. Nosso Pai disse que eu poderia ficar com você. Acho que ele quis manter as aparências diante do dr. Radcliffe.

Violet se sentou. Seu corpo parecia leve e vazio.

– Eles vão voltar daqui a uma semana, para ver como você se recuperou. Nosso Pai vai mandar uma carta a Frederick. Acho que o casamento não vai mais acontecer.

A sensação de leveza novamente. Ela ouviu uma mariquita cantar e sorriu. Era um canto bonito.

– Acho que nosso Pai não acreditou em nós – disse Graham.

Violet assentiu.

– Não importa – disse ela. – Desde que o dr. Radcliffe acredite.

– Acho que tem razão – disse ele. – É bem improvável que nosso Pai vá denunciá-la ele próprio. Seria um escândalo.

Eles ficaram em silêncio por um instante. Violet observou um delgado raio de sol dançando na parede.

– Você sabe que lugar é este, Violet?

– Sim. Era a casa da nossa mãe – disse ela. – O nome dela era Elizabeth. Elizabeth Weyward.

Graham ficou em silêncio. Violet levou um instante para perceber que ele estava chorando. O rosto escondido nas mãos, os ombros sacudindo. Ela não o via chorar desde antes de ele ir para o internato, anos atrás.

– Graham?

– Eu pensei... – Ele respirou fundo, firmando a voz. – Eu pensei que você fosse morrer também. Assim como ela. Nossa... nossa mãe.

Eles nunca haviam falado dela antes.

– É por isso que você me odeia, não é? – Graham tirou o rosto das mãos enquanto falava. Sua pele pálida estava molhada de lágrimas. – Porque eu... porque eu matei nossa mãe.

– Como assim?

– Ela morreu no parto.

– Não foi assim.

– Foi, sim, Violet. Eu sei. Papai me contou anos atrás.

– Ele mentiu – disse ela. E então Violet contou a verdade para ele... Contou o que o Pai e o dr. Radcliffe tinham feito com a mãe. Contou que a avó tinha tentado visitá-los, a avó que eles nunca conheceram. – Por isso você não deve mais achar que a culpa é sua – disse ela, no final. – E não deve pensar que eu odeio você. Você é meu irmão. Somos uma família.

Ela tocou o colar enquanto falava. O medalhão estava quente contra seus dedos. Ela se sentiu mais forte, sabendo que a chave estava segura ali dentro. Pensou em contar o resto: sobre o manuscrito de Altha, trancado na gaveta. Afinal, Graham também era da família Weyward.

Mas Graham era, ou logo se tornaria, um homem. Um bom homem, mas um homem assim mesmo. Não era certo que ele soubesse, concluiu.

– Como você sabia usar a... O que era?

– Atanásia. – Violet fez uma pausa. – É algo que eu li em algum lugar – disse ela.

GRAHAM FICOU COM VIOLET durante uma semana. Ele a ajudou a consertar o trinco da janela de seu quarto, para que pudesse respirar ar puro todas as noites. Juntos, eles esfregaram o sangue do chão da cozinha, até que o assoalho brilhasse e ficasse com uma cor marrom intensa. A casa ficou como nova.

No jardim, acharam cenouras, entre as heleborinhas, embora elas fossem disformes e pálidas, diferentes de todas que ela já vira antes. Havia ruibarbo também; Violet arrancou os caules do solo, com cuidado para não perturbar as minhocas que viviam por perto.

Comeram as cenouras com os ovos que o Pai havia trazido. A comida não revirava mais o estômago de Violet, agora que o esporo não estava mais dentro dela.

Graham encontrou um machado enferrujado no sótão e cortou os galhos que haviam sido derrubados pela tempestade, para que usassem como lenha.

– Para mantê-la aquecida no inverno – disse ele. Ambos sabiam que ela nunca mais voltaria para Orton Hall. Não depois de tudo o que tinha acontecido.

Graham usou um pouco da madeira para construir uma pequena cruz e a enfiou no solo onde havia enterrado o esporo, perto do riacho. Violet pensou em pedir para ele levar o esporo embora, mas não fez isso.

O Pai voltou com o dr. Radcliffe.

– Parece que ela se recuperou bem – disse o dr. Radcliffe ao Pai. – Pode levá-la para casa se quiser.

O dr. Radcliffe foi embora e ficaram apenas o Pai, Graham e Violet no chalé. Permaneceram em silêncio enquanto ouviam o barulho do motor do carro do dr. Radcliffe.

– Tenho certeza de que você entende – o Pai começou, olhando além de Violet para a parede – que não posso permitir que você volte para a minha casa depois do que fez. Eu providenciei para que seja levada a um internato para senhoritas na Escócia. Você ficará lá por dois anos e depois disso eu decidirei o que fazer com você.

Violet ouviu Graham pigarrear.

– Não – ela disse, antes que seu irmão pudesse abrir a boca para falar. – Receio que eu não possa aceitar, Pai.

O Pai a olhou boquiaberto de surpresa. Parecia que ela o havia esbofeteado.

– Como disse?

– Eu não vou para a Escócia. Na verdade, não vou a lugar nenhum. Vou ficar bem aqui. – Enquanto falava, Violet percebeu uma estranha sensação de formigamento, como se tivesse eletricidade zumbindo sob a pele. Imagens surgiram em sua mente: um corvo cortando o ar, as asas brilhantes com a neve; os raios de uma roda girando. Por um instante, ela fechou os olhos, concentrando-se na sensação até quase poder vê-la, brilhando dourada dentro dela.

– Não cabe a você decidir – disse o Pai. A janela estava aberta e uma abelha entrou no chalé; as asas, um borrão prateado. Ela voou até perto da bochecha do Pai e ele se afastou dela.

– Está decidido. – Violet se endireitou, os olhos escuros perfurando os olhos azul-claros do Pai. Ele piscou. A abelha pairou sobre o rosto do Pai, dançando para se desviar das suas mãos, e ela viu o suor brotar sobre o nariz dele. Logo a essa abelha se juntou outra, e depois outra e mais outra, até que parecia que o Pai, entre gritos e xingamentos, tinha sido engolfado por uma nuvem de corpinhos brilhantes castanho-avermelhados. – Acho que seria melhor se o senhor partisse agora, Pai – murmurou Violet. – Afinal, como você disse, sou filha da minha mãe.

– Graham? – Violet sorriu ao notar o pânico na voz do Pai.

– Também vou ficar aqui – disse o irmão, cruzando os braços sobre o peito.

Violet ouviu a respiração rasa e entrecortada do Pai. Várias abelhas estavam perigosamente perto da sua boca agora.

– A chave da porta da frente, por favor, Pai – pediu ela. Ele a jogou no assoalho de madeira com um gesto brusco. – Obrigada – Violet quase gritou, enquanto o Pai, perseguido pelas abelhas, batia a porta atrás de si.

Violet estendeu a mão e uma abelha solitária pousou em sua palma.

– Você não está com medo, está? – ela perguntou, virando-se para Graham. – Elas não vão machucar você desta vez.

– Eu sei – disse Graham.

Ele colocou o braço em volta dos ombros da irmã. Ficaram parados assim por um instante, só ouvindo o barulho do carro se afastando.

Capítulo Cinquenta

Kate

No corredor, Kate ouve sons parecidos com granizo batendo nas janelas. Mas não são pedras de granizo, como ela comprova, olhando para a janela da porta do seu quarto; são *bicos*.

Lá fora, iluminados pela lua, estão centenas de pássaros. Ela vê o brilho metálico das penas de um corvo, o brilho amarelo de uma coruja. O peito vermelho de um tordo. Seus corpos se contorcem e batem contra o vidro. A neve cai ao redor deles, espalhando-se pelo chão. Seus piados e gritos ecoam em seus ouvidos. Eles estão ali, Kate sabe, por causa dela.

A porta da sala de estar está entreaberta. Simon está gritando, histérico. Ele não pode ouvi-la quando ela se aproxima, seus passos abafados pelo alvoroço dos pássaros.

Ela abre a porta. Simon está de pé no centro da sala, de frente para a janela. O atiçador treme numa das mãos, cujos nós dos dedos estão brancos. Kate fica imóvel por um instante, observando os músculos das costas dele, tensos sob a fina lã do suéter. A pele da nuca está arrepiada de medo.

Os pássaros fazem um alarido na janela. Kate pode ver rachaduras começando a se formar no vidro, prateadas como os fios de uma teia de aranha. Ela ouve um som de arranhão vindo da chaminé.

– Simon – ela diz. Ele não a ouve. – Simon! – Kate diz novamente, dessa vez mais alto, tentando esconder o medo em sua voz.

O cabelo loiro reflete a luz de fora quando ele se vira.

O coração dela martela no peito. As belas feições estão contraídas de raiva e os lábios, retorcidos, deixando os dentes à mostra. É evidente o choque no rosto de Simon ao vê-la pela primeira vez. Como ela deve parecer diferente, Kate pensa, com sua barriga enorme e o cabelo curto, a capa de contas de tia Violet em volta dos ombros. Então os olhos de Simon se estreitam, faiscando de raiva.

– *Você* – ele sussurra.

Kate respira fundo quando o vê avançando em sua direção. Ela tenta se afastar dele, recuar de volta para a porta, mas ele é mais rápido.

Simon a empurra contra a parede com tanta força que o pó do gesso flutua no ar como a neve lá fora.

– Você achou que poderia ir embora? – ele grita, cuspindo gotículas de saliva no rosto dela. – Pensou que poderia ir embora *com o meu filho*?

O atiçador cai no chão e então a mão dele está em volta do pescoço dela, apertando com força como um torno.

O terror se instala dentro dela, frio e duro.

Os pensamentos acendem e se apagam em seu cérebro. As cores na sala parecem mais brilhantes, mesmo que sua visão fique turva nas bordas. Kate vê os pontinhos dourados nas íris azuis dele. O branco dos olhos, com o traçado vermelho das veias. A respiração de Simon é quente e acre no rosto dela.

Então é isso, ela pensa, enquanto seus pulmões queimam por falta de oxigênio. Esse é o final. Mesmo que ele a deixe viver – pelo bem da criança, talvez –, não será uma vida, mas uma cela. Ela pensa, de repente, na prisão da aldeia: a pedra fria e cinza, a escuridão fechando-se sobre ela.

Simon está dizendo alguma coisa agora, mas ela mal consegue ouvi-lo por causa dos golpes nas janelas e dos arranhões no telhado.

Ele diz de novo, mais alto e mais perto, apertando o pescoço dela. O colar de tia Violet está afundando em seu pescoço.

– Sem mim – Simon diz, as palavras que ecoam na mente dela –, você não é nada.

O pânico está aumentando. Exceto que não é pânico, como Kate bem sabe agora. Nunca foi. A sensação de algo tentando sair do seu corpo. Raiva, quente e brilhante em seu peito. Não é pânico. É poder.

Não. Ele está enganado.

Ela é uma Weyward. E carrega outra Weyward dentro dela. Kate se recompõe, cada uma das suas células em chamas, e pensa: *Agora*.

A janela se quebra com uma cascata de sons agudos. O cômodo escurece com um mar de corpos emplumados, entrando em bando pela janela quebrada, pela chaminé.

Bicos, garras e olhos brilhantes. Penas roçando em sua pele. Simon grita, a mão afrouxando na garganta dela.

Ela sorve o ar, caindo de joelhos, uma mão protegendo a barriga. Algo toca seu pé e ela vê uma maré escura de aranhas se espalhando pelo chão. Os pássaros continuam entrando pela janela. Os insetos também: o cintilar azul das donzelinhas, as mariposas com olhos laranja nas asas. Efêmeras minúsculas e diáfanas. Abelhas num feroz enxame dourado.

Kate sente algo afiado no ombro, garras cravando em sua carne. Ela levanta os olhos e vê penas preto-azuladas com manchas brancas. Um corvo. O mesmo corvo que cuida dela desde que chegou. Lágrimas enchem seus olhos e Kate sabe naquele momento que não está sozinha no chalé. Altha está ali, nas aranhas que dançam pelo chão. Violet está ali, nas donzelinhas que brilham e ondulam como uma grande cobra prateada. E todas as outras mulheres Weyward, desde a primeira da linhagem, também estão lá.

Elas sempre estiveram com Kate e sempre estarão.

Simon está enrodilhado no chão, gritando. Ela mal consegue vê-lo por causa dos pássaros, enxameando e bicando, suas asas num frêmito; os insetos formando padrões na pele dele. O rosto de Simon está coberto pelas asas escuras da águia-pescadora; um bando de estorninhos sobre seu peito, as cristas púrpuras brilhando. Um tordo marrom belisca sua orelha, uma aranha circunda sua garganta.

Penas rodopiam no ar; pequenas e brancas, douradas e afiladas, pretas opalinas.

Ela ergue o braço – a luz iluminando a cicatriz rosada – e as criaturas recuam. Gotas escuras respingam no chão.

Simon aperta os olhos com as mãos cobertas de marcas vermelhas. Lentamente, ele as abaixa e ela vê a carne rosada, escorrendo sangue, onde deveria estar o olho esquerdo. Simon se encolhe quando ela fica de pé sobre ele, o corvo em seu ombro.

– Vá embora – Kate ordena.

AS CRIATURAS SAEM ATRÁS de Simon.

O vento provocado pelas asas brinca com os cabelos de Kate. Primeiro os insetos se afastam, depois os pássaros. Como se fosse um acordo.

Ela olha para o chão. Está coberto de cacos de vidro, penas e neve brilhando como joias. É a coisa mais linda que ela já viu.

Apenas o corvo permanece. Ele fica parado no parapeito da janela, a cabeça inclinada para o lado. Incerto se deve deixá-la.

Ela ouve o ronco de um motor lá fora, o bater das portas de carros.

A campainha toca, então a porta sacode com batidas frenéticas.

– Polícia, abra a porta!

– Kate? Você está aí? – Ela ouve o medo na voz de Emily. Emily! Kate sorri. Sua amiga.

– Vamos derrubar a porta – diz o policial. – Afaste-se!

O corvo olha para ela uma última vez. Kate observa enquanto ele voa, subindo acima da lua no céu noturno. Livre.

Capítulo Cinquenta e Um

Altha

Ao abrir os olhos esta manhã, por um instante esqueci onde estava. Eu tive que me beliscar, para ter certeza de que estava segura, que a masmorra e o tribunal realmente estavam no passado, junto com aquela manhã fria de inverno em que o gelo reluzia nas árvores.

Mas o sol brilhava com a intensidade do ouro através da minha janela. Eu podia sentir o cheiro de primavera no ar: o jardim estava repleto de narcisos e campainhas agora. Mesmo enquanto escrevo, cordeiros nascem molhados e confusos, cutucando suas mães para voltar àquele lugar escuro e quente onde nada pode feri-los.

Às vezes, eu me lembro daquele dia com tanta clareza que penso que está acontecendo agora, que toda a minha vida está acontecendo ao mesmo tempo e tudo o que posso fazer para me refugiar dela é me esconder debaixo dos lençóis e chorar. Eu sou como um cordeiro, desejando um lugar quente onde nada possa me machucar. Desejando regressar para a minha mãe.

Minha mãe. Espero que ela tenha entendido. Talvez fosse melhor ser culpada aos olhos dos homens, terminar balançando numa corda, mas ser inocente aos olhos dela.

Não quero escrever o que aconteceu depois, mas devo.

Eu agi rápido naquela manhã enregelante. O céu já estava cor-de-rosa por entre as árvores, então tive que me apressar. Senti algo pulsando dentro de mim, mas não creio que fosse medo. Eu podia ver minha respiração à minha frente, podia sentir a geada caindo no meu cabelo das árvores acima, mas não sentia frio. Pensei no que tinha visto John fazer a Grace e o sangue ferveu em minhas veias, me aquecendo.

Quando cheguei ao carvalho, vi que grandes pingentes de gelo pendiam dos seus galhos e seu tronco estava endurecido pela geada. Vai estar escorregadio, pensei, preparando-me para subir nele. Mas meus pés encontraram apoio sem problemas, quase como se a árvore estivesse me ajudando a subir, e, antes que eu percebesse, já estava empoleirada no alto, na mesma altura dos corvos, suas asas cobertas de cristais de gelo. E então eu o vi. O corvo da minha mãe. Ele tinha a marca – as raias brancas em suas penas, como se tivesse sido acariciado por dedos mágicos. A mesma marca que minha mãe disse que tinha aparecido no primeiro corvo, quando ele foi tocado pela primeira da nossa linhagem, antes que existissem palavras para descrever isso.

Lágrimas brotaram em meus olhos e tive certeza, então, de que o que eu planejava fazer estava certo. O corvo veio pousar no meu ombro, suas garras afiadas através do meu manto.

Juntos, vigiamos a fazenda. Eu senti o frescor do seu bico contra minha orelha e soube que ele tinha entendido o que eu estava pedindo a ele.

Os pastos estavam verdes e brancos de neve. Uma espiral escura de fumaça subia da chaminé para o céu. Eu vi quando a porta se abriu e John saiu. Enquanto ele caminhava para o curral, uma pequena figura se movia junto à sua sombra e percebi que era Daniel Kirkby. Eu tinha me esquecido de que ele trabalhava na fazenda algumas manhãs. Eu teria uma testemunha, agora. Mas naquele momento, sem saber o que estava por vir, eu não me importei. Não me importava se o mundo inteiro visse o que eu ia fazer.

John abriu o curral e as vacas saíram. Elas já estavam agitadas; não gostavam da atmosfera abafada do curral, mas também não gostavam da sensação de frio do inverno, cortante em seus flancos. Eu vi quando sacodiram as caudas e seus corpos ondularam, os pelos brilhando ao sol da manhã.

Havia chegado o momento.

O corvo levantou voo, as asas cortando o ar. Eu podia sentir a madeira congelada do carvalho abaixo de mim, mas também podia sentir o vento cantando através das penas do corvo enquanto ele mergulhava no pasto. Eu vi os olhos das vacas se revirando, arregalados, vi o medo dilatando suas narinas. Seus cascos golpeando o chão congelado enquanto o corvo se aproximava voando, dando voltas e mais voltas com o bico, e as garras afiadas atiçando-as como se atiçasse o fogo.

Eu vi de perto: o suor recente que congelou em seus flancos, o revirar dos olhos, o rosto de John enquanto a morte o surpreendia. E eu o vi de longe: as vacas numa debandada cor de ouro, o corpo pisoteado pelos cascos. O pasto: verde, branco e vermelho.

Então tudo terminou. O silêncio da manhã voltou e eu já podia ouvir Daniel Kirkby ofegando em estado de choque, o suave gorgolejar do sangue de John na neve. O corvo voltou para seus companheiros nos galhos, apenas se detendo a fim de olhar para mim. Desci da árvore o mais depressa que pude, a tempo de ouvir o rangido da porta da casa e depois os gritos de Grace.

Corri em direção ao barulho, minhas botas escorregando na grama congelada e, ao me aproximar, pude sentir o cheiro do corpo. O cheiro doce e metálico do sangue, as vísceras e outras entranhas: coisas que não deviam ser expostas ao mundo. Metade do rosto já não estava mais lá, havia desaparecido numa massa vermelha. Joguei minha capa sobre ele para poupar Grace da visão. Ao me aproximar da casa da fazenda, eu a vi cair de joelhos gritando sem parar. O jovem Kirkby ficou de lado, com os punhos pressionados contra os olhos como se quisesse apagar o que tinham visto.

Eu disse ao rapaz para chamar o médico e ele correu na direção da aldeia. Aproximei-me de Grace. Seu hálito estava azedo e vi que ela tinha vomitado na frente do vestido. Limpei uma mancha marrom da sua bochecha e a abracei.

– Acabou – eu disse, levando-a para dentro. – Ele se foi.

Ela tremia ao se sentar à mesa da cozinha e sua pele tinha um tom acinzentado. Preparei um chá para acalmá-la. O fogo havia se apagado e a água demorou a ferver na panela. Assim que as bolhas subiram à superfície, coloquei meu rosto sobre o vapor, respirando-o como se pudesse me limpar dos meus pecados.

Fiz o chá e sentei-me com ela à mesa. Grace não tocou na xícara. Seus olhos estavam fixos à frente como se ela ainda estivesse no campo, olhando para o corpo de John. Estendi minha mão sobre a mesa em direção a ela e deixei-a ali. Depois de um tempo, Grace colocou a mão sobre a minha. A manga de seu vestido se retraiu e vi os hematomas em seus punhos, roxos como frutas de verão.

Ficamos sentadas assim, a mão dela suada sobre a minha, fria, até Daniel Kirkby voltar com o dr. Smythson.

ENTÃO EU REGISTREI TUDO por escrito, como tinha prometido fazer. A verdade. Deixarei para quem vai ler isto, quando eu partir, decidir se sou inocente ou culpada. Se o que fiz foi assassinato ou justiça. Até lá, vou guardar essas palavras na escrivaninha e manter a chave pendurada no pescoço. Para evitar que caia em mãos erradas.

Ontem, Adam Bainbridge veio à cabana e me trouxe uma perna de carneiro envolta em musselina. Levei-o para dentro, onde pedi que me desse outra coisa. Nem seu nome, nem seu amor. Lembrei-me da lição de minha mãe, pelo menos nesse aspecto.

Ele foi amável comigo, mas eu estava com medo. Quando meu corpo se abriu para receber sua semente, fechei os olhos e pensei em Grace. Da mão quente dela agarrada à minha enquanto corríamos pelas colinas, naquele último verão de inocência. Do modo como seus cabelos ruivos haviam se espalhado pelo meu catre, do seu cheiro de leite e suor. Do alívio que transformou seu rosto quando fui absolvida.

Quando o ato terminou, deitei-me de lado, imaginando se tinha funcionado, se uma criança já florescia dentro de mim. Eu daria a ela o nome da minha amiga, decidi. O nome do meu amor.

Não vejo Grace desde o julgamento. Não sei como ela está e não sei quando a verei novamente. Quem sabe um dia seja seguro que me faça uma visita. Quem sabe um dia seja seguro para mim tomá-la em meus braços e acariciar seus lindos cabelos, sentindo seu precioso aroma.

Até lá, tudo o que posso fazer é imaginá-la. Olhando para o mesmo céu azul que vejo pela minha janela agora. Sentindo a brisa no pescoço e saboreando o ar doce. Livre.

Livre como os corvos que fizeram morada no plátano, à espera do meu retorno. O corvo que tem a marca agora come na minha mão, do jeito que comia na mão da minha mãe tempos atrás.

Minha mãe. Acho que ela entenderia o que eu fiz. O que eu tinha que fazer. Talvez até se sentisse orgulhosa. Orgulhosa de que eu fosse filha dela.

Eu também me sinto orgulhosa. Por mais que eu tente não pensar nisso, a dura verdade em meu coração é que estou orgulhosa do que fiz.

E por isso eu não vou fugir, decidi. Nem mesmo se os aldeões vierem em busca de justiça. Eles não podem me obrigar a abandonar a minha casa.

Eles não me assustam.

Afinal, sou uma Weyward e tenho uma natureza selvagem.

Capítulo Cinquenta e Dois

Violet

Graham ficou até setembro, quando teve que voltar para Harrow. O nosso Pai havia escrito para dizer que pagaria pelo restante dos estudos de Graham, mas que depois disso ele estaria por conta própria. A carta não mencionava Violet. Era como se ele tivesse decidido que ela nunca havia existido.

– Não me agrada a ideia de deixar você aqui – disse Graham antes de partir para a longa caminhada até a rodoviária. A geada daquela manhã havia deixado o plátano cintilante. O primeiro sinal da aproximação do inverno. – Você vai ficar bem sozinha?

– Eu vou ficar muito bem – disse Violet. Ela planejava passar o dia no jardim, plantando as sementes que ganhara do verdureiro da aldeia. Pensou em pedir a Graham para cortar as heleborinhas, mas no fim decidiu deixá-las ali. Elas eram uma boa fonte de pólen para as abelhas, ela pensou. Parecia haver mais insetos do que nunca no jardim: seu zumbido constante a embalava para dormir todas as noites, uma canção de ninar artrópode.

– Vejo você no Natal – Graham acenou enquanto se afastava pela estrada. – Vou trazer alguns livros novos para você!

Ao fechar a porta da frente, Violet se perguntou se alguém teria encontrado o livro de Biologia que ela havia escondido debaixo da cama em Orton Hall, junto com as roupas ensanguentadas do bosque.

Ela ainda sonhava com Frederick. O peso do corpo dele em cima dela, dificultando sua respiração. Todo aquele sangue saindo dela.

Violet acordava e olhava para o teto, uma linha do manuscrito de Altha ecoando em sua cabeça.

A primeira criança nascida de uma Weyward é sempre do sexo feminino.

Ela havia matado a sua filha. A próxima menina Weyward. Violet soube, então, que jamais teria um filho. Ela nunca teria a oportunidade de ensinar à filha sobre insetos, pássaros e flores. Sobre o que significava ser uma Weyward.

– Mas não era hora de você nascer ainda – ela sussurrava na escuridão, pensando no minúsculo esqueleto enterrado sob o plátano. – Você deveria chegar mais tarde, quando eu estivesse preparada.

Era tudo culpa de Frederick e do que ele fizera. Do que ele a obrigara a fazer. Aquela tarde ensolarada no bosque, as árvores circundando acima. O sangue manchando suas coxas de rosa.

O primo tinha tirado dela a sua escolha. O seu futuro.

Por isso ela nunca o perdoaria.

O problema era que ela também não tinha certeza se poderia perdoar a si mesma.

OUTRA CARTA CHEGOU EM novembro. Dessa vez, endereçada a Violet. De acordo com o verso do envelope, tinha sido enviada de Orton Hall. Ela não reconheceu a caligrafia.

O coração de Violet disparou quando ela desdobrou a carta e viu o nome no final. Era de Frederick.

Ele estava de licença por luto, escreveu. O Pai dela tinha morrido. Um ataque cardíaco durante uma caçada. Antes da morte, ele tinha declarado que nem Graham nem Violet eram seus filhos biológicos. O Pai tinha conseguido apresentar documentos – sem dúvida falsificados –, demonstrando que ele estava na Rodésia do Sul na época da concepção de Graham. Violet, disse ele, havia sido concebida antes do casamento dos pais e, portanto, não poderiam provar que fosse sua filha.

Segurando a carta nas mãos, ela desejou que aquilo fosse realmente verdade, que nada do sangue do Pai corresse em suas veias, que suas células não fossem fantasmas dele. Lágrimas turvaram sua visão e o resto da carta ondulou diante dos olhos dela.

O Pai havia deixado tudo para Frederick, que agora era o décimo visconde de Kendall. Com a carta estava uma escritura, transferindo o chalé Weyward para o nome de Violet. Com isso, suas lágrimas deram lugar à fúria. Ela ficou tentada, por um instante, a jogar a carta no fogo.

Frederick realmente achava que um pedaço de papel poderia compensar o que ele tinha feito a ela?

E de qualquer maneira, o chalé Weyward não era dele para que pudesse *doar* a ela. Era de Violet, e sempre fora, antes mesmo de ela saber que o lugar existia. Frederick não podia reivindicar essas terras mais do que o Pai podia.

Nos dias que se seguiram à carta, a tristeza se instalou no chalé como uma sombra. Mas Violet não estava de luto pelo Pai; como ela poderia depois do que ele havia feito? Era da sua mãe e da sua avó que ela sentia falta. Violet não tinha conhecido nenhuma das duas, não de verdade, e ainda assim sentia a perda delas tão profundamente quanto um membro amputado. Pois ela tinha conseguido confirmar sua suspeita: Elinor havia morrido. De câncer, diziam os aldeões. Quatro anos antes, apenas. Morrera sozinha em seu leito, os netos que ela nunca conheceu a apenas alguns quilômetros de distância.

GRAHAM A VISITOU NO Natal e eles se despediram da mãe e da avó juntos. No verão, Violet desidratou um buquê de lavanda e foi ele que os irmãos colocaram no mausoléu da família Ayres, um ponto colorido na neve. Violet odiava pensar na mãe encerrada naquela pedra fria. Pior ainda era pensar na avó, enterrada num túmulo sem identificação.

Ela preferia pensar em Lizzie e Elinor no jardim que tanto amavam. Nas colinas, no riacho.

E preferia não pensar no Pai nunca.

– Frederick me ofereceu uma mesada até eu terminar a universidade – disse Graham mais tarde. – Mas não vou aceitar. Meu antigo professor acha que eu posso conseguir uma bolsa de estudos. Direito em Oxford ou Cambridge. Durham, talvez. Seria bom ficar no Norte. Além disso, não quero o dinheiro dele.

– Mas o dinheiro não é de Frederick de fato, é? – perguntou Violet. – É do... – Ela não teve coragem de dizer o nome do Pai. – Devia ser seu.

– Dá no mesmo. – Houve um estalo quando Graham colocou outra lenha no fogo. Estava nevando lá fora. Ao luar, os flocos flutuantes pareciam estrelas cadentes. O jardim estava silencioso e abafado; os insetos em silêncio. Violet sabia que alguns insetos hibernavam no inverno. "Diapausa" se chamava.

Na semana anterior, ela havia se agachado ao lado da cruz de madeira e contemplado o riacho, que brilhava com uma fina camada de gelo. Sob a superfície, ela sabia que havia milhares de minúsculas esferas brilhantes agarradas a galhos e pedras. Ovos de efêmeras. Congelados até os meses mais quentes, ocasião em que continuariam a crescer, as células dividindo-se e transformando-se em ninfas e então, quando estivessem prontas, erguendo-se num enxame ondulante de insetos.

Aquilo lhe deu uma ideia.

A noite seguinte era de lua cheia. Ela escalou o plátano no jardim, o luar prateado nos galhos, até que pudesse ver quilômetros ao redor. À distância, ela conseguia distinguir as colinas, sob o céu salpicado de estrelas. Além, ela sabia, estava Orton Hall. Frederick. Ela fechou os olhos e o imaginou dormindo no quarto do Pai. Então, ela se concentrou o máximo que pôde, até que todo o seu corpo pulsasse com energia. Ali estava novamente aquele brilho dourado. Sempre estivera lá, ela percebia agora, brilhando sob sua pele, iluminando cada célula de seu corpo. Ela simplesmente não sabia como usá-lo.

No verão, começaria. Ela visualizou Orton Hall e as posses do Pai: sua preciosa mobília, com a madeira desgastada e enegrecida pela podridão, o globo terrestre na sua mesa carcomido. O ar cintilando de insetos, num enxame que crescia a cada ano, até que não houvesse mais como escapar dele.

E Frederick. Preso ali, sozinho.

Ele nunca se esqueceria do que tinha feito.

– AH! QUASE ESQUECI. Os presentes! – Graham estava dizendo, desafivelando sua mochila da escola. – Diretamente da biblioteca de Harrow.

– Você os roubou?! – Violet perguntou, enquanto ele lhe entregava dois livros pesados: um grande volume sobre insetos e outro de botânica.

– Eles não são emprestados desde antes da guerra – disse ele. – Ninguém vai sentir falta. Confie em mim.

– Obrigada – Violet disse. Eles ficaram sentados em silêncio por um instante, ouvindo as toras crepitando no fogo.

– Você já está pensando no que vai fazer daqui para a frente? – Graham perguntou.

Alguns moradores da aldeia a pagavam para ajudar com os animais de criação. Um deles criava abelhas e ficou horrorizado quando Violet insistiu em cuidar da colmeia sem o traje de apicultor. Até o momento, ela tinha conseguido ganhar o suficiente para se abastecer de pão e leite. No entanto, o inverno seria difícil. O verdureiro procurava uma vendedora. Ela pensava em se candidatar. Seus sonhos de se tornar uma entomologista pareciam muito distantes.

– Um pouco – ela respondeu, acariciando a capa do livro sobre insetos. *De Artrópodes a Aracnídeos*, era o título.

– Não se preocupe – disse Graham. – Quando eu for um advogado rico, vou pagar para você aprender tudo sobre seus malditos insetos. Prometo.

Violet riu.

– Enquanto isso, vou colocar a chaleira no fogo – disse ela. Violet foi acender o fogão, parando para olhar pela janela estreita. Um corvo a observava do plátano, a lua iluminando as marcas brancas da sua plumagem. Isso a fez pensar em Morg.

Ela sorriu.

De algum modo, ela tinha certeza de que tudo ficaria bem.

Capítulo Cinquenta e Três

Kate

Kate admira o jardim enquanto espera a mãe chegar.

O sol de inverno doura os galhos do plátano. A árvore é como sua própria aldeia, Kate está descobrindo. Lar de tordos, tentilhões, melros e tordos-ruivos.

E, claro, lar dos corvos, uma presença reconfortante, com suas conhecidas capas de ébano. O de penas salpicadas vem muitas vezes à janela aceitar um petisco da cozinha. Nesses momentos, quando ela sente o bico brilhante cutucando sua palma, Kate tem uma sensação avassaladora de que está exatamente onde deveria estar.

O plátano também hospeda insetos, embora muitos deles tenham se escondido do frio, abrigando-se nas fendas do tronco da árvore, no solo quente sob suas raízes.

Kate fica parada por um instante, ouvindo. É estranho pensar que ela passou toda a sua vida se afastando da natureza. De quem ela realmente é. É como se ela estivesse escondida, como os insetos, dormentes e dóceis, até vir para o chalé Weyward.

Poderia haver outras como ela que precisem acordar.

Ela me contou sobre outras mulheres da região, Altha havia escrito. *As Device e as Whittle.*

Talvez um dia, depois que o bebê nascer, Kate vá encontrá-las. Ela irá para o sul, para Pendle Hill, onde a terra se curva para encontrar o céu. Onde as mulheres foram arrancadas de suas casas, séculos atrás. Talvez algo tenha sobrevivido nos lugares escuros e escondidos onde os homens não se atrevem a olhar. Mas, por enquanto, ela é grata por sua mãe, por Emily.

E por Violet.

Flocos de neve caem na pequena cruz de madeira sob o plátano. Ela não tem certeza do que está enterrado lá, embora suspeite que o túmulo seja mais recente do que ela pensava.

Ela pensa na amiga de Altha, Grace. E no bilhete de Violet. *Espero que ela possa ajudar você como me ajudou.* Alguns segredos, ela concluiu, podem permanecer assim, secretos.

Kate sente o medalhão sob a blusa, quente contra a pele. A chave está segura ali dentro, com uma minúscula pena que ela recuperou do chão, coberto de cacos de vidro naquela noite.

A polícia prendeu Simon em Londres, sob a acusação de violência doméstica. Haveria uma audiência no ano seguinte, no tribunal de Lancaster. Mas a polícia a avisou que, mesmo que fosse considerado culpado, Simon poderia ser solto em dois anos. Antes disso, provavelmente, se tivesse um bom comportamento. Ela está elaborando uma Declaração Pessoal da Vítima para o julgamento, embora deteste esse rótulo. Ela não é uma vítima, mas uma sobrevivente.

– Você está preocupada que ele volte aqui? Quando for solto? – Emily perguntou a ela.

Kate tinha pensado na aparência dele naquela noite, protegendo o rosto arruinado enquanto penas rodopiavam no ar. Indefeso, depois de ela roubar a sua única arma: o medo que ela tinha dele.

– Não – Kate disse a Emily. – Ele não pode mais me machucar.

PNEUS RANGEM NA NEVE. Em seguida, o toque suave da campainha.

A mãe dela é menor do que ela se lembrava: ela tem vincos ao redor dos olhos e o cabelo está grisalho. Está usando um gorro listrado que

Kate lhe deu no Natal, muitos anos atrás, quando era adolescente. Com a bagagem, a mãe traz nas mãos um buquê de rosas cor-de-rosa, compradas no aeroporto.

Por um instante, nenhuma das duas fala nada. Os olhos da mãe se desviam para o arco de hematomas no pescoço de Kate, sua barriga arredondada.

Juntas, elas começam a chorar.

DOIS DIAS DEPOIS. A primeira contração lancinante em seu ventre.

– Eu não vou aguentar isso – ela suspira, deitada de lado. – Não vou.

– Vai, sim – diz a mãe, enquanto chama a ambulância. – Sei que aguenta.

E então, ela está aguentando. Os músculos se contraem, o sangue corre mais rápido nas veias.

Ela sente o fluxo quente da bolsa se rompendo, as contrações, intensas ondas de dor. Agachada na cozinha de tia Violet, ela tem a sensação de que a parte animal do seu cérebro assumiu o controle.

Sua filha se move depressa pelo seu corpo, pronta para deixar o mar escuro do útero. Pronta para sentir a luz do sol, para ouvir o canto dos pássaros. Enquanto oscila entre a lucidez e a inconsciência, seu corpo pulsando de dor e poder, Kate pensa nessas coisas e em muitas outras que vai mostrar à filha. Os corvos que a chamam do plátano. Os insetos que voam sobre a superfície do riacho. O mundo e toda a sua natureza selvagem.

A mais nova das Weyward nasce no assoalho do chalé da tia Violet, o mesmo que tinha brilhado com neve, penas e cacos de vidro, numa torrente de sangue e muco.

Kate sente o aroma da natureza, de folhas úmidas e ricos torrões de terra, de chuva, do odor ferroso do riacho.

Ela chora ao tocar os dedinhos, as mechas sedosas de cabelo. A curva brilhante da bochecha da filha. Seus olhos, escuros como os de um corvo. A cabana se enche com seus gritos. Com vida.

Kate a chama de Violet.

Violet Altha.

Epílogo

Agosto de 2018

Violet desligou a televisão do seu quarto. Ela estava assistindo a um programa de David Attenborough, na BBC. Uma reprise. *A Vida nos Arbustos*, era o título. Aquele episódio tinha sido sobre os rituais de acasalamento dos insetos. Não é o assunto favorito dela, na verdade. A cópula sempre lhe pareceu bastante brutal, mesmo no mundo dos insetos. Ela decidiu ler em vez de ver TV. Ainda tinha uma pilha de revistas *New Scientist* na mesa de cabeceira, juntando poeira.

Primeiro, ela tinha que abrir a janela, tomar um pouco de ar. A casa era um forno quando o tempo estava quente, e ainda assim Graham insistia para que ela mandasse colocar janelas com vidros duplos. *Pouquíssima* chance de isso acontecer. Ela já não conseguia ouvir quase nada do que acontecia lá fora quando elas estavam fechadas.

Pobre Graham. Ele estava morto havia quase vinte anos, desde que sofrera um ataque cardíaco, como o pai. Violet supunha que todas aquelas longas horas escrevendo petições num escritório sem ventilação de um arranha-céu não tinham feito bem ao irmão. Ela estava sempre dizendo que ele precisava de mais natureza em sua vida.

Ela se lembrou do broche de abelha – dourado, com as asas cravejadas de cristais –, que Graham lhe dera quando ela se matriculara na universidade para tirar seu primeiro diploma em Biologia. Ela estava nervosa, com receio de que, aos 26 anos, fosse muito diferente dos outros alunos e destoasse deles.

Mas, como Graham disse quando entregou a ela o broche em sua linda caixa verde, talvez ser diferente não fosse uma coisa tão ruim, afinal. Talvez fosse algo de que se orgulhar.

A princípio, a perspectiva de ficar longe do chalé Weyward a aterrorizava; ela havia alugado um quarto numa pensão só para mulheres, administrada por uma mulher formidável chamada Basset ("A mordida dela é ainda pior do que o latido", as residentes costumavam brincar), que cobrava trinta xelins por semana por um quarto úmido, com uma torneira pouco confiável. À noite, Violet ficava acordada em sua frágil cama de solteiro, ouvindo os canos gemerem na parede, e apertava o broche com força na palma da mão, imaginando que estava em seu jardim, observando as abelhas dançarem entre as heleborinhas.

Mais tarde, Violet passou a levar o broche com ela em todos os lugares. Desse modo, não importava onde estivesse – em Botswana, seguindo os rastros do escorpião de cauda grossa, no antigo estado sul-africano de Transvaal ou no Parque Nacional de Khao Sok, na Tailândia, estudando as mariposas Atlas –, ela nunca estava longe de casa.

VIOLET ABRIU A JANELA, uma tarefa que parecia levar uma eternidade. Depois disso, seus braços começaram a tremer por causa do esforço. Eles estavam de fato bem fracos agora. Ela ainda levava um choque, às vezes, quando se olhava no espelho. Com seus membros raquíticos e sua postura curvada, ela parecia um louva-a-deus.

Ela voltou para a cama. Procurou os óculos de leitura, que normalmente deixava em cima da pilha de revistas em sua mesa de cabeceira. Eles não estavam lá. Droga. A menina do conselho devia tê-los tirado dali. Na verdade, era um absurdo; Violet não precisava de uma desconhecida em sua casa, recolhendo suas xícaras de chá e querendo arrumar tudo em seu chalé. Na semana anterior, ela tinha perguntado se poderia ajudar a "sra. Ayres" a limpar o sótão.

– De jeito nenhum! – tinha vociferado Violet, tocando o colar sob a blusa.

Nada de leitura aquela noite, então. Bem, não havia problema. Ela poderia apenas olhar pela janela. Eram nove e meia da noite, mas o sol estava apenas começando a se pôr no céu, tornando as nuvens rosadas. Ela podia ouvir os pássaros cantando na copa do plátano. Os insetos também: grilos, abelhas. Eles a faziam pensar em Kate, a neta de Graham. Sua sobrinha-neta. Ela se lembrou da primeira vez em que viu Kate, no enterro de Graham.

Violet estava tão consumida pela dor que mal notou o filho de Graham e a esposa, acompanhados da filha pequena. Ela teria cerca de 6 anos na época. Uma coisinha minúscula, com olhos atentos sob um punhado de cabelos escuros. Havia algo familiar nela; as pernas graciosas, o rosto afilado. As meias brancas manchadas de lama, a folha estremecendo no cabelo.

Mas naquele dia Violet não percebeu isso.

Ela havia muito tempo aceitara que a linhagem das Weyward terminaria com sua morte. A única filha que ela teria – ou o frágil início dela – jazia enterrada sob o plátano. Frederick estava pagando pelo que tinha feito – ela sentia uma onda escura de alegria toda vez que pensava nele em Orton Hall, cercado de efêmeras –, mas ela não podia mudar o que realmente importava. A linhagem que perdurara por séculos, que avançara com a mesma constância que as águas douradas do riacho, ia chegar ao fim. E não havia nada que Violet pudesse fazer a respeito.

Mas, depois do enterro, o filho de Graham, Henry, e a esposa foram tomar chá na casa de Violet. Henry era muito parecido com Graham; até a maneira como ele se inclinava para a frente ao ouvir o que ela dizia, a testa franzida ao se concentrar. Ele tinha adorado a história que ela contara sobre sua viagem para a Índia na década de 1960, com o intuito de realizar um estudo de campo sobre as vespas gigantes asiáticas (ela ainda detinha o recorde da única pessoa que tinha segurado esse inseto na mão sem ser picada).

Ela havia quase se esquecido da menina, que estava brincando no jardim, até ouvi-la murmurar do lado de fora.

– Aí está você! – a menina estava dizendo. – Viu? Eu disse que não morde.

Com quem diabos ela estava falando? Violet abriu a janela e enfiou a cabeça para fora. Kate estava sentada de pernas cruzadas no jardim, olhando para algo que segurava na mão. Uma mamangaba.

Violet sentiu as lágrimas brotarem em seus olhos, uma leveza em seu peito. Ela estivera errada durante todos aqueles anos. Mais tarde, quando nem Henry nem a esposa estavam olhando, ela retirou o broche de abelha da sua túnica e o apertou na mão da menina.

– Este será o nosso segredinho – Violet disse, encarando os grandes olhos escuros muito parecidos com os dela.

Violet gostava de pensar que um dia o broche levaria Kate de volta ao chalé. Para descobrir quem ela realmente era.

Depois que todos foram embora e o chalé ficou em silêncio novamente, Violet sentou-se perto da janela, olhando para o jardim. A alegria se transformou em dor ao pensar na jovem que ela era quando chegou ali: órfã de mãe e assustada, coxas manchadas de sangue. Ela olhou para a cruz sob o plátano, deteriorada depois de tanto tempo.

Ela deixou ir. Deixou ir a culpa que tinha crescido como uma erva daninha ao redor do seu coração.

DOIS ANOS APÓS A morte de Graham, Violet acordou de um pesadelo terrível. Seu coração martelava no peito e sua pele estava coberta de suor. Ela tentou com todas as forças reter as imagens do sonho, mas se lembrava apenas de fragmentos: o borrão vermelho de um carro se aproximando do sobrinho e da filha, um grito rasgando o ar. Um homem, alto e com cabelos da cor da juba de um leão, os olhos faiscando de raiva.

Um homem que queria causar mal a Kate.

As antigas palavras, que seus dedos tinham traçado inúmeras vezes, zumbiam em seu sangue.

A visão é uma coisa muito curiosa. Às vezes nos mostra o que está diante dos nossos olhos. Mas às vezes nos mostra o que já aconteceu ou ainda vai acontecer.

Era como se Altha estivesse falando com ela através dos séculos. Dizendo que Kate estava em perigo.

Eram duas da manhã, a aurora não era mais do que um fio prateado no horizonte, mas Violet se levantou e se vestiu. Ela dirigiu durante toda a manhã até Londres, acompanhada por um dos corvos, aquele que tinha a marca e voava à frente como uma estrela-guia.

Ela chegou a East Finchley, onde morava o sobrinho com a família, pouco antes das oito horas da manhã. Ninguém atendeu à porta quando ela tocou a campainha.

Violet voltou para o carro e pela primeira vez se perguntou se não tinha sido um pouco precipitada ao atravessar o país daquele jeito. Mas então pensou na cruz sob o plátano. Ela já tinha perdido a filha. Kate era sua segunda chance; não podia deixar que nada acontecesse a ela.

Onde será que eles estavam? Era uma quinta-feira. Claro! Deviam estar a caminho da escola.

Ela estacionou perto da casa e mandou o corvo ir na frente, para que fosse seus olhos e ouvidos no céu. Seu coração disparou de alívio quando o pássaro encontrou o sobrinho e a filhinha a algumas ruas de distância, aproximando-se de uma faixa de pedestres. Mas então ela viu um carro entrando na rua e sentiu um gelo na espinha.

Era o mesmo carro vermelho do sonho.

Henry e Kate já estavam atravessando a rua. O carro estava se aproximando.

Violet tinha que fazer alguma coisa.

Ela fechou os olhos, concentrando-se no brilho dourado que tinha descoberto dentro dela, tantos anos atrás.

Quando o corvo chamou a sobrinha-neta, Violet sentiu seu grito em cada batida do seu coração, em cada célula. Sua única esperança era que

Kate também sentisse. Ela tinha que afastá-la daquele carro, do homem de rosto cruel que provavelmente estava ao volante.

A princípio parecia que iria funcionar. A garota parou e se virou, olhando para as árvores que se projetavam sobre a estrada. Mas o carro não estava diminuindo a velocidade.

Saia da rua. Depressa!

O corvo levantou voo e Violet viu Henry correr na direção da filha. Ela o viu gritar, depois empurrar Kate para fora do caminho. Os pneus cantaram no asfalto quando o motorista pisou no freio.

Mas era tarde demais.

O sol iluminou o rosto de Henry por um breve instante, antes de o carro se chocar contra o seu corpo. As árvores e a rua se fundiram num borrão verde, branco e vermelho.

Depois que as sirenes foram se distanciando, Violet ligou o motor e voltou para o Condado de Cumbria. Durante toda a viagem de volta, ela repassou o acidente na cabeça, repetidas vezes. Henry arriscando a própria vida para salvar a filha.

Ele era um bom homem, não era como o pai de Violet.

Mesmo que Violet não estivesse presente ali, o pai de Kate teria feito qualquer coisa para proteger a filha. Ele a teria mantido longe do homem de rosto cruel. Mas Violet nunca imaginou tal possibilidade, que um pai pudesse ser capaz de tanto amor.

Então ela interferiu e, ao tentar salvar Kate, colocou Henry em perigo.

E agora ele estava morto.

Um estranho lamento animal chegou aos seus ouvidos. Ela levou um instante para perceber que era o som dos seus próprios soluços.

VIOLET NÃO FOI AO enterro de Henry. Como ela poderia enfrentar a esposa e a filha, depois do que tinha feito?

Os anos foram se passando e era mais fácil não pegar caneta e papel, não atender ao telefone. Violet se consolava imaginando a sobrinha-neta crescendo. Ela imaginou a menina franzina amadurecendo e se tornando uma jovem mulher, com os cabelos negros e os olhos brilhantes das suas antepassadas. Uma jovem forte, dizia Violet a si mesma, apesar da perda que havia sofrido; alguém que buscava a vida como uma planta busca o sol.

Ela vai fazer 11 anos agora, está no ensino fundamental.

Dezoito anos. Rumo à universidade. Ciências, talvez, como eu. Ou Letras, se ela gosta de ler.

Violet ainda sonhava com o homem de rosto cruel, o motorista do carro. Talvez, ela dizia a si mesma, ela realmente *tivesse* poupado a menina de um destino pior do que a perda do pai. Talvez ela tivesse feito bem em intervir.

Henry amava a filha. Talvez ele pudesse entender o que Violet tinha feito.

Pouco tempo antes, Violet chegara à perturbadora constatação de que tinha envelhecido. Na verdade, como os pais dela tinham morrido relativamente jovens, ela era a pessoa mais velha que já tinha conhecido. (Sem contar, é claro, Frederick, que era de fato como uma barata agarrada à parte inferior de uma pedra.) Sua pele e músculos pareciam estar se soltando dos ossos, preparando-se para abandonar o navio. Antes de cair no sono todas as noites, naquela estranha zona crepuscular entre a vigília e o sonho, ela começou a se perguntar se ainda estaria ali na manhã seguinte.

Como um fogo outrora brilhante se convertendo em brasas, sua vida estava chegando ao fim.

Seu tempo para ver a sobrinha-neta estava se esgotando.

Violet resolveu contratar um investigador particular para rastrear Kate. Ele encontrou um endereço e ela ficou tão emocionada que enfrentou a longa viagem até Londres no dia seguinte. Estava chovendo e, enquanto os campos passavam num borrão verde, seu coração doía ao pensar numa viagem semelhante feita tantos anos antes.

Mas esta seria diferente. Seria uma ocasião feliz.

Imaginou-se abraçando a sobrinha-neta, admirando a vida que ela tinha criado. (Uma carreira brilhante, uma bela casa cheia de plantas e animais, talvez filhos, um homem gentil para compartilhar sua cama. Dois grilos cantando em harmonia.) A luz do sol rompeu as nuvens, transformando as gotas de chuva em cristais em seu para-brisa. Ela tocou o medalhão sob a blusa e seu coração se enterneceu.

Mas toda a empolgação diminuiu quando ela parou em frente ao endereço de Kate. Um bloco de apartamentos.

Mais tarde, Violet identificaria esse como o momento em que ela soube que algo não ia bem. Como Kate poderia ser feliz naquele lugar manchado de fuligem, o ar quente com refugo e vapor dos exaustores? Não havia nem um único pássaro cantando, nem uma única folha de grama.

Mas ela saiu com cuidado do carro, forçando um sorriso.

Uma ocasião feliz.

– Bom dia! Kate está em casa? – Havia algo familiar no homem que abriu a porta. Ele usava um roupão de aparência cara e Violet corou ao perceber que tinha procurado a sobrinha-neta em pleno domingo. Aquele homem seria seu marido, noivo? Ela olhou para ele com mais atenção. Tinha o cabelo dourado, parecido com a juba de um leão. Os olhos semicerrados estavam um pouco vermelhos, como se ele tivesse bebido demais na noite anterior.

– Não. Aqui não mora nenhuma Kate – disse ele, embora a expressão da sua boca dissesse a Violet que ele estava mentindo. Havia algo frio em sua voz. Isso a fez pensar em Frederick.

Violet começou a se desculpar, constrangida, mas ele fechou a porta antes que ela pudesse dizer qualquer coisa.

Mais tarde, no carro, Violet percebeu por que ele parecia familiar.

Ele era o homem de rosto cruel do seu sonho, com os cabelos dourados e olhos injetados de sangue.

Seu mundo desmoronou quando ela percebeu.

Ela tinha vislumbrado *dois* acontecimentos do futuro de Kate, não um: o acidente de carro que matou o pai e então, muitos anos depois, o encontro com esse homem. O homem que queria lhe fazer mal – ou talvez já tivesse feito.

Assim como a mãe antes dela, Violet pensou que poderia mudar o curso do futuro com tanta facilidade quanto se arrancam as páginas de um livro. Ela pensou que poderia salvar a sobrinha-neta.

Ela estava errada.

Não salvou Kate de nada.

Mas Violet estava determinada a corrigir seus erros enquanto ainda tinha fôlego em seu corpo.

No dia seguinte à viagem a Londres, ela marcou uma consulta com um advogado. Já era hora de fazer um testamento.

No escritório do advogado, lembrou-se do broche de abelha que dera a Kate quando ela era pequena. Talvez Kate o tivesse perdido, talvez nem se lembrasse de Violet, a velha excêntrica que ela encontrara apenas uma vez. A mulher que havia desaparecido da sua vida, tantos anos atrás.

Mas agora Violet poderia fazer as pazes com o passado. Ela daria a Kate seu legado.

Ela lhe daria uma nova vida. Longe dele.

– Quando chegar a hora – ela instruiu o advogado. – Certifique-se de falar diretamente com minha sobrinha-neta.

Lá fora, a luz estava diminuindo. Ela consultou o relógio; já eram dez e meia. Quem sabia para onde a última hora tinha escoado. O tempo era engraçado, pensou Violet. Acelerando e desacelerando nos momentos mais estranhos. Às vezes, ela tinha a sensação esquisita de que toda a sua vida estava acontecendo ao mesmo tempo.

Violet tirou o colar e o colocou na mesinha de cabeceira. Ela rolou para o lado e ficou de frente para a janela. O sol estava desaparecendo atrás do plátano agora, banhando o jardim de vermelho e dourado. Ela fechou os olhos e ouviu a tagarelice dos corvos. Ela estava muito cansada. A escuridão a abraçou, com a ternura de um amante.

Ela sentiu algo roçar na sua mão e abriu os olhos. Era uma libélula, suas asas flamejantes com o pôr do sol. Tão linda...

Suas pálpebras se fecharam. Mas algo parecia querer mantê-la acordada.

Suspirando, ela se sentou na cama. Estendeu a mão para a mesa de cabeceira e arrancou uma folha de papel do seu caderno. Hesitou um pouco, pensando no que escrever. Melhor que fosse algo simples, ela pensou. Direto ao ponto.

Escreveu a frase rapidamente, depois enrolou o papel e o colocou dentro do medalhão do colar.

Guardou o colar com segurança em sua caixa de joias. Apenas por precaução.

"As conexões entre as mulheres são as mais temidas, as mais problemáticas, e a força mais transformadora do planeta."

– Adrienne Rich

Agradecimentos

Quando eu tinha 17 anos e estava no último ano do ensino médio, minha professora de inglês me chamou de lado. "Faça o que fizer", disse ela, com os olhos brilhantes de paixão, "prometa que continuará escrevendo."

Sra. Halliday, cumpri minha promessa. Muito obrigada por alimentar meu amor pelas histórias. Tomei a liberdade de colocar seu nome numa das minhas personagens em sua homenagem. Espero que não se importe.

Felicity Blunt, minha maravilhosa agente: seu e-mail mudou minha vida. Obrigada por fazer este romance melhor e por me tornar uma escritora melhor.

Muita gratidão a todos da Curtis Brown, principalmente aos gênios dos direitos autorais estrangeiros, Jake Smith-Bosanquet e Tanja Goossens. Obrigada também a Sarah Harvey e Caoimhe White. Muito obrigada a Rosie Pierce pelo seu apoio e paciência infinitos.

Alexandra Machinist, minha agente nos Estados Unidos – nunca vou me esquecer daquele incrível telefonema em março de 2021. Muito obrigada pelo seu apoio.

Carla Josephson e Sarah Cantin: eu não poderia ter desejado editoras melhores. Eu valorizo muito nossa relação de trabalho e a magia que vocês fizeram neste romance. Tem sido uma alegria absoluta.

Obrigada a todos da Borough Press e da St. Martin's. Tive o privilégio de ter equipes incríveis de ambos os lados do Atlântico. Tantas pessoas talentosas trabalharam neste livro! Na Borough Press, meu enorme agradecimento à minha adorável publicitária, Amber Ivatt, e a Sara Shea, Maddy Marshall, Izzy Coburn, Sarah Munro e Alice Gomer do departamento de vendas e marketing. Obrigada a Claire Ward pela capa espetacular da edição inglesa. Obrigada também a Andrew Davis pelo incrível *book trailer*.

Na St Martin's, sou particularmente grata a Jennifer Enderlin, Liza Senz, Anne Marie Tallberg, Drue VanDuker e Sallie Lotz. Agradeço também à minha incrível equipe de marketing e publicidade: Katie Bassel, Marissa Sangiacomo e Kejana Ayala. Obrigada a Tom Thompson e a Kim Ludlam pelos belos *designs*. Na produção, obrigada a Lizz Blaise, Kiffin Steurer, Lena Shekhter e Jen Edwards. Meu muito obrigada a Michael Storrings pela linda capa da edição norte-americana.

Também sou muito grata às minhas excelentes preparadoras de texto, Amber Burlinson e Lani Meyer.

Sou imensamente grata a todos da Curtis Brown Creative, mas principalmente a Suzannah Dunn, minha incrível tutora; Ana Davis; Jennifer Kerslake; Jack Hadley; e Katie Smart. E, claro, meus adoráveis colegas – obrigada por seu maravilhoso *feedback* e apoio.

Agradeço a Krishan Coupland, cujos comentários encorajadores sobre o rascunho inicial deste romance me inspiraram a continuar.

Tive a sorte de estar cercada por pessoas que acreditaram em mim desde muito jovem. Meus pais e padrastos: obrigada por investir incontáveis horas em meu amor pela leitura e escrita.

Minha mãe, Jo. Você me inspira todos os dias com sua força e resiliência. Sou feminista graças a você. Muito obrigada por me apoiar a cada passo do caminho. E, claro, por ler (e analisar) este livro tantas vezes. Não sei o que faria sem você.

A Brian, eu não poderia imaginar um padrasto mais solidário. Obrigada por toda a sua ajuda e incentivo ao longo dos anos.

A meu pai, Nigel, obrigada por me incutir seu forte senso de justiça e sua determinação. E, claro, obrigada por ler este livro!

A Otilie, minha madrasta (e outra das minhas primeiras leitoras!). Obrigada por todo o seu apoio e por me apresentar alguns dos romances que inspiraram este, entre eles, *The Blind Assassin* e *Alias Grace*, ambos de Margaret Atwood.

À minha irmã, Katie, você sempre foi minha rocha. Obrigada por me ajudar nos momentos ruins. Meu próximo livro será dedicado a você.

Aos meus irmãos. Oliver: muito obrigada por ler este romance. Mal posso esperar para ver o que você fará com seu próprio amor pela escrita. Adrian: obrigada por sua fé em mim e por sempre me fazer rir.

Aos meus avós Barry e Carmel: sua casa cheia de livros é meu refúgio. Vovô, obrigada por sua inteligência afiada (e sua caneta vermelha). Fico feliz em seguir seus passos. Vovó, obrigada por suas brilhantes histórias e encorajamento constante.

Aos meus avós John e Barbara: eu gostaria que vocês pudessem ter lido este livro.

À minha avó Emöke: você sempre me inspirou muito. Obrigada.

A Mike e Mary: nunca poderei agradecer o suficiente por me receberem em sua bela casa em Cumbria, onde o primeiro rascunho deste romance foi escrito. Obrigada por me abrigar durante uma pandemia e me confortar quando estava tão longe da minha família na Austrália.

Ed: o primeiro leitor deste romance. Eu não poderia ter escrito uma única palavra sem o seu amor e apoio.

Clare, Michael e Alex: obrigada pelas vezes em que fomos correr juntos, pelo vinho e pelas risadas.

A meus amigos maravilhosos. Sinto-me feliz por conhecer todos vocês. Mas devo fazer uma menção especial a Gemma Doswell e a Ally Wilkes, elas próprias escritoras brilhantes. Obrigada por seu *feedback* incrível e pela sua paciência durante alguns ataques de pânico!

Houve um tempo em minha vida no qual a redação deste romance – ou melhor, de qualquer romance – parecia muito incerta. Devo um muitíssimo obrigada à equipe médica que me tratou após meu derrame em 2017. Aos médicos e enfermeiras do Moorfields Eye Hospital, do Royal London Hospital, do University College Hospital London e do St Barts Hospital: vocês têm a minha admiração e gratidão infinitos.